W0404878

Martha Grimes

Américaine, Martha Grimes est née à Pittsburgh, dans l'Ohio. Après des études de lettres à l'université du Maryland, elle a suivi le très réputé atelier d'écriture de l'université d'Iowa. Docteur ès lettres, elle a longtemps enseigné l'anglais avant de se consacrer à plein temps à l'écriture.
Dès *L'énigme de Rackmoor*, son premier roman paru en 1990, ses enquêtes policières portent la griffe du commissaire Richard Jury et de son complice Melrose Plant. À l'exception de *Jetée sous la lune* (1994) et du *Meurtre du lac* (1999), on les retrouve dans tous ses romans, parmi lesquels *Le mystère de Tarn House* (1994), *La nuit des chasseurs* (1996), et *L'énigme du parc* (2000). Outre son sens très fin de la psychologie, son habileté à recréer l'atmosphère propre aux romans policiers britanniques « classiques » lui a valu d'être admirée de part et d'autre de l'Atlantique.
Martha Grimes partage actuellement son temps entre les États-Unis et l'Angleterre où de nombreux séjours sont nécessaires à ses repérages romanesques.

L'INCONNUE DE LA CRIQUE

DU MÊME AUTEUR
CHEZ POCKET

L'ÉNIGME DE RACKMOOR
LE CRIME DE MAYFAIR
LE VILAIN PETIT CANARD
L'ÉNIGME DU PARC
LES CLOCHES DE WHITECHAPEL
LA JETÉE SOUS LA LUNE
LE MYSTÈRE DE TARN HOUSE
LES MOTS QUI TUENT
LA NUIT DES CHASSEURS
L'AFFAIRE DE SALISBURY
MEURTRE SUR LA LANDE
UNE HAINE AVEUGLE
L'AUBERGE DE JÉRUSALEM
LE MAUVAIS SUJET
LE COLLIER MIRACULEUX

MARTHA GRIMES

L'INCONNUE DE LA CRIQUE

PRESSES DE LA CITÉ

Titre original :

THE LAMORNA WINK

Traduit par Alexis Champon

Le Code de la propriété intellectuelle n'autorisant, aux termes de l'article L. 122-5 (2° et 3° a), d'une part, que les « copies ou reproductions strictement réservées à l'usage privé du copiste et non destinées à une utilisation collective » et, d'autre part, que les analyses et les courtes citations dans un but d'exemple et d'illustration, « toute représentation ou reproduction intégrale ou partielle faite sans le consentement de l'auteur ou de ses ayants droit ou ayants cause est illicite » (art. L. 122-4).
Cette représentation ou reproduction, par quelque procédé que ce soit, constituerait donc une contrefaçon sanctionnée par les articles L. 335-2 et suivants du Code de la propriété intellectuelle.

© 1999 by Martha Grimes.

© Presses de la Cité, 2002, pour la traduction française.

ISBN 2-266-12510-9

A mes cousines, Joanna et Ellen Jane,
Et en souvenir de George et de Miles

Oh !
Je m'appelle John Wellington Wells,
Je vends de la magie, des charmes,
Des envoûtements, des sorts,
La fortune éternelle,
Des prophéties, de la sorcellerie, des malédictions.

Gilbert & Sullivan, *Le Sorcier*

PREMIÈRE PARTIE

Souvenirs, souvenirs

1

Johnny, qui n'avait pas quitté sa casquette de chauffeur de taxi — Tiens, pourquoi ne pas la mettre dans le numéro, ce serait tellement inattendu de la part d'un magicien ! —, manipulait les cartes sur la table de jeu. Il tirait sans cesse la dame de cœur, à croire qu'elle remontait d'elle-même sur le dessus du paquet.

C'était d'une simplicité enfantine, Johnny ne comprenait pas que les gens ne devinent pas le tour. La magie s'apparente à un meurtre, ou plutôt aux préparatifs d'un meurtre : tout est dans le détournement d'attention. On laisse apparaître des indices pendant qu'on attire l'attention ailleurs. Regardez les magiciens. Ils ne quittent pas leur main gauche des yeux, pour inciter le public à faire de même, et leur main droite est ainsi libre d'agir dans la coulisse.

Johnny ferma les yeux et s'accouda à la table de jeu. Hormis la malle dans l'alcôve, derrière lui, la table était le seul meuble intéressant du cottage. Sa tante Chris en avait hérité, avec d'autres biens, de sa propre tante. C'était une grande table ronde recouverte de feutre vert et équipée de petits tiroirs dans lesquels on rangeait les cartes, les jetons ou ce qu'on voulait.

Johnny recommença à polir la carte biseautée. Il la remit dans le paquet, l'effleura du pouce puis battit le jeu et rechercha la cassure. Une carte biseautée, une astuce pour de multiples tours.

Chris ressemblait beaucoup à sa mère. Ils se ressemblaient et, en même temps, ne se ressemblaient pas. Sa mère avait disparu depuis des années. Son père était mort.

C'est la vie, se dit Johnny en glissant le roi de trèfle sur le dessus. En un dixième de seconde, la vie peut déraper brutalement.

Il suffit de tourner la tête et elle vous échappe.

Un battement de cils, elle est passée.

Un clin d'œil, elle n'est plus là.

2

— Je crois que je vais prendre un thé empoisonné, dit Melrose en reposant délicatement le menu entre la salière et le sucrier.

Impassible, Johnny nota la commande.

— Pour une personne ?

— Oui, et un thé de Chine pour moi. Ah, apportez-nous aussi des scones. (Melrose consulta sa montre.) Elle a dû se perdre.

Johnny écrivit : *thé de Chine, scones.*

— Un thé de Chine, un thé empoisonné, des scones.

— Ça fera deux thés complets. Après tout, nous sommes en Cornouailles, autant en profiter[1]. Vous nous laisserez le panier de scones, nous nous servirons.

— Je vais garder les scones au chaud, en attendant que votre amie arrive.

— Le poison est pour elle, précisa Melrose.

— C'est une veinarde ! fit Johnny. Vous la gâtez, on dirait !

1. Il s'agit de *cream tea*, délicieuse spécialité culinaire de Cornouailles. Un thé servi avec des petits pains (scones), de la crème en grumeaux, cuite au four à feu doux, et de la confiture. *(N.d.T.)*

Tout en essuyant ses lunettes, Melrose dévisagea le serveur avec insistance.

Johnny remarqua ses yeux verts. Quels yeux !

— Ah ! s'exclama Melrose. La voilà.

La veinarde surgit dans la salle du Woodbine Tearoom, poussée par le vent et la pluie, à croire que la Cornouailles lui en voulait spécialement.

La veinarde ôta sa pèlerine, la secoua pour la sécher, aspergeant Melrose par la même occasion. Puis elle s'installa et attendit qu'il commande le thé.

Le retour du serveur (le plaisantin) permit à Melrose de ne pas avoir à se creuser la tête pour lancer la conversation et il lui en fut reconnaissant.

Il était néanmoins intrigué. Qui était ce gosse qui déboulait dans la salle avec la rapidité d'un champion de skateboard ? Grand, brun, joli garçon, dix-huit ans peut-être. Un véritable tombeur, à n'en pas douter. Les filles devaient s'accrocher à lui telles des berniques. Et quelle assurance ! Même son tablier blanc ne brisait pas le charme. Les garçons de son âge préféreraient mourir qu'être vus en train de servir des clients dans un salon de thé, surtout avec un tablier.

— Madame ? fit-il en coulant un regard rapide sur Agatha. (Cheveux grisonnants, tailleur en laine marron, les chevilles comme des poteaux.) Monsieur a commandé deux thés complets, avec des théières séparées, donc scones et gâteaux, crème fraîche et confiture.

Agatha s'illumina.

— Pourquoi deux théières, Melrose ?

Melrose haussa les épaules, guère désireux d'éclaircir ce petit détail.

— Monsieur pensait que vous préféreriez un thé noir différent, un oolong [1] peut-être ?

Ce garçon passe sa vie dans un monde imaginaire, songea Melrose qui aurait aimé l'y accompagner pour fuir Agatha, mais les jeunes ont des ailes et l'âge vous met des chaînes. Comment Agatha avait-elle découvert qu'il allait en Cornouailles ? Qui avait vendu la mèche ? Melrose ne cessait de s'interroger. Au moins ignorait-elle la raison de sa venue.

Ayant vu dans *Country Life* une annonce pour la location d'une propriété, Melrose avait aussitôt téléphoné à la société immobilière Aspry & Aspry et obtenu un rendez-vous avec une certaine Mrs Laburnum afin de visiter la maison dans les trois jours. Après avoir réservé une place en première classe dans le train qui passait par Sidbury, il s'était félicité d'avoir agi pour une fois sur un coup de tête.

— Ce que je fais rarement, avait-il dit (d'un air suffisant) à Marshall Trueblood alors qu'ils prenaient un verre au Jack and Hammer, son pub préféré à Long Piddleton — le seul pub de Long Piddleton, en réalité.

— Toi ? s'étrangla Trueblood. Ne me fais pas rire ! Lorsque tu fais quelque chose, c'est toujours sur un coup de tête. Il n'y a pas plus impulsif que toi.

— Impulsif, moi ?

— Bon Dieu, c'est pas moi qui ai proposé d'aller à Venise quand Vivian a décidé d'épouser Dracula.

— Oh, mais ça n'a aucun rapport, aucun. C'était... pour s'amuser. Non, je parle de décisions vraiment irréfléchies, partir en Ethiopie du jour au lendemain, par exemple.

1. Thé noir légèrement fermenté avant d'être séché. *(N.d.T.)*

— Ah, et tu avais réfléchi combien de temps avant de dire à Vivian que Richard Jury allait se marier et qu'elle ferait mieux de rentrer dare-dare ? Dix secondes, si mes souvenirs sont bons.

— Oh, minute, minute. C'est toi qui avais inventé cette histoire.

— Non. Enfin, peut-être. Bon, d'accord. Et la fois où...

Melrose attrapa Trueblood par sa cravate Armani et l'attira à lui.

— Où veux-tu en venir, Marshall ?

— Nulle part.

Melrose laissa retomber la cravate sur la chemise jaune pâle de Trueblood qui était, comme toujours, tiré à quatre épingles, arc-en-ciel de roses et d'ambres dorés.

— Sinon à souligner que tu es un impulsif indécrottable. Ce qui te fait croire que tu planifies soigneusement tes projets, c'est que tu ne fiches pratiquement rien... Quoi ? Quoi ?... Et toutes les fois où tu voles au secours du commissaire Jury... c'est pas être impulsif, ça ! Ha, ha ! Dès que Jury te sonne, tu accours aussi vite qu'un gamin en patins à roulettes ! (Trueblood mima le glissement des patins sur le pavé.) Où est Jury, à propos ?

— En Irlande.

— Laquelle ?

— En Irlande du Nord.

— Seigneur, pour quoi faire ?

— Il est sur une affaire.

— Quelle horreur !

— De quoi parlions-nous avant de... ? demanda Melrose, le front soucieux. Ah, oui, de la Cornouailles.

Il sortit son petit carnet noir à spirale, le même que

celui que Jury portait toujours sur lui, et se mit à le feuilleter.

— Ah, voilà ! Bletchey... C'est près de Mousehole. Tu connais ?

— Non. D'ailleurs, pourquoi m'y intéresserais-je ? Je ne te vois pas y aller non plus. Tu n'as rien d'un Cornouaillais.

— Qu'en sais-tu ? Tu n'y as jamais mis les pieds. Sais-tu seulement à quoi ressemblent les Cornouaillais ?

— Eh bien, pour commencer, c'est tout sauf des impulsifs. Tu ne tiendrais pas une semaine... *Aïe !*

Retour au Woodbine Tearoom.

— Qu'est-ce que tu as, Melrose ? demanda Agatha. Tu fais une de ces têtes !

Que voulait-elle dire ? Melrose sourit ; il remua son thé, ajouta un autre morceau de sucre, pensa à l'atroce trajet depuis Northampton. Il s'était pourtant réjoui de prendre le train, dont il appréciait l'anonymat. Personne ne sait qui vous êtes, où vous allez. On ne sait rien de vous.

Ah, pour l'anonymat, il était servi !

Melrose n'avait pas pris un train de la British Railway depuis des années. La première chose qu'il demanda au contrôleur, ce fut l'emplacement du wagon-restaurant. « Oh, ça n'existe plus, lui répondit le contrôleur. Mais quelqu'un va passer dans une seconde vendre des sandwiches et du thé. »

Et une illusion brisée, une. Fini le roulis quasi hypnotique devant une nappe blanche à déguster un cognac, un café et un bon cigare. Et les vieux compartiments où, avec un peu de chance, on était le seul passager, où, mieux encore, on pouvait côtoyer des individus mystérieux. Côté fenêtre, on pouvait s'accouder et regarder défiler la campagne verdoyante. Melrose se disait parfois que les trains n'avaient été inventés que pour les films. *Le Crime de l'Orient-Express*. Ah, baigner dans cette atmosphère sinistre, presque confinée, pendant qu'un meurtre était commis !

Ou observer deux jeunes gens qui complotaient à voix basse, penchés l'un vers l'autre. *L'Inconnu du Nord-Express*. De quoi parlaient-ils ? De meurtres ?

Ou la vieille dame aux frisettes grisonnantes qu'il avait aperçue en train de tricoter et qu'on emporterait bientôt sur un brancard à l'arrêt suivant...

Une femme disparaît !

Depuis quelque temps, Melrose était d'une nostalgie de guimauve, vieux films, vieilles chansons, vieilles photographies. Plongé dans son imaginaire hitchcockien, il ne l'avait pas vue venir ; il ne s'aperçut de sa présence qu'en entendant :

— Qu'est-ce qui te fait loucher comme ça, Melrose ?

Tiré de sa rêverie avec une telle cruauté, il lâcha son journal, sa mâchoire tomba et ses cheveux se dressèrent sur sa tête.

— Agatha !

Balance maman hors du train[1] *!*

Si tant était qu'un antidote à la nostalgie existât, il venait de surgir au beau milieu du Woodbine Tearoom.

Melrose repensa à un vieux téléfilm, *L'Intrus*, l'intrus étant un fantôme qui ouvrait les portes à la volée, riait et chantait à tue-tête, imposant son moi invisible à une jeune héroïne horrifiée.

1. De Danny DeVito (1987). Un écrivain conseille à un de ses élèves de s'inspirer de *L'Inconnu du Nord-Express* d'Alfred Hitchcock. *(N.d.T.)*

Hélas, le fantôme du Woodbine était on ne peut plus visible.

Au cours des dernières trente-six heures, il l'avait accompagné dans sa voiture de location le long de la côte de Cornouailles. Melrose s'était arrangé pour éviter l'agent immobilier qui devait lui montrer la propriété à louer, attendant qu'Agatha trouve à s'occuper pendant une demi-journée. Il n'avait aucune envie de l'avoir dans les jambes pendant qu'il visiterait la maison. Sans parler de ses critiques incessantes. « Ne prends pas ça, Melrose. Regarde ce chaume ; le toit est à refaire. Que comptes-tu faire de ce terrain rocailleux ? Non, Melrose, ça n'ira pas. » Etc.

Heureusement, le retour du garçon le tira de ses réflexions morbides. Le serveur brandit une théière et demanda :

— Le thé normal ?

Melrose désigna sa place en souriant. Le garçon posa l'autre théière devant Agatha, puis alla chercher une assiette de gâteaux dans l'embrasure de la fenêtre et la mit sur la table.

Melrose le regarda s'arrêter à la table voisine, dire quelques mots aux clients, puis passer de table en table. Le salon de thé était petit mais bondé. Le garçon se déplaçait avec l'aisance d'un politicien en campagne.

Peu après, laissant Agatha à ses scones, à sa crème et à sa confiture, Melrose se leva et alla au comptoir où le jeune homme enregistrait les additions. (Il semblait occuper à la fois le poste de serveur et celui de comptable.)

— Je vous demande pardon...

— Le thé est bon ? fit le jeune homme avec un large sourire.

— Excellent. Je m'interrogeais : avez-vous du temps

libre pendant la journée ? Je vous demande ça parce que je cherche quelqu'un pour un petit service. Ça ne prendrait pas plus de, disons, trois heures.

Melrose brandit un billet de cinquante livres qu'il avait sorti de son portefeuille.

— Pour ça, je suis prêt à plonger du haut de la falaise.

— Je ne vous demande rien d'aussi grisant, ni d'aussi dangereux. La dame avec qui je suis, et ne la regardez pas, je suis sûr qu'elle lit dans les pensées, est aussi ma tante. Elle est collante comme de la glu. J'ai besoin d'être débarrassé d'elle pendant quelque temps, et vous me semblez plein de ressources. Je pensais que...

— ... je pourrais l'occuper. (Le garçon esquissa un sourire ravi.) Pas de problème. Quand ?

Melrose lui remit le billet.

— Euh, disons dans une heure ou deux ?

— Marché conclu. Vous me faites confiance ? demanda le garçon en agitant le billet.

— Pourquoi pas ? Vous avez bien apporté le poison.

3

La voiture était une Jaguar argentée flambant neuve avec des sièges en cuir rouge foncé. L'agence immobilière voulait certainement impressionner ses clients et prouver sa solvabilité. Esther Laburnum était la personne en charge de Seabourne, la propriété qui intéressait Melrose.

Lequel Melrose avait vu la photo dans *Country Life* en feuilletant des articles sur le jardinage et sur les artisans des « trésors nationaux actuels » qui perpétuaient des métiers ésotériques bizarres tels que le cache-tampon ou l'édification de jardins de rocaille pour maisons de poupées. Il y avait aussi un article sur la chasse — et son importance pour le pays — qui valait son pesant d'or et ruisselait de bons sentiments.

Les propriétés en location prenaient en général une page pleine et le prix demandé n'était jamais indiqué. Mais la mention « Nous consulter » suivait immanquablement. Melrose avait déchiré la page du magazine et s'était précipité sur le téléphone.

Cela s'était passé quelques jours plus tôt, et il ne regrettait pas d'avoir entrepris le voyage pour voir la chose de ses propres yeux. Il découvrit ainsi que la photo de Seabourne ne lui rendait pas justice. Bien sûr, elle ne pouvait pas capter l'atmosphère, l'aspect légèrement menaçant, le romantisme presque crispant que l'endroit dégageait. Il se reprocha d'être trop imaginatif.

Sur le plan architectural, la maison n'avait rien d'imposant. C'était une construction georgienne, sa pierre grise tenait lieu de camouflage et lui permettait de se fondre dans la terre et les bois qui l'entouraient. Elle était perchée sur une falaise, un promontoire escarpé qui dominait la mer. C'est sa situation qui était fascinante et il suffisait d'une once de sensibilité pour être emballé. L'ensemble, la maison, les bois, les rochers, la mer, semblait être vidé de couleurs, ce qui en exaltait le romantisme. Si une châtelaine au visage sévère, toute de noir vêtue, avait ouvert la lourde porte en chêne, le tableau eût été complet. Melrose était prêt à s'enflammer.

Mais ce fut Esther Laburnum, de chez Aspry & Aspry, qui ouvrit les doubles portes de la plus grande des salles de réception (il y en avait trois) d'un geste théâtral en claironnant « Et voilà ! », avec une si évidente autosatisfaction qu'on aurait pu croire qu'elle avait fait apparaître, par un simple tour de passe-passe, une pièce entièrement meublée, y compris les tableaux qui décoraient les murs.

Un papier peint d'un gris doux habillait trois des murs, le quatrième, assorti d'une cheminée en son milieu, était réservé aux étagères de livres et à des niches qui abritaient diverses sculptures, têtes étrusques et bustes en marbre. Un buffet en acajou flanqué de deux fauteuils se tenait sous le portrait d'un vieillard sans relief dont l'air revêche disait assez combien il aurait préféré être ailleurs pendant que l'artiste le peignait. Le chien à ses pieds partageait sa mauvaise humeur.

Hormis les sculptures, le mobilier était anglais pur jus. Les fauteuils et le canapé étaient tapissés de lin et de chintz aux motifs floraux, jacinthes, lierre et roses trémières. Un bureau en marqueterie évoquait la forme d'un rein. Un coffre de campagne, bel exemple de mobilier militaire, était poussé contre un mur.

— N'est-ce pas superbe ? s'exclama Esther Laburnum.

C'était une forte femme à la voix de stentor, le genre de femme qui vocifère dans un restaurant et accuse les autres clients d'écouter sa conversation.

La pièce semblait habitée, ce qui ne laissa pas de surprendre Melrose. On aurait dit que ses occupants avaient couru se cacher à l'approche de la Jaguar de Mrs Laburnum.

— Le reste de la maison est-il aussi confortablement meublé ?

L'agent immobilier lui répondit par l'affirmative et Melrose poursuivit, désignant les portraits et les photos :

— Les propriétaires n'ont pas emporté leurs affaires personnelles.

Esther Laburnum acquiesça, mais précisa que la maison était déjà à louer lorsqu'elle avait rejoint Aspry & Aspry, et qu'elle ne connaissait pas les propriétaires. Elle était nouvelle dans la région.

— De toute façon, ils semblent disposés à louer ou à vendre, ou un mélange des deux. C'est-à-dire que vous pouvez louer le temps de voir si la maison vous convient.

Du salon, ils passèrent dans la salle à manger où trônait une table en chêne massif. Deux buffets se faisaient face. Melrose était prêt à parier qu'ils contenaient encore de l'argenterie, des nappes, de la vaisselle en porcelaine.

Ils visitèrent ensuite le reste de la maison, y compris l'étude (ou le cabinet particulier, ou le boudoir, comme l'appela Mrs Laburnum). Des étagères recouvraient trois murs du sol au plafond et une table de réfectoire en chêne occupait le centre de la pièce sur un tapis dont Melrose crut reconnaître l'origine turkestane (fruit des heures interminables au cours desquelles Marshall Trueblood lui avait enseigné les rudiments du métier d'antiquaire). Plaqué contre le quatrième mur, un grand bureau débordait encore de lettres, de factures et de journaux.

C'était une pièce de dimensions restreintes, à l'évidence souvent utilisée. On voyait presque l'empreinte des corps sur les fauteuils rembourrés. Le terme de cabinet particulier se justifiait pleinement. Avec la cheminée allumée, surtout par une journée comme celle-ci (battue par la pluie et le vent, songea Melrose en plein délire poétique), on en apprécierait le confort douillet. Il alla examiner de près les nombreux livres anciens reliés cuir et les jaquettes criardes des livres neufs. A un bout de la table de réfectoire, une demi-douzaine de photos attendaient dans leur cadre en argent.

— La famille ? interrogea Melrose en prenant une photo, puis une autre.

— Oui, j'imagine. Regardez le manteau de la cheminée ! Quel superbe travail !

Melrose suivait le cours de ses pensées :

— Je ne comprends pas comment on peut s'en aller en abandonnant des choses aussi intimes derrière soi. En principe, on les enferme soigneusement dans un placard, à la rigueur une malle. On ne les laisse pas en évidence.

Il paraissait furieux, comme si une telle conduite était impardonnable.

Mrs Laburnum se contenta de répondre d'un « heu » indifférent, laissant Melrose s'absorber dans la contemplation des photos. C'étaient des instantanés de quatre ou cinq personnages. Ceux qu'on retrouvait le plus souvent étaient un très beau couple d'une quarantaine d'années, et aussi un vieil homme qui ressemblait à celui du portrait — ah, cet air renfrogné ! —, une fillette de six ou sept ans et un garçon d'un an son cadet, photographié avec son père sur un voilier. Plusieurs autres photos avaient été prises à bord. Melrose s'interrogea sur l'aisance matérielle de ces gens ; à en juger par la maison et la taille du bateau, ils étaient très riches. Chacune de ces personnes était présente sur d'autres photos avec des parents ou amis. La génération des grands-parents n'était représentée que par le vieil homme.

Melrose enviait rarement autrui, étant lui-même entouré d'amis plus ou moins semblables à lui — célibataires, sans enfant, sans attaches en fait —, et si on devait envier quelqu'un dans son cercle, c'était lui, son manoir, ses terres, son argent. Ce qui le frappa dans les clichés, c'était que les membres de la famille semblaient nager dans le bonheur. Même le vieillard avait parfois abandonné son air maussade. Les sourires n'étaient pas destinés à l'appareil photo, c'étaient des vrais sourires. Melrose les envia immensément.

— Une adorable famille, n'est-ce pas ?

Melrose sursauta, il avait oublié jusqu'à l'existence d'Esther Laburnum.

— Quelle tristesse, ces enfants ; ils se sont noyés, je crois.

— Noyés ? s'étonna Melrose, qui ressentit cette atroce nouvelle comme une perte personnelle.

— Oui, un vrai malheur. C'est arrivé il y a... oh, ça fait bien cinq ans. Le pire, pour les parents, c'est qu'ils n'étaient pas là quand ça s'est passé. Je n'étais pas dans la région à l'époque. (Elle le lui avait déjà dit à plusieurs reprises. On aurait dit qu'elle cherchait à se dissocier de la maison et de ses propriétaires.) Voulez-vous voir les chambres de l'étage ?

Melrose acquiesça. Toutefois, il regrettait d'abandonner le père et la mère au remords de n'avoir pas été présents pour sauver leurs enfants. Obéissant, il suivit néanmoins Esther Laburnum chez qui il percevait une volonté impatiente d'en finir avec la visite.

Il y avait cinq chambres à coucher, que Melrose se contenta de parcourir des yeux depuis le seuil. Il nota plusieurs autres photographies encadrées dans la chambre de maître et les aurait volontiers examinées de plus près si l'agent immobilier n'avait été sur ses talons comme un terrier hargneux.

La chambre face à la mer l'intrigua. Hormis un grand piano, elle était vide. Des partitions étaient ouvertes sur le pupitre, d'autres gisaient par terre, comme si un souffle de vent les avait éparpillées. Mais Melrose ne sentit aucun courant d'air, la maison était étonnamment close, vu sa taille et son âge.

— Il semble qu'il était musicien, qu'il composait de la musique...

Elle avait employé un verbe impersonnel, comme si elle ne voulait pas prendre la responsabilité d'une affirmation non vérifiée. Melrose marcha jusqu'au piano.

— Oui, fit-il, on dirait que cette partition a été écrite juste avant leur départ.

Il ne jouait d'aucun instrument, mais il connaissait son solfège et pianotait d'un seul doigt. Il s'assit au piano et déchiffra la partition, note par note. Elle s'arrêtait au milieu d'une mesure à la seconde page, comme si le compositeur avait été interrompu en pleine création.

— Je ne voudrais pas vous presser, Mr Plant, mais vous aimeriez peut-être voir le jardin.

Il aurait surtout aimé qu'elle s'en aille ; et aussi jouer cette musique, accompagné par un orchestre imaginaire.

Il se leva et la suivit.

Le temps était incertain. La pluie tombait par intermittence, le ciel se voilait et une brume enveloppait la maison à mesure que la nuit approchait. Lorsque la pluie cessait, un faible soleil, à moitié caché par la densité des bois, jetait une pâle lumière sur le gravier. Il aurait fallu qu'il tape avec davantage d'ardeur pour espérer se frayer un chemin à travers les branchages.

Attiré par le bruit de la mer, Melrose se hissa sur le promontoire et regarda les vagues fouetter les roches en contrebas. Un escalier taillé dans la pierre descendait vers la mer. Les rayons du soleil faisaient miroiter les rocs humides. En fixant le vide vertigineux, Melrose eut l'impression de plonger à la source de l'existence. Quelques vers lui revinrent à propos d'une femme qui contemplait la mer : « Immobile, elle voyait défiler son avenir... » Qui avait écrit cela ? Thomas Hardy ? Il trouverait peut-être le poème dans la bibliothèque de Seabourne. Près de lui, une voix le tira de ses réflexions.

— Des marches descendent jusqu'à la mer. Là, vous voyez ?

Melrose se détourna du panorama escarpé qui convenait mieux à son humeur que la voix d'Esther Laburnum.

— Oui, je les ai vues, dit-il.

— Soyez prudent. La pierre est glissante.

— Je n'avais pas l'intention de descendre.

Il ramassa un galet et le lança machinalement, comme on fait souvent lorsqu'on est au bord de l'eau. Surpris par son propre geste, il recommença néanmoins.

— Ils ont dû glisser... à ce qu'on m'a dit.

Melrose se figea.

— Qui a dû glisser ?

— Je ne vous ai pas dit ? Les enfants. On les a retrouvés en bas. (Esther soupira.) C'est affreux, n'est-ce pas ? Vous imaginez ?

— Non.

Debout, au bord de la falaise, il s'efforça pourtant d'imaginer la scène. Il essaya de ressentir le chagrin des parents. N'ayant pas d'enfant, c'était difficile. Néanmoins, il imagina qu'on lui apprenait la noyade d'un ami — Vivian, par exemple, ou Richard Jury — et qu'il devrait désormais vivre dans un monde où il ne le reverrait plus. Malgré le caractère hautement hypothétique de la chose, il fut surpris d'éprouver un chagrin bien réel.

— Quel âge avaient-ils quand c'est arrivé ?

— Je ne sais pas.

Elle ne semblait plus vouloir faire d'effort pour satisfaire sa curiosité. Esther Laburnum, qui au commencement de la visite ennuyait Melrose par son bavardage incessant, avait, semblait-il, décidé de se taire. Melrose soupira. C'était toujours la même chose : on vous saoulait de propos aussi ennuyeux que futiles et dès qu'une nouvelle croustillante pointait, à faire se pâmer les plus sourds, c'était motus et bouche cousue. Esther Laburnum craignait peut-être que cette histoire ne fasse capoter la transaction. Ou bien son silence était-il dû à une envie croissante d'aller montrer d'autres propriétés à d'autres clients.

— C'est pour ça que les propriétaires sont partis ?

— C'est possible.

Autant tirer du sang d'un caillou. Melrose aurait voulu la secouer. Physiquement.

— Depuis combien de temps la maison est-elle inhabitée ?

— Environ quatre ans. (Esther Laburnum vérifia dans son agenda.) Non, erreur. Elle a été louée il y a deux ans. Des décorateurs, à ce qu'ils disaient.

Elle renifla. Melrose esquissa un sourire qu'il cacha en reportant son attention sur la mer. Il aurait pu tomber en transes. C'était dément, n'est-ce pas ? La maison, la mer, les rochers, les marches, le garçon, la fille. Dément. Il détestait son sentimentalisme mièvre, mais il n'y pouvait rien : l'endroit était irrésistible. S'il n'avait déjà prévu d'acheter la maison, ou du moins de la louer, l'histoire de la famille l'aurait diablement séduit. Il se retourna pour admirer la maison, grise, battue par les vents, et se souvint de sa première impression : un décor de film. La fille en robe blanche pouvait sortir à tout moment et traverser la pelouse en courant vers la falaise. C'était trop parfait pour être vrai.

Ils s'absorbèrent dans la contemplation de la falaise. Melrose, en tout cas, car un coup d'œil en direction de l'agent immobilier lui apprit qu'elle regardait sa montre. Il y avait toujours une horloge ou une montre. Melrose voulut revoir l'intérieur, les photos, les portraits. Il proposa de rentrer.

Comme si le temps était complice, le ciel s'assombrit, la pluie, qui avait cessé, recommença à crachiner. Etant donné l'atmosphère de la maison, Melrose se demanda si elle devait être vue autrement que sous la pluie.

— Melrose !

S'il était une voix susceptible de vous arracher à vos souvenirs, de briser une rêverie romanesque, c'était bien celle-ci. Melrose se retourna pour voir Agatha se diriger vers lui d'un pas craintif. Mieux valait s'éloigner du rebord de la falaise avant qu'elle n'approche davantage. Mais elle s'était arrêtée ; il était censé combler la distance, bien entendu, elle n'approcherait pas davantage. S'il voulait lui parler, qu'il se décide ! Bien sûr, il n'avait pas envie de lui parler, mais, en gentleman, il fit les pas nécessaires.

— Melrose ! lança-t-elle de nouveau, comme s'ils étaient chacun à un bout de la gare de King's Cross.

Elle était arrivée dans un taxi de la Compagnie de Cornouailles, conduit — à la grande surprise de Melrose — par le même garçon qui les avait servis au salon de thé. Il se demanda combien de fois il changeait de casquette dans une journée. Pour l'instant, il arborait une casquette rejetée en arrière avec désinvolture. Il était adossé à la voiture et, en voyant Melrose, il esquissa un sourire piteux, accompagné d'un geste d'impuissance. *C'est pas de ma faute, mon pote !*

— Melrose ! gronda Agatha. Qu'est-ce que tu fabriques encore ?

Il ne lui demanda même pas comment elle avait deviné qu'il était là. Tous les chemins mènent à Rome, sauf ceux d'Agatha, qui menaient à lui. Elle avait peut-être caché un micro sur lui afin de le suivre dans ses moindres déplacements. Melrose la présenta à Esther Laburnum, à qui revint l'honneur de répondre aux questions d'Agatha. Elle expliqua à Melrose qu'elle avait un rendez-vous à Bletchley et qu'elle devait partir. Elle lui remit sa carte de visite et les deux femmes, plus ou moins du même âge, s'éloignèrent en bavardant.

Melrose s'étonna que l'agent immobilier le plaque sans l'avoir davantage sondé sur ses intentions ; il n'avait pourtant pas caché son intérêt pour la maison.

Agatha revint sur ses pas. Le garçon ôta sa casquette d'un geste vif, en chauffeur stylé.

— Vous êtes partout à la fois, remarqua Melrose avec un sourire. Comment m'avez-vous trouvé ? C'était une idée à vous ?

Le garçon voulut répondre, mais Agatha le devança :

— De quoi parles-tu ? Je lui ai dit que tu étais parti dans le véhicule d'une agence immobilière... qui d'autre trimballerait ses clients dans une Jaguar ? Je me suis arrêtée à l'agence et j'ai demandé où allait leur employée — Esther, en l'occurrence.

— Je vois, fit Melrose. C'était donc une idée à toi. Tu pourrais travailler pour Richard Jury.

— Quelle est cette maison ? demanda Agatha. Et qu'est-ce que tu fais là ?

Melrose se ménagea un instant de réflexion. Puis :

— C'est un manoir familial, Agatha. Je ne t'en ai jamais parlé ? Je suis tombé dessus par hasard.

— Le destin, intervint le chauffeur.

Melrose le considéra avec étonnement.

— Un manoir familial ? De quelle famille ? s'étonna Agatha.

— La mienne, bien sûr. C'est une branche que l'oncle Robert a dû passer sous silence, on n'a jamais été fiers des Usher dans la famille. (Melrose enfonça ses mains dans ses poches et jeta par-dessus son épaule un coup d'œil à la bâtisse grisâtre.) Imagine ma surprise en découvrant que la propriété était à vendre.

Agatha remonta son manteau léger sur ses épaules.

— Tu inventes, Melrose. Bon, reste si ça te fait plaisir, Esther m'a proposé de me raccompagner à Bletchley.

Elle l'appelait déjà par son prénom. C'était rapide, même pour Agatha. Oubliant le garçon qui l'avait conduite (et pensant sans doute que Melrose allait payer le taxi), elle rejoignit l'agent immobilier.

— Il me semble qu'on échange nos voitures, remarqua Melrose.

— Pas de problème, fit le garçon avec un sourire radieux.

— Je ne connais pas votre nom. Moi, c'est Melrose Plant.

— Johnny Wells, dit le jeune homme en tendant la main. On y va ?

La Jaguar démarra en trombe. Esther Laburnum fit un signe par la portière à Melrose, qui lui renvoya son salut. Agatha ne broncha pas, bien sûr.

— Auparavant, dit Melrose, j'aimerais jeter un dernier coup d'œil, seul.

— Loin de moi l'idée de vous en empêcher. Prenez tout votre temps.

— Je prends aussi le vôtre, mais je vous paierai.

— Pas de problème. Je vous attends dans la voiture. Ça tombe bien, j'ai jamais assez de temps pour lire.

Melrose gravit l'escalier, réjoui à l'idée de visiter la maison tranquillement. Comme il n'avait pas vu la cuisine, il traversa le hall, puis un office où des casiers étaient encore remplis de bouteilles de vin et de porto. La cuisine était vaste, sombre et pourtant agréable à vivre. Comme le reste de la maison, elle semblait encore habitée. Des ustensiles traînaient sur un comptoir au centre de la pièce et une grosse marmite trônait sur la cuisinière.

Melrose avait vu le cabinet particulier, mais pas la bibliothèque. L'atmosphère de l'endroit commençait à s'insinuer dans ses os. Il n'aurait pas été surpris de tomber nez à nez avec le portrait d'une femme d'une beauté éblouissante, morte ou disparue depuis longtemps, le visage nimbé de lumière brumeuse. *Laura*. Il faillit retenir son souffle en entrant dans la bibliothèque. Il tomba nez à nez avec un tableau représentant des poules.

Des poules ? C'était une grande aquarelle accrochée au-dessus de la cheminée où l'on voyait dans la cour d'une ferme un coq se pavaner parmi des poules. Celui qui l'avait accroché n'était pas un romantique. Melrose soupira, ne sachant s'il devait rire ou pleurer.

La pièce qui le fascinait le plus était celle du premier, avec son piano. Il se demanda si la maison avait été utilisée pour le tournage d'un film. Il marcha jusqu'à la baie vitrée et regarda l'écume lécher les rochers, les vagues avancer et reculer tour à tour. Il récita quelques vers. Il aurait aimé parler du « long mugissement mélancolique de la mer », mais Andrew Marvell l'avait devancé.

Il s'imagina assis au piano, pris par le rythme de la musique, faisant ruisseler une cascade de notes cristallines dans la pièce déserte. Il ne savait pas jouer, mais il pouvait apprendre. Oui, c'était un projet digne de considération. Combien de temps fallait-il pour apprendre ? Ne fût-ce que pour casser les oreilles d'Agatha, cela valait la peine. Il redescendit dans le salon, la première pièce que Esther Laburnum lui avait montrée. En passant devant le portrait du vieillard, il se demanda si c'était le patriarche mais ne parvint pas à lui trouver une ressemblance avec le reste de la famille.

Les autres étaient tellement beaux et souriants. Il prit le cadre d'argent et son cœur se serra de nouveau en contemplant la photo des enfants au destin tragique.

La porte s'ouvrit soudain. Il sursauta.

L'Intrus !

Ce n'était que son chauffeur.

— Je suis désolé de vous interrompre, mais Shirley — c'est la standardiste — va avoir besoin d'une voiture pour aller à Mousehole.

Johnny eut un geste d'excuse.

— Oh, c'est bon, assura Melrose. J'en ai terminé. Allons-y.

Dehors, Melrose se retourna pour jeter un dernier coup d'œil sur la maison.

— Quelle maison ! fit-il. J'ai l'intention de la louer. Dites-moi, qui est le vieillard du portrait ? Il cadre mal avec le reste...

— C'est Morris Bletchley.

— Bletchley ? La famille a-t-elle un lien quelconque avec le village ?

— Oh, je crois qu'il y a toujours eu des Bletchley dans la région. C'est marrant, vu qu'il est américain. C'est le roi du poulet.

— Le quoi ?

— Vous n'avez jamais mangé dans un Chick'n King ? Il y en a partout. C'est une chaîne de restaurants.

Melrose réfléchit.

— Oui, j'ai dû en voir au bord des nationales. Vous voulez dire que Seabourne appartient à Mr Chick'n King lui-même ? (Melrose ne cachait pas sa déception. Les poulets ! Quel manque de romantisme !) Je commence à comprendre le pourquoi de l'aquarelle aux poulets...

— Jamais vue, mais ça ne m'étonne pas.

Johnny négocia un virage aveugle sur la route étroite bordée de hautes haies.

— En tout cas, soupira Melrose, ça m'évitera de devenir trop sentimental. Des poulets, nom d'un chien !

— Je ne vous imagine pas du genre sentimental, nota Johnny.

Melrose se sentit bizarrement flatté. Il faillit sortir son étui à cigarettes, mais se ravisa.

— Ça vous ennuie si je fume ? demanda-t-il.

— Non, si vous m'en offrez une. Je sais, c'est mauvais pour mes poumons, mais...

Melrose tendit son étui à Johnny qui prit une cigarette, les yeux toujours rivés sur la route. Melrose lui donna du feu, alluma sa propre cigarette et se cala confortablement dans son siège pour admirer le paysage boisé qui défilait.

— Dites-moi, combien de jobs avez-vous ?

— Oh, trois. Quatre, si vous comptez la magie.

— Je ne demande pas mieux, répliqua Melrose, ébahi. Qu'entendez-vous par là ?

— Je suis magicien amateur, c'est tout. J'adore ça. Mon oncle Charlie était un professionnel, lui. Maintenant, il tient une boutique de farces et attrapes à Penzance. De temps en temps, je fais un numéro à l'hospice. Je me débrouille pas mal.

— Je n'en doute pas.

— Les autres boulots, c'est des temps partiels. La saison touristique touche à sa fin.

— Bien sûr, avec des pleins-temps, ce serait impossible. Et que faites-vous pendant la morte-saison ? Vous enseignez à Oxford ?

— Pas demain la veille ! s'esclaffa Johnny. Le trimestre prochain, j'espère décrocher une bourse. C'est pour ça que je travaille autant, pour payer ce que la bourse ne couvrira pas.

— Et votre famille ?

— Je n'ai que ma tante Chris. Chris Wells. C'est à elle que le salon de thé appartient, vous savez, le Woodbine. Ah, il y a aussi l'oncle Charlie. Il habite à Penzance, mais je ne le vois pas souvent. Chris est associée à Brenda.

— Brenda ?

— Brenda Friel. Elle est super. Sa fille était ma baby-sitter.

— Votre baby-sitter ? Vous êtes sûr que ce n'est pas le contraire ?

Johnny éclata de rire, puis il ajouta d'un ton plus grave :

— Ça remonte à des années. Ramona est morte quand elle avait... quoi ? Vingt-deux, vingt-trois ans. Une triste histoire. En plus, elle était enceinte, précisa-t-il en rougissant légèrement. C'est Chris qui me l'a dit. Brenda, euh, vous imaginez... Bref, Brenda et Chris font une super équipe. Je n'ai jamais vu quelqu'un travailler autant que Chris.

« Vous mis à part », faillit dire Melrose.

— Oh, elle paierait mes études, elle paierait tout. Mais je ne peux pas accepter. On doit être autonome dans la vie, non ?

— Ce que vous semblez être.

— En plus, elle est vraiment jolie, déclara Johnny, qui suivait son idée. Et pas très vieille... votre âge, peut-être.

Melrose se tourna vers la portière pour cacher son sourire.

Johnny poursuivit l'énumération des qualités de sa

tante : aimable, excellente cuisinière, la patience d'une sainte.

Melrose n'avait jamais entendu un garçon de cet âge émettre de tels compliments sur sa famille. Il ne doutait pas des vertus de la tante — après tout, Johnny l'avait prise pour modèle —, mais il était surpris de voir le jeune homme jouer les Cupidon. Il était flatté. Johnny n'aurait pas vanté sa tante à n'importe quel célibataire.

— Ça serait sympa si vous louiez Seabourne. On pourrait dîner tous ensemble un de ces soirs. (Johnny regarda Melrose d'un air presque implorant.) On mangerait du poulet.

Ils s'esclaffèrent.

La prochaine fois que tu te laisses aller au romantisme, se dit Melrose, pense aux poulets. *Souviens-toi...*

Mais c'étaient justement les souvenirs qu'il fallait éviter si on ne voulait pas sombrer dans le romantisme. Les souvenirs sont tyranniques... Des pièges.

4

Le Noyé était un pub de campagne typique qui penchait néanmoins vers l'auberge car il louait des chambres. Il y régnait un calme étrange et une pénombre apaisante — un peu trop de chaque si on considère qu'un pub ou une auberge doivent offrir un peu d'animation, or il était clair que Mr Pfinn, qui avait fini par accepter de louer une chambre à Melrose, n'était pas du genre animé. Petit et maigre, nerveux, les épaules tombantes, le cheveu rare, il avait paru trouver incongru que Melrose prenne au mot la pancarte affichée à l'entrée : *Chambres à louer*. C'était un pub triste et solennel. Melrose, qui y séjournait depuis deux jours, n'avait encore vu aucun client. Il y avait tout de même des chiens. Ils étaient venus par une porte dérobée et avaient regardé Melrose signer le registre et monter dans sa chambre par un escalier obscur.

Ils étaient cinq et ils aimaient venir dans le bar lorsque Melrose s'y trouvait. Ils l'observaient en silence. C'était, semblait-il, leur distraction préférée et Melrose avait l'impression d'être une attraction de cabaret. Il s'efforçait de les ignorer, mais il était presque impossible de ne pas succomber à l'envie de leur couler un regard ; c'était irrésistible. Les chiens n'arrivaient jamais tous ensemble. Melrose avait identifié un labrador caramel, un berger allemand, un chien de berger et deux chiens de traîneau. Ils arrivaient un par un, comme s'ils s'étaient donné le mot. C'était déconcertant.

Melrose avait abordé le sujet avec Mr Pfinn, sans réussir à lui tirer un sourire. Pour un patron de pub, Mr Pfinn était étrangement taciturne. Il était du genre à broyer du noir et repoussait toute tentative d'engager la conversation, même à propos du climat. Avec Mr Pfinn, toute discussion était vouée à l'échec.

Après avoir longuement hésité, Melrose décida de dîner au pub, où la cuisine ne devait pas être pire qu'ailleurs. La veille, il avait essayé l'autre pub de Bletchley, Le Mauvais Œil. Troublé par ce penchant pour les noms sinistres, il en avait parlé aux habitués, que cela n'avait pas fait sourire. Il avait ensuite offert une tournée générale, mais n'avait pas réussi à dérider l'atmosphère. Melrose se flattait d'être un bon conteur dont la générosité venait à bout des réticences. Au Mauvais Œil, son narcissisme avait pris du plomb dans l'aile. Il y avait aussi un café appelé Le Pauvre Diable, en haut de la rue, mais en voyant sur le menu que les sticks de poisson figuraient à presque toutes les lignes, il préféra ne pas tenter l'aventure. Bletchley était peut-être un village *noir*[1] destiné à initier un tournant décisif dans la représentation du village britannique dans les films d'épouvante.

Agatha avait téléphoné pour laisser un message disant qu'elle dînait avec Esther Laburnum. Melrose préférait dîner seul. Par chance, Agatha était descendue dans un bed-and-breakfast qui répondait au doux nom

1. En français dans le texte. *(N.d.T.)*

de Villa de Campagne, tenu par une certaine Miss Hyacinth Rose qui n'avait pas traîné pour leur apprendre qu'elle faisait sa propre *clotted cream* et leur avait montré des casseroles disposées sur tous les radiateurs. C'était, disait-elle, la meilleure façon de fabriquer la célèbre crème de Cornouailles dont raffolaient les touristes.

Mrs Laburnum sortirait sans doute de son dîner avec une tout autre impression de Lord Ardry (débauché, irresponsable, dandy) que celle qu'elle s'était forgée sur Melrose Plant (le riche oisif, accommodant et réfléchi). En fait, vu l'énorme différence entre Ardry et Plant, il aurait aussi bien pu être le Mouron Rouge. Toutefois, Agatha aurait beau faire, elle ne pourrait pas empêcher Esther Laburnum de lui louer Seabourne ; il avait les moyens de payer d'avance le loyer de plusieurs années, si elle le désirait. D'autre part, comme la maison était libre depuis quatre ans ou plus, elle serait sans doute ravie de s'en débarrasser.

Pendant qu'il se livrait à ces agréables méditations devant la cheminée, où les bûches grisâtres étaient devenues noires à force de recevoir la caresse des flammes, les chiens étaient apparus un par un, non pour rejoindre Melrose mais pour se retrouver ensemble. Ils s'étaient affalés devant le foyer tels des sacs de haricots et s'étaient aussitôt mis à ronfler, même si, troublés par quelque rêve, ils couinaient ou soupiraient de temps à autre. Comment font les chiens pour s'endormir en cinq secondes ? Mr Pfinn pouvait presque ouvrir un chenil. Encore un ou deux chiens de traîneau, et il pourrait louer un attelage et s'attaquer à la traversée de l'Alaska. Cette vision réjouit Melrose, il s'imagina emmitouflé dans une parka fourrée, hurlant « Allez ! » tandis que le traîneau filait à travers la toundra gelée.

Il bâilla. L'heure était venue de passer dans la salle à manger du Noyé. Pourvu que le vin soit bon. Et le poisson convenable, par Dieu. Il vida l'excellent whisky pur malt et s'extirpa du fauteuil club. Les chiens ne remarquèrent pas son départ, hormis le chien de berger acariâtre qui montra les crocs, grogna sans conviction et replongea dans ses rêves.

— Non ! s'exclama Melrose. Je rêve !

— Mr Plant, dit Johnny Wells, qui remplit son verre d'eau, posa la carafe et présenta en même temps le menu et la carte des vins qu'il avait calés sous son bras.

— Vos multiples occupations n'ont donc pas de limites ?

— Il n'y a pas beaucoup de clients à cette époque de l'année, dit Johnny en désignant la salle à manger d'un geste large. Comme vous pouvez le voir.

— Tout de même...

Melrose étudia le menu. Honnête.

— Le plat du jour, c'est de la morue sauce concombre, ou avec des abricots confits. Comme des abricots émulsionnés.

— Je préfère les appeler confits, merci. (Melrose éplucha la carte des vins.) Quel choix ! Côtes-du-rhône 85, côtes-du-lubéron 86, bourgueil du domaine des Raquières. (Il lança un coup d'œil à Johnny par-dessus ses lunettes cerclées d'or.) Rien d'autre ?

— Que diriez-vous d'un puligny-montrachet ? fit Johnny en époussetant des miettes imaginaires sur la table.

— Ah, vous m'en direz tant ! (Melrose referma la carte.) Vous n'auriez pas un bon petit bordeaux ? Une bouteille.

— C'est faisable. Mais ça dépend de ce que vous allez manger, non ?

— Qu'est-ce que vous me recommandez ?

— La morue, les yeux fermés.

— Comme c'est le seul plat ici mentionné, c'est ce que je vais prendre.

— C'est parti ! Avec un bordeaux blanc ?

— Comme vous voudrez.

Johnny alla à la cuisine et revint cinq minutes plus tard avec du pain, une bouteille de vin et un tire-bouchon sophistiqué qu'il utilisa avec un plaisir manifeste. Il versa quelques gouttes de vin dans le verre de Melrose qui le trouva excellent — vu l'origine — et demanda :

— A part le roi du poulet, que savez-vous des Bletchley ? A propos, le village tient son nom de la famille ?

— Ça se pourrait. Il y a des siècles, un Bletchley a donné son nom au village. Ce sont peut-être des descendants, j'en sais rien. On dit que c'est une famille bizarre, ajouta Johnny en claquant sa serviette sur son bras.

— Toutes les familles sont bizarres... jusqu'à preuve du contraire. Je pensais aux enfants.

— Ah, quelle tragédie ! J'étais en pension quand c'est arrivé. Depuis le drame, la maison est vide. C'est-à-dire que les parents sont partis à Londres, ou à Penzance, enfin, quelque part. Elle a été habitée pendant une courte période, par des « décorateurs », comme on disait avec des clins d'œil. C'étaient des homos, je crois. Des types sympas. Ils ont apporté des améliorations, question décoration. Ils ont déménagé brusquement, conclut Johnny avec une grimace.

Melrose ne demanda pas pourquoi. C'est dans le script. Les déménagements sont toujours inattendus et précipités.

— C'est tout ce que je sais, reprit Johnny. Je vais vous chercher votre entrée.

— J'en ai commandé une ?

— Ça vous plaira. C'est un avocat au roquefort. Remarquable.

— Je vous crois sur parole. Comme pour le reste.

Melrose attendit en contemplant la douzaine de tables recouvertes de nappes blanches, chacune agrémentée d'un petit vase de cyclamens bleus. Il manipula machinalement sa cuillère en pensant à la maison. C'eût été de la folie de l'acheter. Même en bon état, il devait y avoir un tas de problèmes en perspective — le chauffage, l'alimentation en eau, l'électricité. Sans parler de l'atmosphère inquiétante...

... qu'il créait lui-même, ce qu'il n'avait cessé de faire depuis qu'il avait mis les pieds dans la maison. Non, il n'y avait là rien d'inquiétant, rien de sinistre, rien de macabre. Le problème, c'est qu'il s'ennuyait à Ardry End et qu'on était en Cornouailles, la chasse gardée de Daphné du Maurier, le pays de Manderley en flammes.

Johnny lui apporta son entrée et disparut aussitôt, laissant Melrose plongé dans ses pensées morbides. Un fantôme qui se respecte choisirait-il de hanter la maison du roi du poulet ? Melrose se demanda comment on expédiait les poulets dans la région. On leur disait qu'ils partaient en week-end à Brixton-les-Bains[1] et on claquait la porte de la cage ?

Melrose commença à s'apitoyer sur le sort des poulets. Si l'avocat au roquefort n'avait pas été aussi délicieux, il aurait été incapable d'en avaler un morceau.

1. Brixton, banlieue de Londres où se trouve une maison d'arrêt. Equivalent de Fresnes pour Paris. *(N.d.T.)*

S'il continuait de s'identifier à ces malheureuses volailles, il finirait végétarien. Il serait obligé de renvoyer sa morue en cuisine ! Il se frappa le front pour en déloger ses pensées stupides. Un peu de compassion, d'accord, trop et on est bon pour manger des graines jusqu'à la fin de ses jours. Il se voyait déjà manifester devant la boucherie du pauvre Jurvis. Qui accepterait de boycotter Jurvis ? (« Quoi ? Renoncer à mon rôti dominical ? Vous êtes malade ! »)

— Ça ne va pas, monsieur ?

Johnny tenait une assiette fumante, poisson, chou, pommes de terre sautées et petits pois.

— Non, non, ça va. J'essayais juste de sortir de l'eau de mon oreille.

Pendant que Johnny posait l'assiette devant lui, Melrose se donna une nouvelle claque. Le plat avait l'air délicieux, la chair nacrée cuite à point se détachait toute seule. La sauce était servie à part.

Melrose empoigna sa fourchette et reprit la conversation où il l'avait laissée :

— Dites-moi, Johnny, si ce sont les héritiers de la fortune des Chick'n King, pourquoi s'ennuyer à vendre ou même à louer ? Ils n'ont pas besoin d'argent.

Johnny médita ces fortes paroles tout en remplissant le verre de Melrose.

— C'est peut-être comme ça qu'ils ont fait fortune pour commencer.

— Je ne vous suis pas.

— Mr Bletchley était peut-être quelqu'un qui connaissait la valeur de l'argent. Je dis bien peut-être. Comment est la morue ?

Elle était si onctueuse, si fraîche, qu'elle avait sans doute sauté directement de la mer dans la poêle.

— Excellente. Mes compliments au chef. (Il vit un

sourire se former aux coins des lèvres de Johnny, un sourire qui ne prêtait qu'à une seule interprétation.) Non, ne me dites pas... Vous êtes le monde du travail à vous tout seul, dans ce pays ?

— Seulement quand nous n'avons qu'un ou deux couverts. Mr Pfinn ne veut appeler le chef que lorsque la salle est pleine, ce qui arrive rarement en automne ou en hiver. Je ne fais pas la cuisine en été, seulement quand c'est calme comme aujourd'hui. J'ai appris en regardant Chris. Elle est géniale.

— Chris ?

— Vous savez, ma tante ? Je vous en ai parlé.

— Ah oui. Celle qui tient le salon de thé.

— Avec Brenda Friel. Chris doit être en train de faire la pâtisserie pour demain. Trois fois par semaine, elle fait des meringues, des petits pains, des trucs comme ça. Quand j'aurai fini mon service, j'irai lui donner un coup de main.

— J'espère que je ne vous retiens pas ! dit Melrose, qui doutait néanmoins que quiconque puisse retenir Johnny Wells.

Le jeune homme était bien trop malin.

— Pas du tout, assura-t-il, tout en jetant un coup d'œil à sa montre. Il va y avoir une attraction d'une minute à l'autre.

— Puis-je savoir qui...

— Je suis illusionniste, vous vous souvenez ? Dommage que je n'aie pas le temps de m'entraîner. Vous savez où j'aimerais aller ? A Las Vegas, au Nevada. Voilà une ville pour magiciens ! Vous avez entendu parler de Siegfried et Roy ?

— Ça me dit quelque chose.

— Avec un nom comme John Wells, je ne peux pas me rater.

— Je ne vous suis pas, avoua Melrose.

— Et ça se prétend cultivé ! Vous n'avez jamais entendu parler de John Wellington Wells ?

Johnny se mit à chanter :

Je m'appelle John Wellington Wells,
Je vends de la magie, des charmes,
Des envoûtements, des sorts,
La fortune éternelle,
Des prophéties, de la sorcellerie, des malédictions.
Si vous manquez de quoi que ce soit,
Il vous le trouvera illico,
Il lui suffit de demander
Au Djinn de service,
Numéro soixante-dix, hache enchantée !

Il conclut par un geste théâtral, la serviette drapée autour de son bras.

— La magie, c'est une question de mise en scène.

5

Il lança « Chris ! » comme chaque fois qu'il entrait. Il n'y eut pas de « Je suis là ! » en provenance de la cuisine.

Johnny traversa le petit vestibule. Il faisait encore chaud dans le pavillon Tudor en désordre où le feu s'était éteint depuis peu. Il y avait des moules à gâteaux et des petits pains frais sur la longue table en porcelaine et sur la cuisinière. Par la porte du four ouverte, Johnny vit une plaque de meringues en train de refroidir. Légères et sucrées, elles fondaient sur la langue comme par magie. Un peu trop sucrées à son goût.

Il chercha partout des signes de sa tante et trouva un tablier jeté sur le dossier d'une chaise. Il examina les gâteaux, se souvint que les meringues mettaient une heure à cuire et une autre à refroidir si on les laissait dans le four avec la porte ouverte. Le four était encore tiède.

Il était dix heures moins le quart. Cela signifiait qu'elle était encore là à neuf heures, peut-être plus tard. Cela signifiait qu'elle venait juste de sortir.

Pour aller où ? Tout était fermé, sauf les pubs, or elle y allait rarement et jamais les soirs de pâtisserie. En revanche, elle allait parfois au premier, se mettait au lit et prenait un livre. Elle adorait lire. Elle adorait la routine. « C'est une autre façon de dire "rituel", et les rituels, c'est rassurant. » Elle avait raison ; c'était rassurant de savoir qu'on vous attendait à certains endroits à des moments précis. Rassurant qu'on compte sur vous. Il devinait toujours ce que Chris allait faire. C'était rassurant qu'elle soit toujours là où on l'attendait. On pouvait toujours compter sur Chris.

Il s'efforçait de l'imiter. S'il n'arrivait pas au Woodbine à dix heures ou à quinze heures tapantes, les deux propriétaires le grondaient. Les filles qui faisaient le service étaient des écervelées qui n'arrivaient pas à se conformer à l'esprit du Woodbine.

Encore un rituel que Johnny comprenait. Chris lui avait dit un jour : « Vois-tu, il ne s'agit pas seulement de thé et de gâteaux, c'est une affaire de régénération. Je ne sais pas exactement comment ça marche, mais j'ai souvent vu des clients arriver grognons ou pas vraiment dans leur assiette, et repartir ravigotés. »

Il était sûr qu'elle n'était pas à l'étage (il l'aurait entendue), il voulut néanmoins vérifier. Il gravit l'escalier étroit et sombre qui menait aux chambres. Il y en avait trois. La sienne et celle de Chris donnaient sur Mounts Bay. Bien que la porte fût entrouverte, il frappa. Elle était peut-être au lit, malade. Il savait pourtant que c'était impossible. On s'accroche à la moindre branche avant d'accepter une réalité déplaisante.

Il examina longuement la coiffeuse avec son miroir à trois faces, espérant qu'un détail — de la poudre renversée, un tube de rouge à lèvres ouvert, un flacon d'eau de Cologne débouché — lui indique où elle avait pu aller et ce qu'elle faisait. Mais la coiffeuse était aussi bien rangée que d'habitude.

Il s'assit dans le fauteuil en face de la fenêtre qui ouvrait sur le square. La lune éclairait le square et nimbait la pelouse de reflets argentés. Johnny essaya de penser à une urgence. Elle avait pu se couper et aller chercher un médecin. A Bletchley Hall, peut-être. Il y avait toujours un médecin sur place. Il était peut-être arrivé quelque chose à une des « vieilles », comme elle disait, dont elle s'occupait bénévolement. Oui, il y avait eu une urgence. Ou bien l'oncle Charlie, cet alcoolique, l'avait appelée à son secours. Ça s'était déjà vu.

Ridicule. Chris n'était pourtant pas partie en voyage, bon Dieu ! Pas sans lui laisser un mot.

— J'espère qu'elle n'est pas malade, mon chou, dit Brenda au téléphone. Tu veux que j'appelle l'hospice ? Tu crois qu'elle... ?

Johnny avait déjà téléphoné à Bletchley Hall. Aux pubs, aussi.

— Et le bureau de tabac ? demanda Brenda.

— Compton's ? Il est dix heures et demie, Brenda ! De toute façon, qu'est-ce qu'elle irait y faire à une heure pareille ?

— Acheter des cigarettes.

— Elle a arrêté de fumer.

— Mon chou, soupira Brenda, je sais avec certitude qu'elle y va parfois en cachette.

Johnny ne put s'empêcher de rire. La disparition de Chris n'avait pas pris une réalité concrète dans son esprit. C'était encore une fiction vaguement alarmante qui se résumerait bientôt à ce qu'elle était : une fiction.

— Oh, Brenda, tu vois vraiment Chris faire quelque chose en cachette ?

— Euh... non, tu as raison. Mais je n'oublie pas que tu la crois trop parfaite. Tu n'arrives pas à imaginer qu'elle ait des problèmes. Pourtant, elle en a. Comme tout le monde.

Elle dit cela sans sarcasme, avec une sorte de tristesse dans la voix.

— Tu ne m'aides pas beaucoup, Brenda.

— Non ? Et son beau-frère, Charlie ? Il est peut-être retourné en taule, elle a pu aller le faire sortir.

— Sans me prévenir ? Impossible.

Brenda soupira.

— Je ne comprends pas. Tu veux que je vienne, mon chou ? Tu veux que je te tienne compagnie ? On pourrait s'inquiéter ensemble.

En fait, il aurait bien voulu. Mais l'admettre lui semblait trop puéril. Il était reconnaissant à Brenda de ne jamais rejeter la tristesse, l'inquiétude ou la peur avec des phrases toutes prêtes comme : « C'est rien, tu verras. Ça va s'arranger. » Il lui assura qu'il se débrouillerait tout seul. Ce qui était faux.

— Ecoute, mon chou, tu n'as pas besoin de venir demain matin si ça ne va pas.

— Ça ira, Brenda. Ça ira, merci.

A son réveil, il crut que les choses avaient changé, que ses craintes de la veille étaient infondées. Mais une conviction opposée se glissa en lui pendant qu'il refaisait lentement surface. Il resta au lit, devinant la lumière matinale plus qu'il ne la voyait, écoutant la mer mouvementée frapper à sa fenêtre.

Il se leva et se rendit pieds nus dans la chambre de Chris. Rien n'avait changé. Il descendit en prenant garde aux marches perfides, alla dans la cuisine faire du thé. Les meringues et les petits pains donnaient encore l'impression que la pâtissière allait revenir d'une minute à l'autre. Il remplit la bouilloire électrique et la brancha. *Une tasse de thé, une tasse de thé, une tasse de thé*. Il récitait les mots dans sa barbe comme un mantra (c'en était presque un).

Il y avait un téléphone mural au-dessus de la table de la cuisine ; il s'assit, décrocha l'appareil et appela Charlie. C'était la seule chose à laquelle il pouvait penser.

— Allô, John ! Comment ça va ?

Même si ce n'était que Charlie, la joie qu'il manifesta en entendant Johnny mit du baume au cœur de ce dernier.

— Bien, merci. Dis donc, Charlie, Chris n'est pas chez toi, par hasard ?

Si, elle est là, je te la passe tout de suite. Johnny ne s'aperçut pas à quel point il avait envie d'entendre ces mots avant d'entendre la vraie réponse :

— Non, je n'ai pas vu Chris depuis la fois où elle m'a fait sortir sous caution. (Le ton de Charlie changea soudain, il demanda d'une voix inquiète :) Pourquoi ? Que se passe-t-il, Johnny ?

— Elle n'est pas là. Elle a disparu sans me dire où elle allait.

Johnny s'efforça de rire mais n'émit qu'un son étouffé.

— C'est dingue ! Tu as essayé à l'hospice où elle fait du bénévolat ? Je crois me rappeler qu'elle avait un jour raccompagné une vieille qui avait eu une attaque et qu'elle avait dû passer la nuit là-bas. Tu t'en souviens ?

Oui, Johnny s'en souvenait.

— J'ai appelé, ils ne l'ont pas vue.

Charlie parut hésiter.

— Et la police ?

— La police, ici, c'est l'officier Evans. C'est pas quelqu'un à qui se fier, Charlie. Merci quand même.

— Ouais, je comprends. Tiens-moi au courant, hein ? Je parle sérieusement. Je peux être là dans une heure et demie, si tu veux.

— D'accord. Encore merci.

Il raccrocha. Aussi loin qu'il s'en souvienne, il n'avait jamais entendu Charlie parler sérieusement ni d'une voix sobre.

6

Le lendemain matin, Melrose arriva au Woodbine à dix heures trente, sans Agatha, qui ne s'était pas montrée. Elle avait dû faire la bringue avec Esther la veille au soir.

Melrose but son thé en observant John Wells aller de table en table. Le visage du garçon, pâle par nature — d'une pâleur romantique à la Byron —, paraissait encore plus blanc. Il avait un air soumis inhabituel. Melrose le regardait errer entre les tables — toutes occupées —, morne, la démarche titubante, presque avinée, ce qui le faisait ressembler à un canot secoué par une mer agitée. Lorsqu'il s'arrêtait, il paraissait fixer le vide, mais Melrose s'aperçut qu'en réalité il fixait la porte. On aurait dit qu'il attendait quelqu'un.

Melrose lui fit signe de venir.

— Quand finissez-vous, Johnny ?

— Bientôt. Dans une heure, environ.

— Pourrais-je vous parler ? Peut-on se voir au Noyé ?

Le pub se trouvait juste en face du salon de thé.

Johnny se passa une main dans les cheveux.

— Bien sûr, fit-il en soupirant.

Melrose perçut comme un soulagement dans son expression.

— Bonjour, Mr Pfinn, lança gaiement Melrose en entrant dans le pub. Belle journée, n'est-ce pas ?

— Facile à dire pour vous, rétorqua Mr Pfinn sans cesser d'essuyer la pinte qu'il tenait à la main.

Facile à dire ? A croire que Melrose était un touriste de passage qui venait jouir du beau temps et repartait, laissant Mr Pfinn se morfondre le reste de l'année. Mr Pfinn ne demanda pas à Melrose ce qu'il désirait, il se contenta de le regarder par en dessous, les sourcils froncés.

Melrose s'assit au bar sur un tabouret.

— Une demi-pinte de Old Peculiar, si vous avez ça.

— En bouteille.

— Ça ira.

Mr Pfinn claqua le torchon sur son épaule et prit une bouteille sur une étagère, sous les robinets à pression. Il la décapsula, la mine renfrognée, et versa la bière d'un air franchement sinistre.

— Ça doit faire un sacré changement quand l'hiver arrive, non ?

— Ça dépend.

Comme pour tout, songea Melrose.

— Ça dépend de quoi ?

— Du temps, pardi.

Melrose se rappelait avoir déjà abordé le sujet.

Mr Pfinn jugea que le moment était venu d'approfondir.

— Trop de touristes, grogna-t-il.

Melrose ne cessait de s'émerveiller de la capacité des commerçants à mordre la main qui les nourrissait. Il se leva, emporta sa bière et alla s'asseoir dans un coin encore plus sombre que le bar. Des lumières vacillantes dessinaient des ombres mouvantes sur les tables. Seul le geste du patron essuyant les verres témoignait qu'un zeste de vie habitait encore le pub figé dans une immobilité suffocante. On aurait pu se croire sous l'eau.

Une demi-heure s'écoula, durant laquelle des habitués entrèrent, s'assirent au bar et se tournèrent pour épier Melrose. Johnny Wells passa à son tour d'un lumineux été indien à l'ombre glacée du Noyé.

Melrose lui trouva une expression anxieuse. Il le héla.

— Ça n'a pas l'air d'aller, remarqua-t-il. Que se passe-t-il ?

— C'est ma tante.

Melrose attendit la suite.

— Je ne sais pas où elle est.

Il grimaça, ce qui accentua son air anxieux. Il raconta à Melrose ce qu'il avait découvert la veille.

— Il lui est arrivé quelque chose, j'en suis sûr.

Johnny évitait de regarder Melrose, comme s'il ne supportait pas de voir sa propre inquiétude se refléter sur le visage d'un autre. Il aurait craqué.

— Pas forcément. D'après ce que vous dites, on dirait plutôt que c'est elle qui a fait arriver quelque chose.

— Que voulez-vous dire ?

— Qu'elle est sans doute partie de son plein gré, pour commencer. Vous dites n'avoir pas vu de traces d'une autre personne. Ce n'est peut-être pas votre oncle Charlie qui l'a appelée en urgence, mais ça ne veut pas dire qu'il n'y a pas eu d'urgence.

— Elle aurait téléphoné.

— C'est difficile à croire, mais il y a encore de nos

jours des gens qui n'ont pas le téléphone, ni de fax, ni même d'e-mail.

— Euh...

— Vous la connaissez peut-être bien, mais vous ne savez pas tout d'elle.

— J'ai vécu presque toute ma vie avec elle, protesta Johnny.

C'était sans doute là que le bât blessait : sa tante connaissait peut-être quelqu'un qui comptait plus pour elle que Johnny.

Lorsqu'il leva les yeux, son expression avait changé.

— Elle n'était pas non plus à Bletchley Hall. C'est en tout cas ce que m'a dit l'infirmière, mais je ne suis pas sûr qu'elle se soit renseignée.

— Bletchley Hall ? Qu'est-ce que c'est ?

— Une sorte d'hospice, de l'autre côté du village. Chris y fait du bénévolat, elle sert entre autres de chauffeur aux « vieilles », comme elle les appelle, dont elle s'occupe. Quand même, ça n'explique pas pourquoi elle n'a pas donné signe de vie.

— Rappelez-les. Mr Pfinn ! lança Melrose. Vous avez le téléphone ?

Mis au défi, Pfinn sortit un téléphone noir de sous le comptoir et l'apporta à la table en en déroulant ostensiblement le fil.

— Ça fera une livre, en plus du prix de la communication.

Melrose posa un billet de cinq livres sur la table et poussa l'appareil vers Johnny.

Ce fut une autre infirmière qui répondit. Elle n'avait pas vu sa tante depuis plusieurs jours. Johnny lui demanda de vérifier auprès du personnel. Ce qu'elle fit, sans résultat. Il raccrocha.

— Et la police ? questionna Melrose. Vous l'avez prévenue ?

— Ils ne veulent rien faire, ou ne peuvent rien faire avant qu'un certain laps de temps s'écoule.

— Vous voulez dire que la police de Devon et de Cornouailles doit attendre vingt-quatre heures avant d'inter...

Melrose eut une idée. Bien sûr ! Il empoigna le téléphone.

A Exeter, le commissaire divisionnaire Macalvie n'était pas dans son bureau, mais l'agent qui répondit au téléphone déclara qu'il allait le chercher. Il revint une minute plus tard.

— Il est parti en Cornouailles.

— En Cornouailles ?

L'agent rappela à Melrose qu'il était au commissariat du Devon et de Cornouailles. Melrose ignora le sarcasme.

— Où ça, en Cornouailles ?

L'agent l'ignorait. Désolé.

— On ne peut pas le joindre ?

L'irritation de l'agent était manifeste. Bien sûr qu'on pouvait le joindre, mais pas pour une affaire privée.

— Pouvez-vous lui transmettre un message ? C'est assez important.

7

Si Brian Macalvie n'avait pu prendre l'appel, c'était parce que, au moment même où Melrose appelait, il se trouvait sur un sentier public entre Mousehole et la crique Lamorna, un sentier rocailleux qui serpentait sur trois kilomètres le long de la falaise dominant Mounts Bay et l'Atlantique. L'air marin y agissait comme un fortifiant inconnu des autres contrées d'Angleterre ; c'était un air sans souillure ni pollution, qui procurait une agréable ivresse.

Toutefois, l'air ne pouvait plus rien pour la femme qui gisait sur le sentier. On ne pouvait cependant pas imputer sa mort au lieu ou à l'ivresse car elle avait reçu deux balles de calibre 22 dans la poitrine. Le calibre des balles ne serait pas certifié, bien sûr, avant que le médecin légiste et la balistique n'aient eu l'occasion d'examiner le cadavre.

L'occasion tardait à venir.

— On va camper ici toute la journée ? se plaignit Gilly Thwaite.

C'était la spécialiste des scènes de crime, la première personne autorisée à examiner le cadavre et le lieu. Enfin, la première *après* le commissaire divisionnaire

Macalvie. Tant qu'il ne lui avait pas donné le feu vert, elle ne pouvait même pas déballer son matériel, ni prendre de photos à la sauvette. A croire qu'un simple flash risquait de contaminer la scène.

Il était extrêmement rare qu'un membre de l'équipe de Brian Macalvie s'amuse à jouer au plus fin avec lui. Il avait des yeux d'un bleu azur invraisemblable, un bleu brûlant qui vous déshabillait d'un seul regard. Macalvie était connu pour ses longs silences inflexibles lorsqu'il contemplait pour la première fois un cadavre, une scène de crime. Personne n'avait le droit d'approcher avant qu'il ait terminé son examen. Personne à la Criminelle ne savait regarder comme lui. On aurait dit qu'il se perdait dans sa contemplation. Tant qu'il n'avait pas vu tout ce qu'il y avait à voir, personne n'avait le droit de respirer.

Les membres de son équipe avaient passé près d'un quart d'heure à danser d'un pied sur l'autre et pendant ce temps-là « la foutue scène du crime s'érodait » (*dixit* Gilly Thwaite). Sa remarque lui avait valu un long regard bleu incendiaire.

Le médecin légiste, un médecin de Penzance qui n'était pas officiellement rattaché à la police du Devon et de Cornouailles, faisait partie de ceux qui attendaient en silence que Brian Macalvie ait terminé son inspection, et il ne cachait pas son irritation. Il avait protesté plus d'une fois contre ces atermoiements qui le retenaient sur les lieux, protestations tombées dans l'oreille d'un sourd.

Macalvie s'agenouilla près du cadavre. Il s'agissait d'une femme d'âge moyen, plutôt jolie, mais dont l'abus de maquillage avait terni les traits. Même chose pour les cheveux, d'un blond doré pastel. Elle portait un tailleur de couturier, taché de sang, une montre de luxe, mais pas de bijoux. Près de sa main droite se trouvait un morceau de plastique noir, sans doute un coin de quelque chose. Macalvie sortit une des pochettes en plastique qu'il avait toujours sur lui et y glissa l'objet.

Le légiste pestait ; le lundi, on se bousculait à sa consultation, après le week-end il y avait toujours des grippes ou des os cassés dans des accidents de navigation. A Penzance, les week-ends étaient désastreux, affirmait-il.

Le commissaire Macalvie se fichait pas mal des week-ends de Penzance et de l'emploi du temps surchargé de ses médecins.

Le lieu du crime se trouvait légèrement au-delà de la crique de Lamorna et à une trentaine de mètres de l'habitation la plus proche. Les policiers avaient dû abandonner leurs véhicules au parking du site. On avait demandé à deux agents d'aller jeter un coup d'œil à la maison.

« Nous n'avons pas de mandat.

— Eh bien, inspectez les alentours. »

A leur retour, les deux agents dirent à Macalvie que la maison semblait inoccupée. Dans le salon, la cheminée n'avait pas été utilisée depuis longtemps et il n'y avait pas de réserve de bois. Dans un endroit aussi froid en automne, on faisait du feu dès la fin septembre.

— C'est bon, Gilly, vous pouvez y aller.

Le signal déclencha une soudaine effervescence. A croire que tout le monde avait été transformé en statue car chacun se mit à s'agiter pour faire revivre ses membres engourdis. Gilly commença à prendre des photos du cadavre.

— Quand elle aura terminé, le corps sera à vous, toubib, déclara Macalvie. Ensuite à vous, Fleming, dit-il au gars du labo en lui donnant un coup de coude. Je suis sûr que vous allez me trouver quelque chose.

— Peut-être, patron, répondit Fleming. En tout cas, je ne trouverai pas ce que vous avez caché dans votre pochette.

Macalvie inspirait de la terreur aux incapables (dont la police du Devon et de Cornouailles avait plus que sa part, comme il aimait le rappeler). Mais Fleming n'était pas de ceux-là. Gilly Thwaite non plus, même si Macalvie pensait parfois qu'il aurait préféré qu'elle ne se soit pas engagée dans la police. Les meilleurs professionnels, les as, Macalvie les gardait dans son équipe. Il sourit d'un air penaud et tendit la pochette à Fleming.

— Désolé, s'excusa-t-il.

Il regarda Gilly prendre des gros plans. Il aurait bien aimé que la victime puisse lui dire quelque chose, d'un regard. Mais le visage d'un mort est inexpressif, même s'il a vu de près le canon d'un fusil ou la charge d'un taureau. Sauf dans le cas d'un spasme, qui fige les traits de la victime dans une rigidité cadavérique instantanée, l'expression du visage ne dévoile rien.

La mort abolit les différences, rend toutes choses égales.

8

Melrose en était à sa troisième Old Peculiar. Il avait entamé un bref débat avec Mr Pfinn concernant le nombre exact de bières éclusées, débat qui avait été tué dans l'œuf par l'examen du contenu de la caisse, sous le comptoir, où le taciturne taulier rangeait les bouteilles vides. Melrose n'aimait pas la tournure des événements et encore moins l'effet qu'elle avait sur l'adolescent de dix-sept ans dont la seule famille se réduisait à un oncle à Penzance et à Chris, sa tante adorée. Or Chris avait disparu.

Comment Melrose s'était-il laissé embarquer dans la vie d'un garçon qu'il ne connaissait que depuis la veille ?

Comme si le temps comptait ! Melrose était de ceux qui croient qu'on peut tomber amoureux d'une femme au moment même où on la rencontre.

Il s'en voulait d'éprouver lui-même l'impression que Johnny ressentait : celle d'un être trahi et abandonné. Non que la tante ait abandonné le neveu, certainement pas. Pas plus que la mère de Melrose ne l'avait abandonné, Dieu du ciel, bien sûr que non. Son père non plus, d'ailleurs. Mais Melrose gardait une dent contre les collèges privés et le penchant des Britanniques à y envoyer leur progéniture.

Il y avait eu Harrow. Ce dont il se souvenait surtout, c'était la ronde de minuit. Il ne pouvait pas s'endormir avant. Il pleurait en silence dans son petit lit, sans faire de bruit de peur de réveiller son camarade de chambre — comment s'appelait-il déjà ? Pourquoi réagissait-il si mal à la pension ? Ou plutôt à la séparation ? Il avait été un enfant aussi autonome qu'un bébé pingouin.

Il y avait eu un précédent avant Harrow. A huit ans, il s'était retrouvé en pension en France. Au nom du ciel, pourquoi l'avait-on envoyé dans le midi de la France ? Il rougissait encore lorsqu'il se rappelait comment il s'était accroché à sa mère ce fameux jour à Paris — à sa main, à ses jupes, peau fraîche, laine chaude. Et la honte de son père : « Pour l'amour de Dieu, mon garçon, conduis-toi en homme ! Reprends-toi ! Haut les cœurs ! » C'était justement ce que Melrose s'efforçait de faire : il essayait de se reprendre. Il y mettait tant de cœur qu'il sursauta et faillit tomber de son tabouret quand résonna une voix à côté de lui :

— Plant !

— Commissaire Macalvie ! Doux Jésus, comment allez-vous ?

— Moi ? Bien, mais je n'en dirais pas autant de vous. Où est votre compère ?

Il voulait parler de Richard Jury.

— Il est en Irlande du Nord. Pour son travail.

— Seigneur, comment a-t-il atterri là-bas ?

— Je n'en sais rien. En mission pour la Criminelle, une enquête en rapport avec un truc à Londres...

Pfinn s'approcha, sans doute attiré par l'électricité statique de Macalvie, ses cheveux cuivrés, ses yeux bleu cobalt. Il lui demanda ce qu'il prenait. Si toutefois il prenait quelque chose. Avec Pfinn, on avait toujours l'impression qu'il s'agissait d'une punition.

Macalvie commanda une lager.

— Alors, quelle est cette fameuse urgence ?

— Une femme de Bletchley a disparu. (Melrose donna quelques détails.) Les vingt-quatre heures requises ne sont pas encore écoulées.

En l'écoutant, Macalvie changea d'expression.

— A quoi ressemblait-elle ?

— Je, euh...

Melrose s'aperçut qu'il ne savait rien de son physique. Les cheveux, par exemple. Châtains ? Possible. Ah, oui, elle avait à peu près son âge, d'après Johnny.

— Votre âge ? Je n'ai jamais pu vous donner un âge, Plant.

— A vrai dire, je ne me souviens pas que Johnny m'ait dit à quoi elle ressemblait, sinon qu'elle était jolie. Je n'aime pas votre expression, qu'est-ce qu'il y a ? A propos, que faites-vous en Cornouailles ? Je ne vous imagine pas faisant du tourisme...

Macalvie s'éclaircit la gorge.

— Où est ce garçon ?

— Il a plusieurs boulots. (Melrose consulta sa montre.) A l'heure qu'il est, il doit faire le taxi... à moins qu'il ne soit en route pour dresser les tables, ici même.

Melrose appela Pfinn et lui demanda si Johnny était arrivé. Non, pas encore, pas avant une heure.

— Alors ? insista Melrose. Que faites-vous en Cornouailles ?

— Je suis venu jeter un coup d'œil à un cadavre découvert pas loin d'ici. Vous connaissez la crique de Lamorna ? C'est à une dizaine de kilomètres.

— Un cadavre ? Un homme ou une femme ?

— Une femme. Nous ne l'avons pas encore identifiée.

Il y eut un silence.

— Depuis combien de temps est-elle morte ?

Macalvie prit sa bière, paya, en but le tiers puis répondit :

— Pas très longtemps. Douze heures, seize tout au plus. Nous le saurons après l'autopsie.

— Bigre...

Melrose eut l'impression que son estomac se retournait comme une chaussette.

— Son neveu doit avoir une photo.

— Oh, certainement.

— Eh bien, je préférerais la voir avant de lui montrer la mienne.

— La vôtre ? fit Melrose, inquiet.

— Vous pouvez le joindre ?

— Je vais essayer chez lui, et s'il n'y est pas, j'appellerai les taxis. Ils ne sont que trois.

Il demanda le téléphone à Pfinn et le numéro de Johnny.

Le patron ne donnait pas le numéro de téléphone de ses employés. Il leur rejoua le cérémonial du fil. Melrose en serait d'une livre de sa poche.

— Certainement pas ! gronda Macalvie, qui fusilla Pfinn d'un regard incendiaire et sortit son insigne. Et j'attends ce numéro de téléphone, merci !

9

Johnny remontait l'allée lorsqu'il entendit le téléphone. Il s'élança vers la porte qu'il franchit d'un bond et empoigna l'appareil tandis que la dernière sonnerie résonnait encore.

Flûte ! Il raccrocha d'un geste rageur. Le téléphone était devenu Janus aux deux visages : d'un côté, c'était peut-être Chris ; de l'autre, de mauvaises nouvelles à son sujet.

Dans une heure, il devrait servir le dîner au Noyé. Avec tous ses soucis, il se demandait comment assurer ses multiples tâches quotidiennes — le café, le taxi, le pub — en sauvant les apparences. Comment calmer son angoisse, ses craintes. « Le déni, répétait sans cesse l'oncle Charlie. Le déni, il n'y a que ça. » Mais il n'y arrivait pas. Autrement, aurait-il éprouvé de l'angoisse, de la peur ?

Il s'affala sur une chaise, à la table de jeu, et laissa son regard errer sur le manteau de la cheminée, les étagères de livres, le fauteuil préféré de Chris, recouvert d'un coton bleu imprimé de phlox blancs. Du moins le fond avait-il autrefois été bleu. A force de lavages et d'expositions au soleil, on en distinguait à peine les motifs. Johnny se demanda si le temps pouvait effacer toutes les couleurs à la longue, le bleu marine de l'océan, l'azur du ciel...

La ferme! s'ordonna-t-il. Il était en train de s'apitoyer sur lui-même, ce qui l'empêchait de penser. Il prit ses cartes dans un des petits tiroirs de la table, les battit plusieurs fois, content de sentir les angles défiler sous ses pouces. Il coupa le jeu, fit trois paquets, tira un neuf de carreau et fit semblant de le ranger sur le dessus d'un paquet. Il rassembla les cartes, les battit, une fois, deux fois, et fit apparaître le neuf de carreau.

Un tour d'une simplicité enfantine, qui n'aurait dû abuser personne. Tout le monde, en fait.

Il laissa les cartes sur la table et se mit à errer sans but dans le salon. Il regarda le pare-feu, les livres, la corbeille de magazines, le nécessaire à broderie auquel Chris, trop occupée, ne touchait presque jamais. Il s'arrêta devant une vitrine où étaient exposés des tasses et des soucoupes (« Cadeau de Lyme », « Souvenir de Bexhill-on-Sea »), des figurines en porcelaine, des animaux, et s'étonna du nombre d'endroits qu'ils avaient visités. Oh, pas des endroits extraordinaires tels que Paris ou Venise, juste de banales stations balnéaires anglaises. Il s'arrêta devant la malle nichée dans l'alcôve et passa une main sur le couvercle. Il l'ouvrit, regarda à l'intérieur. Il avait encore du travail s'il voulait parfaire ce tour d'illusionnisme.

Il pleuvait toujours, le ciel était sombre, la pièce encore plus. Johnny n'avait pas allumé les lampes, il était resté dans la pénombre. Il repassa devant la cheminée et s'arrêta pour examiner les photos. Il y en avait plusieurs, dont trois grandes encadrées. Une de Chris et de Charlie, une de Chris et de lui, une autre de Chris et de sa mère. Chris ressemblait à sa mère et sa mère avait été une belle femme. Comme les deux sœurs posaient, la photo était moins vivante que les autres. Il examina les deux femmes. Il avait toujours considéré Chris comme sa mère, c'était plus fort que lui. De sorte qu'il avait l'impression d'avoir perdu sa mère une deuxième fois.

Accoudé au manteau de la cheminée, la tête dans les mains, il finit par rassembler le peu d'énergie qui lui restait, s'ébroua et ramassa la casquette qu'il aimait porter dans le taxi. Shirley lui avait demandé de faire des heures supplémentaires parce que Sheldon était malade.

« Traduire : gueule de bois, avait-elle ajouté.

— Désolé, Shirley, faut que j'aille à Penzance. »

Shirley n'avait pas objecté. Elle savait qu'il était arrivé quelque chose.

Il vissa la casquette sur sa tête, se regarda dans le miroir au-dessus de la cheminée et fredonna :

Je m'appelle John Wellington Wells,
Je vends de la magie et des charmes...

Pour une fois, la chanson ne lui remonta pas le moral. Il décrocha sa veste et sortit.

Il allait monter dans le taxi quand le téléphone sonna, mais, cette fois, il ne l'entendit pas.

10

— Bon, qui d'autre peut l'identifier ? demanda Macalvie, qui se jeta sur sa bière comme si c'était la dernière qu'il pensait boire avant longtemps.

— Si c'est bien Chris Wells, des tas de gens. N'importe qui au village, en fait. (Voyant que Macalvie se proposait d'interroger Pfinn, Melrose l'arrêta d'un signe de tête.) A votre place, je ne commencerais pas par lui. Il vous conduirait tout droit dans une impasse. Si tant est qu'un anti-témoin existe, Pfinn en est l'exemple parfait. Allons plutôt au Woodbine, de l'autre côté de la rue. Chris Wells le tient avec une autre femme, Brenda quelque chose. Elle pourra identifier son associée.

Melrose examina de nouveau la photo. Qui que fût la morte, c'était une belle femme. Melrose regretta de ne pas avoir écouté plus attentivement Johnny lorsqu'il lui parlait de sa tante. Non, il ne regrettait rien ; il ne voulait pas être celui qui dirait : « Oui, c'est bien Chris Wells. » Il ne voulait pas être le porteur de mauvaises nouvelles.

Macalvie posa la pinte vide sur le comptoir et la fixa du regard intense qu'il réservait d'habitude aux indices capitaux. Tous ses gestes étaient empreints de cette intensité. Ses yeux bleus rendaient ce qui était dans leur ligne de mire gris et fade, brûlaient le superflu. Melrose n'aurait pas aimé être un suspect interrogé par Macalvie. Appuyé au comptoir, les deux bras tendus, Macalvie regardait des scènes défiler dans sa tête. Si Melrose s'était jamais interrogé sur les aspects du métier que Brian Macalvie détestait — non qu'il dût y en avoir beaucoup —, montrer le cliché d'un cadavre à des amis ou à des parents supposés en faisait sans conteste partie.

— Allons-y, dit le commissaire en pêchant un paquet de cigarettes dans la poche de sa chemise.

Il fumait toujours la même marque démodée, un demi-paquet par jour. Melrose sortit son propre étui, content de pouvoir partager son vice.

Brenda Friel avait si bon caractère que la présence dans sa cuisine de la police du Devon et de Cornouailles ne parvint même pas à la contrarier. Les deux hommes se tassèrent dans la pièce exiguë encombrée par un plan de travail et une énorme cuisinière. Brenda Friel se fichait pas mal des gâteaux et des petits pains qu'elle venait juste de sortir du four, seul Johnny Wells lui importait. Lorsqu'elle comprit que la présence du commissaire s'expliquait par la disparition de Chris, elle se félicita que celui-ci soit venu directement.

Elle repoussa d'un revers de main une mèche de cheveux châtains qui lui barrait le front puis écouta, immobile, Macalvie lui parler de la morte de la crique de Lamorna. Son visage se figea comme lorsqu'une terrible nouvelle vient menacer votre univers et que le moindre geste risque de le faire basculer.

Lorsque Macalvie lui montra la photo, elle ferma les yeux, puis les rouvrit et laissa échapper un long soupir.

— Non, souffla-t-elle dans un murmure, ce n'est pas Chris.

Elle faillit s'évanouir de soulagement, recula en titubant et s'adossa à la table sur laquelle étaient disposés les gâteaux et les petits pains dont le parfum de gingembre, un arôme familier et banal, semblait railler leur crainte d'un drame possible.

Melrose expira à son tour, surpris d'avoir retenu son souffle. Chris et Johnny Wells avaient le don de susciter de puissantes émotions chez les gens.

— C'est déjà ça, déclara Melrose, dévoilant le fond de sa pensée. Mais où est son neveu ? Nous avons essayé de le joindre en vain. Il ne répond pas au téléphone. Je sais qu'il a plusieurs emplois, mais...

— Je crois qu'il est parti à Penzance. Il a là-bas un oncle qui sait peut-être quelque chose. C'est la première fois que Johnny me demande un congé. On peut absolument compter sur lui, c'est un roc. (Elle arracha deux sachets en plastique d'un rouleau, puis déclara :) Cette femme n'a pas le genre d'ici, à Lamorna... (Elle s'arrêta, fronça les sourcils, puis demanda :) Puis-je revoir cette photo, trésor ?

Comprenant qu'il était le trésor en question, Macalvie ressortit sa photo.

— Je peux vous dire à qui elle ressemble : à une femme qui a vécu autrefois à la crique de Lamorna quand elle était jeune. Elle s'appelait Sadie May. Elle a travaillé chez nous quelque temps, mais elle s'est mariée depuis. Elle s'appelle Sada Colthorp maintenant, si je ne m'abuse. Croyez-le si vous voulez, mais elle a épousé un aristo. Un comte ou un vicomte, ou un sang-bleu quelconque.

Le sourire qu'elle adressa à Melrose signifiait qu'elle

le considérait comme faisant partie de cette dernière catégorie. Un sourire, nota-t-il, un brin ambigu.

— Avez-vous posé la question au Pirate ? Le pub, vous savez ? Je suis sûre que les clients n'y parlent que de ça. (Comme Macalvie acquiesçait, elle poursuivit :) Oh, ça m'étonnerait qu'ils l'aient reconnue. Remarquez, ça ne veut pas dire qu'ils en parleraient à la police. Les gens ne sont pas toujours bavards, pas vrai ?

— C'est rien de le dire, approuva Macalvie. Comment se fait-il que vous l'ayez reconnue ?

— Parce qu'elle était déjà revenue. (Brenda parut surprise que la police l'ignorât.) C'était il y a quatre ou cinq ans. En souvenir du bon vieux temps, j'imagine. Elle avait travaillé pour nous autrefois, ça remonte à quinze ou vingt ans. Ramona, ma fille, était pas plus haute que trois pommes. (Brenda sourit à l'évocation de ce souvenir.) Je ne connaissais pas trop Sadie, Chris davantage. Nous ne l'aimions pas beaucoup.

— Et ? fit Macalvie.

Brenda écarquilla les yeux, qui étaient bleu pâle, un bleu délavé.

— Pardon ?

— Vous ne l'aimiez pas beaucoup. J'ai eu l'impression qu'un *et* ou un *mais* aurait dû suivre cette appréciation.

— Non, rien, sinon que Chris la détestait vraiment.

Alors, sans doute pour détourner l'attention de Macalvie de la personne qui y figurait, elle demanda s'il était possible de revoir le cliché. Elle ne semblait pas avoir de répugnance à contempler un cadavre, du moment qu'il ne s'agissait pas de son associée. Des biscuits dans une main, elle prit la photo et l'examina.

— Il ne se passe jamais rien ici. Lamorna n'est qu'à dix kilomètres et il ne s'y passe rien non plus. Et maintenant, une femme d'ici disparaît et une autre est assassinée là-bas ! Quand vous m'avez montré la photo, j'étais sûre que ça serait Chris.

— Dieu merci, ce n'est pas elle, intervint Melrose, qui n'avait rien dit depuis un bon moment.

— Votre fille, dit Macalvie, elle doit avoir une vingtaine d'années aujourd'hui. Elle pourra peut-être...

Melrose eut l'impression qu'on vidait Brenda de son sang. Elle sembla comme foudroyée.

— Ramona est morte, dit-elle.

— Je suis désolé, s'excusa Macalvie. Elle devait être bien jeune.

— Elle avait vingt-deux ans. Elle souffrait de leucémie. Elle était déjà atteinte depuis longtemps quand on a su ce qu'elle avait. (Brenda fut obligée de reprendre son souffle.) Et elle était enceinte de sept mois.

Sur ces mots, Brenda regarda Macalvie d'un air de reproche, comme pour dire : « La police ne peut peut-être pas empêcher les femmes de se faire assassiner ni de disparaître, mais elle pourrait au moins intervenir quand une future mère est en train de mourir. »

— Je suis désolé, répéta Macalvie, qui trouvait à l'évidence ses regrets bien fades. Je suis sincèrement désolé.

Brenda hocha la tête, puis elle tendit à chacun un sachet en plastique.

— Ils sont au gingembre, dit-elle. C'est ceux qui se vendent le mieux.

Ils étaient encore tièdes. Melrose en croqua aussitôt un morceau. Il vit Macalvie regarder son sachet d'un air soupçonneux, comme si le moindre cadeau était forcément destiné à le soudoyer, avant de gratifier Brenda d'un sourire venu du fond du cœur.

— Merci, dit-il. Et si quelque chose vous revient... contactez-moi.

Il lui remit sa carte.

— Je n'y manquerai pas, promit Brenda. Et au sujet de Chris, trésor ? Cette affaire Lamorna ne nous apprend pas où elle est.

— Non, mais elle nous apprend foutrement bien où elle n'est pas.

11

Au rendez-vous des magiciens. Planté sur le trottoir, Johnny contemplait l'enseigne blanche aux lettres bleu marine, clouée au-dessus de la porte de la boutique de farces et attrapes de Penzance. Il aimait beaucoup Charlie, ce que Chris portait à son crédit car ils ne se ressemblaient guère, disait-elle. Pourtant, pensait Johnny, ils aimaient tous deux les tours de magie et la prestidigitation. La boutique fascinait Johnny, même en ce moment où il était au plus bas.

La petite annonce de l'agence immobilière avait promis « un appartement avec vue sur la mer », mais on n'apercevait un bout de mer qu'en se dévissant le cou, en se plaquant contre la fenêtre et en regardant de biais à travers les feuillages.

Charlie ressemblait beaucoup à Chris, même s'il était loin d'avoir son caractère. Si on s'appuyait sur elle, elle ne vous laissait jamais tomber. Si on s'appuyait sur Charlie, on se retrouvait le derrière par terre. Il n'était absolument pas fiable, c'était un alcoolique invétéré, raison pour laquelle Chris lui « laissait du mou ». (« Pauvre Charlie, c'est pas de sa faute ; faut lui laisser du mou, trésor. ») Cependant, la plupart des gens faisaient exactement le contraire, ils assommaient Charlie de récriminations et de sermons.

« Les gens ne comprennent rien à la dépendance », disait Chris. Johnny non plus, d'ailleurs. Il se demandait quel effet cela faisait d'être accroché, à l'alcool, à l'héroïne, ou au crack. Johnny ne connaissait de l'héroïne que la chanson de Lou Reed.

Charlie venait de montrer quelques nouveaux tours à Johnny — Dieu que ses mains allaient vite ! Après avoir rangé les cartes, Charlie sortit un revolver de sous le comptoir. Johnny eut un mouvement de recul.

— Oh, t'inquiète pas, John, c'est un faux. C'est juste pour un numéro qu'un ami à moi est en train de monter. On dirait un vrai, hein ? (Il l'abattit sur le comptoir.) Tu sais ce que Tchekhov disait : « Si vous sortez un revolver au premier acte, vous avez intérêt à ce qu'il tire au troisième. »

Johnny prit l'arme.

— Heureusement que celui-là ne tire pas.

— Alors, la pièce sera nulle. Viens.

Ils fermèrent la boutique et allèrent à l'Agneau, où Johnny commanda une ginger ale et Charlie une limonade. Johnny se demandait à quel point c'était difficile pour Charlie d'avoir de l'alcool à portée de la main et de ne pas en boire. Son oncle ne buvait jamais devant lui, de toute façon. « Ça prouve qu'il te respecte », disait Chris. Charlie n'avait pas plus de renseignements sur Chris que la veille au téléphone, mais il comprenait que Johnny ait besoin de lui parler. Ils étaient sa seule famille. Il demanda au jeune homme s'il avait prévenu la police.

— Oui, mais elle ne peut rien faire avant vingt-quatre heures.

— C'est pour éliminer les maris ou les épouses qui

fuient le foyer conjugal. (Charlie passa en revue les différentes hypothèses et conclut par la seule alternative possible :) Bon, soit elle est partie de son plein gré, soit elle a été kidnappée.

— Ça pourrait être un mélange des deux, non ? Elle s'imaginait peut-être partir de son plein gré et elle s'est aperçue trop tard qu'elle s'était fait piéger. Supposons que quelqu'un soit venu lui apprendre que j'étais à l'hôpital, un truc comme ça. Et en chemin, elle se fait enlever.

— Mouais.

Johnny soupira.

— Je sais, ça fait un peu mélodramatique.

— Oh, les mélodrames existent. Tu dis qu'elle ne t'a pas laissé de mot, mais rappelle-toi Tess.

Charlie, qui lisait beaucoup, parlait des personnages de romans comme si c'étaient ses amis intimes. Voyant que le nom ne disait rien à Johnny, il l'éclaira :

— La Tess de Thomas Hardy, la Tess des d'Urberville. Le drame aurait pu être évité si le mot que son amant lui avait glissé sous la porte n'était pas resté coincé sous le paillasson. Tu es sûr qu'elle ne t'a pas laissé de message ? Tu as regardé sous le paillasson ?

— Non, répondit Johnny avec un sourire. Il n'y en a pas devant notre porte.

— C'était une image. Elle a pu laisser un message que tu n'as pas trouvé. Elle a peut-être demandé à quelqu'un de te prévenir, par exemple.

— C'est sûr, mais, dans ce cas, on m'aurait prévenu, non ?

— Bon, prenons les choses sous un autre angle. Oublie le message.

Johnny ouvrit la bouche pour protester, quelque chose comme : « Chris n'aurait jamais fait une chose pareille, elle ne serait pas partie sans me prévenir », mais Charlie l'arrêta d'un geste.

— Laisse, je pense tout haut, j'envisage toutes les hypothèses. Une supposition, un type qu'elle a connu autrefois débarque chez elle et la convainc de le suivre sur-le-champ. Bon, je ne vois rien dans son passé qui justifierait une décision aussi abrupte, mais tu...

Johnny secoua vigoureusement la tête.

— Pas si vite, Johnny. Chris a vécu à la dure. Je suis sûr qu'elle ne t'a pas raconté le tiers de ce qu'elle a vécu.

Charlie changea de place, il s'assit de biais, face au comptoir, les jambes croisées. Johnny l'observa.

— Si tu veux boire, Charlie, vas-y. Ne te gêne pas pour moi.

— Merci, je teste ma volonté.

— Chris dit que ça n'a rien à voir avec la volonté. C'est une erreur que tout le monde commet...

Charlie fixa le bar en hochant la tête d'un air songeur.

— C'est du Chrissie tout craché.

D'une certaine manière, cela la définissait bien. Cela ressemblait en effet à Chrissie, qui ne portait jamais de jugement à l'emporte-pièce, ne condamnait personne sans l'écouter, avait l'esprit ouvert et un grand sens de l'équité.

Pourtant, elle n'était pas laxiste, elle n'avait pas cette douceur mielleuse qu'on s'attend à trouver chez quelqu'un d'aussi compréhensif. Chris maniait si bien le sarcasme et l'ironie que certains la trouvaient soupe au lait. Quelle erreur ! Personne n'était aussi patient qu'elle. Il suffisait de voir comment elle traitait Charlie. Ah, on pouvait dire n'importe quoi à Chris, on ne risquait pas d'être incompris, ni jugé, elle ne disait jamais qu'on avait tort d'éprouver ce qu'on éprouvait.

— Comment ça, elle a vécu à la dure ? jusqu'à quel point ?

— Elle a dû encaisser pas mal. A la mort de sa mère, c'est elle qui s'est occupée de la maison, vu qu'elle était l'aînée. Oh, remarque, ce genre de responsabilités amène aussi du positif. Si on arrive à assumer, ça forge le caractère.

Charlie se perdit dans la contemplation de son verre.

Un silence s'ensuivit. Johnny crut que Charlie se languissait d'une bonne pinte. Après tout, comme disent les alcooliques, « mon meilleur ami, c'est la bouteille », et il devait être en manque. Il se pouvait que la bière et le whisky manquent à Charlie autant que Chris manquait à Johnny.

— Elle n'était pas partie depuis longtemps, dit Johnny. Quoi, elle venait juste de sortir les gâteaux du four.

Voyant Johnny aussi abattu, Charlie lui posa une main sur le bras et dit :

— C'est peut-être un piètre réconfort, mais je parie que quand on saura ce qui s'est passé, après son retour, on sera ébahis de ne pas y avoir pensé.

— C'est comme si elle s'était... volatilisée. C'est comme un tour de passe-passe.

— Dans ce cas, on trouvera, fit Charlie avec un sourire. Ne t'en fais pas, Johnny. Les tours de passe-passe, ça nous connaît.

12

Melrose avait mis les points sur les *i* et les barres aux *t* sur le contrat de location. Il avait payé une coquette somme (sous la forme d'un effet à ordre) et avait reçu les clés en échange.

Il était de nouveau dans la maison, libre d'y habiter pour le trimestre à venir, débarrassé d'Agatha et de sa nouvelle amie, l'agent immobilier. Le lendemain, il rendrait sa voiture de location, sauterait dans le train pour le Northamptonshire, irait chercher sa Bentley, quelques affaires, et reviendrait à Seabourne passer les trois mois suivants... ou davantage... ou moins.

Quelle chance il avait d'être riche ! Il n'adhérait qu'à moitié au dicton spécieux selon lequel l'argent ne fait pas le bonheur. L'argent rend au moins le malheur supportable. L'argent lui permettait de vivre où il l'entendait, de louer une maison pour un trimestre et de partir au bout d'un mois.

Mais cela ne répondait pas à la question qui le titillait : pourquoi profitait-il de sa liberté de cette manière ? Après avoir erré dans le salon, il s'était arrêté devant les hautes fenêtres et contemplait le jardin mangé par les herbes. Sa décision de louer Seabourne était-elle un signe avant-coureur de la crise de la quarantaine ? Non, impossible, la crise de la quarantaine ne frappait jamais les optimistes de son acabit. Il était tout bonnement subjugué par l'atmosphère mélodramatique de la maison et de son environnement. Il avait un penchant pour le mélodrame. Il aimait s'imaginer sur une falaise en train de contempler les vagues fouettant les rochers : *Immobile, elle voyait défiler son avenir.* Il n'arrivait pas à s'ôter ce vers de la tête.

Il se détourna pour examiner l'ameublement dans la pénombre scintillante du crépuscule naissant. Il alla à un fauteuil, empoigna le coin du drap qui le recouvrait et l'enleva avec un geste de matador. Il ôta ensuite tous les draps des canapés et des fauteuils et se demanda où on entreposait le linge sale. Chez lui, c'était Ruthven et Martha qui s'occupaient de ces choses, ils les faisaient disparaître, hors de vue (de celle de Melrose, en tout cas), à croire qu'une troupe d'elfes se mettait au travail à peine la maison endormie. Comment se débrouillerait-il, tout seul ? Il songea à engager une gouvernante. Oui, c'était une excellente idée, pas tant pour s'occuper de la maison que pour lui rapporter les derniers potins. Mais attention, certainement pas une Mrs Oilings, la femme de ménage d'Agatha, plutôt un mélange de gouvernante expérimentée et de commère à l'esprit vif.

Bon, où ranger les draps ? Melrose envisagea de brancher la bouilloire (quelle chance que la cuisine soit tout équipée !) mais décida de faire une longue promenade autour de la maison avant de prendre le thé. Il se réjouissait à l'avance de se faire son propre thé et de le boire dans le salon ou dans la bibliothèque avec, pour seule compagnie, les portraits et les photographies des absents.

Il se retrouva à essayer de déchiffrer les traces de la

vie des Bletchley. Sans doute parce que les membres de la famille qu'on voyait sur les photos étaient si séduisants — avant la double tragédie —, il se surprit à souhaiter faire partie de leur univers.

Melrose gardait de son père un souvenir changeant et flou. Il ne l'avait pas beaucoup aimé et ne l'avait pas respecté outre mesure. Son cœur ne battait que pour sa mère. Le septième comte de Caverness avait passé une grande partie de sa vie à chasser et n'avait siégé que rarement à la Chambre des lords — avec, pour autant que Melrose le sût, peu d'effet sur le pays ou sur ses propres intérêts. Melrose se souvenait d'un homme distant, sinon glacial ; lorsqu'il avait été assez grand pour se poser la question, il s'était demandé comment sa mère, une femme aimante et chaleureuse s'il en fut, avait pu être heureuse avec lui.

Elle ne l'avait pas été ; oh, certes, elle avait connu le bonheur, mais pas auprès de son époux. Et cette découverte l'avait miné, sans savoir vraiment pourquoi.

Nicholas Grey. Melrose avait délibérément déformé l'image de Nicholas Grey, sans vraiment savoir pourquoi. Même en sachant qui était et ce qu'avait fait cet homme, Melrose le détestait parfois, il le considérait comme un intrus à Belgravia House. Aurait-il accepté plus facilement la liaison de sa mère si Grey avait été un séducteur, un salaud, un fainéant, dont le charme aurait envoûté sa mère ? N'était-ce pas plutôt parce que Nicholas Grey était au contraire quelqu'un dont il lui était difficile de se montrer digne ?

Il avait plusieurs fois croisé Grey à Belgravia House, qu'il avait vendue depuis. Il avait vendu la maison justement parce que c'était là que Nicholas Grey venait. La vente avait eu lieu quelques années après que le notaire lui avait remis une certaine lettre. Sa mère avait exigé qu'il en prenne connaissance assez longtemps après sa mort afin d'avoir terminé son deuil. Elle était morte depuis cinq ans lorsque le notaire lui avait remis la lettre, et il n'avait toujours pas terminé son deuil.

Il la relisait souvent, si souvent qu'elle s'était déchirée à la pliure et que les deux parties tenaient à peine ensemble. Nicholas Grey était irlandais (disait la lettre), et on pouvait affirmer que c'était cela qui l'avait tué. Il était mort à Armagh, dans une embuscade de l'IRA. Il avait été membre de l'IRA dans sa jeunesse, mais s'en était écarté lorsqu'il n'avait plus supporté ce qu'il en était venu à regarder comme des assassinats arbitraires ou des attentats criminels. Grey avait certes été une tête brûlée, mais ce n'était pas un anarchiste. C'était un homme dévoué à sa cause, qui avait la réputation d'être un excellent stratège, un orateur hors pair, un exemple pour ses subordonnés. Grey n'aimait pas l'aristocratie, non d'une haine abstraite, théorique, mais fondée sur l'expérience. Il détestait ce qu'elle était devenue.

Lady Marjorie, la mère de Melrose, avait échangé un homme peu exigeant, né pour vivre dans la richesse et l'oisiveté, avec un homme que Melrose, de fait son fils, aurait un mal fou à seulement égaler, un père qui l'avait marqué d'un romantisme invraisemblable pour lequel il ne trouvait pas d'exutoire.

Melrose jugeait que sa mère avait eu tort de le mettre au courant, et cependant ses motifs, bien que flous, partaient d'un bon sentiment. Il espérait avoir l'esprit assez ouvert pour les comprendre. Ses propres motifs étaient tout aussi flous. En renonçant au titre de huitième comte de Caverness, il avait réglé ses comptes avec son père légal, le septième comte. Mais il avait parfois l'impression, sans savoir pourquoi, que c'était en réalité avec Nicholas Grey qu'il avait réglé ses comptes.

Serait-ce sa vanité, plutôt que son cœur, qui avait été blessée ?

Il préférait de loin se coltiner le monde en tant que Melrose Plant plutôt qu'en prenant l'identité fallacieuse de comte de Caverness.

13

Melrose relut la lettre pour la énième fois :

Je ne cherche pas à justifier ma conduite (que tu jugeras peut-être arrogante et égoïste), seulement à t'éviter d'être malheureux ; je n'ai pas voulu que tu lises cette lettre sitôt après mon enterrement — il valait mieux attendre que tu te sois remis de ma mort... Il y a tant de Nicholas en toi, ton physique, ton caractère, que cela me hante.

Sa mère n'avait pas écrit cela pour soulager sa conscience, mais pour remplir ce qu'elle voyait comme un gouffre entre ce qu'il était réellement et ce qu'il croyait peut-être être, « *un noble, un aristocrate sans passé...* ». Melrose se demanda ce qu'elle entendait par là...

... un futur incertain, les comtes de Caverness ayant eu des vies quelconques et des successions médiocres. Ils ressemblaient sans doute à l'idée que se font les gens de la noblesse. Tu n'es pas de ce moule, tu ne le seras jamais, j'en ai la conviction.

Même enfant, tu ne montrais aucun intérêt pour le cérémonial de l'aristocratie. Tu voulais être un « type ordinaire » (selon tes propres termes) et aller à l'école publique. Ton père, bien sûr, ne voulait rien entendre ; cette simple idée le « scandalisait », disait-il.

Une fois, tu as fugué une journée entière, nous t'avons retrouvé à Sidbury, en train de manifester avec les fermiers qui réclamaient davantage de subventions. Tu portais une pancarte que tu avais rédigée toi-même. Il y avait des fautes d'orthographe à chaque mot, sauf à « Le » et à « Bordel ». Ton père était mortifié.

Je lui ai demandé si c'était à cause de l'orthographe.

Melrose éclata de rire, comme chaque fois qu'il lisait ce passage.

Tu voulais toujours défendre tout le monde. Tu essayais d'organiser la vie des domestiques, des chiens, de tes amis, tu te mêlais de ma garde-robe. Tu disais que les domestiques feraient bien de se mettre en grève, qu'ils devraient exiger plus d'argent, plus de temps libre. (Ruthven m'a dit un jour sans broncher qu'il y avait du vrai dans ce que tu disais. C'est l'une des rares fois où il a essayé de faire de l'esprit.)

Je ne sais pas ce que tu disais aux chiens, mais je t'ai surpris en train de leur faire un sermon devant le bosquet d'hortensias. Toutefois, leur comportement ne m'a pas semblé différent par la suite.

Tu as soulevé tes camarades d'école, et vous êtes allés en délégation vous plaindre auprès de l'économe de l'école de la piètre qualité du flan au caramel. Tu as aussi voulu t'occuper de ma vie, de mes repas, de mon Club des Lectrices, de mes séjours à Londres, de mes vêtements.

Tu voyais sans cesse des choses à changer, le genre de choses que les aristocrates préfèrent ignorer. Tu envisageais des changements inquiétants qui nous mettaient mal à l'aise. « Il faut se défendre, Maman, disais-tu. Il le faut. »

La lettre lui faisait toujours de l'effet, les anecdotes lui faisaient revivre les scènes, il était à chaque fois emporté par un terrible sentiment de perte. La lettre répondait à certaines questions mais en posait d'autres : pourquoi n'avait-elle pas divorcé ? Pourquoi n'était-elle pas partie, au moins, avec Nicholas Grey ? Il se souvenait d'elle comme d'une femme attachée à son indépendance. Avait-elle été arrêtée par la menace de son époux de garder Melrose ? Elle n'abordait pas les sujets importants.

A la réflexion, peut-être que si. Les sujets qui comptaient pour elle étaient peut-être ceux dont elle parlait : l'idéalisme de Nicholas, le flan au caramel, les sermons aux chiens, la pancarte mal orthographiée.

Melrose avait dû beaucoup compter pour elle, peut-être davantage que Nicholas Grey.

Il en avait presque oublié le paysage morne qu'il contemplait ; il avait en tout cas oublié les draps, mais il pouvait au moins s'en servir comme d'un mouchoir pour s'essuyer les yeux.

Souvenirs, souvenirs.

Mélancolique, Melrose contempla les falaises grises et la mer en se demandant ce qu'il faisait dans cette maison déserte.

J'essaie juste de me défendre, Maman.

14

Il emporta la pile de draps dans la cuisine (ce qui le rapprochait à coup sûr du lieu d'enlèvement du linge sale). Il laissa les draps à la porte qui menait dans un monde souterrain qu'il n'avait nulle envie d'explorer, même avec Dante à ses côtés. Il aurait fait un piètre détective si une cave suscitait en lui une si grande agitation.

Décidé à s'occuper du thé, il prit sur une étagère une vieille bouilloire en fer-blanc, la remplit, la posa sur une plaque de la cuisinière et alluma le gaz. Il contempla son œuvre. L'eau finissait-elle par bouillir si on la surveillait de près ? Il renonça à étudier plus avant ce phénomène chimique et reporta son attention sur les étagères. La vaisselle était abondante ; il remarqua trois théières de tailles différentes. Les tasses allaient du blanc grossier aux délicats motifs floraux. Il avait acheté dans une petite épicerie du village les produits de première nécessité (thé, lait, sucre, beurre) et rapporté plusieurs brioches du Woodbine.

Lorsque la bouilloire siffla, il versa l'eau chaude sur les feuilles de thé et disposa le tout sur un plateau en métal qu'il emporta dans le cabinet particulier. C'était la petite bibliothèque, avec une vue semblable à celle de la salle du piano (ainsi qu'il l'avait baptisée). Elle donnait sur le gros rocher, au bord de la falaise, mais on n'avait pas l'impression d'être suspendu au-dessus du vide. Pour ceux qui avaient le vertige, la salle du piano, elle, posait un sérieux problème.

Melrose sirota son thé et dégusta sa brioche dans une paix absolue. Quel délice ! La solitude, même à Ardry End, était difficile à obtenir. Il s'estima paré pour une vie d'ermite. Prêt à abandonner ses biens matériels pour s'en aller vivre dans une hutte sur un piton rocheux d'où contempler le lever de soleil tous les matins. Debout avant l'aube ! Quelle horreur ! Il frissonna.

Il pensa aux Bletchley. Il s'identifiait à eux et souffrait avec eux de leurs souvenirs douloureux ; ce qui s'était passé dans cette maison était trop pénible pour qu'ils aient pu continuer à y vivre. Toutefois... on n'arrive jamais à éradiquer les souvenirs.

Il regretta d'avoir vendu Belgravia House. Il jugea son geste pour ce qu'il était : une vengeance ou, pire, un acte de dépit. Il avait voulu punir sa mère et Nicholas Grey. Mais les souvenirs qu'il avait de Nicholas Grey étaient désormais plus abondants ou, du moins, plus précis et plus riches, parce qu'il devait les garder pour lui seul.

Melrose essaya de ne pas penser à ce Nicholas Grey —pétri d'héroïsme, de courage et d'abnégation —, préférant voir en lui le serpent dans le jardin d'Eden, celui qui avait trahi son père et séduit sa mère.

L'ennui, c'est qu'il ne pouvait pas aimer un père qui avait toujours gardé ses distances. Ce n'était pas parce que son père savait qu'il n'était pas son fils ; Lady Marjorie ne l'aurait jamais admis. Si son père avait su, elle aurait payé le prix fort ; elle aurait vécu l'enfer, littéralement. Il n'aurait pas divorcé, non, jamais. C'eût été un bienfait pour elle, elle serait aussitôt partie avec Grey.

Melrose se rendit compte qu'il avait renoncé à ses titres non parce qu'il avait estimé cela honorable, mais parce qu'il ne les avait pas désirés. Il aurait été agréable de croire qu'il s'était senti un imposteur, indigne de la lignée des Caverness et surtout indigne de son père. Il aurait préféré croire qu'il avait agi de manière honorable, mais c'était faux. Il avait juste voulu se débarrasser du comte de Caverness et devenir, comme sa mère l'avait écrit, « un type ordinaire ».

15

Dans la salle à manger du Noyé, assis à sa table habituelle, Melrose s'efforçait d'obliger les chiens qui l'observaient depuis le seuil à baisser les yeux, lorsque Johnny Wells poussa les portes battantes de la cuisine avec une cruche d'eau et une corbeille de pain.

— Ah ! s'exclama Melrose. Nous vous avons cherché partout, chez vos divers employeurs. Ou plutôt, la police du Devon et de Cornouailles vous a cherché.

Johnny recula d'un pas. Il tenait toujours la cruche à la main, des tranches de citron flottaient à la surface de l'eau telles des fleurs.

— Moi ? fit-il, éberlué. Pourquoi ?

— Heureusement qu'on ne vous a pas trouvé. La police avait été appelée à la crique de Lamorna, vous connaissez ? (Johnny acquiesça et attendit la suite.) Une femme — ce n'était pas votre tante ; je répète, ce n'était pas votre tante Chris — a été retrouvée morte, sans doute assassinée. Comme je viens de vous le dire, j'étais content que vous n'ayez pas été là, sinon on vous aurait demandé d'examiner les photos que la police avait prises sur les lieux.

Melrose raconta ce que Brenda Friel avait dit.

— Seigneur ! fit Johnny. Moi aussi, je suis content de ne pas avoir été là.

Il remplit le verre à eau de Melrose et lui passa la carte des vins.

— J'étais à Penzance. Mon oncle y habite et je croyais qu'il saurait peut-être quelque chose. Il n'était au courant de rien. Je m'y attendais, remarquez. Je lui avais téléphoné la veille. J'imagine que je cherchais juste quelqu'un pour partager mon inquiétude. Et vous, *vous* partez, m'a appris Mr Pfinn.

Il y avait une note d'accusation dans sa voix, il semblait reprocher à Melrose son retour précipité — et irresponsable — au Northamptonshire. Melrose se sentit flatté que Johnny l'inclût parmi ceux avec qui il voulait partager son inquiétude.

— Je reviens illico, se hâta-t-il d'assurer. Dans quelques jours, dès que j'aurai récupéré ma voiture et quelques affaires. J'ai loué Seabourne pour trois mois.

Johnny parut aussitôt soulagé.

— Super. Je viendrai vous voir.

— Je dînerai souvent ici. Je ne suis pas doué pour la cuisine.

Honteux d'avouer cette tare, Melrose plongea le nez dans sa serviette. Etait-il doué pour quoi que ce fût quand il s'agissait de s'occuper de lui ? Il sortit une carte de visite de son étui en argent, griffonna son numéro de téléphone au recto et la tendit à Johnny.

— Si vous avez des nouvelles de votre tante, passez-moi un coup de fil, voulez-vous ? J'aimerais sincèrement être tenu au courant.

— Promis, déclara Johnny en examinant la carte.

— Ce policier, le commissaire divisionnaire Macalvie, c'est le chef de la Criminelle, il est extrêmement compétent. Si quelqu'un peut retrouver votre tante, c'est bien lui.

— Il ne va pas être trop pris par le meurtre de la crique de Lamorna ?

Avant que Melrose ait eu le temps de répondre, Pfinn avait pointé sa tête par les portes battantes de la cuisine et fait un signe à Johnny.

— Il n'aime pas que je sois familier avec les clients. Vous avez choisi ?

— Absolument. La même chose qu'hier. La morue et la salade.

— Du vin ?

Melrose ouvrit la carte, parcourut la page d'un œil connaisseur (il doutait que le Noyé eût réellement tous ces vins en réserve) et opta pour le puligny-montrachet.

— Parfait. Votre amie vous accompagne ?

Mon amie ? Quelle amie ? Oh, Seigneur — Agatha. Débarrassé d'Agatha depuis vingt-quatre heures, il avait réussi à oublier sa présence.

— Vous voulez dire, ma tante ? Oui, je crois, à moins qu'elle ne se soit enrôlée chez Aspry & Aspry.

Johnny s'esclaffa — un rire bref et presque silencieux, mais un rire tout de même —, puis alla chercher le vin.

Melrose soupira. Il n'était pas emballé à l'idée de voyager de nouveau avec Agatha sur les chemins de fer britanniques. Mais la pensée qu'il allait être débarrassé d'elle pendant trois mois le requinqua.

16

Sauf qu'il n'en fut rien, bien sûr.

Il ne parvenait pas à saisir ce qu'Agatha lui disait. C'était le lendemain de la découverte du cadavre, au Woodbine, où le café matinal servait de prétexte aux échanges de ragots. Les clients parlaient, bien sûr, de la disparition de Chris Wells. Ils évitaient les adjectifs « disparue », ou « volatilisée », porteurs d'angoisse, au profit de périphrases telles que « partie sans un mot » ou « partie sur un coup de tête », déjà suffisamment inquiétantes.

La nouvelle s'était vite répandue ; en y ajoutant le meurtre de la crique de Lamorna, il y avait de quoi alimenter les cancans pendant des mois. Les habitants étaient atterrés — agréablement atterrés, à en juger par le bourdonnement des conversations, aussi riches et épicées que des cakes au gingembre.

La table où étaient assis Melrose et Agatha faisait toutefois exception, le meurtre et la disparition y étaient relégués à l'arrière-plan par les projets de la tante.

— C'est un joli petit appartement qui en plus se loue au mois, ce qui m'arrange, disait Agatha.

Melrose s'abstint de tout commentaire. Sa mâchoire

tomba comme s'il venait de recevoir une piqûre de morphine. Son mutisme n'empêcha pas sa tante de poursuivre :

— De toute façon, c'est seulement pour un mois, je ne sais pas encore comment je réagirai à l'air marin, et d'ailleurs j'ai trop à faire à Long Piddleton pour me permettre de rester dans le coin plus longtemps. Je ne suis pas comme toi ; rien ne t'empêche de prendre racine ici. En plus, ça me fera du bien d'apprendre un métier. Esther est un excellent agent immobilier, elle m'enseignera toutes les ficelles.

Que ce qu'il avait dit en plaisantant à Johnny la veille devienne en partie une réalité faillit le faire suffoquer de rire. Agatha, qui n'aurait pas pu vendre une morue à un chat... Agatha vendant de l'immobilier ?

— Depuis que Mr Jenks a fermé la branche Long Piddleton de l'agence de Sidbury, les offres locales n'ont plus de débouché. (Jenks était l'agent immobilier qui avait autrefois ouvert une agence à Long Piddleton.) Son local est à louer depuis des lustres.

— Ce local, si tu t'en souviens, est mitoyen avec le magasin de Marshall Trueblood...

Agatha avait beau détester Marshall Trueblood, cette précision ne parut pas doucher son enthousiasme.

— Je n'aurai pas besoin de le voir ; je travaillerai. D'ailleurs, il passe la moitié de son temps au Jack and Hammer, c'est pas lui qui me gênera.

Melrose avala la ciguë et essaya de raisonner :

— Agatha, il n'y a rien à vendre à Long Piddleton. Pourquoi crois-tu que Mr Jenks a fermé ?

— Il n'était pas doué pour le métier, c'est une évidence. Tiens, il y a The Man with a Load of Mischief, pour commencer.

— Ce pub est à vendre depuis des années ! Tu ne trouveras jamais d'acquéreur.

Agatha ignora l'objection :

— Il y a quelques taudis. Tu sais combien ces vieilles bicoques sont recherchées par les Londoniens. Ça ne ferait pas de mal à Long Pidd de s'embourgeoiser un peu.

— Tes Londoniens habiteraient à côté des Withersby ! Tu parles d'un embourgeoisement !

Mrs Withersby, une indécrottable feignante, était la femme de ménage du Jack and Hammer.

— Il y a la maison de Vivian. Elle se marie, l'aurais-tu oublié ?

Melrose poussa un soupir accablé.

— Non, je n'ai pas oublié. Toi, si, apparemment. Vivian est sur le point de se marier depuis des années. Elle n'épousera pas le comte, c'est évident. Il y a plusieurs années, quand elle était réellement sur le point de se marier, elle avait déjà mis le cottage en vente. Elle cherche peut-être une excuse pour aller sans arrêt à Venise.

— C'est toi tout craché, Melrose. Pour toi, un verre est toujours à moitié vide !

Pour une fois, Agatha avait raison. Au lieu de pester parce qu'elle restait à Bletchley un mois de plus, il aurait dû se dire que ce n'était que pour un mois. Et à Long Piddleton, au lieu de s'inviter sans cesse à Ardry End, elle passerait son temps à son travail. Quelle aubaine ! Quand bien même elle essaierait de lui vendre The Man with a Load of Mischief, or elle n'y manquerait pas.

Donc, le verre — Dieu merci — était à moitié plein !

— J'ai juste besoin de retourner à Long Pidd prendre

quelques affaires. Ensuite, on reviendra en voiture à Bletchley.

Elle étala une tonne de confiture sur un cake et ajouta une montagne de *clotted cream.*

Le verre fut de nouveau à moitié vide.

17

— Des immeubles ? Agent immobilier ? Aïe !

Captivé par le récit que Melrose lui faisait de l'affaire de Cornouailles, Marshall Trueblood n'avait pas remarqué que sa Sobranie rose était en train de lui brûler les doigts. Il jeta le mégot dans un cendrier, tira un mouchoir vert foncé de sa pochette et se frictionna le médium. Trueblood changeait de couleurs avec les saisons. Ce jour-là, il était en feu : chemise à manchettes vieil or, veste en laine et soie feuille-morte, cravate vert pin ornée de petites feuilles rougeoyantes. Flamboyant comme l'automne.

— Elle a dû prendre le train de Londres, déclara Diane Demorney.

Puis, comme épuisée par son intervention, elle bâilla. Si tant est qu'un bâillement pût être « élégant », celui de Diane l'était.

— Qui ? s'étonna Melrose, perplexe. Agatha ?

La décision d'Agatha de devenir agent immobilier était le sujet de conversation en cours.

— Mais non, la tante adorée de ce garçon. Vous ne suivez même pas votre propre histoire ?

— A Londres ? Qu'est-ce qui vous fait croire ça ?

Diane regarda Melrose d'un air froissé.

— Du shopping, bien sûr. Elle allait acheter des vêtements. On ne peut pas s'habiller en Cornouailles, pour l'amour du ciel !

Cela rappela à Diane ses propres habits, apparemment, car elle baissa les yeux sur son tailleur blanc. Ses tenues vestimentaires étaient l'antithèse de celles de Trueblood. Elle portait toujours un mélange de blanc et de noir qui accentuait le contraste entre sa peau nacrée et ses cheveux de jais, davantage sculptés que coupés. Ses habits lui coûtaient une fortune. Sa peau aussi. Ses cheveux itou.

Chaque geste de Demorney était l'élégance personnifiée, songea Melrose. Si seulement son esprit avait été à la hauteur !

— Vous faites une montagne d'un trou de souris, Melrose, dit-elle.

— D'une taupinière, corrigea Melrose.

— Peu importe, je parie que ça peut s'expliquer de cent façons.

— Aucune de ces explications ne tiendra, elle n'a pas prévenu son neveu de son départ, c'est ça le hic.

Diane but calmement une gorgée de Martini.

— Seigneur, vous me voyez affranchir un *neveu* ?

— Non, mais je me vois bien affranchir la brigade des mœurs, intervint Trueblood.

Diane rinça l'olive dans le Martini et l'examina comme pour s'assurer que la marinade avait pris.

— Votre humour décline, Marshall. Ce que je voulais souligner, c'est que la tante était censée le prévenir... enfin, c'est lui qui le dit.

— Ce qui signifie ? demanda Melrose, ébahi.

Diane pencha la tête sur le côté et dressa un sourcil satiné.

— Oh, pour l'amour du ciel ! Cela signifie que c'est la version du neveu. C'est lui qui prétend qu'elle n'est jamais partie nulle part sans le prévenir. Comment peut-il en être aussi sûr ?

Melrose fut un brin désarçonné. Diane faisait parfois preuve de nuances subtiles dans ses réflexions. En outre, depuis qu'elle lui avait sauvé la vie, il la voyait sous un jour nouveau. Elle avait fait preuve d'un héroïsme blasé, mais un héroïsme malgré tout.

— Elle est peut-être allée à Londres faire des courses. Ou à Paris avec son amant.

Diane avait tendance à jauger les intentions ou actions d'autrui en fonction des siennes.

— Ce Johnny, dit Melrose, est un garçon extrêmement responsable, extrêmement fiable, et...

— ... extrêmement impétueux, termina Diane à sa place. Un peu trop pour son propre bien, on dirait.

La porte du Jack and Hammer s'ouvrit à la volée, un courant d'air entra, suivi de Vivian Rivington. Sans dire bonjour, sans ôter son manteau, sans même s'asseoir, elle lança :

— Melrose ! Je viens de croiser Agatha dans la rue, elle m'apprend que vous retournez en Cornouailles.

Ayant dit cela, elle s'assit, son manteau toujours sur les épaules.

— C'est exact, acquiesça Melrose. Pour quelques mois.

— Quelques mois ? (Vivian regarda Melrose comme si un illusionniste avait fait disparaître son corps et l'avait remplacé par un sosie aux caprices de diva.) C'est impossible !

— Ridicule, n'est-ce pas ? intervint Diane. Impossible de le raisonner quand il est comme ça.

— Comme quoi ? s'offusqua Melrose.

— Je lui ai dit que ses planètes n'étaient pas à la bonne hauteur, poursuivit Diane.

— Vous dites ça comme si elles étaient trop apathiques pour m'accompagner en Cornouailles.

Diane amusait toujours les lecteurs du journal de Sidbury avec ses horoscopes, en grande partie parce qu'elle ne connaissait rien à l'astrologie et qu'elle était donc libre d'inventer.

— Vous savez très bien ce que je veux dire, déclara Diane.

— Non, justement. Personne ne comprend ce que vous écrivez dans votre rubrique. « Apprenez donc à vivre », ce n'est certainement pas en étudiant le ciel qu'on peut...

— Vous ne pouvez pas aller en Cornouailles ! cria presque Vivian.

Tous les regards se braquèrent sur elle. Elle était rouge comme une pivoine.

— Pourquoi pas ? s'étonna Melrose, surpris par son éclat.

Vivian resta un instant interdite.

— Parce que Franco va venir et que nous allons nous marier ! finit-elle par dire.

Effrayée par son propre esclandre, elle fit le tour de la table du regard pour vérifier si les expressions de chacun confirmaient qu'elle avait bien dit ce qu'elle avait dit.

Personne ne s'aventura à prendre la parole. Même Diane, d'ordinaire si flegmatique, dévisageait Vivian bouche bée.

Et tout le monde se mit à parler en même temps.

— Le comte Dracula...

— Seigneur Dieu ! Quand avez-vous... ?

— Si vous allez acheter votre robe de mariée à Londres...

Trueblood alluma une Sobranie vert jade et demanda :

— Dites-moi, Viv-Viv, quand avez-vous décidé ça ?

— Euh... il n'y a pas longtemps.

— C'est pour quand ? interrogea Melrose. Quand le comte Dracu... (Le comte Dracula lui-même n'aurait pas réussi à produire un regard à glacer le sang comme celui que Vivian lança à Melrose.) Euh, quand le comte Giopinno arrive-t-il ? Pour une nouvelle, c'est une nouvelle !

— Il arrive... dans quelques jours. Une semaine, peut-être...

Vivian s'examina les ongles.

— Ah, fit Trueblood avec un sourire gourmand. Et quand aura lieu le mariage, exactement ?

Vivian le dévisagea d'un air soupçonneux, puis réfléchit. Le fard qui l'avait empourprée avait laissé la place à une pâleur cadavérique.

— La date exacte n'est pas encore fixée, mais ça sera ce mois-ci ou le prochain. Septembre ou octobre, précisa-t-elle, au cas où ils n'auraient pas leur calendrier à jour.

Souviens-toi, septembre dernier... ? Melrose n'était pas sûr des paroles, mais l'air mélancolique lui trottait dans la tête, sa bonne humeur l'avait lâché.

— Je serai de retour pour le mariage, bien sûr, s'empressa-t-il de dire. La Cornouailles n'est tout de même pas à l'autre bout du monde.

— De retour ? fit Vivian, abattue, comme si l'expression était aussi attristante que « souviens-toi ». De retour ? Je pensais que vous n'iriez même pas. (Elle dévisagea Melrose avec tristesse.) Vous n'aurez plus l'occasion de me voir en célibataire.

— Euh, je...

Melrose ne sut que répondre. Vivian se leva. Elle n'avait pas ôté son manteau en poil de chameau dont la couleur caramel se fondait admirablement avec les roux et les rouges foncés de ses cheveux aux reflets d'automne.

— Ça me foudroie, déclara Diane, d'un ton qui démentait son aveu.

Elle devait malgré tout être sincère car elle avait oublié que son verre était vide. Même l'olive avait disparu. Elle était foudroyée, indubitablement.

— Bon, il faut que j'y aille... j'ai des choses à faire.

Sur ce, Vivian tourna les talons et sortit d'un air piteux.

— Eh bien, eh bien, fit Melrose. Ça mérite une tournée.

— Ça fait dix minutes que la tournée attend, dit Diane, qui soufflait sa fumée par le nez.

Melrose héla Dick Scroggs, qui lisait encore le journal de Sidbury — ce qu'il préférait, c'était l'horoscope —, et désigna les verres d'un geste significatif.

— Je n'aurais jamais cru que Vivian allait se décider, fit-il, un brin morose.

— Bof, fit Trueblood.

— Epouser ce lèche-bottes d'Italien ? Après tout ce temps ? Et ici, en plus ! Pour une surprise...

— J'imagine qu'ils vont aller vivre à Venise, dit Diane, elle ne comprendra pas un traître mot. Ils parlent italien, là-bas.

— C'est leur langue maternelle, dit Trueblood. Vous croyez vraiment à cette histoire ?

Melrose et Diane le fixèrent d'un air perplexe.

— Elle invente.

— Oh, elle ne ferait jamais ça, s'aventura Melrose, incertain.

Trueblood parut amusé par la naïveté de son ami.

— Ecoute, vieille ganache, si elle devait réellement épouser Dracula, elle nous l'aurait dit depuis longtemps. Elle aurait eu le temps de trouver des excuses pour ne pas se marier. Elle nous aurait aussi donné le temps d'échafauder un plan pour l'en empêcher.

— Des excuses ? fit Diane, incrédule. Pourquoi aurait-elle besoin d'excuses ? Seigneur, c'est plus facile de divorcer que de trouver des raisons pour ne pas se marier. Je suis bien placée pour le savoir, je l'ai fait assez souvent. Dick ! lança-t-elle à Scroggs. Et nos verres ?

— Je ne comprends toujours pas, avoua Melrose. Pourquoi Vivian inventerait-elle une chose pareille ?

— Ça saute aux yeux, déclara Trueblood, énervé par la crédulité de Melrose. Elle veut que tu restes ici.

— Un mariage dans plusieurs semaines, c'est pas ça qui va me clouer ici pendant trois mois.

— Oh, ne soyez pas stupide, Melrose, dit Diane. Il n'y a rien de rationnel là-dedans... Merci, dit-elle à Dick Scroggs qui apportait les boissons.

Après le départ de Scroggs, Trueblood relança Melrose :

— Allez, parle-nous encore de ce meurtre en Cornouailles.

— Il n'y a rien d'autre à dire. Une habitante de Bletchley a cru reconnaître le corps. La police ne devrait pas avoir de problème à identifier la victime.

— Comment était-elle habillée ?

On pouvait se fier à Diane pour écarter le superflu et aller directement à l'essentiel.

— Je ne sais pas. Enfin, Macalvie ne me l'a pas dit. Mais d'après les photos de la police, ça ressemblait à un tailleur, ambre ou écru, peut-être. Bon sang, je deviens aussi superficiel que vous, Diane !

— Qui est ce Macalvie ? demanda Trueblood. Je crois me souvenir qu'il est venu une fois au pub... Il cherchait Jury.

— C'est un cador de la police du Devon et de Cornouailles. Jury le connaît depuis des années. Ils ont souvent travaillé ensemble sur des affaires. Si tant est qu'on puisse travailler avec Macalvie. Remarque, c'est un as.

— A propos de Jury... commença Trueblood.

— Il est en Irlande du Nord.

Diane parut absolument scandalisée, comme si elle venait de voir le pape embrasser un cochon.

— Mon Dieu, Melrose ! Qu'est-ce qu'il fait *là-bas* ?

— Je ne connais pas les détails. Scotland Yard ne me dit pas tout.

— Le sergent Wiggins est avec lui ?

— Non. Mais j'ai essayé de le joindre.

— Je le savais, dit Diane. Je l'avais prévenu.

— Wiggins ? s'étonna Melrose.

— Mais non. Richard Jury.

— Encore son horoscope, j'imagine ?

— Il a Vénus dans une position singulière avec Mars.

Diane tapota la cendre de sa cigarette au-dessus du cendrier métallique.

— De quel côté est-il ? demanda Trueblood. L'IRA ? Les catholiques ? Les protestants ? Les Irlandais ? Les Anglais ?

— Du côté des morts, j'imagine. Il ne travaille pas avec la police irlandaise, il s'est passé quelque chose là-bas en relation avec une affaire sur laquelle il enquête à Londres. Enfin, c'est ce que je crois.

Diane s'inquiétait encore du degré d'élégance de la morte.

— Donc, vous ne savez pas si c'était un tailleur de grand couturier ?

— Quoi ? Vous êtes toujours sur la malheureuse victime de Lamorna ?

— Oui. Si c'était un Lacroix, par exemple, ça réduirait le champ d'investigation.

— Le réduire à quoi ? A Londres ? A Paris ? A Rome ?

La patience de Diane semblait soumise à rude épreuve.

— Pas seulement. Il y a des magasins très chics à Edimbourg. Et dans les comtés qui entourent Londres. Il faudrait élargir un peu la base, le champ des...

— Quelle que soit la base, vous en êtes loin, mon petit.

— Pas tant que ça, vieille ganache, rétorqua Trueblood. Elle n'en est pas si loin.

— Et maintenant, on fait une pause publicitaire pour Armani ?

— Si la victime portait du Ferre ou du Sonia Rykiel, expliqua Diane, on retrouverait où elle a acheté son tailleur. Ou on retrouverait l'acheteur, ce qui reviendrait au mêmc...

Melrose détestait quand Diane émettait une suggestion sensée.

— J'aimerais bien connaître quelqu'un qui m'achète du Ferre, dit-elle. (Sans prévenir, elle en revint aux déboires de Chris Wells :) En fait, elle m'a l'air de faire tout à fait Cornouailles ; je parie que son placard est plein de cardigans, de machins écossais et de Barbour achetés en solde chez Marks & Sparks[1]. De toute façon, on se fiche de ses tenues, n'est-ce pas ? Vous êtes sûr qu'elle n'est pas partie d'elle-même ?

— Absolument. D'après ce que j'ai cru comprendre, elle n'est pas du genre à avoir des caprices.

— Donc, vous pensez qu'elle a été enlevée ? Ou attirée dans un piège ?

Melrose acquiesça.

Diane but une gorgée de Martini, secoua la cendre de sa cigarette au-dessus du cendrier et déclara :

— On est parfois obligé de prendre certaines dispositions.

— Dans le Surrey, dit Macalvie.

Il avait appelé Ardry End pour dire à Melrose qu'ils avaient identifié la morte. Sada Colthorp, l'ex-épouse de Rodney Colthorp, Lord Mead, qui résidait dans le Surrey.

— Bon sang, c'est à un saut de puce du Northamptonshire, insista-t-il.

— Je ne sais pas de quel genre de saut de puce vous étiez capable quand vous étiez gosse — si vous l'avez jamais été ; vous étiez sans doute un policier miniature. Quant à moi, mes sauts de puce ne couvraient pas cent cinquante kilomètres. C'est exactement la distance qui me sépare du Surrey.

— Ne soyez pas ridicule, ça fait moins de cent kilomètres.

Melrose savait qu'il finirait par céder, mais il trouvait plus amusant de commencer par protester. En outre,

1. Avec Marks Expensive, l'un des deux surnoms de Marks & Spencer. *(N.d.T.)*

il se sentait en droit de faire comprendre à Macalvie qu'il exigeait là beaucoup de lui.

— D'ailleurs, vous m'avez dit que vous aviez déjà parlé à Colthorp quand il est venu reconnaître le corps. Alors, à quoi ça sert que j'y aille ?

Melrose connaissait la réponse. Pour la même raison que Jury lui demandait sans cesse de revêtir l'habit du huitième comte de Caverness.

— Parce que les aristocrates ont cela en commun : l'aristocratie.

— J'ai cessé d'en être un il y a des années. J'ai oublié.

— Oh, je vous en prie ! C'est comme la bicyclette, ça ne s'oublie pas.

— Si seulement on me laissait une chance de l'oublier, soupira Melrose.

— Colthorp collectionne les automobiles. Les voitures de collection. C'est pour ça que vous voulez le voir.

— Ah, je veux le voir ?

— Bien sûr. Votre vieille Bentley n'est pas loin d'être devenue une antiquité, non ?

— Elle non, mais moi si. Voyons si j'ai bien compris : c'est parce que je m'intéresse aussi aux voitures de collection que je veux rencontrer ce Lord Mead... comment s'appelle-t-il, déjà ?

— Rodney. Rodney Colthorp.

— Bien. Donc, je m'intéresse à ses voitures, et il sera ravi de voir la mienne. Vous vous rendez compte à quel point je ne connais rien aux voitures, la mienne comprise ? (Sachant que Macalvie n'avait cure de ses réticences, Melrose sortit son stylo en soupirant.) Bon, où exactement dans le Surrey ?

En notant l'adresse, Melrose se surprit à penser que

si le Surrey n'était pas tout près du Northamptonshire, c'était à côté de Londres et donc de Bethnal Green. Satisfait, il ne put s'empêcher de sourire.

18

— Lord Ardry, dit Lord Mead, la main tendue, en regardant Melrose avec un enthousiasme flatteur.

Il avait ouvert la porte lui-même, ce qui témoignait de son humilité, ou de ses difficultés financières. Le personnel ne comprenait pas un portier à plein temps ou, dans le cas contraire, Rodney Colthorp se montrait trop laxiste avec ses gens. Ruthven en eût été scandalisé.

Lord Mead ne résista pas à l'envie de jeter un coup d'œil à la Bentley par-dessus l'épaule de Melrose, un modèle d'avant guerre — du moins Melrose le croyait-il. Elle était dans la famille depuis toujours. Melrose se demanda si ce Lord était assez perspicace pour deviner qu'il avait affaire à un imposteur — dont la Bentley ne méritait pas le qualificatif de voiture de collection. Mais Rodney Colthorp s'émerveilla.

— Quelle magnifique automobile ! s'exclama-t-il en tirant sur sa moustache grise, un geste nerveux et contemplatif. Oh, désolé de vous laisser sur ma véranda, s'empressa-t-il comme s'il avait oublié la présence de Melrose. Entrez donc, je vous en prie.

Melrose n'aurait pas choisi le mot *véranda* pour décrire l'espace situé en haut des deux douzaines de marches en marbre qu'il venait de gravir. La résidence était autrement plus vaste que Ardry End, dont elle avait la même architecture.

Peut-être moins grandioses que le manoir, un jardin et une pelouse se déployaient à l'arrière, plantés ici ou là de sculptures, d'un belvédère et d'une ou deux folies. Le jardin s'étendait à perte de vue, à la fois battu par les vents et abrité par un labyrinthe de haies percé de sentiers qu'enjambaient des arcades. Les hautes herbes poussaient vigoureusement, bordées de jeunes pins, de carrés de haies, et de vastes perspectives dirigeaient l'œil vers la flèche d'une église. Un sentier qui serpentait entre deux hauts murs se perdait dans le lointain.

— C'est un sentier pour les promeneurs ? s'enquit Melrose.

— Non. C'est mon couloir à papillons. J'essaie d'empêcher certaines espèces de disparaître et je les aide dans leur migration. L'Adonis bleu, par exemple. Il est d'une beauté éblouissante.

Ils s'installèrent confortablement dans un des nombreux salons ; dans ce dernier, l'ameublement était plus délicat que dans le grand salon qu'ils avaient traversé et dont Melrose avait trouvé les meubles trop lourds, trop sombres et trop chers.

Melrose, qui sirotait un scotch cent ans d'âge, se sentait d'humeur volubile.

La tête renversée, Colthorp envoyait la fumée de sa pipe et les mots vers le plafond. Plongé dans une sorte de méditation sur l'aristocratie, il déclara :

— Evidemment, vous le savez aussi bien que moi... mais il y a certains rituels, que les autres jugent stupides, qu'il faut préserver sinon le foutu bazar risque de s'effondrer. D'accord, il y a trop de fatras, la chasse par exemple. Nous avons beaucoup de manifestants antichasse par ici, souvent grossiers. Je ne chasse pas moi-même, mais j'en comprends l'attrait. Ce que je comprends moins, c'est pourquoi le charivari de ces prétendus défenseurs des bêtes ne se concentre pas sur la véritable cruauté qui règne dans les laboratoires ou les abattoirs. Je ne vois qu'une...

Le téléphone cellulaire fut finalement retrouvé entre le coussin et le bras d'un fauteuil trop rembourré. Lord Mead s'excusa et tira l'antenne. L'appel ne sembla pas lui plaire car il répondit par un immense soupir, suivi par une série de grognements qui se firent plus impatients pendant la trentaine de secondes au cours desquelles son interlocuteur monopolisa la parole. Puis :

— Non, Dennis, non, je t'ai déjà répété que je ne voulais pas spéculer ; pas question que j'investisse un penny dans une mine de diamants d'Afrique du Sud.

Il hocha la tête avec impatience comme si son interlocuteur pouvait voir à quel point il refusait de spéculer sur une mine de diamants, puis rentra l'antenne de son portable.

Melrose sourit.

— Votre courtier ? s'enquit-il, tout en se demandant ce que ces gens-là faisaient exactement.

— Non, mon fils. Vingt-deux ans, c'est le benjamin. Il me harcèle sans arrêt à propos de la Bourse. Cours du jour, cours à venir, actions à court terme, à long terme... Je n'ai aucune idée de quoi il parle. Oh, il se débrouille très bien, et ça fait des années que ça dure. Mais ça ne veut pas dire que j'aurais sa chance. Bon, d'où avez-vous dit que vous étiez ?

— D'un village près de Northampton, mais pour l'instant je loue une maison en Cornouailles. Dans un endroit appelé Bletchley.

Melrose attendit que le nom fasse tilt. Cela prit cinq

secondes. Colthorp, qui était en train de bourrer sa pipe, s'arrêta net.

— Mais c'est là que Sada... vous savez qu'une femme a été assassinée près de la crique de Lamorna ?

— Oui, j'ai appris. Ça a provoqué un bel émoi.

— La police du Devon et de Cornouailles est venue et j'ai dû faire un saut à Penzance pour identifier le corps.

Melrose feignit la surprise.

— La police, ici ? Pourquoi ? Vous la connaissiez ?

— Nous avions été mariés.

Melrose réussit à afficher l'air choqué approprié.

— Pauvre fille, poursuivit Colthorp. Sada n'était pas quelqu'un de bien solide. Je ne veux pas dire qu'elle avait la tête fragile. Non, elle manquait juste de consistance. C'était pure folie de ma part de l'épouser. Avec le recul, et j'en ai pris pas mal, je ne me souviens pas pourquoi j'avais trouvé l'idée excellente à l'époque.

— Qui peut se flatter de clairvoyance ? Certainement pas moi. Un peu de lucidité ne nous ferait pas de mal, vous ne croyez pas ?

Melrose sourit avec compassion ; il se retint de questionner Lord Mead sur Sada. Il préféra au contraire détourner la conversation avant que Colthorp ne soupçonne quelque chose.

— J'aimerais voir vos voitures, dit-il.

Une fois sur place, pour ainsi dire, Melrose ne doutait pas de trouver l'occasion de réintroduire la mort de l'épouse dans la conversation. Colthorp semblait d'ailleurs désireux de parler d'elle.

— Oui, bien sûr, dit Lord Mead. Après tout, c'est pour ça que vous êtes là. Allons au garage. Excusez-moi, je parle, je parle...

— Du tout, s'empressa Melrose. Une histoire pareille, c'est bien normal.

Colthorp se leva et posa son verre.

— Sale affaire, dit-il en secouant la tête. Très sale affaire. Sada était peut-être pénible, mais Dieu sait qu'elle ne méritait pas ça.

Pénible. Melrose prit bonne note.

Ils sortirent et traversèrent une allée circulaire qui menait au garage de dix véhicules, quoique garage ne fût pas le terme approprié pour décrire un bâtiment aussi élégant dont les hautes fenêtres captaient les rayons du soleil déclinant et les envoyaient frapper les capots rutilants. Des automobiles, Melrose ne connaissait rien, il se contentait de les conduire. Cependant, il aurait parié que celle à la carrosserie noire polie jusqu'à l'usure était une vieille Ford T. Celle-là au moins, il réussit à l'identifier.

— Ah oui, fit Colthorp. Ce cher vieux tacot. On lui faisait escalader le Pike's Peak, c'est à peine croyable. Et là, dit-il en désignant les deux véhicules voisins, vous avez une voiture de tourisme Overland et une Cadillac 1932. Superbes, non ?

Melrose tourna autour tout en se demandant à quoi bon en faire tout un plat — le plat consistant à marmonner des compliments, à jeter des coups d'œil admiratifs à l'intérieur, à relever les références. Il émit des commentaires sur le luxe des véhicules du temps jadis, le vernis turquoise, la merveilleuse odeur du vieux cuir, les grandes roues, les tableaux de bord...

— Superbe, superbe.

Ils se dirigèrent vers une Lamborghini rouge cerise.

— C'est celle de Dennis. Et celle-là, là-bas... (le père de Dennis désigna une Porsche noire), c'est le dernier modèle, une XK, une voiture fabuleuse. Le prix aussi est fabuleux.

Melrose devina qu'il était en train d'admirer une merveille qui devait approcher les soixante-quinze mille livres. Fabuleux, en effet.

— Il est jeune, reprit Colthorp, il aime ce genre de bolide italien. Pour ma part, je préfère de loin les voitures de tourisme, du robuste, ou alors cette Wolseley, là-bas. (Il lui montra une voiture vert foncé dont les élégantes formes arrondies étaient abandonnées depuis longtemps par les constructeurs.) C'est Dennis qui m'a branché sur la Cadillac, par l'entremise d'un de ses amis américains, il y a... oh, ça fait bien dix ou onze ans.

Melrose fit un rapide calcul : si Dennis avait vingt-deux ans, il en avait donc douze à l'époque. Il ne put se retenir de le souligner.

Lord Mead s'esclaffa.

— Oh, l'ami en question n'était pas un gamin. Non, non, c'était un adulte. Mais Dennis le connaissait plutôt bien. Dennis a toujours eu des amis improbables... pour un enfant, veux-je dire. Enfin, un enfant, à l'époque. (Colthorp mâchouilla sa moustache et parut ruminer, comme s'il s'interrogeait, lui aussi, sur les amis improbables de Dennis.) Pourtant, conclut-il, il n'a jamais aimé Sada.

Cela ne surprit pas Melrose, vu l'héritage et les modifications de testament en jeu. Il risqua une explication qu'il formula avec le plus de tact possible :

— J'imagine que c'est valable pour la plupart des enfants quand arrive une nouvelle belle-mère...

— Vous voulez parler d'une perte d'amour et d'argent ? Oh, Dennis est tout à fait sûr de mon amour, et... (il émit un bruit amusé qui écartait l'hypothèse de la cupidité), il se fiche de mon argent comme d'une guigne.

Melrose trouva que l'assertion manquait particulièrement de véracité, vu la Lamborghini.

— Il a des goûts de luxe, pourtant, remarqua-t-il.

— Hein ? Oh, je n'ai jamais dit le contraire. Mais c'est avec son argent qu'il a acheté la Porsche. Pour ce que j'en sais, pouffa-t-il, il est plus riche que moi. Il spécule. Je vous l'ai peut-être déjà dit ? Le coup de téléphone, c'était pour ça. Non, Dennis ne faisait pas confiance à Sada, il se méfiait de ses anciens amis qui venaient ici. Certains étaient des gens de cinéma sordides. Quand j'ai connu Sada, il lui arrivait de jouer des seconds rôles dans de mauvais films. Dennis a découvert qu'elle avait même tourné dans un ou deux pornos. Un de ses amis était producteur. Il est venu plusieurs fois. Un drôle de type. Comment s'appelait-il, déjà ? Bolt, je crois. Un voyou. Un type douteux, infréquentable. Remarquez, il avait une belle voiture. Dennis a essayé de la lui acheter. Une Jaguar... je ne me souviens plus du modèle. Une voiture de sport, à deux places, si je ne m'abuse. (Il médita quelques instants sur la Jaguar, puis revint à son ex-épouse.) Quand je l'ai connue, Sada n'avait pas eu de chance, comme on dit. (Il soupira.) Je ne sais pas pourquoi, mais les automobiles ne l'intéressaient pas trop.

Melrose sourit.

— Pas la compagne idéale, dans ce cas.

Colthorp éclata de rire.

— Il serait temps d'aller jeter un œil à votre voiture, dit-il. Taillez-nous un passage dans les broussailles, je vous suis !

S'il y avait un passage à tailler — vu la pelouse et les jardins parfaitement entretenus —, Melrose le tailla.

Il regrettait que la Bentley ait contrarié la conversation sur la « pénible » Sada, mais comme Colthorp paraissait réellement avide de parler de son ex, le sujet reviendrait immanquablement sur le tapis.

Arrivé à la hauteur de la vieille Bentley, Lord Mead hocha la tête d'un air interdit. Pour une fois, Melrose se réjouit que Ruthven (ou Momaday, quand l'envie le prenait) s'acharnât à rendre la Bentley aussi rutilante qu'un miroir.

Colthorp en fit deux fois le tour avant de se planter devant le capot, les bras croisés sur la poitrine. Comme Melrose un peu plus tôt, il s'épancha en compliments élogieux ; contrairement à Melrose, il les formula de manière audible.

— Où l'avez-vous dénichée ?

— C'est mon père, en fait. L'année de sa mort. Il aimait les voitures, lui aussi.

Melrose se rappela comment son père s'était toqué de la Bentley, on aurait cru un adolescent avec sa première voiture. C'était un des rares souvenirs attendris qu'il gardait de lui.

— Il l'adorait, dit-il.

— Pas étonnant. Si jamais vous songez à la vendre, vous savez maintenant à qui vous adresser...

Cela aurait pu paraître quelque peu vulgaire si Colthorp n'avait été aussi clairement enthousiasmé par la vieille automobile.

— Bon, fit-il en se frottant les mains, ça s'arrose.

Ils revinrent sur leurs pas. Au-dessus de leur tête, un hélicoptère agitait les eucalyptus et couchait les hautes herbes. Colthorp leva les yeux et pesta :

— Satané engin, quel raffut !

Melrose n'aurait pas cru que le manoir fût aussi près de Heathrow.

Un whisky à la main, ils se rassirent dans les mêmes fauteuils et Colthorp reprit la conversation où il l'avait laissée :

— Nous nous sommes séparés... oh, il y a cinq ans ; elle s'est débrouillée pour dépenser tout l'argent que je lui avais laissé, et elle est revenue au bout d'un an en redemander. J'aurais dû en parler à la police, mais vous savez, c'est des choses que j'oublie facilement. En fait, elle m'a menacé de vendre ses mémoires aux tabloïds. Une histoire sur moi et... oh, peu importe, c'est loin d'être aussi croustillant qu'on pourrait le croire. Me dire qu'elle puisse faire une chose pareille, ça m'a fichu un coup, je vous l'avoue. Dennis l'a jetée à la porte en la mettant au défi de faire quoi que ce soit. Ah, Dennis, c'est pas le genre à mâcher ses mots.

— Oui, sourit Melrose, on dirait. Vous avez dû être drôlement déçu qu'elle essaie de vous faire chanter.

— Vous pouvez le dire ! admit Colthorp qui vida son verre et se leva pour aller le remplir.

Il brandit la bouteille, désigna le verre de Melrose qui déclina l'offre d'un signe de tête.

— Elle était donc à sec, pourrait-on dire ? avança Melrose.

Colthorp se rassit, cala un coussin dans son dos et déclara :

— Dennis lui a mis un détective privé aux fesses.

Charmant, le fiston ! Melrose regretta que Dennis, aussi omniprésent qu'invisible, ne soit pas parmi eux.

— Il a découvert que la plupart de ses films n'étaient pas seulement des séries Z, c'étaient surtout des pornos. Oh, rien qui mette la censure dans tous ses états, mais elle avait tout de même enfreint plusieurs articles de loi. Quand nous étions mariés, c'est bizarre, Sada tenait davantage à son statut social qu'à l'argent. Elle adorait être Lady Mead ; lorsque nous étions invités chez des gens, elle adorait qu'on s'efface devant elle au moment de passer à table. Ceux qui se pâment devant nos falbalas sont les mêmes qui cherchent à se débarrasser de l'aristocratie, c'est assez divertissant. Remarquez, Sada ne voulait pas en finir avec l'aristocratie, surtout pas. Ça lui allait comme un gant, même si elle détonnait dans le tableau. Oh, Sada serait bien plus dépitée que moi si le Parlement votait la loi qui mettra fin à la pairie héréditaire.

Lord Mead fut de nouveau interrompu par le téléphone cellulaire, dont la sonnerie était aussi stridente que le grésillement d'un insecte. Il pêcha l'appareil sous les coussins, décrocha, écouta, puis soupira.

— Non, non et non, je ne veux pas mettre d'argent dans un cheval de course. Je me moque de ce qu'il a fait samedi à Newmarket... Dennis, je t'en prie, ne m'ennuie plus avec tes mines d'argent, tes chevaux ou tes je ne sais quoi. D'ailleurs, je ne suis pas seul. Au revoir.

Colthorp allait raccrocher quand il se ravisa :

— Et pour l'amour du ciel, dégage cet hélicoptère de mon couloir à papillons !

19

Melrose n'avait jamais vu le soleil briller sur Londres, mais, ce soir-là, l'astre voulait, semblait-il, anéantir d'un direct foudroyant le crépuscule qui gagnait du terrain. En quittant le jour brûlant pour entrer dans le musée, Melrose eut l'impression de plonger dans une pénombre glaciale.

Il était déjà venu au musée de l'Enfance lorsqu'il avait invité Bea à dîner, plusieurs mois plus tôt. Comment s'appelait ce petit restaurant, déjà ? Elle aimerait peut-être y retourner. Ah, oui, le Dotrice. Un restaurant français, hyper classe ; elle avait commandé un steak-*frites* et parlé de sa « période bleue ». Il avait été surpris de découvrir la qualité de sa peinture lorsqu'il avait vu ses toiles dans une galerie de Mayfair.

Beatrice Slocum, lui apprit une gentille vieille dame aux lunettes sans monture, était sortie faire une course à la pharmacie, mais elle reviendrait bientôt. Melrose eut l'impression que la femme devait être particulièrement gentille avec les enfants. En fait, elle lui rappela une de ses nurses...

Voilà qu'il se remettait à égrener ses souvenirs ! Depuis quelque temps, il se laissait facilement envahir par le passé. Cette femme ressemblait-elle réellement à sa nurse, Miss Prescott ? *Les nurses dans la tombe s'en sont allées*... Melrose se secoua, presque effrayé par son penchant pour la nostalgie. Il fallait que cela cesse.

Il se concentra sur l'exposition. La première chose que l'on voyait en entrant, c'étaient les maisons de poupées. La première fois, il les avait trouvées charmantes, le mobilier reflétait le goût d'une époque, les personnages miniatures vaquaient à leurs occupations ménagères. La petite Bletchley, la fillette qui s'était noyée, aurait adoré les poupées. Il chassa vivement cette triste pensée de son esprit et monta au deuxième étage.

C'était celui des trains et des jeux. Un garçon à l'air grave de sept ou huit ans regardait un long train défiler paresseusement autour de la piste. De dos, Melrose crut reconnaître l'enfant qu'il avait aperçu lors de sa visite précédente. La nostalgie renforcée par des impressions de *déjà-vu*, il avait bien besoin de cela ! Décidément, il était trop influençable.

Mais c'était un autre garçon. Il regarda le train s'arrêter entre deux champs, l'un occupé par une vache en train de brouter, l'autre par deux chevaux qui se prélassaient entre chien et loup.

— Hé ! s'exclama l'enfant. Y doit s'arrêter à la gare. Qu'est-ce qu'y lui prend ? J'ai mis vingt pi[1], moi ! Vingt pi et y fait que la moitié du chemin !

Il croyait sans doute que Melrose travaillait au musée. A moins qu'un enfant ne s'adresse automatiquement à l'adulte le plus proche pour exiger un dédommagement en cas de perte ?

— On va le faire repartir, dit Melrose, qui glissa une pièce de vingt pence dans la fente.

1. 20 p., soit vingt pence, se lit et se prononce 20 pi. *(N.d.T.)*

Le train toussota et démarra. Ils le regardèrent en silence passer devant la petite gare, franchir des passages à niveau, traverser un tunnel, et rendre l'âme à côté du champ à la vache.

— Y doit pas s'arrêter là, m'sieur.

Il regarda Melrose d'un œil torve, comme si tout avait été normal jusqu'à son arrivée.

— J'y suis pour rien, dit Melrose. Viens, allons voir les visionneuses.

Le garçon soupira. Les vues stéréoscopiques n'arrivaient pas à la cheville d'un train électrique, mais comme c'était gratuit, il suivit Melrose.

Ils étaient côte à côte, collés à l'œilleton des boîtes magiques, quand Melrose entendit une voix derrière lui.

— Ah, je vous y prends !

Melrose se retourna.

— Bea ! s'exclama-t-il.

Elle était sublime. Ses cheveux qu'elle avait la dernière fois teints d'un affreux mauve aubergine avaient repris leur couleur première, châtain doré, aussi chaude qu'un toast beurré. Melrose trouva cela réconfortant.

Confronté à ce qui lui parut devoir être un interlude ennuyeux entre deux adultes, le garçon repartit admirer le train.

Dès qu'il eut tourné le dos, Melrose, dans une de ses rares absences de galanterie, empoigna Bea par les épaules, la plaqua contre la rangée de boîtes magiques et l'embrassa impitoyablement. Elle ne protesta pas.

En tout cas pas avant la fin du baiser. Lorsqu'il la relâcha, elle bouillait d'indignation.

— J'aurais jamais cru ça de toi ! T'as perdu la tête !

— Oui, à cause de toi.

— Peu importe. Faire ça dans un lieu public, et ça se dit comte !

— J'ai jamais dit ça. D'ailleurs, je trouve que tes protestations manquent de conviction.

— Ça prouve que tu te mouches pas du pied, voilà tout.

Melrose protesta, mais Beatrice n'en eut cure et s'éloigna. Elle se retourna pour voir s'il était toujours planté là, et lança, impatiente :

— Eh bien, viens. Je me casse.

Melrose la suivit.

— Où ?

— A la maison. J'ai un steak et des pommes de terre fritz.

Melrose jubilait. A la maison !

— On ne dit pas fritz, on dit *frites*.

Bea dévalait déjà l'escalier.

— Je me demande pourquoi tu traînes avec moi, un type aussi éduqué que toi.

Melrose sourit. Il savait pourquoi.

« A la maison » était un appartement spacieux perché au troisième étage. Pas d'ascenseur. Melrose aurait volontiers conduit la vieille Ford T. en haut de Pike's Peak si l'appartement de Beatrice Slocum s'y était trouvé. En entrant, elle alluma la lumière qu'il éteignit aussitôt.

— Ah, faut que tu recommen...

Il l'embrassa. Un long baiser voluptueux... qu'elle lui rendit après un semblant de résistance.

Il reprit son souffle, le temps de demander :

— Alors, où sont les pommes de terre *frites* ?

— Dans la chambre.

— Mmm.

Cette fois, ce fut elle qui l'embrassa.

— Avec la viande.

Elle l'enlaçait encore, le menton sur son épaule, lorsqu'il lui demanda :

— Ça t'arrive de penser au mariage ?

— Moi ? Bien sûr. Souvent. (Elle roula sur le dos et contempla le plafond en soupirant.) On n'est pas faits pour le mariage, nous autres.

— Non, « nous autres », on n'est pas faits pour ça, pas si tu nous considères comme des rouleaux de tissu qu'on coupe et qu'on rafistole. (Après une minute de réflexion, Melrose ajouta :) Je suis plutôt riche.

— Mouais.

Elle bâilla paisiblement.

Lorsque Melrose se retourna pour la regarder, elle bâillait encore, puis fit une sorte de moue tremblotante.

— Tu as l'air d'un poisson, remarqua-t-il.

— Je te remercie. Ça donne du poids à ta demande en mariage.

— Qui a dit que je te demandais en mariage ?

Bea étendit la main pour attraper un rayon de lune.

— Qu'est-ce que tu essaies de vendre, alors ?

Melrose lui prit la main et la garda dans les siennes.

— Je fais l'inventaire.

— De quoi ?

Elle bâilla de nouveau, bruyamment cette fois.

— De moi-même, de mes trucs.

— Tiens donc !

— Parole ! J'essaie de faire ça tous les ans. C'est une entreprise d'envergure. Par exemple, dans ma cave, il y a une caisse pleine de puligny-montrachet premier cru. Et c'est juste pour l'apéritif.

Elle médita en silence ce qu'il venait de dire. Puis :

— Dans mon box, j'ai une caisse d'eau minérale,

cinquante boîtes de noix de toutes sortes et un cactus géant. Juste pour l'apéritif.

Il lui coula un regard oblique. Elle avait déniché un chewing-gum — il espéra qu'elle ne l'avait pas décollé de sous la table — et le mâchait sans discrétion : *crunch, crunch, crunch*.

— Je ne pourrais jamais épouser une femme qui fait ça à longueur de journée dans mon oreille.

— Tant mieux, parce que je ne pourrais jamais épouser un type aussi snob.

Melrose se redressa d'un bond et s'accouda.

— Snob, moi ?

— Parfaitement.

— C'est faux ! (Il se laissa retomber sur le lit.) J'ai l'impression qu'on s'est écartés du sujet.

— « On » ? C'est toi qui t'écartes ; je t'ai juste écouté dresser la liste de tes vins. Tu aurais dû faire comme ce mec, au Dotrice.

— Le sommelier ? Merci. Bref, on parlait mariage... sur un plan général et hypothétique.

Elle ne répondit pas. Elle avait fermé les yeux.

— Tu dors ?

— Non, mais c'est à envisager.

Elle cherchait à l'énerver.

— A quoi penses-tu ?

— Au tableau sur lequel je cale.

Il était peut-être en train de la demander en mariage, et à quoi pensait-elle ? A sa peinture ! Pas très flatteur. Toutefois, il était prêt à la ménager.

— Sur quoi cales-tu, exactement ?

— La bouche. C'est un portrait.

— De qui ?

— D'un ami. Un mec que je connais. Je connais des tas de mecs. Des copains, tu sais.

Ce copinage de mecs irrita Melrose... de même qu'il aurait irrité le mec en question, Melrose en était sûr.

— Viens, lève-toi... (Elle se redressa et le tira par la main.) Viens, je vais te montrer.

— Je ne veux pas me lever.

— Comme tu voudras.

Elle sortit du lit et enfila une chemise d'homme qu'elle avait accrochée derrière la porte et qu'elle devait porter souvent. Melrose grimaça. Vu la taille, la chemise devait appartenir à un homme sacrément grand. Bea avait déjà disparu. Melrose jura et retomba sur l'oreiller. Il l'entendit farfouiller dans le salon. *Vlan ! Crack !* Bon Dieu, fallait-il qu'elle soit prise par son art pour être incapable de s'en détacher ne fût-ce qu'une nuit !

Elle reparut avec une grande toile qu'il était déjà prêt à détester. Elle la retourna pour qu'il puisse l'admirer ; Melrose ouvrit grand la bouche d'étonnement.

— Seigneur, mais c'est moi !

Il n'en croyait pas ses yeux.

— Tu es drôlement physionomiste ! railla-t-elle.

Elle mâchait de nouveau son chewing-gum en s'efforçant de ne pas rire.

Sur le tableau, il était assis dans un fauteuil en cuir, légèrement penché comme s'il parlait à une personne invisible. Lorsqu'on regardait le tableau, on avait l'impression d'être cette personne. Ses yeux étaient d'un vert grumeleux qui rendait improbable toute tentative de le présenter sous un aspect séduisant ; elle avait même empêché la lueur de la cheminée d'éclairer ses cheveux.

— Mon Dieu, Bea, comment diable as-tu peint ça sans moi ?

— Devine.

— Je donne ma langue au chat.
— Eh bien, il faut croire que ta présence m'accompagnait.
Elle sourit, continua de mastiquer. *Crunch, crunch, crunch*.

DEUXIÈME PARTIE

Un marchand de charmes et de magie

20

Islington

En descendant de chez elle, Carole-Anne Palutski entendit le téléphone sonner dans l'appartement du commissaire Jury ; elle tira vivement de la chaîne qu'elle portait autour du cou la clé que sa peau gardait au chaud (comme disait le commissaire : « Cette clé pourrait dégeler la serrure la plus récalcitrante »). Elle ouvrit la porte. Le temps d'arriver dans le salon, la sonnerie s'était arrêtée. Merde ! Merde ! Croyant que c'était lui qui appelait, son visage s'était illuminé. Mais le correspondant ne laissa pas de message. Elle avait acheté le répondeur d'occasion pour une bouchée de pain. Le commissaire détestait les répondeurs ; elle lui avait dit que c'était bizarre de la part d'un policier dont le métier n'est fait que d'urgences, et que se passerait-il en cas d'appel urgent ? Et si on l'arrêtait (à tort, bien sûr) et qu'elle n'ait droit qu'à un coup de fil ? Il lui avait répondu qu'un répondeur ne servirait à rien, vu qu'une machine ne pourrait pas aller au dépôt la faire sortir sous caution. « Ha, ha, toujours le mot pour rire ! avait-elle dit. Avec un répondeur, vous pouvez appeler et laisser des messages. A moi, par exemple, ou à Mrs W. » Oh, il avait appelé et même laissé des messages, quatre pour elle et deux pour Mrs W. Il disait à Mrs W. que sa soupe de poulet lui manquait. Et à Carole-Anne que ses prédictions lui manquaient, et il lui demandait si les cartes parlaient de l'Irlandais qu'il venait juste d'alpaguer.

Ha, ha, s'esclaffa-t-elle en rembobinant la cassette pour réentendre son dernier message. Quel était donc ce bruit en arrière-fond ? Des hurlements et ce qui ressemblait à des bris de verre. Des bombes ? Ou simplement des ivrognes qui cassaient des vitres par maladresse ?

Il détestait particulièrement les e-mails. Il disait : « Quand on poste une lettre, il y a du suspense, on pense à celui qui la lira, à sa réponse, on se demande quand on la recevra. Et on a aussi le sentiment du devoir accompli. On est fier d'avoir finalement réussi à écrire cette lettre. Mais maintenant ? On envoie un e-mail, et avant d'avoir pu penser à tout ça, on a déjà la réponse ; on n'a pas un instant de réflexion entre l'envoi et la réception. Tout va trop vite. C'est tout, tout de suite. »

Il croyait qu'elle ne l'écoutait pas. Eh bien, si, elle l'écoutait. Elle alla décrocher le calendrier du mur et noircit un autre carré. Elle notait tout ce que le commissaire et elle avaient fait, aller au pub, par exemple, ou au 909 écouter Stan, aller voir un film. Elle se demanda pour la énième fois pourquoi il avait conservé le calendrier. Il était édité par une association agricole et elle ne comprenait pas comment le commissaire avait atterri dans leur fichier. Pour septembre, c'était une vache, la tête tournée vers l'objectif, qui fixait Carole-Anne comme si elle savait parfaitement qu'elle noircissait les blancs avec de fausses informations.

Il était parti depuis près d'un mois. La page de septembre se couvrait de notes. Ne serait-il pas surpris de voir tout ce qu'il avait fait ? Elle revint au mois d'août. Rien, pas le moindre mot. Même chose pour juillet et juin. Pourquoi avait-il un calendrier s'il n'écrivait rien dessus ? Son propre calendrier était tellement noir de notes qu'elle était obligée d'écrire dans la marge.

Et cependant, elle trouvait étrange que dans son souvenir l'emploi du temps du commissaire pour juillet et août lui parût si rempli, alors que le sien, lorsqu'elle se le représentait, lui semblait sonner creux. Elle se demanda s'il y avait des êtres qui, lorsqu'ils étaient absents, vous donnaient l'impression qu'on n'existait pas. Vous poussaient à vous interroger sur la réalité de votre propre existence. Lorsqu'ils n'étaient pas là pour vous dire que vous ressembliez à un lever de soleil à Key West, ressemblait-on à quelque chose ?

Le calendrier à la main, tout en pensant à ce qu'elle y noterait pour la journée (combien de fois iraient-ils à l'Ange ?), elle s'approcha du phonographe. C'était le seul qu'elle eût jamais vu, il la fascinait. Elle possédait des cassettes et des CD (« Tout est miniaturisé, maintenant », disait-il), mais lui, il avait encore des disques. Il avait *September in the Rain*. Elle le mit sur la platine, souleva le bras et posa l'aiguille sur la galette.

Prenant appui sur la fenêtre, elle écrivit *Irlande* sur le calendrier. *Pluie*.

Dans le carré du dernier jour de septembre, elle écrivit : *Retour*.

En bas — le rez-de-chaussée, comme on disait, mais en réalité un entresol victorien —, Mrs Wasserman était assise dans son fauteuil préféré trop rembourré, les doigts croisés. Elle était même restée au lit pendant quelques jours, mais, par orgueil, elle se forçait à se lever et à s'habiller à une heure convenable.

Cela faisait deux semaines qu'elle n'était pas sortie de chez elle, sauf les fois où Carole-Anne l'avait pratiquement tirée dehors. Le monde extérieur était impitoyable si on n'était pas protégé par une amulette ou un charme. Elle avait vécu ainsi, il y avait des années, assise dans son fauteuil à regarder par la fenêtre les jambes des passants. Cela avait duré jusqu'au jour où Mr Jury avait équipé sa porte de verrous supplémentaires, « des verrous que même des ivrognes irlandais ne casseront jamais ».

Le problème, c'est qu'il n'était pas là. Oh, elle ne trouvait rien à redire lorsqu'il s'absentait de Londres, mais ça n'était jamais plus de deux ou trois jours de suite. Cette fois, cela faisait près d'un mois. Et il était en Irlande —en Irlande du Nord, qui était, tout le monde le savait, un pays dangereux. Il aurait déjà dû être rentré.

Accoudée au bras du fauteuil, Mrs Wasserman regarda en soupirant les jambes défiler devant sa fenêtre, la tête appuyée sur sa main.

Victoria Street

Assis derrière son bureau de New Scotland Yard, le sergent Alfred Wiggins regardait l'autre bureau inoccupé d'un air abattu. En ordre de bataille, alignés devant lui, ses remèdes habituels : gouttes pour le nez, pour les yeux, biscuits complets, bromure, jus d'abricot, quelques plantes, et des Fisherman's Friends. Il les contemplait sans enthousiasme, sans intérêt, sans envie. Il n'avait ni migraine, ni laryngite, ni nausées, ni courbatures, ni fièvre. C'était bien là le problème ; ses douleurs lui manquaient. D'habitude, il avait besoin de ses remèdes.

On aurait pu croire que l'absence de besoin l'aurait soulagé. Eh bien, non. C'était rigolo de plonger une tablette de bromure dans le jus d'abricot (une panacée qu'il avait découverte au cours de leur voyage à Baltimore), avec un peu de rue, pourquoi pas ? Ou de laisser fondre quelques comprimés dans une tasse de thé, qu'il boirait avec un ou deux biscuits complets. Quand il avait appris que le commissaire Jury — son patron — allait en Irlande du Nord, Wiggins lui avait remis une trousse de voyage remplie de petits flacons accompagnés d'« indications » précises (Wiggins usait facilement du jargon médical).

Il était parti depuis près d'un mois. Lorsque Mr Jury, assis à son bureau aujourd'hui inoccupé, les bras croisés derrière la tête, assistait à la préparation des potions de Wiggins, raillant leur inutilité, Wiggins avait l'impression qu'elles en valaient la peine. Sans lui, il se sentait comme un arbre en train de s'abattre sans que personne le remarque.

Existait-il vraiment ?

Comme pour tester la réalité de son existence, le téléphone sonna.

Richard Jury ! espéra-t-il contre toute attente. Mais ce n'était pas lui ; c'était Brian Macalvie.

Le coup de fil le plus inespéré, celui de Jury mis à part. Wiggins s'illumina.

Fiona Clingmore examina sa trousse de toilette, masques au concombre, bâton de mascara, eye-liner, et, avec un soupir, remisa le tout dans son tiroir. A quoi bon tout cela, désormais ?

Mais pour faire bonne figure, lorsque Alfred Wiggins entra dans son bureau, elle remit de l'ordre dans sa coiffure avec son peigne en écaille qu'elle planta ensuite sur le côté de sa tête, telle une ancre.

— Cyril ne bouge pas d'ici, dit-elle en regardant le chat qui surveillait la porte d'entrée, assis sur son arrière-train. Il croit que votre patron va arriver d'un moment à l'autre.

— Il faut l'amener chez le vétérinaire, remarqua Wiggins, prompt à démoraliser les troupes. Il est peut-être malade.

Fiona écarta l'idée d'un geste méprisant.

— Cyril n'est pas comme vous, dit-elle. Remarquez, je peux vous dire une chose. (Elle pointa la tête vers la porte du bureau du commissaire principal Racer.) Il ne sait pas quoi faire de sa peau depuis que Mr Jury est parti. Il lui arrive même de passer devant Cyril sans l'insulter, sans chercher à lui donner un coup de pied, sans poser ses foutus pièges à sardines. C'est comme quand on n'arrive pas à dormir et qu'on ne rêve pas, on devient tout bizarre. On perd les pédales. Eh bien, c'est ce qui lui arrive. Quand Mr Jury n'est pas là... (elle regarda de nouveau vers le bureau de Racer), il devient maboul. Comme il n'a plus personne pour refermer le couvercle, sa marmite bouillonne, elle menace sans cesse d'exploser.

Fiona hocha la tête, poussa un soupir, entreprit de passer de la pommade sur les petites peaux de ses ongles.

Pour Cyril le chat, c'était comme d'imaginer un poisson ; il pouvait surveiller l'eau jusqu'à ce qu'une ombre, une tache ou une silhouette se glisse lentement à la surface de la rivière. Même si ce n'était pas un poisson, même si ce n'était qu'un morceau de papier détaché d'un rocher, un beignet chinois, un diablotin, une chaussure ou un requin.

Mais le requin était déjà là, n'est-ce pas ? De l'autre côté de la porte du bureau, il faisait un raffut d'enfer, toujours prêt à s'en prendre à Cyril et bien trop stupide pour être un poisson même imaginaire.

Assis sur son arrière-train, immobile, Cyril attendait qu'Il franchisse la porte. Ça ne tarderait plus. Il finissait toujours par arriver, mais si Cyril cessait de surveiller la porte, Il ne viendrait pas. Il s'enfuirait comme l'ombre d'un poisson. Cyril était sûr que s'il se concentrait de tout son être, s'il ne se laissait pas distraire par les sardines ou par le fax, Il ouvrirait la porte et entrerait dans la pièce. Juste comme ça.

En un clin d'œil.

Dublin

Le vieux prêtre étreignit sa pinte de Guinness comme si c'était une croix.

— Ce qui s'est passé, dit-il, c'est qu'on m'a ramassé dans le Shankill, kidnappé, si vous préférez, si tant est qu'obliger un homme à monter dans une voiture en le menaçant avec un revolver soit du kidnapping. Nous avons roulé quelque temps hors de Belfast. Difficile à dire si c'était loin, je ne reconnaissais presque rien tellement il faisait noir. J'avais jamais vu une nuit aussi noire, aussi noire que la merde du diable, comme qui dirait. Je crois qu'on était près de Craigavon.

« Ils ont discuté tout le long du chemin, on aurait dit une bande de gars en virée. Ils étaient trois, des gars de l'IRA, bien sûr. C'est là qu'ils m'ont expliqué pourquoi ils m'avaient ramassé ; ils avaient besoin d'un prêtre pour administrer les derniers sacrements. Je leur ai dit : "Vous auriez pu trouver un curé plus près de là où vous allez, non ?", et un des gars m'a répondu : "Vous nous avez plu, mon père." Je lui ai demandé : "Qui donc est ce mourant pour qui vous enlevez un prêtre en pleine rue ?" Ils se sont marrés. "C'est une exécution, mon père. On va tuer un homme." Je leur ai dit que je ne voulais pas voir un assassinat. "Vous êtes pas obligé de regarder, mon père."

« Finalement, on s'est arrêtés devant un cottage blanc qui, dans la nuit d'encre, ressemblait à une lune. On est entrés. Ils avaient apporté un marteau ; j'ai appris plus tard que c'était la façon de faire de l'IRA. Dans le salon, ou ce qu'il en restait, parce qu'ils l'avaient pas mal saccagé, un homme était attaché à une chaise. Je ne crois pas avoir jamais rien vu d'aussi pitoyable que cet homme qui m'implorait de l'aider et qui savait qu'on allait l'exécuter. Je leur ai demandé ce qu'il avait fait, mais ils ont éludé et m'ont ordonné d'en finir au plus vite. J'ai dit au pauvre malheureux que seul le Seigneur était en mesure de l'aider et qu'il valait mieux qu'il reçoive l'absolution avant de mourir. C'étaient des paroles creuses, à quoi ça lui servait ? Les gars de l'IRA l'ont entouré. J'ai fait ce qu'on me demandait ; ils m'ont ramené à la voiture et ils m'ont dit d'attendre.

« Pourquoi je ne suis pas resté avec le condamné ? Ils n'ont pas voulu, mais... j'aurais pu aller trouver la police, mais si j'avais dit quoi que ce soit... ces tueurs, ou d'autres, auraient continué d'exécuter des victimes, sans qu'un prêtre leur offre l'absolution, cette fois. Je continue quand même à penser que j'aurais dû faire quelque chose. Ça s'est passé il y a douze ans. Qu'est-ce que vous en pensez ?

— Que vous n'aviez pas le choix, mon père. Pas plus que si on vous demandait de dire des choses que vous avez entendues en confession.

Le vieux prêtre contempla en silence sa bière qu'il avait à peine touchée.

— Pourquoi vous êtes à Dublin ? demanda-t-il.

— Je cherche quelqu'un.

— Ah, nous en sommes tous là. Puis-je vous offrir une bière avant que vous ne repreniez vos recherches ?

Le curé sourit. Jury lui renvoya son sourire. Il se leva, même s'il n'avait nulle part où aller et que ses recherches semblaient vaines.

— Une autre fois, dit-il. J'ai été content de vous parler, mon père.

TROISIÈME PARTIE

Bénédictions et malédictions

21

Après un bref retour dans le Northamptonshire, où il avait chargé sa Bentley, Melrose, sur la route qui le conduisait à Bletchley, chercha des pancartes signalant les Chick'n King. Il vit des Little Chef, des Happy Eater, mais pas de Chick'n King.

Il rentra sa voiture au garage, situé à distance respectable du manoir et qui avait dû être la maison du gardien bien que la taille de la propriété ne justifiât pas l'usage d'un bâtiment supplémentaire.

Melrose n'avait pas apporté grand-chose, seulement deux grandes valises, l'une remplie de vêtements, l'autre de livres et de CD, surtout du Mozart et du Lou Reed. Il n'avait pas vu de chaîne hi-fi dans le manoir, mais il comptait en acheter une à Penzance. Son amour pour la musique braillarde dénotait peut-être un penchant skinhead, mais, à la réflexion, probablement pas : il n'avait que des Lou Reed (et du Mozart, bien sûr). La population skinhead avait sans doute des goûts beaucoup plus éclectiques.

Il sortit ses valises du coffre, franchit la porte du manoir et les posa dans l'entrée. A droite en entrant, dans ce qui devait être un salon, on avait allumé un grand feu dont les flammes élancées jetaient des ombres sinistres sur les murs.

Qui l'avait allumé ? Esther Laburnum ? Certainement pas, mais elle avait parlé d'un gardien ou d'un jardinier ; c'était l'explication la plus plausible. Le feu était le bienvenu, quelqu'un veillait à son bien-être.

Le manoir possédait le chauffage central ; néanmoins, certaines pièces étaient si vastes, si caverneuses, qu'y faire du feu devait procurer non seulement chaleur et lumière, mais aussi un confort certain. Melrose monta ses valises au premier et transvasa leur contenu dans les tiroirs avec le manque de soin de celui qui n'a pas de Ruthven pour ranger ses chemises et ses mouchoirs fraîchement repassés. Melrose ne se considérait pas comme un esthète, mais il admirait l'esthétisme de son majordome. Ruthven (et sa femme Martha) faisait régner un ordre parfait, réglé comme une horloge. On s'y habituait, et on devenait comme un enfant gâté. Melrose enfourna une dizaine de paires de chaussettes dans un tiroir, quand Ruthven les aurait déposées avec le même amour que s'il couchait des bébés dans leur landau. Ensuite, il redescendit au rez-de-chaussée.

Il se mit de nouveau à errer dans le manoir, l'absence d'un regard étranger lui autorisant cette fois la flânerie. Il passa du salon à la salle à manger, puis à la bibliothèque et à la petite pièce que l'agent immobilier avait qualifiée de boudoir, ajoutant : « *Ne trouvez-vous pas que c'est chou ?* » — une expression qui avait fait grimacer Melrose. En chemin, il examina en détail les photos sur lesquelles il n'avait posé qu'un regard rapide lors de sa première visite. Il s'attarda particulièrement sur celle où la famille Bletchley était rassemblée sur un quai, près d'un bateau. Ils étaient tous beaux. Le petit visage aigu du vieux Bletchley (Mr Chick'n King) pointait sous une casquette dont l'ombre lui mangeait la moitié de la figure. Melrose fut frappé par son air réfléchi et perspicace. Et comme les deux enfants paraissaient heureux ! Perdre un enfant devait vous détruire sur le plan affectif. Après une telle perte, pouvait-on encore éprouver le moindre sentiment ? Peut-être assez pour continuer à vivre. Or, dans le cas des Bletchley, il ne s'agissait pas seulement de deux morts, mais de morts entourées de mystère. Melrose laissa son esprit s'égarer dans des contrées où les catastrophes étaient le pain quotidien de chacun, où l'angoisse régnait en permanence. Un voyage étrange pour lui dont l'esprit ne pouvait embrasser la profondeur du chagrin qui accablait un père ou une mère.

En regardant autour de lui, Melrose fut saisi par une impression de déjà-vu. Au début, le manoir lui avait rappelé Ardry End ; c'était encore plus frappant, maintenant. Appartenait-il à cette sorte de gens qui, en s'aventurant en terre inconnue, recréaient en fait leur passé ? Etait-il tellement attaché au passé que tous les chemins qu'il empruntait l'y ramenaient, un peu comme de fraîches empreintes de pas sur un sol longtemps foulé ?

De la petite bibliothèque, il prit l'escalier tournant qui menait au premier et aux chambres qu'il avait à peine entrevues. Il visita les cinq chambres qui donnaient sur le palier : deux de chaque côté, la cinquième sur le devant. Cette dernière possédait sa propre salle de bains ; les quatre autres se partageaient deux salles de bains. Il avait remisé ses affaires dans la chambre juste à gauche de l'escalier parce qu'elle avait la meilleure vue sur la mer, une vue fort spectaculaire. Mélodramatique, devrait-il dire. Sur ce qu'il avait vu jusqu'à présent, la Cornouailles n'était pas en retard, question mélodrame.

Les chambres étaient toutes semblables, hormis quelques variantes dans les couleurs et le mobilier. Il aimait particulièrement celle avec le lit à baldaquin et le fauteuil rembourré au cuir râpé, qu'il tira près de la fenêtre, à côté d'un guéridon en bronze sur lequel il déposa un cendrier en cristal. Il voulait faire de cette pièce un fumoir.

Les autres chambres n'offraient rien qui pût alimenter son humeur mélancolique mais, en haut comme en bas, l'aspect des pièces le frappa : elles semblaient toutes prêtes à accueillir des visiteurs. Edredons et dessus-de-lit en satin ; livres sur les tables de chevet. (A côté de son propre lit, des volumes qui semblaient destinés à une élévation rigoureuse de l'âme : Emerson, Thoreau, et *Comment devenir manager*, dont il estima qu'il devrait suivre les conseils alors que les leçons des deux autres livres étaient davantage tournées vers l'esprit que vers l'action. Décidément, les Américains étaient d'un matérialisme !)

Dans la salle de piano (qui continuait de le fasciner), il fut de nouveau saisi par l'impression qu'on venait juste de la quitter. Bletchley — si c'était le dernier à l'avoir utilisée — y griffonnait peut-être encore, quelques minutes plus tôt, des notes sur la partition étalée sur le pupitre. Melrose s'interrogea sur l'homme, il se demanda quelle influence avait eue la mort de ses enfants sur sa musique. Trouvait-il un réconfort dans la composition ? Melrose s'approcha de la fenêtre pour regarder le soleil se coucher. Le sommet des nuages lourds de pluie paraissait lumineux ; les vagues étaient ourlées d'argent.

La position des fenêtres, la façon dont elles semblaient suspendues au-dessus des rochers de sorte que le regard plongeait directement dans la mer, faisait qu'il lui était bien sûr impossible de voir ce qu'il y avait sur la falaise juste en dessous. Il n'avait donc pas vu la femme avant qu'elle ne s'avance vers l'ouest, où donnait une autre fenêtre.

Il resta un instant confondu. Il s'était tellement imprégné de la présence de fantômes, du moins les fantômes avaient-ils tellement accaparé ses pensées, qu'une présence humaine lui parut irréelle. Comme la pluie avait fait son apparition depuis son retour, il se retrouva en train de contempler la chevelure blonde d'une étrangère à travers une buée floue. Elle portait un imperméable fauve. Il ouvrit la croisée et lança un bonjour sonore.

La femme regarda derrière elle, mais ne vit rien.

— En haut ! cria Melrose.

Elle tendit le cou, une main en visière.

Melrose reconnut la femme d'une des photographies, la mère des deux petits noyés.

22

— Entrez, je vous en prie, dit Melrose à la femme qui attendait dehors.

— Karen Bletchley, dit-elle en franchissant la porte de la cuisine, avant d'ajouter : Je viens de voir Esther Laburnum. Vous êtes sans doute Mr Plant.

— Lui-même. Vous êtes trempée. Donnez-moi votre imper.

Elle s'exécuta en le remerciant, puis passa une main tremblante dans ses cheveux mouillés pour en chasser les gouttes de pluie. Son expression, dont Melrose jugea qu'elle la voulait primesautière, légère, était au contraire grave et opaque. Le sourire qu'elle esquissa était glacé. Ses yeux aussi, empreints d'une tristesse qui semblait prête à déborder, mais elle ne pleurait pas. Cependant, elle paraissait assez meurtrie pour pleurer, comme si Melrose lui avait décoché un direct. Son air accablé semblait comme collé sur son visage.

— J'allais faire du thé, dit-il. J'ai l'impression qu'une bonne tasse ne vous ferait pas de mal.

— Avec plaisir. Merci.

— Il y a du feu dans la bibliothèque — la petite,

celle que vous appelez le boudoir, je crois. Allez vous y installer, j'arrive tout de suite.

Qu'elle ne cherche pas à prendre les opérations en main prouvait qu'elle acceptait sa position de locataire. Elle n'avait pas l'esprit contrariant.

Il prépara le plateau, la porcelaine fine, le service Beleek couleur crème, dont il s'était promis de ne pas se servir, le jugeant trop fragile, aussi vaporeux qu'un souffle. Lorsqu'il entra dans la bibliothèque, il la trouva en train d'examiner les livres. Elle en rangea un, en prit un autre.

— Vous permettez ? fit-elle.

— Je vous en prie. Ils sont à vous.

— Quand même.

Elle posa sur la table le livre qu'elle avait sorti et s'assit en face de Melrose.

Les deux fauteuils rembourrés étaient tirés près de la table basse, comme si leur unique fonction était d'être là pour le thé.

— Je vous sers ? demanda Melrose.

— S'il vous plaît.

Elle laissa son regard errer sur les livres et le mobilier comme si c'était elle la locataire.

— Où habitez-vous depuis que vous avez quitté Seabourne ? s'enquit Melrose.

Il lui présenta l'assiette de biscuits dont il venait d'acheter une boîte.

Elle en prit un et mordit dedans avant de répondre.

— A Londres. Nous y avons une maison, et une autre à Majorque. Mais celle-ci... celle-ci...

Elle hocha la tête, le regard rivé sur les photographies. Elle prit celle où elle était avec ses deux enfants.

— Esther Laburnum a dû vous dire...

Melrose se pencha au-dessus de la table.

— Je suis profondément navré. Toutes mes condoléances. Comme je n'ai pas d'enfant, je ne dirai pas que je comprends ce que vous éprouvez. Il m'est impossible d'imaginer la profondeur du chagrin qui vous accable. Il doit être infini.

Karen Bletchley le dévisagea, ses yeux gris rivés sur lui, de sorte qu'on ne pouvait se méprendre : c'était une femme près d'un précipice, aussi réel que celui au bord duquel elle se tenait, une heure auparavant. Le temps n'adoucirait jamais sa peine. Elle avait essayé de boire une gorgée de thé, mais elle tremblait tellement qu'elle avait dû reposer sa tasse. Elle sembla incapable de la lâcher, comme si l'air lui-même avait pris la fragilité du service Beleek et risquait de se briser si elle bougeait.

— Cela fait quatre ans, après tout, dit-elle, songeuse. Je devrais...

— Non, assura-t-il. C'était hier.

Elle se cala dans le fauteuil, reprit sa tasse d'une main affermie, la vida et la reposa.

— Merci de dire ça. Merci du fond du cœur. Je suis entourée de gens qui me répètent sans cesse que le chagrin s'effacera avec le temps, que je ne devrais pas revenir sur le passé ou que je devrais arrêter de me complaire dans le morbide. Le temps n'y change rien ; du moins, il n'a rien changé jusqu'à maintenant.

— Le temps n'y peut rien. Si vos souvenirs sont aussi clairs, pourquoi votre chagrin diminuerait-il ? Ça ne sert à rien de vous dire que vous ne devriez plus souffrir.

Melrose remplit de nouveau les tasses.

Karen Bletchley accepta celle qu'il lui tendit et parut se détendre. Après un long silence, elle commença son récit :

— Je ne sais pas pourquoi Noah et Esmé sont sortis. Quand nous sommes partis, vers neuf heures, ils étaient couchés, comme d'habitude. Mrs Hayter, notre cuisinière, s'occupait des enfants quand nous sortions, sinon, nous prenions une baby-sitter. A notre retour, Mrs Hayter était dans tous ses états. Pauvre femme, elle culpabilisait. (Elle resta un instant silencieuse, toussa, puis reprit :) Mrs Hayter nous a dit qu'elle avait entendu comme un cri, c'est ce qui l'avait réveillée. Elle a passé une robe de chambre, pris une lampe électrique et est descendue en bas ; sa chambre était au second. En réalité, c'est un petit appartement que je lui avais aménagé pour qu'elle ait une vie privée. Lorsqu'elle est descendue, elle n'a vu personne. Elle a cru qu'elle avait rêvé. Elle est allée dans la chambre de Noah, il n'y était pas, ensuite dans celle d'Esmé. Elle n'y était pas non plus. Après avoir fouillé toutes les pièces, elle est sortie. Elle était folle d'inquiétude, nous a-t-elle dit, absolument folle d'inquiétude. Ça se comprend, bien sûr.

« La mer était très agitée, cette nuit-là, il pleuvait et le vent violent qui soufflait emportait les bruits. Elle crut entendre crier, mais ne parvint pas à discerner d'où provenait la voix. Elle eut du mal à regarder en bas de la falaise. Le vertige mêlé à la peur cantonna longtemps ses recherches au sol ferme. Lorsqu'elle se décida enfin, elle les vit. Ils étaient allongés côte à côte, dans leur robe de chambre, pelotonnés comme s'ils dormaient dans leur lit. Les vagues les submergeaient ; la marée montait. Ils étaient noyés. Elle comprit qu'ils étaient morts. Elle en était sûre.

Karen s'interrompit, accablée par les souvenirs. Puis :

— Elle eut peur qu'on lui reproche de ne pas avoir tout fait pour les sauver, nous dit-elle ensuite, mais elle ne pouvait pas se résoudre à descendre par l'escalier taillé dans la roche. Elle était bien trop terrifiée. Alors, elle a appelé la police ; puis nous sommes rentrés. Mais je peux vous dire une chose, je peux vous dire une chose...

Melrose se pencha vers elle.

— Mrs Hayter aimait les enfants autant que nous. Il fallait qu'elle soit réellement terrifiée pour ne pas descendre dans la crique.

— Et la police ? interrogea Melrose.

— Atterrée. C'est rare de voir une telle réaction sur des visages de policiers, vous savez.

Elle s'arracha à la contemplation du feu où elle puisait ses souvenirs et sourit faiblement à Melrose.

— Si la police n'était pas arrivée avant nous, on aurait sans doute trouvé deux autres cadavres en bas des marches. J'ai voulu descendre, mais on m'en a empêchée. C'était juste avant que les ambulanciers ne remontent les... les enfants. Ils ont eu beaucoup de mal à hisser les brancards...

Elle fit une pause, but une gorgée de thé tiède, puis reprit :

— Il y avait quelque chose d'horrible dans tout ça.

Lorsque Melrose ouvrit la bouche pour intervenir, elle l'arrêta d'un signe de tête.

— Non, pas seulement la mort de Noah et d'Esmé, mais les circonstances, les raisons. Ils n'avaient pas été poussés du haut de la falaise, ils n'étaient pas tombés non plus. Leurs corps ne portaient pas de traces de chute. Les policiers penchèrent pour la thèse de l'accident, mais ils ne comprenaient pas ce qui avait pu inciter deux jeunes enfants à descendre en robe de chambre un escalier glissant. Ça n'avait aucun sens. Pour moi, la seule explication, c'est qu'ils voulaient aller au canot. Nous avions un canot amarré en bas, pour rejoindre le voilier ancré dans la baie... Cela me hante. J'ai besoin de savoir.

Elle se rassit dans le fond du fauteuil et ramassa le livre qu'elle avait pris dans la bibliothèque. C'était *Pauvre Harry*.

— Le livre préféré de Noah, dit-elle.

Elle le tendit à Melrose comme s'il pouvait l'aider à comprendre ou à résoudre l'énigme du drame. Comme s'il pouvait au moins apporter un minimum de sagesse, offrir un angle de vue original, une réponse nouvelle.

— *Pauvre Harry*, dit Melrose, qui feuilleta les pages en souriant, s'arrêtant pour admirer les illustrations qui représentaient un petit garçon rondouillard aux prises avec les difficultés de la vie. Harry était le bouc émissaire du pauvre Noah ?

Elle rit de bon cœur ; elle semblait contente qu'il ait au moins deviné ça.

— Une tasse cassée, un parterre de roses piétiné, une manche déchirée : « C'est pas moi, Maman, c'est le pauvre Harry qu'a fait ça. » Oh oui, on a eu droit à toutes les frasques du pauvre Harry.

Melrose sourit et lui rendit le livre.

— Daniel ne supportait plus la maison, poursuivit Karen. Elle lui rappelait trop les enfants. Il a essayé de rester, mais il a renoncé. La maison de Londres était moins hostile, il n'y avait pas tous ces souvenirs.

Melrose désigna les photographies du menton.

— Vous avez tout laissé, même les photos.

Karen les embrassa du regard.

— Oui, je sais. C'est parce que... nous voulions laisser la maison dans l'état où elle était quand les enfants vivaient encore. Je voulais qu'elle reste familière pour eux. (Elle frissonna, puis détourna les yeux.) Vous ne croyez pas aux... fantômes, j'imagine ? demanda-t-elle avec un naturel déroutant. (Les yeux fixés sur un objet, derrière Melrose, un bureau ou une fenêtre, elle ajouta :) Je cherche, je cherche, vous comprenez. Et le spiritisme ?

Voyant Melrose rire, elle sourit.

— Vous voulez que je croie au paranormal ? fit Melrose, qui s'était repris. Remarquez, c'est bizarre. La première fois que j'ai visité votre manoir, j'ai aussitôt été transporté dans un vieux film que j'ai dû voir à la télévision il y a des années... Vous êtes sûre que cette maison n'a pas servi de décor à un film ? Non, bien sûr. Ça revient moins cher de tourner en studio. Enfin, l'escalier tournant, ses petites portes qui ouvrent sur le salon, la salle du piano — c'est comme ça que je l'appelle — ont bien l'air de sortir d'un film des années 40. *L'Intrus*, c'était complètement nunuche, le scénario, les effets spéciaux ; des portes qui s'ouvraient toutes seules, une jeune femme avec un épouvantable accent anglais — je crois que l'actrice était américaine —, à qui il arrivait mille misères et qui entendait des voix et voyait des choses qui flottaient dans les pièces. Bref, j'ai passé de délicieux moments à me demander si le manoir n'était pas hanté et, s'il l'était, pourquoi ?

— Rien de tout cela n'est arrivé, à ma connaissance. Certes, la maison n'a pas été habitée pendant des années, hormis par un couple de... je crois que c'étaient des décorateurs.

— Ah, les décorateurs !

Karen paraissait nettement plus à l'aise. Elle poursuivit :

— Je suis heureuse que ce genre de chose ne vous indispose pas, déclara-t-elle en souriant.

— On ne sait jamais.

— Vous avez raison, on ne sait jamais. (Elle regarda dehors.) Il fait sombre. Mon Dieu, cela fait une éternité que je suis là.

Elle commença à rassembler ses affaires.

— Où allez-vous ?

— Au village. J'y passerai la nuit. Je trouverai une chambre au Noyé.

— Ça m'étonnerait que Mr Pfinn soit ravi de vous en louer une.

— Oui, je crois me souvenir qu'il était plutôt du genre grincheux.

— Pourquoi avoir choisi un métier qui le force à avoir un contact avec le public, ça me dépasse. Bien sûr, il a cinq chiens pour le soutenir dans ses négociations avec la clientèle ; notez que les chiens sont plutôt amicaux. Mais ils ont la manie de vous coller aux basques ; leur intérêt pour les allées et venues des clients a un côté surnaturel. Ecoutez, pourquoi ne pas coucher ici ?

— Ici ?

La proposition parut lui couper le souffle. Nul doute, cependant, qu'elle l'enchanta.

— C'est fort aimable à vous, mais...

— Du tout. D'ailleurs, j'avais des questions à vous poser, ou des choses à vous dire, ce sera l'occasion. Je ne sais pas si les lits sont faits, mais il y a plein de draps... vous le savez déjà, bien sûr. Ce sera votre seule corvée. Ça et m'aider à préparer le dîner. J'ai acheté des montagnes de légumes, des choses que j'aime — des patatoïdes —, et du poisson.

— Des patatoïdes ? A part les pommes de terre, je ne vois pas...

— Bien sûr, il s'agit de pommes de terre, strictement parlant. Mais il y en a de toutes les tailles et de toutes les couleurs. J'adore les patates. J'adore la purée, mais je ne me vois pas en commander chez Daphné...

Karen s'esclaffa.

— Je vois ce que vous voulez dire. Nous habitons près de Pond Street, non loin du restaurant. Quand vous viendrez à Londres, j'espère que vous nous ferez le plaisir d'y dîner avec nous. J'exigerai qu'on nous serve de la purée.

— Avec plein de grumeaux.

Karen rit de plus belle.

— Ça serait trop pour Daphné. Mais j'insiste pour l'invitation. Daniel vous plaira ; il est adorable.

— Ce sera avec plaisir, accepta Melrose. Eh bien, c'est entendu, vous passez la nuit ici et nous partageons les corvées de cuisine. Je m'occupe des patates, et des grumeaux. Contrairement à beaucoup, je n'aime pas la purée mousseline, je n'aime pas qu'on fouette ces pauvres patates jusqu'à épuisement. Vous vous chargerez du poisson. J'ai acheté une sole et le poissonnier m'a dit que la meilleure recette était de la faire cuire dans un peu de beurre, d'ajouter du sel, du poivre et rien d'autre. Il a été intraitable sur ce point : *rien d'autre*.

— Je crois que je saurai, surtout pour le rien d'autre.

— Bon, passons à la salade. J'ai plein de trucs pour la sauce. J'ai acheté un morceau de Stilton et un morceau de bleu.

— Vous avez tout calculé, on dirait ?

— Il faut croire que je vous attendais. Bon, je me souviens d'avoir goûté une sauce au bleu, sans doute dans une autre vie parce que je ne me rappelle pas dans quelle occasion ; elle était épaisse et veloutée, pas comme celle qu'on mange d'habitude, avec plein de morceaux de fromage ; non, elle était onctueuse à souhait. Je ne sais absolument pas quels ingrédients utiliser.

— Moi, si. Je vois exactement ce que vous voulez dire.

— Parfait ! Allez donc vérifier les lits, je vais faire bouillir l'eau pour les patates.

La cuisine était merveilleusement équipée, un vrai paradis pour maîtres queux. Des casseroles en cuivre et des bouilloires de toutes tailles pendaient au-dessus d'un plan de travail digne d'un boucher surbooké ; il y avait un énorme four ultramoderne, et un réfrigérateur qui aurait rassuré Attila et sa bande ; il y avait des montagnes d'herbes et d'épices.

Melrose vida un sac de pommes de terre — des pommes de terre nouvelles, crut-il — dans une passoire et ouvrit le robinet d'eau froide. Grâce à ses rares visites dans la cuisine de Martha, il n'était pas totalement ignorant des techniques culinaires. Il savait qu'il devait nettoyer les pommes de terre, mais il se demanda s'il fallait aussi retirer les yeux. Ils étaient minuscules et ne défiguraient pas trop les patates. Si j'étais une patate nouvelle, se dit-il, est-ce que je préférerais qu'on me retire les yeux avant de me faire bouillir ? Non. Satisfait de sa réponse, il se mit à astiquer les pommes de terre.

Tout en se livrant à cette tâche ingrate, il pensa à Karen Bletchley et à la tristesse continuelle qui avait assombri ses quatre dernières années. Il était encore plongé dans ces pensées lorsqu'elle parut sur le seuil pour lui dire qu'elle avait trouvé les draps et fait son lit.

Il jeta une pomme de terre dans l'eau frissonnante et décréta :

— Ça s'arrose !

Ils retournèrent s'asseoir dans leurs fauteuils respectifs, le whisky ayant remplacé le thé, afin de reprendre le récit de la nuit tragique. Après avoir allumé une cigarette, Karen demanda :

— Que vouliez-vous me... ?

— Vous disiez qu'il y avait une chose horrible, coupa Melrose, à part ce qui est arrivé à vos enfants.

— Euh... commença-t-elle, incertaine. Les enfants m'avaient dit, un mois ou deux avant les événements — c'était à la même époque que maintenant, en septembre —, qu'on leur avait plusieurs fois adressé la parole lorsqu'ils jouaient dans les bois. Ils adoraient jouer là-bas, dit-elle en désignant les bois à gauche du manoir. C'était l'endroit idéal pour les parties de cache-cache ou pour vivre des aventures imaginaires. Cette personne, ou ces personnes, venait les trouver. Un homme, « un gentil monsieur », selon eux. Et une fois, « une gentille dame ». (Karen s'arrêta pour boire une gorgée de whisky.) Je n'y ai pas prêté attention parce qu'ils inventaient souvent des histoires. Noah et Esmé vivaient dans un monde imaginaire, avec des camarades de jeux qu'ils s'inventaient. En outre, les touristes aiment se promener dans ces bois.

Melrose parut réfléchir.

— Cette Mrs Hayter, est-elle fiable ?

— Je n'ai jamais eu de raison d'en douter. Croyez-moi, je me suis souvent posé la question. Pourquoi aurait-elle menti ?

— Peut-être pour faire croire qu'elle n'était pas seule, que d'autres personnes étaient impliquées. Votre mari et vous, par exemple. La police a dû vous interroger longuement. En général, c'est sur les parents que se portent les soupçons.

— C'est horrible.

Karen détourna les yeux, elle regarda vers la fenêtre.

— Certes, mais ça arrive souvent. Hier, j'ai lu dans

le journal un article sur une mère dont l'amant ne voulait pas que l'enfant traîne dans leurs jambes. La mère a donné des barbituriques à son enfant avant de le noyer dans la baignoire.

Karen hocha la tête, effarée.

— Non ! fit-elle. (Après un long silence, elle ajouta :) Vous aviez quelque chose à me dire...

— Oui, un événement étrange. Connaissez-vous une certaine Chris Wells au village ?

— Chris ? Bien sûr. C'est la propriétaire du Woodbine.

— Son neveu...

— Johnny ?

— Lui-même. Il affirme qu'elle a disparu.

— Quoi ?

— Il a vérifié dans tous les endroits où elle aurait pu aller.

L'incrédulité se lut sur le visage de Karen.

— A-t-il essayé Bletchley Hall ? Chris y fait du bénévolat. Quand est-ce arrivé ?

— Avant que j'aille au Northamptonshire chercher mes affaires. Ça fait donc plus d'une semaine. Le garçon a raison : elle a disparu. Il y a autre chose. Avez-vous entendu parler du meurtre dans la crique de Lamorna ?

— Un meurtre ? (Karen se pencha en avant, les yeux ronds.) Seigneur, ne me dites pas que Chris...

— Non, non. La victime est une dénommée Sada Colthorp.

— Lamorna, hein ? J'y suis allée ; c'est tout petit, quelques maisons, un pub et un café pour touristes. Il y a aussi un hôtel, je crois. La crique de Lamorna est un endroit qui plaît beaucoup aux touristes. C'est assez joli.

— Donc, cette Sada Colthorp a été assassinée le jour où Chris a disparu.

— La police pense qu'il y a un lien ?

— Je l'ignore. Vous avez parlé de Bletchley Hall, dit Melrose pour changer de sujet. L'hospice appartient à votre beau-père ?

— Au père de Daniel.

— Le vieux Mr Bletchley.

— Morris, mais il préfère qu'on l'appelle Moe. Il a acheté l'endroit et en a fait cadeau au village, par le biais d'une fondation. Il lui a donné son nom, comme pour tout le reste. Sauf pour Chick'n King. Il devait trouver que Chick'n Bletchley n'irait pas. Il vit à l'hospice. Oh, ça ne signifie pas qu'il est mourant. Loin de là. Après avoir dit à tout le monde comment vivre, il leur explique maintenant comment mourir.

Il n'y avait pas de rancœur dans sa voix, juste de l'amusement.

Melrose sourit.

— Il est autoritaire ?

— C'est rien de le dire. (Elle embrassa la pièce d'un geste.) Ce magnifique manoir lui appartient. Il pourrait y vivre, ici ou ailleurs. Il est milliardaire. Sa chaîne de restaurants, impossible d'estimer combien elle vaut. Il a aussi beaucoup investi dans l'immobilier. Je n'arrive pas à comprendre : vivre à Bletchley Hall, parmi les mourants !

— La peur de mourir l'angoisse peut-être, déclara Melrose, songeur.

Karen était sur le point de boire son whisky ; sa main s'arrêta à mi-chemin.

— Moe ? Il n'a peur de rien. Et s'il avait peur de ça, il fuirait les hospices comme la peste.

— Pas forcément. Un homme qui a le génie des

affaires peut s'imaginer qu'il maîtrisera tout, y compris la mort, en affrontant les choses en face. Pour la contrôler, en quelque sorte. Nous ne pensons pas assez à la mort, nous l'éludons.

— N'est-ce pas un peu morbide ? fit Karen.

Sa question déçut Melrose. C'était le genre de cliché qu'il s'attendait à entendre de la part d'esprits plus étriqués. Elle appelait aussi un démenti immédiat. Il soupira en silence. Pas étonnant qu'il ait des problèmes avec les femmes s'il passait son temps à les critiquer. Il lui alluma une cigarette et revint à la crique de Lamorna et à Sada Colthorp.

— Ce nom vous dit-il quelque chose ? Son nom de jeune fille était Sada May. Ou Sadie, comme elle se faisait appeler. Non, vous ne l'avez pas connue, n'est-ce pas ?

— Moi ? Pourquoi l'aurais-je connue ?

La question de Melrose était innocente ; il trouva Karen sur la défensive.

— Parce qu'elle est de Lamorna, apparemment.

Le silence qui suivit ne fut pas des plus chaleureux. Karen avait l'air de celle qui, ayant accepté une invitation, se demande comment s'y soustraire. Melrose était davantage attristé que mal à l'aise. Il abattit une main sur le bras de son fauteuil avec une ardeur un peu trop joviale, se leva et déclara :

— Il est temps de s'occuper des patates. Elles doivent être en bouillie, mais tant pis, puisque c'est pour faire de la purée.

Le regard de Karen s'adoucit.

— Pour la sole, ça ira vite. Le temps que vous tiriez des grumeaux de vos patates, elle sera prête.

C'était une tentative, pas tout à fait réussie, pour retrouver l'humeur joyeuse du début.

A table, ils estimèrent tous deux que la sole était assez réussie pour passer l'examen du poissonnier, que les pommes de terre avaient leur lot de grumeaux et que le vin était exquis. Il y avait à Bletchley une cave à vins dont Melrose apprit l'existence lorsqu'il présenta ses excuses pour la qualité du beaujolais nouveau, qui ne méritait pas l'appellation de « nouveau ». Karen lui avait demandé pourquoi il l'avait acheté s'il ne l'aimait pas.

— Parce que le type d'Oddbins me l'a chaudement recommandé. Je ne voulais pas avoir l'air de douter de sa parole.

Karen s'esclaffa.

— Grands dieux, vous êtes un vrai pigeon ! Le poissonnier, le marchand de vins...

C'est le moment qu'elle choisit pour lui parler de la cave et l'inviter à descendre sélectionner un vin. Ils s'y étaient rendus ensemble. Melrose avait trouvé une demi-douzaine de puligny-montrachet, un premier cru, et son meursault préféré.

Il félicita le bon goût de son mari.

— Plutôt son père. Même s'il ne connaît pas grand-chose en vin. C'est son côté « tout ce qui est cher est bon ».

Melrose essuyait la bouteille.

— C'est pourtant vrai, dit-il. Pour les vins, en tout cas.

— J'ai l'impression que vous plairiez à Morris, dit-elle, un brin acide.

— Ah ? Mais pas à vous, n'est-ce pas ?

Après avoir vidé une bouteille et demie de montrachet à eux deux, Melrose déclara :

— Qui était l'officier chargé de l'enquête... le soir de l'accident ?

Il se reprocha aussitôt la froideur de sa question.

Karen cilla, mais réfléchit avant de répondre.

— Je ne me souviens pas des noms. Je crois pourtant me rappeler que le plus haut gradé était... dégageait une certaine ferveur. Il était inspecteur principal ou commissaire. Je me souviens de ses yeux. C'est pas tant qu'ils étaient bleus, ils étaient d'un bleu incandescent. On y voyait presque brûler une flamme. Je me souviens aussi qu'il m'avait donné l'impression que son désir de découvrir la vérité égalait le mien.

— C'est plus qu'une impression. Il s'agit du commandant Macalvie. Je peux vous dire autre chose sur son compte : il ne renonce jamais.

23

Brian Macalvie était policier dans l'âme. Comme un bon artisan, il considérait qu'aucune tâche n'était indigne, même la plus insignifiante. Commissaire divisionnaire, Macalvie était un des policiers les plus gradés du Devon et de Cornouailles, et, cependant, il aurait volontiers donné la chasse à un chauffard en excès de vitesse ou verbalisé un automobiliste mal garé.

Il était exigeant — comment ne l'aurait-il pas été ?, sans doute trop car ses subordonnés réclamaient souvent leur mutation. Melrose avait tendance à penser que si ces fonctionnaires ne faisaient pas la différence entre l'arrogance et le goût du travail bien fait, ils ne méritaient pas le nom de policier.

Melrose était au téléphone avec Macalvie. Il l'avait appelé après le départ de Karen, le lendemain matin, pour lui faire son rapport sur sa visite à Rodney Colthorp. Il mentionna également la visite de Mrs Bletchley et le récit qu'elle lui avait fait de la mort de ses enfants.

Macalvie l'écouta sans l'interrompre.

— Il faudra que vous me racontiez en détail ce que vous a dit Mrs Bletchley, dit-il après un long silence. Il y a peut-être là des choses intéressantes. On se retrouve à Lamorna. La scène de crime vous intéressera.

L'invitation surprit Melrose. Il s'était certes toujours bien entendu avec Macalvie, mais d'habitude Jury l'accompagnait. Macalvie détestait les amateurs ; à vrai dire, il détestait aussi beaucoup de professionnels.

C'était sans doute une question d'instinct.

Quelque chose tracassait Melrose, à propos de la mort des enfants Bletchley, et il ne put s'empêcher d'en faire part à Macalvie :

— Se peut-il qu'on les ait — disons — noyés dans la baignoire, et qu'on les ait transportés ensuite en bas de la falaise ?

— Non.

— Comment en êtes-vous si sûr ?

— Ils se tenaient par la main.

Sur ce, Macalvie raccrocha.

Assis dans la cuisine du Woodbine, Johnny Wells puisait un certain réconfort dans l'arôme familier des scones sortis du four et du café fraîchement moulu, ainsi que dans l'activité tout aussi familière de Brenda Friel.

Qui s'arrêta de battre la pâte des beignets, déjà luisante comme du satin, pour jeter un regard vers Johnny.

— Tu ne devrais pas te ronger les sangs, mon chou. Chris reviendra, j'en suis sûre.

Comment ? aurait-il voulu demander. Mais, sachant qu'elle cherchait seulement à lui remonter le moral, il n'insista pas.

— Et la femme qui a été assassinée à Lamorna ?

Les yeux de Brenda s'agrandirent.

— Tu ne penses tout de même pas que ça a un rapport avec Chris ?

Johnny ne répondit pas ; il s'absorba dans la contemplation d'un endroit élimé du linoléum, puis reporta son attention sur les Sweet Ladies.

— Elles sont superbes, constata-t-il. Pas étonnant qu'elles aient tant de succès. Qu'est-ce que tu mets dedans ?

Il voulait lui faire croire que ses meringues lui avaient ôté Chris de l'esprit. Elle s'esclaffa.

— Je ne dévoile jamais mes recettes, mon chou. Ça fait des années que les clients essaient de me tirer les vers du nez. Les scones sont prêts ; emporte-les sur la plaque, ça prouvera qu'ils sortent juste du four. Tu sais combien Morris Bletchley est difficile.

En pensant à Moe Bletchley, Johnny sourit pour la première fois de la journée.

24

Ils se baissèrent pour passer sous le ruban jaune qui barrait le sentier, puis foulèrent les feuilles humides jusqu'à l'endroit où on avait découvert le corps. Macalvie s'accroupit et fixa le sol avec une telle intensité qu'on aurait pu croire que le cadavre y gisait encore.

— Qu'est-ce que vous cherchez ?

Macalvie grogna.

— Le reste de ça, dit-il, brandissant le morceau de plastique noir qu'il avait repris à Fleming, le gars du labo, après lui avoir promis de le lui rendre sous peu.

— Qu'est-ce que c'est ?

Melrose tourna et retourna l'objet entre ses doigts.

— Sans doute un morceau d'un coffret en plastique pour cassette. Vous savez, une cassette vidéo.

— Ah ! fit Melrose, qui attendit que Macalvie poursuive.

Mais celui-ci, toujours accroupi, immobile, garda le silence. L'endroit se prêtait à la méditation. On n'entendait que le murmure lointain des vagues en contrebas et le léger bruissement des feuilles dans les arbres alentour.

Macalvie se releva et regarda derrière eux, vers la

maison où ils avaient laissé la voiture. Plusieurs véhicules stationnaient sur une grande pelouse convertie en parking.

— Qui habite là ? demanda Melrose.

— Plus personne. Le dernier occupant est mort. Mais je ne serais pas surpris s'il avait un rapport avec notre victime. Après une courte enquête — en fait, j'ai eu la chance de tomber sur un détective des Mœurs de Londres —, j'ai appris que l'homme à qui appartenait cette maison travaillait dans le cinéma.

— Un acteur ?

— Non, plutôt un producteur, metteur en scène, scénariste. Son nom était Simon Bolt. Il faisait les trois parce qu'il ne tournait pas le *Titanic* ni aucun des films qu'on passe dans votre cinéma de quartier. Il faisait de l'artisanal : du gore, du sado-maso, des trucs comme ça. Principalement des films X — pour moi, tout ça, c'est porno et compagnie. Mon collègue avait essayé de le faire plonger, mais les charges n'étaient pas suffisantes. Toujours est-il que la maison était à lui.

Il fronça les sourcils. Même dans son froncement de sourcils on sentait une sorte d'exaltation. Il avait banni tout ce qui était superficiel, creux ou trop simple, tout ce qui n'avait aucun rapport avec ses enquêtes, y compris son accent écossais et ses racines prolétariennes. Il ne s'intéressait qu'à l'essentiel.

— C'est là que la cassette entre en jeu ?

— Sans doute.

Melrose contempla le sol que la police avait piétiné. Qu'est-ce que Rodney Colthorp avait dit sur Bolt, déjà ? « Un voyou. Un type douteux, infréquentable. »

25

Un frisson d'appréhension parcourut la foule lorsque Macalvie entra au Pirate ; le temps s'arrêta une fraction de seconde, les consommateurs se figèrent, la salle se transforma en musée de cire.

Melrose alla passer sa commande. La renommée de Macalvie avait déteint sur lui car les habitués le suivirent des yeux lorsqu'il traversa la salle et héla la serveuse. Ils avaient choisi une table dans un recoin près du feu, mais même cet endroit n'était pas à l'abri du regard inquisiteur des clients. Cependant, Macalvie ne parut pas remarquer l'intérêt qu'il suscitait lorsqu'il alla au juke-box, glissa une pièce dans l'appareil et sélectionna un morceau. Il portait encore son manteau malgré la chaleur qui se dégageait du feu en vagues torrides.

On aurait pu croire qu'il avait toujours froid, mais Melrose avait plutôt l'impression qu'il était toujours sur le point de partir. Cette attitude provoquait en lui une profonde inquiétude ; c'était comme si une béquille menaçait de céder sous lui. Sur ce plan, Macalvie était différent de Richard Jury ; ce dernier semblait enveloppé dans un manteau de mélancolie, et cependant il avait le don de laisser derrière lui une sorte de réconfort. Lorsque Macalvie partait, le réconfort s'en allait avec lui. Cela avait sans doute un rapport avec le manteau qu'il ne quittait jamais.

— Il y avait tellement de mensonges dans cette maison, dit Macalvie, que je ne savais pas qui croire. (Les bras croisés sur la table, les yeux plongés dans son verre, il poursuivit :) Nous sommes arrivés peu après minuit, juste après l'ambulance. J'ai demandé de ne pas remonter les corps avant que les gars du labo les aient examinés. Il pleuvait et les marches étaient glissantes comme du verre. Les gamins étaient couchés sur le ventre. Ils n'avaient pas coulé et n'avaient pas non plus été emportés parce qu'ils étaient emmêlés dans la corde qui retenait le canot. Ils étaient côte à côte, le visage tourné l'un vers l'autre comme pour se parler ; ils étaient sans doute en train de se parler lorsque... ce qui est arrivé est arrivé. Ils portaient des pyjamas en coton, blanc pour la fille, bleu pour le garçon, et des robes de chambre en flanelle qui avaient dû les protéger du froid, mais à peine. Ils avaient aussi des chaussons. Deux d'entre eux — les chaussons — avaient été emportés par la mer agitée. Leurs pieds n'étaient pas plus grands que ma main. (Les coudes sur la table, il brandit une main pour que Melrose puisse juger.) Ils se tenaient par la main.

Il s'arrêta soudain, comme si cette démonstration avait ravivé le souvenir de la scène macabre.

— Alors, qu'est-ce qui s'est passé ? Etaient-ils descendus pour faire du canot ? Je ne pense pas. Alors, pourquoi ? Quelqu'un avait dû leur dire de descendre. Ou leur dire... je ne sais quoi. S'agissait-il d'une farce ? D'un trésor ? Personne ne fut capable de me dire ce qu'ils avaient en tête.

« Karen Bletchley est arrivée une demi-heure après moi. On avait eu dû mal à la joindre parce que les gens chez qui elle dînait à St Ives n'avaient pas le téléphone. C'est difficile à croire, à notre époque et dans ce milieu. Mais c'est peut-être ce que les riches appellent vivre à la dure. Daniel, le père, était soi-disant à Penzance pour affaires. Il n'est rentré qu'une heure plus tard.

— Soi-disant ?

— Quand un mari sort après neuf heures du soir, c'est peut-être pour aller boire un verre, mais j'ai du mal à croire que ce soit pour affaires. D'autant qu'il a séché lorsque je lui ai demandé le nom de son client. J'ai reniflé une histoire de femme, mais je n'ai pas voulu insister. Il était trop affligé, il culpabilisait et était — comme disent les Irlandais — absolument détruit. C'était le genre à se sentir coupable d'avoir manqué d'intuition.

— Mais après ?

— Est-ce que j'ai suivi cette piste ? (Macalvie sourit, puis but une gorgée de whisky.) Bien sûr. Finalement, il a admis que c'était une femme mais a refusé de donner son nom. Il est têtu, croyez-moi. J'ai eu beau le menacer d'entrave au cours de la justice, il n'a pas cédé. Toujours est-il que Daniel Bletchley était absent lorsqu'on a eu besoin de lui et il ne s'en remettra sans doute jamais. Etre ailleurs quand on a besoin de vous, je connais. J'ai pitié de lui. Il se sentira responsable toute sa vie.

Ils restèrent un instant silencieux, le whisky à la main, près du feu, principale source de lumière et de chaleur dont ils s'étaient rapprochés le plus possible.

— Au début, Karen Bletchley était hystérique, reprit Macalvie. Il fallut deux policières pour l'empêcher de descendre en bas de la falaise. J'ai dû demander au médecin de lui donner un sédatif afin de la calmer juste assez pour l'interroger.

Melrose émit un grognement désapprobateur. Macalvie leva les yeux.

— Vous trouvez les flics sans cœur ? demanda-t-il. Donnez vingt-quatre heures à un témoin et sa déposition n'aura plus de valeur. Trop de détails auront été supprimés, sciemment ou pas.

Melrose annonça qu'il allait faire le plein. Pendant qu'il attendait au comptoir, il se demanda si Karen Bletchley avait dit à Macalvie les mêmes choses qu'à lui.

— Que vous a-t-elle dit ? demanda-t-il lorsqu'il revint avec les verres.

— Après avoir répondu aux questions initiales sur son absence... (Macalvie accepta d'un signe de tête le whisky que Melrose lui tendait), elle m'a demandé si je croyais aux esprits malfaisants, aux apparitions, aux prémonitions. « Il ne s'agit pas de ce que je crois, mais de ce que vous croyez », lui ai-je dit. Elle m'a assuré qu'il y avait quelque chose d'anormal à Seabourne — ce que j'étais prêt à envisager, vu ce qui venait d'arriver, mais de là à parler de fantômes !

« Elle a poursuivi : "Au début, je me suis dit que c'était mon imagination. Ou que je déduisais des choses qui n'existaient pas. Les meubles changeaient de place dans leur salle d'étude, par exemple. Quand je leur demandais pourquoi ils avaient fait ça, ils me répondaient que ce n'étaient pas eux et gloussaient bêtement. Noah et Esmé sont — étaient — très proches." Ensuite, elle m'a dit : "De temps en temps, je découvrais un nouveau vêtement, ou un mouchoir ou un bracelet qu'ils avaient, juraient-ils, trouvés dans les bois. Un jour, en les observant, je les vis parler à un inconnu bizarre. Du moins le crus-je ; je ne distinguais pas bien à travers les arbres. J'étais assez effrayée. Il avait l'air... menaçant. Une autre fois, j'aperçus une femme brune vêtue de noir de l'autre côté de l'étang. Ces inconnus les poussaient-ils à jouer des tours ? Les enfants faisaient des blagues stupides, comme glisser une grenouille dans la poche de tablier de Mrs Hayter. La pauvre faillit s'évanouir ! Quand je les réprimandai, ils m'assurèrent qu'ils n'avaient rien fait avec un air... sournois. Je ne peux pas décrire ça autrement — sournois. On aurait dit une opération concertée pour nous mettre mal à l'aise..."

Melrose plongea le nez dans son verre en pensant à Karen Bletchley dans la bibliothèque, mais il se garda d'interrompre Macalvie.

— Je lui ai demandé comment son mari avait réagi. Elle n'a pas répondu, pas tout de suite, puis elle m'a finalement dit que Daniel avait pris cela pour des farces d'enfants. « Grands dieux, Karen, une grenouille dans une poche et tu en déduis aussitôt qu'on est la proie d'esprits malfaisants ! »

« Seabourne appartient en fait à Morris Bletchley, le père de Daniel. Peu après le drame, il partit vivre au Hall — une sorte de maison de retraite qui lui appartient aussi. Ce sont ses petits-enfants. A l'époque, il vivait avec eux. Il contrôlait tout. Apparemment, c'est un homme d'affaires de génie si on se fie au succès de sa chaîne de restaurants.

« Je n'en parle que parce qu'il était confronté à des événements sur lesquels il n'avait aucun pouvoir. C'est lui qui en avait dit le moins et qui semblait le plus affecté. Sans doute plus que sa belle-fille — malgré son étalage hystérique. C'est en tout cas l'impression que j'ai eue.

La patronne annonça l'heure de la fermeture.

— On n'entend plus beaucoup ça, remarqua Macalvie. Ah, la nouvelle loi sur les débits de boissons !

Melrose ramassa les verres.

— Il est trop tard ? questionna-t-il.

— Non, mais la dernière tournée est pour moi.

Melrose emporta les verres. Derrière le comptoir, la femme fit la moue, mais renouvela les consommations. En attendant, Melrose se retourna pour regarder Macalvie et se dit qu'il avait l'air échoué, dans ce bar en train de se vider.

Il revint s'asseoir et déposa les verres sur la table.

— Pour vous, fit-il, l'affaire n'est pas close, n'est-ce pas ?

Macalvie allumait une autre cigarette.

— Mes affaires ne sont jamais closes, dit-il.

Il reporta son attention sur le feu et savoura sa cigarette.

— Surtout celle-là, insista Melrose. Vous m'avez cité les conversations mot pour mot. Après quatre ans, comment faites-vous ?

— Mes notes. Je les ai tellement relues, pour essayer de comprendre un détail que j'aurais laissé passer, qu'on voit le jour à travers les pages. Voilà l'explication.

Melrose repensa à la lettre de sa mère.

— Qu'est-ce qui vous fait croire que vous avez laissé passer quelque chose ?

Macalvie le regarda d'un œil dur.

— L'affaire n'a pas été résolue, c'est donc que j'ai loupé quelque chose.

De la cendre tomba de sa cigarette dont il avait oublié l'existence.

— Laissez-moi vous dire une chose, reprit-il. J'ai été plusieurs années policier à Glasgow ; j'ai commencé simple flic, mais je voulais être enquêteur. C'était mon rêve. (Son regard se posa sur Melrose.) Je parie que vous n'auriez pas cru que j'avais des rêves.

— Je ne vous imaginais pas en rêveur, tout du moins.

La remarque arracha un sourire à Macalvie.

— Je suis passé inspecteur assez vite, surtout à cause d'une affaire sur laquelle je travaillais. C'était une grosse affaire. Au final, j'ai coffré mon gars, mais sa fille avait reçu une balle perdue. Elle avait onze ou douze ans. La balle ne provenait pas de mon arme, mais son père m'a tenu pour responsable parce que je lui avais mené la vie dure.

« Bref, on m'a transféré à Kirkcudbright. Sans doute en attendant que ça se tasse. Vous pouvez imaginer qu'il n'y avait pas des tas d'homicides à Kirkcudbright, qui est une sorte de paradis pour artistes ; la jalousie artistique était le seul mobile des crimes commis dans le coin.

« J'ai rencontré quelqu'un, Maggie, une peintre d'une grande beauté. J'ai emménagé chez elle. Elle avait une fille de six ans, Cassie. Maggie me disait toujours qu'elle se sentait en sécurité avec un flic dans la maison, elle dormait tranquille. Or, une nuit, Cassie a été enlevée dans son lit.

— Non ! Quelle horreur !

— Nous avons attendu un coup de fil, une demande de rançon, quelque chose. Mais rien. *Nada. Nothing*. Rien pendant deux semaines. Maggie en devenait presque folle de ne pas savoir. Moi aussi.

« Alors, j'ai reçu un message glissé dans le journal qu'on nous livrait chaque matin. Je devais me rendre dans un vieux cottage de Fleet Valley. Il y avait une carte et la route à suivre. J'ai fini par trouver l'endroit en question. C'était une ferme abandonnée ; des oiseaux nichaient dans le chaume, les fenêtres étaient cassées, un silence à couper au couteau. Ça puait la mort. J'ai avancé prudemment, le revolver à la main. Je croyais à un piège. Pourquoi un piège, je n'en avais aucune idée. J'ai trouvé Cassie dans la cuisine, assise sur une chaise, une balle en plein cœur. Il y avait un morceau de papier sur la table. On avait écrit : *Quel effet ça fait ?* Alors, j'ai compris. Le fumier avait des amis à l'extérieur ; je lui avais pourri la vie, il se vengeait.

« Devant Cassie, il y avait un bol de corn flakes à moitié entamé. (Macalvie s'interrompit pour dévisager Melrose.) Le corps était encore tiède, le lait frais. (Ses yeux bleu électrique restaient rivés sur Melrose.) Vous comprenez, ils avaient ajouté ce petit détail, ce *coup de grâce* [1], au cas où je n'aurais pas assez souffert, juste une manière de me dire que si j'étais arrivé un quart d'heure plus tôt... mais c'était impossible. Ils s'étaient arrangés pour me filer, forcément. L'un d'eux avait sans doute appelé les autres pour leur signaler ma position.

Un voile de douleur lui assombrit le visage.

— Un quart d'heure plus tôt, j'aurais entendu sa voix, je l'aurais entendue crier. C'était ce qu'ils voulaient que je pense. La seule consolation, c'est qu'elle n'avait pas été maltraitée, semble-t-il.

« J'ai donné l'alerte. La police, l'ambulance sont arrivées en moins de vingt minutes. En les attendant, je me disais que si j'avais été malin, je n'aurais pas pris la route qu'il m'avait indiquée...

— Non. Ils ne l'auraient pas tuée tout de suite. Ils

1. En français dans le texte. *(N.d.T.)*

auraient continué de vous faire griller à petit feu et ils auraient recommencé. On ne peut pas battre à son propre jeu quelqu'un dont le seul mobile est de vous faire souffrir.

Macalvie se détendit.

— C'est pour ça que je n'abandonnerai jamais cette affaire. Ces deux gamins...

— Je comprends.

Melrose s'aperçut que Macalvie ne parlait jamais de lui. Et cependant, on savait exactement où on en était avec lui. On ne savait pas d'où il venait, où il habitait, on ne connaissait pas ses amis, mais on connaissait sa géographie mentale. On connaissait son territoire.

Macalvie hocha la tête, vida son whisky comme pour s'apprêter à partir, mais resta l'œil rivé par terre, sur ses chaussures ou sur une ombre.

— Elle se sentait tellement plus rassurée avec moi dans la maison... Bon Dieu ! M'avoir chez elle, c'était comme d'avoir une bombe à retardement ; j'ai apporté le malheur sur la tête de cette pauvre petite.

— Et Maggie ? Qu'est-elle devenue ?

— Je ne sais pas. Nous avons rompu, bien sûr, peu après le kidnapping. Je l'ai suppliée de rester. Je croyais pouvoir l'aider, ce qui était arrogant de ma part, sans doute, mais elle a refusé. Elle a refusé, forcément. Elle était obligée de penser que c'était de ma faute.

La patronne qui essuyait les verres derrière le comptoir leur jetait des regards meurtris depuis une demi-heure. *Il n'y a plus personne ; c'est à cause de vous que je reste.*

Macalvie croisa son regard, rempocha ses cigarettes et lança :

— Allons-y !

Dehors, ils traînèrent un instant pour observer les

étoiles, puis la mer. Melrose déclara que même avec une imagination fertile on ne croirait jamais qu'un meurtre ait pu avoir lieu dans la crique de Lamorna.

— A Kirkcudbright non plus, rétorqua Macalvie.

26

Braquant sa chaise roulante électrique droit sur la surveillante au bout de la galerie, Morris Bletchley desserra le frein et s'élança sur le tapis oriental.

Elle avançait de son pas lourd, l'air de moins en moins sûre de sortir vainqueur de ce jeu stupide. Sa poitrine la précédait, agressive, retenue par un bidule en dentelle empesée qui lui enserrait le cou. Ses cheveux étaient tirés en arrière en un chignon sévère planté d'épingles à tête d'argent.

Prie pour que ton créateur t'ait réservé une place près de lui, songea Morris Bletchley en chargeant droit sur elle. Pourquoi l'avoir engagée ? Sans doute pour la même raison qu'il la gardait : avec *Infirmière-chef* épinglé sur sa poitrine, elle semblait sortie d'un film. La matrone dans toute sa splendeur. Il avait dû supporter tant de directrices de son acabit dans sa jeunesse qu'il était plus que temps de se venger. Gagné ! Terrorisée, elle se plaqua contre le mur. Moe s'arrêta à deux centimètres de ses pieds et demanda d'une voix innocente :

— Vous vouliez me voir, chef ?

— Mr Bletchley ! Je ne supporte plus votre engouement pour ces jeux ridicules...

Il adorait sa façon de parler, elle était tellement pompeuse !

— Mais ça fait partie de votre travail de remettre les vieux fous dans le droit chemin.

— Je voulais vous parler de cette Mrs Atkins. Elle est arrivée, mais elle n'a pas — ou sa famille n'a pas — de quoi payer sa part. Qui est déjà réduite.

Moe Bletchley pratiquait les tarifs dégressifs ; chacun payait selon ses moyens. Certains en avaient vraiment peu. Morris Bletchley versait le complément. La part de Mrs Atkins était tombée à dix pour cent, ce qui représentait trente livres par jour. Etant donné qu'il fallait trois cents livres pour payer la chambre, les soins médicaux, les infirmières à plein temps, la nourriture de gourmet, trente livres représentaient une goutte d'eau dans le seau.

Oui, mais c'était le seau de Moe et il décidait lui-même ce que chacun y versait.

— Et après ? fit-il en inclinant la tête.

Sa réponse la stupéfia.

— Comment l'admettre alors qu'elle n'a pas rempli les termes de son contrat ?

— Vous auriez dû lui dire de vendre son petit-fils.

La surveillante se redressa, sa poitrine tressautant d'indignation.

— Mr Bletchley ! Si vous continuez de bousculer le règlement et d'assouplir les critères à votre guise, notre travail va devenir impossible !

— Je bouscule et j'assouplis depuis quatre ans, pourtant vous êtes encore là, non ?

Elle se pinça l'arête du nez, un de ses nombreux tics pour indiquer qu'elle était offensée.

— Si vous jugez que mes services ne sont plus appréciés...

— Oh, mais au contraire, au contraire ! Votre présence est indispensable ; vous montrez l'exemple.

La poitrine se gonfla encore davantage, de fierté cette fois.

— J'espère honnêtement contribuer à pousser les membres les moins expérimentés de notre personnel à rester vigilants, osa-t-elle avec un sourire glacial. Bien, si vous voulez vous donner la peine d'aller parler à Mrs Atkins...

— Je la verrai plus tard, répondit Moe avec un geste désinvolte. Montrez-lui sa chambre. Je dois rendre visite à Linus Vetch.

Moe ôta sa casquette de base-ball, se frotta le haut du crâne et vissa de nouveau la casquette sur sa tête. Après un petit signe de la main, il fit pivoter son fauteuil roulant à angle droit.

Le règlement. L'infirmière-chef n'avait que ce mot à la bouche ; c'était toute sa vie.

Toutefois, il était difficile d'appliquer le « règlement » à des mourants, encore plus de le faire respecter. Alourdie par la colère et les corsets, la chef tourna les talons et s'éloigna dans la galerie.

Bon Dieu, songea Moe, dommage qu'on ne l'ait pas eue à Okinawa. Il avait servi trois ans pendant la Seconde Guerre mondiale. N'étant plus pressé désormais, il roula paisiblement sur le tapis vert et bleu, foulé peu auparavant par Lord Machintruc et son épouse. Ils avaient vendu leur manoir, alors appelé Sheepshanks Hall, parce qu'ils ne pouvaient plus l'entretenir. Pas étonnant, quand ces aristocrates britanniques (qu'il détestait tous sans exception) jetaient leur argent par les fenêtres comme des confettis en achetant de grosses cylindrées, des chevaux, et en appointant un personnel de cinquante personnes. Ils avaient été élevés pour l'oisiveté, non pour le travail.

Américain, Moe avait passé la dernière partie de sa vie en Grande-Bretagne. Après avoir tiré tout ce qu'il avait pu des Etats-Unis (des millions), il avait émigré en Angleterre pour voir ce qu'elle avait à lui offrir (des milliards).

Moe avait bâti une sorte de poulailler géant sans y laisser la moindre plume (comme il aimait à le dire, même si rares étaient ceux qui comprenaient, mais, bien sûr, les gens d'esprit ne couraient pas les rues). Il avait appelé sa chaîne de restaurants les Chick'n King. Des franchises avaient poussé comme des champignons à travers toute l'Angleterre. Il avait même tenté d'en implanter dans la lande du North York et du Dartmoor, mais l'idée n'avait pas déchaîné l'enthousiasme des mairies ni du National Heritage. Bien que n'étant pas porté sur l'esthétisme, Moe avait fait une exception pour la décoration de ses Chick'n King. Avec leurs couleurs étonnamment vives, c'étaient les constructions les plus audacieuses et les plus spectaculaires du paysage urbain. Il avait en outre brisé la règle du « tout à l'identique » en choisissant trois styles différents pour ses restaurants. Son entrepreneur — pas tout à fait un architecte mais un enfant dans l'âme — adorait dessiner les projets les plus intrépides pour les nouveaux Chick'n King. Certains étaient de forme ovoïde, énormes bâtiments bleu marine peints comme des œufs de Pâques, dressés sur leur base la plus large. Il y en avait deux douzaines. Une seconde catégorie de restaurants ressemblait à une poule en train de pondre, ou plutôt de couver. La dernière nouveauté, que Moe avait baptisée Chick'nTot[1], visait essentiellement les enfants. (Mais que dire des autres ?) Elle avait un succès fou tant auprès des grands que des petits. Elle avait la forme

1. Tot signifie bambin. *(N.d.T.)*

d'un poussin d'un jaune crème si brillant qu'on la voyait à un kilomètre à la ronde. Les parents appréciaient les Chick'nTot parce qu'une partie du restaurant était équipée de petites tables et de petites chaises où les enfants pouvaient manger hors de leur vue et même commander eux-mêmes ; peu importe qu'ils sachent lire car sur les menus chaque plat était illustré par un dessin. La section des enfants était sous la surveillance d'une jolie princesse à la mode Disneyland munie d'une baguette magique en néon. Elle veillait à ce que les enfants ne se jettent pas la nourriture à la figure. En cas de conflit, la paix revenait très vite ; incroyable ce qu'une princesse avec une baguette magique réussissait à faire, quand les papas et les mamans auraient été bien en peine d'en obtenir le dixième.

L'autre différence entre les restaurants de poulet de Moe et la plupart des fast-food, c'était la nourriture. Cela remontait à plusieurs années. Un des Chick'n King était tombé à court de frites (insipides, mais pas plus que les frites familiales), et une employée, une certaine Patsy Rankin, avait simplement coupé des pommes de terre très fin, les avait jetées dans l'huile bouillante et avait servi des frites maison, du jamais-vu dans un fast-food. Elles avaient eu un succès fou. Personne n'appréciait l'esprit créatif plus que Moe Bletchley. Patsy Rankin avait aussitôt été mutée au quartier général à Birmingham et chargée des innovations culinaires, un poste créé sur mesure pour elle.

Le lancement des Chick'n King avait coûté une fortune, mais, depuis, Moe Bletchley avait triplé sa mise. La grande différence avec les autres chaînes de fast-food, c'était la qualité de la nourriture et l'architecture flamboyante, qui accrochaient littéralement les clients.

Linus Vetch avait été admis six semaines auparavant

à Bletchley Hall et son état s'améliorait nettement. Le plus surprenant, c'était que très peu de résidants, tous catalogués par la Faculté comme des malades incurables, en ressortaient les pieds devant. En réalité, c'était en partie un hospice, en partie une maison de santé, mais surtout un lieu où se ressourcer. Bien sûr, on ne pouvait profiter de cette dernière caractéristique que si on était déclaré bon pour le grand voyage. Cependant, bien des malades nantis d'un diagnostic irrévocable recouvraient la santé et repartaient sur leurs deux jambes — parfois au grand dam de leurs parents, obligés de les accueillir de nouveau chez eux. Bletchley Hall avait ainsi acquis la réputation d'une maison miraculeuse, dernière étape hautement recherchée sur la route vers l'inconnu. La rémission de tant de cas apparemment désespérés mystifiait les médecins.

— Où est le mystère, toubib ? disait Moe. C'est vous et vos semblables qui vous plantez dans vos diagnostics, c'est tout.

— Mr Bletchley, répondait le docteur Innes. Linus Vetch est arrivé avec un cancer de l'œsophage. On se remet rarement de ce genre de cancer. Linus Vetch a eu des rayons, de la chimio, une transplantation de moelle épinière...

— Et après ? Le vaudou a peut-être fini par marcher. Ça arrive.

Moe se mettait à fredonner.

Cela rendait le docteur Innes furieux. Normal : si un patient avait une saloperie incurable, elle se devait de rester incurable.

— Ça m'étonne toujours que vous autres toubibs, vous détestiez tant voir un patient aller mieux.

— C'est ridicule. Je...

Moe agitait sa main aux grosses veines bleues pour lui signifier de se taire.

— Voilà comment je vois les choses. On diagnostique chez un type une maladie incurable. Il ne meurt pas. Cherchez l'erreur. C'est forcément le diagnostic. A moins, bien sûr, que vous n'imaginiez que l'hospice est un nouveau Lourdes et moi la Vierge Marie.

— C'est marrant, fit le docteur Innes, je n'avais pas pensé à ça.

Et il s'éloignait avec une moue indignée qui aurait dû, selon Moe, éveiller les soupçons de l'infirmière-chef.

Assis dans son lit, Linus Vetch avait l'air déjeté, certes, mais à part cela, il présentait tous les symptômes d'un malade en voie de guérison. Le pauvre septuagénaire avait subi la torture de la chimiothérapie, d'une transplantation de moelle épinière, et il avait survécu. Qu'il puisse encore parler était en soi un miracle, les rayons et la chimio ayant probablement fait autant de bien à ses cordes vocales que le cancer qui avait envahi son œsophage un an auparavant.

Moe pilota son fauteuil dans la chambre luxueusement aménagée et vint se garer contre le lit. Linus lui claqua vigoureusement la main. C'était leur manière de se saluer depuis que l'ancien moribond était capable de lever le bras. Moe devait admettre que son amélioration était surprenante. Il n'avait jamais été malade lui-même (sinon par esprit de contradiction), et il n'avait aucune idée de la douleur physique que Linus Vetch avait endurée.

— Comment va, Linus ?

Moe traitait tous les patients — qu'il préférait appeler « ses hôtes » — comme s'ils étaient juste de passage pour un agréable week-end.

— Mieux, aujourd'hui. Ça doit être la nourriture.

— Je t'ai apporté le menu du jour.

Moe croyait fermement que si on attendait avec impatience le prochain repas, on tenait au moins jusqu'à ce qu'il arrive. La nourriture était étonnamment bonne et réconfortante, et les repas étaient préparés par deux chefs de première classe que Moe avait débauchés de restaurants quatre étoiles.

Linus se redressa un peu plus et chercha ses lunettes.

— Où j'ai foutu mes bon Dieu de carreaux ? Je les perds toujours.

— Dans le tiroir, peut-être, dit Moe en désignant la table de chevet.

Linus oubliait régulièrement que c'était là qu'il les rangeait. Il finit par les trouver et les chaussa aussitôt comme pour avoir une meilleure vision de Morris Bletchley. Puis il les ôta et regarda autour de lui.

Il avait le regard le plus pénétrant que Moe ait jamais vu. Ses yeux parcouraient la pièce du sol au plafond comme pour trouver une réponse dans le papier peint luxueux, les appliques murales Art Déco, le parquet de chêne, le tapis persan et les hautes fenêtres qui ouvraient sur les parterres fleuris.

Moe aurait aimé avoir la réponse, ou au moins un début de réponse à donner à Linus.

— Qu'est-ce qui t'a cloué dans ton fauteuil roulant ? demanda Linus.

Il posait toujours la même question. Il était manifestement heureux que Moe, bien qu'en bonne santé, ne s'en soit pas tiré sans dommage.

Et pourtant, Moe s'en était tiré. Il marchait aussi bien que n'importe qui (du moment que ce n'importe qui n'était pas Linus, qui n'aurait pu atteindre les toilettes sans une main secourable).

— C'est la vie, répondit Moe en claquant le bras de son fauteuil roulant. C'est la vie qui m'a cloué dans ce machin.

27

Le lendemain matin, Melrose sonna à la porte d'Emily Hayter. Lorsqu'elle vint lui ouvrir, il eut l'impression qu'elle attendait quelqu'un d'autre. Sa petite bouche parut former des mots qu'elle ravala en le voyant. Elle avait un corps alourdi par l'âge et les excès gastronomiques, dus essentiellement à sa propre pâtisserie. Melrose sentit l'odeur de cuisson, la chaleur épicée des clous de girofle et des noix de muscade embaumait l'air.

Il se présenta, ce qui était superflu car elle avait à l'évidence entendu parler de lui ; si la disparition de Chris Wells ne l'avait pas supplantée, sa présence eût été la nouvelle la plus intéressante au village. Seabourne était restée inoccupée pendant des années (exception faite des décorateurs, qui n'avaient pas tenu longtemps). La curiosité l'emporta sur les convenances. Elle lui fit signe avec la pagaie en bois qu'elle tenait — il se demanda à quoi elle servait —, l'invita à s'asseoir, lui proposa une tasse de café et déclara que le pain à l'abricot était en train de refroidir. Qui attendait-elle donc ?

Emily Hayter vivait dans une rue à peine plus grande

qu'un passage, derrière la grand-rue du village où se trouvaient le Noyé et le Woodbine. Son cottage ressemblait à tous ceux du voisinage : toit mansardé, fenêtres minuscules et murs en terre blanchis à la chaux. Il se dressait au milieu d'un jardin en friche. En fait, le jardin semblait avoir envahi le salon car là où Melrose s'assit il y avait des plantes en pot foisonnantes, du lierre et des fleurs parcheminées singulièrement avachies.

Cependant, comme Mrs Hayter avait l'air d'une femme laborieuse, Melrose estima que le manque de temps expliquait sa négligence. En apportant le plateau à café, elle confirma son observation.

— J'ai jamais le temps de tout faire, bougonna-t-elle en enfonçant dans la cafetière le piston qui émit un soupir à l'unisson de celui que poussa Mrs Hayter pour ponctuer son affirmation. Vous avez vu l'état de mon jardin, et ici aussi. Vous voyez...

Elle agita les serviettes blanches qu'elle avait apportées comme elle l'eût fait d'un drapeau blanc et versa le café. Elle le fit avec une délicatesse qui témoignait d'années de pratique. Le pain qu'elle passa à Melrose avait l'air délicieux ; c'était à n'en pas douter la source de l'arôme épicé.

Lorsqu'ils se furent confortablement installés, elle lui demanda comment il trouvait Seabourne.

— J'aime beaucoup. C'est un endroit magnifique qui jouit d'un panorama unique. La mer... ajouta-t-il, espérant l'inciter à parler des malheureux enfants.

— Mais froid. Ça coûte une fortune à chauffer.

Elle posa le regard sur lui, sans doute pour évaluer le volume de sa propre fortune.

— Oh, un peu de froid ne me fait pas de mal. (Mensonge !) J'ai l'habitude. (Faux !)

Melrose eut le sentiment qu'Emily Hayter était

comme une pompe qu'il fallait amorcer ; elle n'avait pas mordu à l'hameçon de la vue sur la mer, peut-être devait-il la guider par des suggestions plus précises.

— L'agent immobilier m'a dit que le propriétaire habite le village. Dans une sorte de maison de santé ou d'hospice ?

Il aurait parié qu'elle serait trop contente de parler de l'excentrique Morris Bletchley.

— Ah, oui. C'est Mr Morris qui l'a ouvert. Avant, c'était un manoir, il l'a acheté et l'a appelé Bletchley Hall. C'est sans doute une bonne chose pour les malheureux qui sont si proches de... (Elle chercha en vain un cliché pour rendre la mort plus acceptable.) Mr Morris, oui, c'est un drôle d'oiseau.

Melrose attendit patiemment d'en apprendre davantage sur les caractéristiques de volatile de Mr Bletchley tandis que Mrs Hayter engloutissait un morceau de pain à l'abricot qu'elle aida à descendre d'une gorgée de café.

— Le Hall est à lui, alors il peut y faire ce qu'il veut. Oh, c'est généreux de sa part d'aider les autres, mais quant à moi, je trouve qu'y faut être un peu dérangé pour y vivre. Pas vous ? Enfin, est-ce qu'on a besoin qu'on nous rappelle la... vous savez... tout le temps ? Oui, c'est vraiment un drôle d'oiseau, Mr Morris.

Elle ne s'étendit pas, laissant Melrose se creuser la tête pour trouver le moyen de la mettre sur les rails de la tragédie. Son regard tomba sur de médiocres productions artistiques accrochées aux murs, puis s'arrêta sur une reproduction mouvementée de J.M.W. Turner. Il sourit en pensant à Bea. Turner était son peintre préféré.

— C'est un bien joli Turner que vous avez là, derrière vous.

Elle se retourna comme si Turner venait d'entrer dans la pièce.

— Un peu morbide, non ? C'est à Mr Hayter qu'il plaisait. Il est mort, ça fait pas deux ans.

La mort et Turner procurèrent à Melrose l'ouverture qu'il cherchait :

— Il y a eu une terrible tragédie à Seabourne, il y a quelques années, il me semble. Deux enfants se sont noyés, m'a-t-on dit.

Elle ne se fit pas prier pour en parler en long et en large, cela lui donnait probablement une nouvelle occasion de se disculper. Son récit fut exactement identique à celui de Macalvie. Pour finir, elle déclara :

— Ils descendaient parfois pour rejoindre le bateau de Mr Daniel. Vous savez, leur père. C'est ce que la police a conclu, ils voulaient rejoindre le bateau.

Melrose s'abstint de la corriger sur ce point.

— Je me demande comment Bletchley arrivait à amener un voilier au milieu de tous ces rochers...

Les problèmes de navigation n'intéressaient pas Emily Hayter, elle rejeta la question d'un geste.

— Il y arrivait, c'est tout ce que je sais. (On l'avait interrompue par une question stupide, elle se hâta de revenir à son propre rapport :) Quelque chose m'a réveillée, un cri ou un hurlement. Comme j'étais au dernier étage, ça faisait loin. Je me suis dit que si un bruit parvenait jusqu'à moi, il devait être bigrement fort. J'ai donc passé ma robe de chambre, enfilé des chaussons, et je suis descendue. Il faisait sombre, je ne voyais pas jusqu'en bas ; enfin, bref, vous imaginez comme j'étais inquiète. Alors, je me suis redressée... (elle se redressa de fait sur sa chaise), j'ai pris une lampe électrique et je suis allée...

Elle s'arrêta pour choisir une autre tranche de pain à l'abricot.

— Vous êtes allée...

— ... directement dans les chambres des enfants. Quand j'ai vu qu'ils n'étaient pas au lit, j'ai eu encore plus peur qu'en entendant le cri. J'ai cherché partout dans la maison, je les ai appelés. Rien. Personne. Je vous ai dit que les Bletchley étaient allés à une soirée ? Je vous l'ai dit ?

Manifestement, elle désapprouvait.

— Ensuite, vous...

— Ben, je suis sortie, bien sûr. Y avait personne et j'ai rien entendu. Seulement le bruit des vagues. J'ai dû rester une bonne vingtaine de minutes à fouiller les bois, mais y avait rien. Je voulais pas rester dehors, vu que c'était en pleine nuit. Je vais vous dire une chose, monsieur. (Sa voix mourut dans un murmure sifflant.) Une légende circule sur cette maison...

Une légende. Génial ! Il allait de ce pas en informer Brian Macalvie. Il plaqua un sourire sur son visage, espérant qu'elle reviendrait à la réalité s'il se montrait patient.

— On dit qu'elle est construite sur les tombes d'une famille assassinée dans son sommeil. (Elle se pencha par-dessus la table, assez près pour que Melrose sente son haleine épicée.) On dit que la maison est hantée par le fantôme d'une gouvernante du nom de Marianna.

Il y avait toujours une gouvernante, souvent une Marianna ou un nom approchant. Oh, il n'y avait pas lieu de se sentir supérieur. Qui donc avait rêvassé bêtement ? Qui donc s'était imaginé que Stella se matérialiserait ? Il grimaça en repensant au récit de Karen Bletchley : une femme mystérieuse, de l'autre côté de l'étang.

— La pauvre cruche était tombée amoureuse d'un pirate. Lui, ce qui l'intéressait, c'était de cambrioler le manoir, bien sûr. Après avoir fait son mauvais coup, il est parti et elle ne l'a plus jamais revu.

— Ah ! fit Melrose sans trop savoir pourquoi. Et où a-t-on vu ce fantôme ?

— Sur la falaise. (Elle se pencha davantage vers Melrose et tira sa robe sur ses genoux.) On dit qu'elle scrute la mer.

Immobile, elle voyait défiler son avenir. Le vers de Thomas Hardy lui revint en mémoire. Il ressentit la même solitude indicible, malgré le cottage douillet, l'accueillante bonne femme, le pain à l'abricot...

Il s'extirpa du voile mélancolique qui s'était abattu sur lui pour entendre la fin d'une phrase :

— ... et un des décorateurs...

Ah, revoilà ces merveilleux personnages ! Ils avaient certainement laissé leur empreinte sur Bletchley.

— Il a affirmé qu'il avait vu le fantôme dans la cuisine. Mais ces deux-là... euh, m'est avis qu'ils n'étaient pas fiables.

On devinait sans peine ce qu'elle pensait de « ces deux-là ». Melrose changea de sujet :

— On peut dire que Bletchley a eu son lot de bizarreries et de malheurs. La pauvre femme qui a disparu... c'est son neveu qui m'a servi au Noyé.

Elle opina avant qu'il ait terminé.

— Ah, vous parlez de Chris Wells. Comme vous dites, c'est bizarre.

— Elle tient le Woodbine, n'est-ce pas ?

— Avec Brenda Friel. Ah, elles ne rechignent pas au travail, vous pouvez me croire. Une affaire comme ça, c'est beaucoup de sueur pour pas grand-chose. Je leur livre parfois mes tourtes aux baies. Elles ont du succès, mes tourtes. Quand elles ne sont pas là, je donne un coup de main à John, le neveu de Chris. Je connais des tas de jeunes qui feraient bien de prendre exemple sur lui.

A l'évidence, c'était à l'aune du travail qu'Emily Hayter prenait la mesure d'un homme. A ce compte-là, Melrose ne dépasserait pas le centimètre.

— Le pauvre est bouleversé.

— Ça se comprend. Chris Wells est comme une mère pour lui. Son père est mort et sa mère a fichu le camp quand il était pas plus haut que trois pommes. Chris est la sœur de sa mère. Je croyais qu'elle était partie aider son bon à rien de beau-frère qu'habite à Penzance. (Elle se pencha pour murmurer à l'oreille de Melrose :) La boisson. Moi, j'ai pas la patience avec les poivrots.

— Mon Dieu, Mrs Hayter, on parle, on parle et j'en oublie pourquoi je suis venu ! Je me demandais si vous m'accorderiez quelques heures par semaine pour venir me faire la cuisine. Vous jouissez d'une excellente réputation.

Un peu de flatterie ne fait jamais de mal.

Il avait vu juste. Si elle ne s'était pas imaginée « prendre les choses en main », elle commençait à y songer sérieusement.

— Euh, c'est vrai que je sais faire pas mal de choses. Combien d'heures vous aviez en tête ?

— Oh, quelques heures, juste une fois par semaine.

En réalité, il n'avait besoin de personne car ça l'amusait de se débrouiller tout seul. Mais il fallait une raison à sa visite.

— Je pensais que vous pourriez me cuisiner des plats et les congeler ; je les ferais réchauffer au four au fur et à mesure. Cette semaine, ce ne sera pas la peine, je dînerai dehors la plupart du temps.

Ils tombèrent d'accord sur le nombre d'heures, et elle prit un carnet derrière un coussin du canapé (Melrose s'amusa du mystère dont elle entourait son carnet ; y avait-il beaucoup de villageois à profiter de ses services ? Etait-elle à ce point débordée ?) et y nota quelques mots avec le crayon qu'une ficelle retenait au carnet.

— Voilà. J'ai écrit sept heures du matin, jeudi en huit. Comme ça, c'est réglé.

Non, pas pour Melrose :

— Vous ne pouvez pas venir un peu plus tard ? Disons, vers dix heures ?

— Oui, bien sûr.

Elle lui jeta un regard qui suggérait qu'elle ne voyait pas ce qui le retenait à sept heures du matin. La pêche aux fossiles, peut-être.

— Si vous permettez, monsieur, ça ne serait pas du luxe d'avoir quelqu'un pour s'occuper du parc. Il est dans un état lamentable.

— Ah ! Oui, vous avez raison. Vous avez quelqu'un à l'esprit ?

— Le jardinier, c'était Jason Slattery, il est très bien.

— C'est sans doute lui qui avait allumé le feu le jour où je suis arrivé.

— Oh, ça ne m'étonnerait pas. Il fait plein de choses comme ça pour les gens.

Elle rougit violemment et tenta de cacher son visage empourpré en portant sa tasse à ses lèvres.

Mrs Hayter avait-elle des visées sur Mr Slattery ? Cette croyance universelle en l'amour fascinait Melrose. Surtout de la part d'une personne qui présentait la silhouette massive d'une bouche d'incendie, pas de taille, pas de hanches et à peine de poitrine.

— Parlez-moi de lui, demanda-t-il.

— Il a travaillé pendant des années pour les Bletchley. Les décorateurs l'ont repris, mais ils voulaient des machins topiaires. Comme Mr Slattery ne se voyait pas faire ça, il a rechigné. Mais les décorateurs ne voulaient en faire qu'à leur tête, c'est pour ça que les massifs d'arbustes de chaque côté de la porte d'entrée sont si broussailleux. Ils ont saccagé l'endroit pendant près d'un an avant de repartir à Londres, qu'ils n'auraient jamais dû quitter si vous voulez mon avis. On est en Cornouailles, on n'a pas besoin des excentricités de ceusses de Londres.

La façon dont elle parlait de la Cornouailles comme si c'était les Nouvelles-Hébrides amusa Melrose. Mais, bien sûr, la Cornouailles s'estimait différente du reste de l'Angleterre. Et les Londoniens « excentriques » envahissaient de plus en plus la région, achetant des maisons de pêcheurs délabrées ou des tas de vieilles pierres perchés sur des falaises déchiquetées (comme Seabourne).

— Ce Mr Slattery, auriez-vous l'amabilité d'intervenir auprès de lui de ma part ?

Dieu que c'était pompeux !

Oui, bien sûr, elle serait ravie de le faire.

— Bien, fit-il en se levant, merci infiniment, Mrs Hayter. Je vous verrai donc dans quinze jours ?

— Comptez sur moi.

— Parfait.

Melrose posa son regard sur le J.M.W. Turner dont l'original se trouvait à la Tate Gallery ; si, lorsqu'il avait visité le musée, il avait contemplé le tableau cinq minutes de plus, il lui aurait brûlé la rétine tellement sa luminosité était flamboyante.

28

Morris Bletchley intéressait beaucoup Melrose.

Quiconque a les moyens d'acheter un château (un manoir, certes, mais de bonne taille) qui avait vu défiler des générations de vicomtes, de barons et de baronnets, et de le transformer en mélange d'hospice et de maison de santé, était digne d'intérêt. Surtout quand ce quelqu'un était un Américain qui avait fait fortune dans la restauration rapide.

Par ce bel après-midi ensoleillé de septembre, Melrose, planté devant les hautes fenêtres de Sheepshanks — désormais Bletchley Hall —, contemplait le parc d'un air béat. L'ancienne demeure du vicomte Sheepshanks (disait la brochure) possédait un parc magnifique, un flamboiement de soucis et d'orchidées mauves, des jardins à la française, des parterres fleuris. La femme en robe de coton gris qui lui avait remis la brochure était allée prévenir Mr Morris Bletchley qu'on demandait à le voir. C'était une femme corpulente, autoritaire, dont l'expression disait assez combien elle se sentait exploitée, ce qui semblait être son lot dans la vie. Elle avait conduit Melrose dans cette superbe pièce d'où il contemplait maintenant une fontaine fleurie dans laquelle des dauphins batifolaient avec des poissons en bronze et des chérubins. Au-delà, la pelouse descendait en pente douce vers un cours d'eau qui coupait le parc en deux. Des marches envahies d'herbe menaient au ruisseau et des massifs d'orchidées mouchetées poussaient le long des berges. Des dahlias, des cyclamens et des clématites mauves parsemaient la pelouse. Sur un des bancs blancs du parc, une femme d'allure encore jeune était assise, sans doute une des résidentes de Bletchley. Tous les résidents étaient des patients incurables au stade terminal de la maladie, un diagnostic que Melrose ne souhaitait pas voir se réaliser sous ses yeux.

Dans la pièce se trouvait une vieille femme qui était sans doute arrivée à l'hospice sur ses deux jambes, à en juger par la canne à pommeau d'argent posée à portée de main, mais qui dormait pour l'instant paisiblement.

L'idée qui se cachait derrière la politique des hospices était qu'il était préférable de mourir chez soi, dans un environnement familier. En ce sens, Bletchley Hall n'était pas un hospice classique, plutôt un heureux mélange d'hospice et de maison de santé — si « heureux » était le terme adéquat. Melrose se dit que si on devait mourir loin de chez soi et de sa famille, autant le faire à Bletchley Hall. Il en vint même à penser que si on avait le choix entre s'éteindre chez soi et au Hall, on choisirait Bletchley. C'était dans des circonstances pareilles qu'il remerciait le Seigneur d'être riche. Etre vieux et infirme était déjà assez pénible ; vieux, infirme et pauvre, c'était impensable. Il avait toujours trouvé les veillées funèbres indécentes, avec leur étalage de dévotion filiale et leur bataillon de parents éplorés, les silhouettes noires qui s'empressaient autour du lit. En vérité, on avait davantage envie de refiler cent livres au croque-mort pour qu'il emporte le cadavre au plus vite.

Ou bien la famille regardait un match de cricket à la télévision, ou bien on papotait en prenant le thé pendant que la grand-mère expirait à l'étage.

Ici, à Bletchley Hall, on était sûr que la mort serait entourée d'égards et de soins, les draps blancs immaculés, les oreillers soigneusement retapés. Melrose était impatient que le sergent Wiggins voie Bletchley. Voilà un homme qui saurait apprécier la classe d'une maison de santé.

La pièce dans laquelle se trouvait Melrose n'était pas spécialement spacieuse, mais des moulures artistiques décoraient joliment son plafond voûté ; la pièce aspirait le soleil qui se déversait par tombereaux sur l'immense tapis oriental miroitant comme de la soie, et des anges auraient pu danser sur ses rayons chatoyants. La vieille dame assise dans un grand fauteuil dix-septième qui la rapetissait était tellement inondée de soleil qu'on l'aurait crue bénie d'une gloire divine.

L'acariâtre femme en gris revint annoncer à Melrose que Mr Bletchley arrivait, puis traversa la pièce pour crier à l'oreille de la vieille dame :

— Mrs Fry ! Mrs Fry ! Il est temps de se réveiller, Mrs Fry !

Pourquoi ? se demanda Melrose. Manifestement, la caravane de Mrs Fry avait atteint une étape de son long voyage où il n'était plus nécessaire de faire quoi que ce fût. Pour elle, le temps n'avait plus d'importance.

D'ailleurs, pourquoi était-il nécessaire de crier après des vieillards comme s'ils étaient sourds ? Melrose allait se lever pour intervenir lorsque la vieille dame se réveilla à demi. Comment faire autrement quand une virago vous aboie dans l'oreille ?

— C'est l'heure de votre thé, mon petit, ânonna la mégère.

Tandis que cette dernière (infirmière-chef d'après son badge, elle occupait manifestement un poste de responsabilité) aidait Mrs Fry à se lever et à sortir, un vieillard surgit dans un fauteuil roulant, pila net devant Melrose et lui tendit la main.

— Morris Bletchley, mais tout le monde m'appelle Moe. Vous vouliez me voir ? Vous n'auriez pas une sèche, par hasard ? Du moment que c'est pas une saloperie au menthol.

Il toisa Melrose comme pour évaluer ses capacités de noceur impénitent. Melrose regretta de ne pas avoir emporté une flasque de whisky.

— Si, justement.

Moe Bletchley fit pivoter son fauteuil et se dirigea vers la porte avec un signe qui signifiait « Suivez-moi ! ». Comme Melrose obtempérait, Bletchley lança par-dessus son épaule :

— Le fumoir est par là. Faut faire gaffe, par ici. Emphysème, emphysème. Je ne voudrais pas qu'un malheureux atteint d'un cancer du poumon me surprenne une clope au bec. (Bletchley rit, surtout par le nez.) Et vous non plus, j'imagine.

Melrose le suivit le long de la galerie, accélérant pour rattraper son fauteuil roulant qui risquait à tout moment d'expédier plus d'un patient de Bletchley Hall *ad patres*, bien plus vite que n'importe quel emphysème. Les murs de la galerie avaient autrefois dû être tapissés des portraits de la famille Sheepshanks que le vicomte avait sans doute emportés avec lui, une déduction qui s'imposa à Melrose parce que les tableaux qui les avaient remplacés, des peintures romantiques de cottages, de bergers, de moutons et de chiens de berger, des natures mortes, pommes et poires, ne remplissaient pas tout à fait les espaces que bordaient des traces de peinture fraîche. Moe Bletchley traversa sur les chapeaux de roue une salle à manger pleine de tapisseries et de velours qu'un lustre Waterford illuminait comme les étoiles d'une nuit d'été. Il attrapa au passage un menu sur une des tables. Il y avait même des menus ! La cuisine devait être aussi bonne que le prétendait la brochure.

La salle à manger se terminait par des portes-fenêtres, fermées par une chose transparente que le guide de Melrose ouvrit à la volée ; ils pénétrèrent dans une pièce dotée de trois parois vitrées qui avait sans doute été ajoutée au bâtiment. Une orangerie, ou un solarium. Orientée au sud, la pièce était encore baignée par des restes de rayons de soleil réfractés.

Morris Bletchley s'arrêta, descendit de son fauteuil, s'étira et alla s'asseoir dans une des chaises vertes. Il désigna une autre chaise à Melrose, éberlué.

— Je n'ai pas besoin de ça, expliqua-t-il avec un signe de tête vers le fauteuil roulant. Mais je me dis que ça doit être foutrement décourageant, quand vous êtes cloué au lit, de voir un vieux schnock débarquer dans votre chambre en caracolant sur ses deux jambes valides.

Voyant le regard espiègle que lui jetait Bletchley, Melrose devina que c'était seulement une des raisons, l'autre étant qu'il s'amusait comme un petit fou avec son fauteuil roulant. Cela ne signifiait pas que Morris Bletchley était incapable de compassion ou de pensées charitables ; après tout, c'était lui qui avait ouvert l'hospice, n'est-ce pas ? Melrose sourit.

Or Bletchley semblait avoir une santé de fer, quand on songeait qu'il était octogénaire ! Il était svelte, ses bras et ses jambes avaient gardé leur force musculaire ; seules ses joues, qui devinrent caverneuses lorsqu'il tira sur la cigarette que Melrose lui avait offerte, témoignaient de son grand âge. Il y avait fort à parier que le cerveau de Morris Bletchley n'avait pas souffert des vicissitudes de l'âge.

Orangerie, véranda ou solarium, quelle que fût son appellation, la longue pièce était remplie de plantes vertes — lierre, aspidistras, palmiers en pot —, les rayons réfractés du soleil caressaient les feuilles d'un éclat brillant, des vagues vertes semblaient miroiter sur le sol carrelé et rendaient le mobilier en osier encore plus vert. A un bout de la pièce, deux vieillards jouaient aux échecs. A l'autre, Melrose fut surpris de voir une rangée de machines à sous.

— Bien ! Que puis-je faire pour vous ?

— J'ai loué Seabourne pour quelques mois. Je voulais vous voir.

— Ça change. D'habitude, la dernière personne qu'un locataire a envie de voir, c'est son propriétaire. Quoique je ne m'occupe plus du manoir. Alors, qu'est-ce qui ne va pas ? Le chauffage ? Les canalisations trop bruyantes ? Voyez l'agent immobilier si vous avez des problèmes.

— Non, non. Tout va bien. Le manoir est merveilleusement agréable.

— Parfait. Alors, quelle est la vraie raison ?

— Vous voulez dire...

— De votre venue.

Moe Bletchley exhala un filet de fumée à travers ses lèvres en cul-de-poule.

— J'ai rencontré votre belle-fille, dit Melrose avec le sourire. Elle est passée au manoir.

Un *hum* guttural s'échappa de la gorge de Moe Bletchley. Son expression ne changea pas.

— Karen ? Qu'est-ce qu'elle voulait ?

— Je n'en sais rien, en fait. Revoir son ancien foyer, peut-être.

Moe émit un autre son évasif. Puis :

— Elle est venue sans Danny.

C'était plus une conclusion qu'une question.

— Votre fils ? Oui. Elle était seule. Elle m'a dit, pour les enfants.

Il aurait voulu ajouter des mots de condoléances appropriés, mais aucun ne lui vint à l'esprit.

Moe se raidit et son regard se perdit au loin. Melrose comprit, à l'immobilité de son visage et au silence qui enveloppa la pièce verte, qu'il était profondément abattu.

Finalement, le vieil homme — qui semblait avoir soudain vieilli de plusieurs années — se secoua.

— Que vous a-t-elle dit ? demanda-t-il.

Melrose lui fit un récit aussi exact que possible. Dans cette affaire, le plus petit détail comptait.

Mais Moe Bletchley dévisagea Melrose comme s'il entendait l'histoire pour la première fois, comme si le drame était nouveau pour lui.

— C'est ce qu'elle vous a dit ?

— Oui, acquiesça Melrose, troublé.

Moe émit de nouveau son *hum* guttural.

D'une certaine manière, c'était plus troublant — une sorte de dédain, peut-être — que des mots. Melrose sortit de nouveau son étui à cigarettes et le tendit à Bletchley, dont le mégot s'était consumé entre ses doigts. Moe détourna les yeux des cendres de sa cigarette et regarda Melrose comme si celui-ci venait de faire un tour de magie. Il prit machinalement une cigarette, mais ne la porta pas à sa bouche.

— Cet inspecteur...

— Le commissaire Macalvie. Mais il n'était peut-être qu'inspecteur à l'époque.

— Ouais. Un type pointu. Il ne l'a pas crue, vous savez. A propos des inconnus dans les bois, de la femme près de l'étang. Moi non plus, d'ailleurs.

Moe Bletchley prit le briquet que Melrose tenait toujours à la main et alluma enfin sa cigarette. Il le referma ensuite d'un coup sec.

— Pourquoi parlons-nous de ça ? demanda-t-il. Ah, oui, c'est apparemment la raison de votre visite. Mais je m'étonne tout de même. En quoi cela vous intéresse-t-il tant ?

Melrose se pencha en avant.

— Qui ne serait pas intéressé, Mr Bletchley ? C'est une sacrée histoire. Un véritable cauchemar. Mais il y a une autre raison : un meurtre.

— Oui, à la crique de Lamorna. Je sais. Les nouvelles me parviennent vite, fiston. (Il jouait avec le Zippo.) Je suis au courant de tout ce qui se passe dans la région.

— Alors ?

— Non, fit Moe en plissant les yeux, je ne connais pas la victime. Une femme avec un titre, paraît-il. Non, je ne peux pas vous aider. Ce que je voulais dire, c'est que je connais assez bien les gens du coin. J'y ai vécu pendant quinze ans, après tout. Je suis américain, vous savez. J'ai fait fortune dans le poulet aux Etats-Unis ; j'ai émigré en Grande-Bretagne et j'y ai multiplié ma fortune. Les gens adorent les fast-food. Si en plus la nourriture est de qualité... vous rendez service à tout le monde.

— C'est fort intéressant, mais je ne vois pas le rapport.

— Je voulais juste souligner un point : je ne suis pas idiot.

Melrose dressa un sourcil.

— Je n'en ai jamais douté une seconde, assura-t-il. Vous ai-je donné l'impression du contraire ?

Avant de répondre, Moe laissa errer son regard vers les deux vieillards absorbés dans leur partie d'échecs.

— Non, mais c'est généralement ce qu'on pense de nous. (Il désigna les deux joueurs du menton.) Distraits, indécis, en plus d'être inutiles à la société.

— Mr Bletchley, il faudrait avoir perdu la tête pour penser cela de vous.

— Oh, ici, c'est différent.

— Ici ou ailleurs.

Melrose eut l'impression que le vieil homme avait des opinions très arrêtées sur ce qui s'était passé et qu'il les gardait pour lui.

— Vous ne vous entendez pas avec votre belle-fille, n'est-ce pas ?

Moe agrippa le bras de sa chaise comme s'il voulait se lever. Mais il resta assis.

— Etes-vous marié ? finit-il par demander. Non, sinon vous seriez venu avec femme et enfants. Les hommes qui ont le cran de se payer du bon temps sans bobonne, ça ne court pas les rues.

— Non, je ne suis pas marié.

— Vous êtes sans doute un homme heureux, alors.

— J'en déduis que vous ne pensez pas la même chose de votre fils.

— Non, il n'est pas heureux.

Melrose se tut ; il n'avait pas envie d'avouer à Moe qu'il avait trouvé Karen Bletchley charmante. Mais l'avait-il réellement trouvée charmante ? Il y avait eu ce moment au cours duquel le silence lui avait paru pesant, mais il n'avait pas compris pourquoi l'atmosphère avait changé.

— Elle vous a plu, j'en suis sûr.

Melrose l'admit.

— Elle plaît aux gens, de toute façon.

Melrose considéra la chose.

— Que fait-elle ici ? demanda-t-il, plus pour lui-même que pour avoir l'avis de Moe.

— Bonne question, fit ce dernier. (Puis il ajouta, évasif :) Oh, il n'y a que pour les Chick'n King que mes maigres compétences vous seraient vraiment utiles.

— Il faudra que j'en essaie un, dit Melrose en souriant.

— Il n'y en a pas par ici. Pas dans les environs, en tout cas. Je voulais en ouvrir un à Mousehole, mais la mairie a refusé. C'est un joli petit coin, je comprends qu'ils ne veuillent pas d'une usine à bouffe. Le problème, c'est qu'on oublie les immenses profits que la chaîne génère et les emplois qu'elle crée. On ne pense qu'à l'injure au bon goût. Moi, je trouve ça pas mal. Un coq, c'est beau à regarder. Bref, il y en a un juste à la sortie de Truro, c'est le plus proche. Je leur demande de nous livrer une fois par semaine. Ici, les repas Chick'n King font un tabac.

— Oui, j'imagine. (Melrose resta un instant songeur.) Si vous connaissez les villageois, vous devez connaître Chris Wells.

— En effet. Johnny — son neveu — est obligé de faire la pâtisserie parce que Chris a disparu. Qu'est-ce qui s'est passé ? Pourquoi toutes ces manigances ? Toute cette détresse, brusquement ?

En tirant sur sa cigarette, Moe coula un regard soupçonneux à Melrose, comme si son arrivée dans le pays était la responsable.

— Mr Bletchley...

— Appelez-moi Moe, fiston.

Melrose sourit. Il adorait ce « fiston ».

— Vous allez me trouver grossier, et vous n'êtes pas obligé de répondre, mais... à qui reviendra votre colossale fortune ?

L'expression de Moe changea, il reprit l'air abattu que Melrose lui avait vu quelques instants plus tôt.

— C'est rien, ça ne me gêne pas de vous répondre. Désormais, c'est mon fils Daniel qui héritera. Il y aura bien sûr pas mal de legs aux œuvres de charité, des trucs comme ça.

— Vous avez dit *désormais*.

— En effet. J'ai changé mon testament, bien sûr. Avant, c'était les enfants qui héritaient de la plus grosse part.

— Les enfants ?

— Oui, les enfants.

29

Melrose chercha le téléphone à tâtons, décrocha sans ouvrir les yeux, puis se convainquit qu'il était en train de rêver et qu'une main invisible lui plaquait l'écouteur contre l'oreille. Il resta couché, les yeux clos, estimant n'avoir aucune responsabilité dans la conversation qui lui parvenait.

— ... moi ça ! Vous faites tout de travers, Diane ! Donnez...

Diane Demorney et Marshall Trueblood en train de se disputer... à quel propos ? Melrose roula sur lui-même, entraînant dans son geste l'appareil que des fées maintenaient contre son oreille. Pas désagréable comme rêve. Un peu bruyant, peut-être...

— ... mon œil ! Rendez-moi...

Diane, aussi distinctement que si elle avait été devant lui, avec ses Rayban noires et son chapeau à bord mou, si large qu'on n'apercevait d'elle que la bouche et le menton.

— Donnez-moi ce téléphone ! Après...

— *Screeech !*

Melrose se retourna de nouveau. Grands dieux, ça avait failli le réveiller.

— Melrose ! Melrose ! cria Diane. Nous savons que vous êtes là, vous avez dit allô !

— Allô, dit-il.

Il s'entendit ronfler, des bouffées d'air entraient et sortaient, semblables aux grognements d'un cochon fouissant la terre.

— Ecoute, vieille branche, faut vraiment que tu reviennes ! Vivian est... quoi ? Arrêtez ! Arrêtez !

La voix de Diane, claire comme le cristal — comme si un *screech* ne lui avait pas échappé un instant plus tôt —, se fit entendre.

— Mel-rose ! Il est arrivé ! Il est... rendez-moi ça !

Bruits de bagarre.

— C'est encore moi, vieille branche. Ecoute, on ne veut pas...

— *Lord Ardry !*

Melrose sursauta dans son lit. Etait-ce une voix du passé ? Que faisait ce personnage dans son rêve ? C'était Scroggs, forcément !

— Non, elle n'a pas l'air heureuse, c'est mon...

Qui n'a pas l'air heureuse ? Le même grognement de cochon retentit.

— Heureuse ? Vous seriez heureuse si quelqu'un vous suçait le sang ?

C'était la voix de Trueblood. Le rêve de Melrose vacilla. Il n'aimait pas le son de cette voix.

Des bruits, des éclats de voix au loin, quelqu'un arrachait le combiné des mains d'un autre, et la voix de Trueblood, de plus en plus nette :

— C'est Giopinno, vieille ganache. Le comte Dracula. Il est là. Il a fini par arriver. On a tous acheté une croix en bois et des gousses d'ail.

Scronch, scronch, rrrong, rrrong.

30

Melrose feuilletait le *Telegraph* à la recherche du compte rendu des derniers rebondissements de l'affaire du perroquet. La querelle s'était singulièrement envenimée pendant son absence.

Arrivée à Bletchley aussi sûrement et aussi bruyamment que le Great Western Railway, ayant déposé ses bagages — une malle de paquebot, plusieurs valises, des cartons à chapeaux et quelques autres menues babioles — et ayant renoué avec sa nouvelle amie, Esther Laburnum, Agatha prenait désormais le thé au Woodbine. Elle demanda à Melrose s'il s'était, enfin, lassé de l'« absurde foyer » qu'il s'était mis en tête de se construire à Seabourne, cette espèce de grange polaire.

En attendant la réponse, elle choisit une meringue en forme de cœur.

— Et ton propre « foyer » en Cornouailles ? riposta Melrose. Cette région est aussi peu civilisée qu'Armagh, où, entre parenthèses, Jury semble s'être lui aussi trouvé un « foyer ». J'ai vraiment hâte qu'il revienne.

— Qu'est-ce que tu fais ? demanda Agatha, les yeux plissés.

— Ce que je fais ? Je prends une de ces délicieuses meringues, voilà ce que je fais. Il en reste, rassure-toi.

— Tu sais très bien ce que je veux dire. Tu te moques de moi, Dieu sait pourquoi !

Elle tartina de la confiture de groseille sur un petit pain.

— Tu as raison, Dieu seul le sait. Moi pas, en tout cas.

— Enfin, comme je disais, tout le monde à Long Piddleton te croit cinglé : aller vivre en Cornouailles dans une grande maison vide ! Les gens pensent que tu devrais revenir.

— C'est agréable de savoir qu'on me regrette.

Melrose devina qu'elle ne lui laisserait pas cette illusion.

— On te regrette ? Je n'ai jamais dit ça, seulement que tu te conduisais comme un irresponsable et un âne bâté. Diane pense (là, elle sortit une page de journal d'un fourre-tout orné de chats miteux) que tu te mets en danger. Tiens.

Elle plaqua la page devant lui.

— Tu en es à citer Diane ! La même Diane que tu traitais de *tête de linotte* ? s'étonna Melrose.

Qui reconnut le titre étalé devant lui, *Horoscope*, qu'une main charitable lui avait souligné (au cas où les Cornouailles l'auraient rendu aveugle), et à son propre signe, le Capricorne, lui aussi souligné et qui bénéficiait d'une demi-étoile. Depuis peu, Diane agrémentait ses ineffables prédictions dans le *Sidbury Daily* d'un certain nombre d'étoiles, de une à cinq, pour les signes du jour. Cinq étoiles signifiaient qu'on pouvait marcher sur l'eau ; quatre, une journée radieuse ; et ainsi de suite, en se dégradant. Une demi-étoile pronostiquait un désastre, la pire journée imaginable. Sauf pour ceux qui n'avaient même pas une demi-étoile, mais aucun signe n'était dans ce cas, pas même le Capricorne. Pas encore.

Prudence ! ! ! L'aventure dans laquelle vous vous êtes embarqué est pleine de dangers. Ayant déjà mis à exécution un projet absurde, vous risquez d'en entreprendre un second qui fera déborder le vase !

— Tu vois, fit Agatha.

— Je vois quoi ? Tu t'es toujours moquée des horoscopes de Diane, pourquoi croire à celui-là comme si c'était la Bible ?

— Je n'ai qu'une chose à te dire : ne t'étonne pas si ces personnages, Trueblood et Demorney, viennent frapper à ta porte.

La remarque le saisit ; il repensa à son rêve de la veille. Il froissa la page de journal sur ses genoux.

— Pourquoi feraient-ils ça, bon Dieu ?

— Ah, là, ça t'intéresse ! Eh bien, c'est trop tard, j'en ai assez !

Elle ne parlait pas du thé, car elle chercha des yeux Johnny qui servait des clients, brandit une main et l'agita comme faisait la reine mère pour saluer le bon peuple depuis son carrosse.

Melrose reprit le *Telegraph*.

— Tu devrais prendre les choses plus au sérieux, le tança Agatha.

Melrose parcourut la salle des yeux ; toutes les tables étaient occupées.

— Prendre quoi au sérieux ? Qu'est-ce que toi tu prends au sérieux, à part cette Sweet Lady avec laquelle tu ne vas pas tarder à t'étouffer ?

Agatha était en train de faire un sort à la spécialité du Woodbine, cette longue et fine meringue surmontée d'une épaisse couche de chocolat, elle-même surmontée d'une couche de mousse au chocolat. Le croquant de la meringue faisait un parfait contrepoint à la riche onctuosité du chocolat. Melrose revint en pensée au *Sidbury Daily*, où il envisageait subitement d'ouvrir une rubrique gastronomique.

Agatha se précipita sur la dernière meringue.

— Délicieuse, décréta-t-elle. J'aimerais avoir la recette.

Le désir étant père de l'action, elle se mit en devoir de le réaliser, héla Megs, la serveuse, pourtant débordée, et lui intima l'ordre de s'enquérir de la recette de la Sweet Lady :

— Allez demander au chef.

Désorientée, Megs changea son plateau de main.

— Heu, m'dame, j'peux pas dire. J'peux pas dire que je sais comment elle s'y prend... je parle de Brenda.

— Je sais, déclara Agatha comme si elle parlait à une demeurée. C'est pour ça que je vous ai dit : « Allez demander au chef. »

Mais la serveuse n'était pas décidée à obtempérer, pas avant d'avoir résumé l'historique des demandes de recettes :

— Pas plus tard qu'à Pâques, quelqu'un lui a demandé sa recette des Bunnykens...

Une recette, se dit Melrose, dont il se passerait volontiers.

— ... et quand Miss B a refusé, ce quelqu'un s'est foutu en pétard. Pas longtemps après, une autre dame voulait savoir comment faire les meringues — celles de Miss C, je veux dire, qui sont différentes de celles de Miss B...

Allait-elle faire défiler tout l'alphabet ?

— ... mais elle a refusé aussi, pareil pour Miss C.

(Megs changea de nouveau son plateau de main.) Ensuite, y en a eu une autre qui voulait...

— Tonnerre, ma fille ! Filez vite à la cuisine ! Elle changera peut-être d'avis, on ne sait jamais.

— Oh, moi je sais.

Melrose faillit tirer une chaise pour inviter Megs à s'asseoir à leur table.

— Je travaille ici depuis cinq ans et Miss B n'a jamais dévoilé une seule de ses recettes. Y a même un duc qu'est venu un jour, il a pris du bœuf aux olives ; vous n'imaginez pas le tintouin qu'il a fait quand elle a expliqué, poliment je dois dire, qu'elle ne dévoilait jamais ses recettes. Surtout pas celle des meringues. Et Miss C non plus.

Megs rougit en se rappelant que Miss C n'aurait peut-être plus jamais l'occasion de le faire. Mais elle persista :

— Leurs meringues sont très différentes, vous comprenez ; elles y ajoutent des ingrédients secrets. Elles ne connaissent même pas la recette que l'autre utilise, alors, vous voyez, c'est pas leur genre de les dévoiler aux gens de passage. Je me souviens d'une cliente...

Agatha renvoya Megs d'un geste méprisant. La serveuse ne se fit pas prier. Agatha reporta son attention sur l'assiette de gâteaux au moment où Johnny Wells poussait les portes battantes et tombait nez à nez avec la serveuse qui sortait de la salle. Il finit de nouer son tablier, s'arrêta à une table qui venait de se libérer, ramassa les assiettes et les tasses, les empila sur un plateau. Plus pâle que d'habitude, donc plus séduisant et plus Lord Byron que jamais. Des femmes tueraient père et mère pour cette peau, pour ces cheveux.

Johnny regarda dans la direction de Melrose et, voyant qu'Agatha était de retour, s'illumina d'un large sourire. Il marcha vers leur table, prenant une ou deux commandes au passage.

— Salut, Johnny, fit Melrose. Ma tante vient de tanner la pauvre Megs pour avoir la recette de la patr... euh, de Miss B.

Comme « patronne » aurait laissé penser qu'il n'y en avait qu'une, Melrose s'était arrêté à temps.

Johnny rit de bon cœur.

— Aucune chance, j'en ai peur, dit-il à Agatha.

— Il n'y a pas de mal à essayer, répondit-elle. Mon garçon, j'ai été navrée d'apprendre, pour votre tante. Que fait donc la police ? Si tant est qu'elle fasse quelque chose.

Melrose intervint assez sèchement :

— Au contraire, elle se démène. (Il jeta sur la salle un œil torve qui renvoya les curieux le nez dans leur thé ou leur Sweet Lady.) Je sais de source sûre qu'elle fait tout ce qui est en son pouvoir. Tu as rencontré le commissaire Macalvie ; je ne crois pas qu'il ait jamais laissé une affaire en plan...

Agatha s'empressa de plomber l'atmosphère :

— Ça ne veut pas dire que la victime soit au mieux de sa forme quand il a résolu l'affaire...

Et elle plongea le nez dans la théière.

— Quelle délicatesse, Agatha ! ironisa Melrose.

— Oh, elle reviendra, assura-t-elle, ne vous en faites pas.

Ignorant cette banalité, Johnny s'adressa à Melrose :

— L'ennui, c'est que les flics ont bien trop à faire pour s'intéresser à une personne disparue qui n'a peut-être pas disparu. Il y a l'affaire de la crique de Lamorna.

Tous les clients avaient délaissé leur thé et tendaient l'oreille. N'était-ce pas l'affaire la plus passionnante que Bletchley avait connue depuis que Moe avait transformé leur château en hospice ?

— Raison de plus pour qu'ils s'intéressent davantage à la disparition de votre tante.

— Euh... oui, je vois ce que vous voulez dire.

Un client appela Johnny ; il alla prendre la commande.

Melrose se dit que Johnny — forcément déprimé d'être coincé dans l'ignorance — accueillerait avec soulagement n'importe quelle information qui expliquerait la disparition de Chris Wells. Il pensa alors à la fillette, Cassie, et à sa mère, Maggie, l'amie de Macalvie, et au calvaire que l'incertitude faisait peser sur les proches. Macalvie aussi avait souffert l'enfer. C'était lui qui avait dû apprendre la mort de Cassie à Maggie.

C'était toujours aux policiers qu'incombait le rôle du messager de mauvais augure. Melrose ne s'imaginait pas en train de le remplir. Il se demanda comment Richard Jury s'en acquittait.

La réponse lui sauta aux yeux : Jury ne s'en acquittait pas.

31

Le soir, Melrose alla prendre un verre au Noyé. Sur le seuil, le berger avait remplacé un des huskies et il y avait deux clients dans la salle ; assise près du feu, une femme en tailleur marron lisait un livre en buvant un cocktail, et un homme d'une quarantaine d'années, mais qui était peut-être plus jeune, son âge étant difficile à déterminer au milieu des ravages dus à la boisson, couvait du regard les deux verres posés devant lui sur le comptoir : un godet de whisky et une pinte de bière. Il avala le whisky cul sec et le fit passer avec une longue rasade de bière.

— 'soir, lança Melrose.

Il se sentait davantage un habitant de Bletchley que les deux clients de passage, même si ce n'était pas un village qu'on traversait pour aller quelque part : aucune route nationale ni même secondaire ne le desservait. Comme Melrose était désormais bien installé dans sa propre maison, il n'avait pas le sentiment d'usurper le titre de résident.

— Vous vous entendez bien avec les chiens ? ajouta-t-il.

L'homme s'esclaffa.

— Ils me font penser à une parade de suspects. On est censé identifier le coupable ?

Melrose rit à son tour.

— Melrose Plant, dit-il en s'approchant du bar, la main tendue.

— Charlie Esterhazey, enchanté.

— Vous êtes de Bletchley ? Je ne pense pas vous avoir déjà vu.

— Non, je viens voir un parent. Johnny Wells. Il travaille ici, je crois.

C'était donc, se dit Melrose, l'oncle que Johnny avait mentionné une fois et dont il n'avait plus reparlé. Un alcoolique, certes, mais sympathique.

— Ah, vous êtes un parent de Chris Wells, alors.

Charlie se retourna, vida sa pinte et dit d'un air mélancolique :

— Oui, c'est ma belle-sœur. C'est affreux, ce qui s'est passé. Chris est quelqu'un d'extraordinaire. Tout le monde finit par laisser Johnny en rade. D'abord son père meurt, ensuite sa mère fout le camp, et maintenant Chris. Notez, je n'ai pas dit que Chris l'avait abandonné délibérément.

Pourquoi pas ?

La question s'imposa à l'esprit de Melrose. On y avait toujours répondu de la même façon, comme si personne n'imaginait que Chris Wells ait pu partir délibérément. C'était forcément un départ précipité, au pied levé... mais pourquoi pas ? On parlait toujours d'une urgence, jamais d'un acte « délibéré ». Il fallait une raison sérieuse, impérative, à son absence. C'était ce que tout le monde avait déduit parce qu'elle n'avait pas prévenu Johnny — et il devenait de moins en moins probable qu'elle soit partie de son plein gré car elle n'avait toujours pas donné de nouvelles à son neveu.

Les gens alentour ne semblaient pas prêts à s'agiter outre mesure pour en savoir plus. Par paresse ? Oui, mais Brian Macalvie ? Le commissaire Macalvie était le contraire d'un paresseux. Toutefois, comme la disparition de Chris Wells lui avait rappelé le cauchemar de la mort de Cassie, et celui des enfants Bletchley, même l'esprit d'ordinaire si clair et ordonné de Macalvie pouvait avoir été obscurci par ces souvenirs.

— ... un magicien, doué pour les cartes, les foulards et pour faire apparaître une pièce derrière votre oreille...

Melrose n'avait entendu qu'une partie de la phrase.

— Désolé, vous disiez ?

— Je parlais de Johnny et de sa passion pour la magie. Il est très doué, vous savez. Il a donné des spectacles à Bletchley Hall. Des tours classiques, mais il a une telle façon de faire qu'on croit qu'ils sont nouveaux.

Melrose était toujours plongé dans ses pensées.

— Aurait-elle pu ?

— Je vous demande pardon ?

— Votre belle-sœur. Aurait-elle pu partir comme ça, délibérément ?

— Euh... (Charlie réfléchit.) Je sais que la police a envisagé une urgence, un truc qui l'aurait forcée à tout laisser tomber et à partir...

— Non, je ne parle pas de ça. Délibérément, comme « après avoir délibéré ». Imaginez un instant qu'elle ait fait ses bagages et qu'elle soit partie sans prévenir personne. Voilà la question que je vous pose : aurait-elle pu faire ça ?

Charlie secoua la tête et fit signe à Pfinn de lui renouveler sa consommation.

— Absolument hors de question. Je ne connais personne d'aussi responsable. Elle est solide, sérieuse, il n'y a pas plus fiable qu'elle. Non, ma réponse est non. Elle en est incapable. La seule raison que je voie pour qu'elle disparaisse comme ça, c'est que quelqu'un l'a appelée à l'aide. En urgence. Moi, par exemple. (Comme Melrose le regardait d'un œil interrogateur, il sourit.) Non, je ne l'ai pas appelée. Mais je suis le premier à qui Johnny a pensé... en tant qu'urgence ambulante, je veux dire.

Pfinn arriva en traînant les pieds, remplit à contrecœur les verres de Charlie et fixa les deux hommes d'un œil sévère.

— Vous comptez dîner ici, vous deux ?

— Nous deux ? (Melrose interrogea Charlie du regard.) Mr Esterhazey ? (Charlie acquiesça.) Oui, nous dînons ici, nous deux.

Pfinn émit un bruit de gorge et alla parler à la femme en tailleur marron. Il apparut qu'elle dînait elle aussi au Noyé.

— Mr Esterhazey...

— Charlie, je vous en prie. Au diable les formalités, on picole ensemble, non ? (Observant le niveau de la bière dans la chope de Melrose, il rectifia :) Je picole avec vous. (Il piocha des cacahouètes dans l'assiette devant lui, les enfourna d'un geste vif et les fit passer avec une gorgée de bière.) Aux Etats-Unis, on appelle ça des « pousse-au-crime »...

Melrose sourit. Alcoolique ou pas, Charlie était extrêmement sympathique. Sans doute parce qu'il était simple et direct.

— Chris Wells est déjà venue à votre secours, n'est-ce pas ?

— Oh, plus d'une fois. C'est pour ça que je suis sûr qu'elle a répondu à un appel à l'aide.

— Mais de quelqu'un qui n'était pas celui qu'il prétendait être, ou alors ça s'est mal passé ?

Charlie garda un instant le silence ; il mangea des cacahouètes, but quelques gorgées, puis demanda :

— Vous croyez qu'elle est morte ?

Le tremblement de sa voix disait clairement que c'était une hypothèse qu'il détestait envisager.

Melrose fut dispensé de répondre par Mr Pfinn qui vint claquer les menus sur le comptoir devant eux.

— Ça ira plus vite si vous commandez maintenant. Faut aller promener les chiens.

— Promener les chiens, nous ? s'étonna Melrose, qui regarda par-dessus son épaule les cinq quadrupèdes assis sur le seuil.

— Pas vous, bien sûr. Moi.

— Ah, parfait.

Melrose parcourut vivement le menu, ce qui était suffisant, il n'y n'avait que deux plats : tourte du berger et cabillaud à l'Angélique (un vrai mystère).

— Je prendrai le cabillaud, sans l'Angélique.

— Même chose pour moi, dit Charlie, avec un autre whisky, si ça ne vous dérange pas.

Quelle question !

— Je vous le sers dans la salle à manger, dit Pfinn en emportant le godet.

La femme en tailleur marron termina son cocktail et se leva. C'était manifestement la seule autre cliente du restaurant. Melrose et Charlie empochèrent leurs cigarettes et la suivirent dans la salle.

Melrose se dit que Johnny aurait moins à courir s'ils se regroupaient dans la même partie de la salle. Il choisit donc une table proche de celle de la femme, mais pas trop. Ils la saluèrent. Elle leur retourna leur salut d'un signe de tête. C'était une femme élégante d'une soixantaine d'années, majestueuse, qui avait dû être fort belle. Calme, posée, ce n'était pas le genre à entamer une conversation après un simple bonsoir.

Ils déplièrent leurs serviettes, les étalèrent sur leurs genoux, et Johnny sortit de la cuisine en apportant sur un plateau les salades, les petits pains, une carafe d'eau et le godet de whisky. Il plaqua sur ses lèvres un sourire hésitant et alla servir la femme, près de la fenêtre.

Il raffermit ensuite son sourire et se dirigea vers Melrose et Charlie.

— Tu as trouvé ce dont tu avais besoin à la maison ?

— Oui, merci, répondit Charlie.

— Merci à toi d'être venu. C'est vachement sympa.

— Mais non, c'est normal. Si je peux aider...

Johnny fit une moue d'assentiment, puis retourna à la cuisine.

Pendant qu'ils s'attaquaient à la salade, Melrose demanda :

— Vous disiez que sa mère l'avait abandonné. Pourquoi ?

— Parce que c'est une bonne à rien. Son père ne valait pas mieux, d'ailleurs. Comment ils ont fait pour se rencontrer, et comment un garçon comme Johnny est né de cette union, Dieu seul le sait. Cette foutue famille vous fait penser que vous vivez au Moyen Age — à la cour de Henry VIII ou d'Elizabeth, quelque chose comme ça. Intrigues, médisances, coups tordus — ah, c'étaient pas des héros. Mais il y a Chris. Comme Johnny, elle a dû éviter de tomber dans la même marmite de gènes.

— Vous connaissez les Bletchley ?

— Ceux qui vous louent le manoir ? Non, pas bien. Je suis tombé une ou deux fois sur la femme au Woodbine. Elle est jolie, on ne peut pas lui enlever ça. (Il grappilla des graines de tournesol dans sa salade avant d'ajouter :) Chris ne pouvait pas la sentir.

Intrigué, Melrose leva le nez de son assiette.

— Ah bon ? Pourquoi ?

— Son goût pour l'introspection. L'introspection des autres.

— Ah, c'est nouveau, ça !

— Ouais, sourit Charlie.

Pour la première fois, Melrose s'aperçut que Charlie avait le même esprit ingénu que Johnny Wells.

— Qu'est-ce que vous faites à Penzance, Charlie ?

— De la magie. (Voyant le regard interrogateur de Melrose, Charlie sourit.) C'est sans doute comme ça que Johnny a chopé le virus. J'ai une boutique qui s'appelle *Au rendez-vous des magiciens*. (Il sortit un paquet de cartes de sa poche.) Tenez, voilà un tour facile : je bats les cartes... (ce qu'il fit), choisissez-en une... (Melrose s'exécuta), remettez-la dans le paquet...

Charlie battit les cartes, les étala sur la table, en prit une et la montra.

Melrose secoua la tête, navré que le tour ait échoué.

— Non, c'est pas celle-là.

— Forcément, fit Charlie, ravi. Elle est sous votre verre. Le roi de trèfle.

Elle y était.

— Mince, comment avez-vous fait ?

— Ah, désolé !

Charlie ramassa les cartes et les rangea dans sa poche. Il observait Melrose d'un air rieur par-dessus son verre.

— Fascinant ! s'exclama Melrose.

— Bof ! La boutique est mon job principal. Je fais aussi du bateau. Vous savez, j'emmène les touristes qui veulent voir Penzance depuis le large. Le climat est génial, on a des millions de touristes. Je les emmène en bateau. Je suis plus à l'aise avec les bateaux qu'avec les gens.

— Vraiment ? fit Melrose en lui lançant un regard pénétrant.

32

Une rencontre décrétée par les dieux, telle était l'idée que Melrose se faisait de la rencontre de l'inspecteur Wiggins avec Bletchley Hall. Nimbée d'une aura de mort, bien que la mort fût *de facto* absente.

Tandis qu'ils roulaient vers Bletchley Hall sous un pâle soleil, Wiggins pérorait sur les « foyers pour messieurs à la retraite ».

— ... et, bien sûr, la maison de santé classique ; petite, lugubre et surpeuplée, des lits métalliques, un éclairage jaunâtre fourni par des ampoules de 40 watts, des vieux magazines...

Le véhicule de location était un modèle bas de gamme qui peinait dans la montée en pente douce comme si c'était l'Everest. Le bruit de casserole était couvert par l'inspecteur Wiggins, qui était capable de parler à n'en plus finir lorsqu'un sujet l'inspirait. (Il avait dû être souvent bâillonné par Jury lorsqu'ils travaillaient ensemble sur une affaire.)

— ... des plateaux métalliques avec des œufs brouillés, cuits à la vapeur, du jus de chaussettes, une timbale de jus de fruits, des toasts fins comme du papier à cigarettes...

— Vous n'avez jamais pensé à une carrière dans la publicité, inspecteur Wiggins ?

Wiggins ne se laissa pas démonter pour autant :

— Vous croyez avoir une chambre individuelle ? Non, faut la partager. Ah, ça ne me plairait pas du tout. On penserait qu'on aurait au moins droit à un peu d'intimité quand on est mourant ; y a gros à parier qu'on n'en aura plus du tout *après*.

Melrose se demanda quelle sorte de débat-marathon Wiggins espérait trouver dans l'au-delà. Si une maison de santé imaginaire était à même de lui fournir tant de sujets de discussion, qu'en serait-il d'un paradis imaginaire ?

— Vous êtes un maître du détail, inspecteur.

— On dit que le diable habite les détails.

Il habitait sans doute ceux que Wiggins décrivait, songea Melrose.

Après cinq minutes d'un silence inespéré, à la sortie d'un virage, ils débouchèrent sur Bletchley Hall. C'était un bâtiment réellement imposant et l'air surpris de Wiggins disait assez combien il l'appréciait. Au point d'en rester — Dieu merci — sans voix.

Ils ralentirent devant les colonnes de pierre qui flanquaient l'entrée. Plantée dans le sol comme si elle y avait poussé, une plaque de cuivre proclamait : *Bletchley Hall*. La longue allée passait entre deux murs couleur miel au-dessus desquels une végétation luxuriante dégoulinait. Derrière les murs s'étendaient des jardins d'orchidées et des lits de soucis étincelants. Dans ce climat tempéré, quelques rares palmiers semblaient prospérer.

Surpris, Wiggins en montra un du doigt.

— Des palmiers, Mr Plant ?

— Vous savez comment on appelle cette partie des Cornouailles ? La Petite Miami.

— Jamais de la vie !

— Surveillez vos arrières et attention aux pickpockets.

Ils s'arrêtèrent entre les marches en marbre et la fontaine où un poisson en bronze verdi par les ans crachait des jets d'eau au milieu de chérubins folâtrant à califourchon sur des dauphins. Même les gravillons à leurs pieds scintillaient comme des éclats de diamant. Au loin, on apercevait un cours d'eau, des orchidées et de hautes herbes.

— Dieu du ciel ! s'émerveilla Wiggins en refermant sa portière. La terre semble à la hauteur, ici.

— Bien sûr. Elle appartient à Morris Bletchley. Le malheureux vicomte et son épouse en ont été dépouillés.

Melrose actionna la sonnette. La porte s'ouvrit ; pendant la journée, son rôle était peut-être de suggérer la liberté de passage ou l'entrée d'un hôtel quatre étoiles. La surveillante vint aussitôt. Dans sa robe grise parsemée de roses minuscules, elle ressemblait à un couvre-théière. Plant ne connaissait toujours pas son nom, mais comme elle semblait aimer qu'on l'appelle « Chef », c'est ainsi qu'il la présenta à Wiggins.

L'inspecteur tendit sa carte et le nom parut se geler dans sa bouche lorsqu'elle articula « New Scotland Yard ». Elle les fit entrer d'un geste nerveux.

— Que puis-je pour vous ? demanda-t-elle en tripotant sa ceinture.

— J'aimerais dire un mot à Mr Bletchley, si vous voulez bien aller le chercher ?

L'infirmière-chef acquiesça et s'éloigna d'un pas pesant, comme si elle fendait une eau profonde et que des dauphins, peut-être, et des chérubins, pourquoi pas, entravaient sa progression.

Melrose avait décelé une bouffée d'il ne savait quoi dans son eau de toilette. Un relent de gin dans son *Heure bleue*, peut-être. Il n'aurait pas été surpris plus d'une seconde si Moe Bletchley avait imposé une pause cocktail entre les dominos et le dîner. Pourquoi pas, d'ailleurs ? Quand on est aux portes de la mort, quelle importance si on les franchit à moitié pompette ? Melrose regarda la chef s'éloigner sur le fabuleux tapis Kirman qui menait à la longue galerie, à la salle à manger et aux autres pièces communes.

Wiggins admirait le salon où ils attendaient, ses brocarts et ses velours bleus, ses rideaux et sa moquette bleu foncé, le lustre qui, frappé par le soleil, arrosait le tapis de confettis de lumière.

Deux vieilles femmes, assises dans des bergères à oreilles, semblaient avoir été victimes d'un envoûtement qui leur interdisait de parler et de bouger. Elles étaient comme... pétrifiées.

— Je vous demande pardon, messieurs.

La voix qui rampait derrière eux les fit se retourner. C'était celle d'un homme d'âge indéterminé, costume sombre et mise soignée, le parfait croque-mort.

— Je suis le docteur Jaynes. Que voulez-vous ?

— Voir Mr Bletchley.

Wiggins présenta sa carte au médecin.

— Vous êtes de Scotland Yard ?

— Lui, oui, dit Melrose en désignant Wiggins. Moi, je suis du Northamptonshire.

Le docteur Jaynes parut dérouté. Il demanda à Wiggins :

— Vous êtes ici dans l'exercice de vos fonctions ?

S'il est aussi difficile de convaincre les médecins de la véracité de ce qui est inscrit sur une carte officielle, songea Melrose, comment peut-on espérer les convaincre qu'on n'est pas encore mort ?

— Non, docteur, dit Wiggins. J'aimerais seulement parler à Mr Bletchley, comme je l'ai déjà dit à votre surveillante.

Le médecin ne parut pas convaincu pour autant. La vie à Bletchley devait obéir à un rituel plus que minutieux, si la visite de deux étrangers créait une telle agitation.

Le docteur Jaynes semblait perdu, pour le coup.

— Malheureusement, dit-il, Mr Bletchley est trop pris pour recevoir sans rendez-vous.

Melrose soupira. Comment avait-il pu échapper à la charmante compagnie du docteur Jaynes lors de sa première visite ? Il déclara au médecin qu'il avait déjà parlé à Morris Bletchley.

— Ah, je vois, fit le médecin, que l'indécision clouait sur place. Je vais de ce pas en toucher deux mots à Mr...

Il aurait mieux fait de garder son souffle pour refroidir sa soupe, car Morris Bletchley déboula à toute allure dans son fauteuil roulant, fonça droit sur eux et freina d'un coup sec. Melrose crut même voir des étincelles.

— Je vais recevoir ces messieurs, docteur Jaynes. N'avez-vous pas des patients à voir ?

Le docteur Jaynes adressa un sourire lugubre à Moe Bletchley, et s'éloigna.

— Qu'est-ce qui ne va pas ? demanda Moe en triturant le levier de son fauteuil roulant. Non, pas vous... c'est mes freins ! J'ai failli renverser Mrs Fry, là-bas. (Il gloussa.) Vous croyez qu'on essaie de me liquider ?

— Je ne crois pas qu'on utiliserait un fauteuil roulant, monsieur, déclara Wiggins, très professionnel, ça ne serait pas efficace.

Cette sorte d'évidence pompeuse amusa beaucoup Morris Bletchley.

— Vous êtes... ? (Il lut la carte que la surveillante lui avait remise.) Mr Wiggins, de Scotland Yard, c'est ça ?

— Oui, monsieur. Inspecteur Wiggins.

Melrose savait que le ton légèrement condescendant de Wiggins s'effacerait lorsqu'il aurait humé le parfum particulier de Bletchley Hall.

— Eh bien, inspecteur, je vous avoue que je n'en sais pas plus sur cette Wells que lorsque votre troupe a débarqué ici. (Il se pencha vers Plant.) Chris Wells nous aide de temps en temps, et elle est très efficace, je peux vous le dire. Elle emmène nos hôtes voir leurs familles, elle les conduit à l'hôpital, des trucs comme ça. J'ai donc des contacts avec elle, mais je ne connais ni sa famille ni ses amis. Venez, passons au grand salon... elles ne s'en offusqueront pas, ajouta-t-il en désignant les deux vieilles femmes.

Qui n'avaient pas bougé d'un pouce, remarqua Melrose. La lumière vacilla ; en défilant, les ombres créaient une atmosphère sous-marine plus fascinante que celle du Noyé. Melrose, qui la trouvait lénifiante, ne fut pas surpris que les deux vieilles se soient endormies. Il avait lui-même du mal à garder les yeux ouverts.

— Allons dans le solarium, proposa Moe. J'ai besoin d'une cigarette et on ne peut pas fumer ici. C'est mauvais pour nos patients atteints d'emphysème.

— Pour vous aussi, déclara Wiggins, sentencieux.

Moe se leva de son fauteuil et l'envoya valser dans le hall.

— J'ai besoin de me détendre les jambes. Suivez-moi.

Ils s'assirent à la même table que la première fois.

Les deux vieux joueurs d'échecs étaient absents mais, à l'autre bout de la pièce, une vieille femme jouait avec une machine à sous, le visage si près de l'appareil qu'elle aurait pu le lécher.

— Vos patients sont tous en bonne santé ? s'informa Wiggins.

— Non. Pourquoi ? Est-on en bonne santé quand on est mourant ?

— C'est pas ça, mais l'institution doit revenir cher.

— Juste. Mais j'ai les moyens. S'ils étaient riches, pourquoi ne s'offriraient-ils pas ce dont ils ont besoin ? Une maison de santé en Arizona ou dans le sud de la France, avec une surveillance médicale vingt-quatre heures sur vingt-quatre, un matériel moderne...

Il alluma sa cigarette en grognant, puis, se souvenant que Melrose fumait aussi, il s'excusa et lui offrit son paquet froissé.

Melrose repoussa le paquet ; il ne voulait pas fumer sous le regard réprobateur de Wiggins. Il avait hâte de revenir à la question du meurtre et de la disparition au lieu de s'attarder sur l'emphysème et autres pathologies.

— Mais, le sud de la France, dit-il, ce n'est pas vraiment ce qu'ils veulent, ni ce qui leur faut, n'est-ce pas ?

La question parut dérouter Moe et Wiggins.

— Je ne suis pas sûr de vous suivre, déclara l'inspecteur.

— Si vous êtes mourant, vous n'avez pas envie de rester seul. Si vous n'avez pas de famille, ou même une famille indifférente, et peu d'amis, il y a des chances qu'on vous envoie dans un hôpital sinistre et aseptisé. Ce n'est pas une perspective très réjouissante, n'est-ce pas ?

— Sûrement pas, acquiesça Moe Bletchley.

Comme l'hôpital était l'endroit où Wiggins aurait rêvé de s'installer, il ignora la question et sortit de sa poche la photo de la morte que Macalvie lui avait remise.

— Elle s'appelle Sada Colthorp, dit-il. La connaissez-vous ?

Moe approcha la photo de ses yeux, puis la tint à bout de bras. Il essaya plusieurs angles, comme si en la bougeant il espérait obtenir des informations sur la femme.

— Vous n'avez pas d'autres photos d'elle ? finit-il par demander.

Wiggins exhiba un gros plan du visage pris à la morgue.

Bletchley mit les deux clichés côte à côte.

— J'ai l'impression de la connaître. Comment avez-vous dit qu'elle s'appelait ?

— Sada Colthorp. Vous l'avez peut-être connue sous son nom de jeune fille, Sadie May.

— Non. Ça ne me dit rien.

— Enfant, elle vivait à la crique de Lamorna.

Moe secoua la tête.

— Ça ne me dit toujours rien.

Au même moment, le fauteuil roulant de Moe Bletchley fit irruption dans le solarium, occupé par un jeune homme brun d'une trentaine d'années. Il tenait une grande boîte en carton sur ses genoux.

— Livraison Woodbine ! annonça-t-il.

Il ouvrit le carton qui contenait des doughnuts et différentes pâtisseries. Un compte rapide apprit à Melrose qu'il y avait au moins vingt gâteaux et une douzaine de doughnuts.

— Qu'est-ce que tu fiches dans mon fauteuil roulant, Tom ? Combien de fois faudra-t-il te dire... ? (Moe glissa un œil dans le carton, plus intéressé par l'éclair qu'il y piocha que par l'occupant de son fauteuil roulant.) Vache, c'est délicieux !

— C'est Brenda qui les a apportés. Vous saviez qu'elle avait habité à Fulham ? Juste à côté de Putney.

— Première nouvelle. Je vous présente Tom...

Il fut interrompu par le bruit d'une avalanche de pièces provenant des machines à sous. La vieille femme faisait des sauts de cabri, mais un cabri perclus de rhumatismes.

Moe Bletchley regarda dans sa direction.

— Cette foutue machine donne encore le jackpot ? Faudra que je la fasse réparer.

Il esquissa un sourire complice, puis reprit ses présentations :

— Tom Letts.

Tom Letts était d'une beauté fragile. Il avait la peau pâle, comme celle de Johnny. Mais, contrairement à Johnny, elle portait la marque terrible du sarcome de Kaposi.

Le sida ! Melrose n'avait pas imaginé trouver cette maladie ici, à Bletchley Hall.

Tom assura qu'il était enchanté de faire leur connaissance, puis il jeta un regard autour de lui comme si l'un d'eux — il ne savait lequel — avait dit quelque chose qu'il espérait entendre depuis longtemps. Il avait le plus charmant sourire ingénu que Melrose ait jamais vu et il lui rappela de nouveau Johnny Wells. Ils auraient pu être frères.

— Vous êtes ici pour le meurtre à Lamorna ? demanda-t-il à Wiggins.

Melrose s'émerveilla de la réaction de l'inspecteur qui, confronté à la maladie de Tom, acquiesça en souriant au lieu de prendre ses jambes à son cou. Wiggins, qui prétendait que chaque printemps les plantes testaient leur pollen sur lui, ce même Wiggins pouvait rester sans sourciller en compagnie d'une victime du sida.

— Cette femme, dit-il en montrant la photo à Tom.

Melrose était persuadé que Wiggins ne s'attendait pas à ce qu'il la reconnaisse. C'était, semblait-il, uniquement pour ne pas l'exclure de la conversation.

Les deux joueurs d'échecs venaient d'entrer ; ils s'installèrent à leur place habituelle devant un échiquier. Repérant la boîte en carton du Woodbine, ils s'approchèrent.

Moe se pencha vers Melrose et Wiggins et souffla :

— Faut être indulgents avec eux, leur mémoire est complètement détraquée.

Des mémoires détraquées ne représentaient pas un obstacle pour l'inspecteur Wiggins.

— Voici les frères Hooper, annonça Moe Bletchley. Et la femme qui approche, c'est Miss Livingston. Ne vous inquiétez pas, elle va y arriver.

Appuyée sur sa canne, traînant un vieux filet à provisions rempli de pièces de monnaie, Miss Livingston se fraya lentement un chemin vers eux avec une détermination farouche.

Les deux joueurs d'échecs ne perdirent pas de temps en présentation ; ils se ruèrent sur les pâtisseries. Leurs mains décharnées hésitèrent au-dessus des gâteaux.

— Je vais prendre comme d'habitude un... un... un...

— Doughnut, dit Moe, presque machinalement, comme s'il avait l'habitude de terminer les phrases des Hooper.

— C'est ça !

La main de Hooper s'abattit et piocha un doughnut glacé au chocolat.

— Moi aussi ! s'exclama son frère. Je vais prendre

un... (Il regarda ce que son frère avait choisi.) Je vais prendre un... un... un...

Miss Livingston touchait enfin au but.

— Un doughnut, crétin ! hurla-t-elle. Ote tes sales pattes de là ! (Elle les sépara comme Moïse la mer Rouge.) Je veux un de ces machins à la crème. (Elle farfouilla dans le carton.) Bonjour, joli cœur ! lança-t-elle à Melrose.

Il la gratifia d'un sourire enjôleur, se leva et tira une chaise pour l'inviter à s'asseoir. Avec son nez crochu, ses petits yeux fureteurs et ses doigts aussi durs que des pinces, cette Miss Livingston à cheveux gris lui rappelait un oiseau de proie.

Voyant le geste de Melrose, un des Hooper alla chercher une chaise et la traîna près du groupe. Son frère l'imita, et bientôt les sept gourmands étaient réunis autour de la table, les nouveaux arrivés regardant les anciens avec des yeux de hibou.

— Vous vouliez nous voir, colonel ? fit l'un des Hooper.

— Oui, je crois que le cryptogramme a été déchiffré, dit Moe en lorgnant sur un gâteau à la crème.

Les deux frères se regardèrent.

— C'est vrai ? fit l'un.

— Vous feriez mieux de passer au plan A avant qu'ils ne débarquent.

Les Hooper se levèrent d'un coup, renversant une chaise. L'un d'eux la ramassa, la remit d'aplomb avec un craquement de tonnerre et suivit son frère jusqu'à l'échiquier en lui demandant en quoi consistait le plan A. Le frère secoua la tête d'un air indécis. Il ne s'en souvenait plus.

— Quel cryptogramme ? s'étonna Melrose.

— J'en sais foutre rien, dit Moe en haussant les

épaules. Ils divaguent toujours à propos de codes secrets, ils se prennent pour des espions. Oh, ça ne tire pas à conséquence, ils auront oublié avant de regagner leur place.

— C'est quand même la seule chose dont ils se souviennent à peu près, remarqua Tom, qui s'esclaffa.

— Amnésie rétrograde, expliqua Moe. Incapacité à se rappeler une chose que vous avez entendue deux minutes plus tôt. Ils sont tous deux atteints d'Alzheimer, mais le toubib ne sait pas si c'est à cause de ça. Ça ne m'étonne pas.

Se moquant comme d'une guigne de l'état de santé des Hooper, Miss Livingston agrippa le bras de Melrose de ses petits doigts d'acier.

— Venez donc avec moi faire un tour dans le jardin. Je connais des coins où personne ne va jamais. On ne nous trouvera pas. D'ailleurs... (elle montra son filet à provisions du menton et secoua les pièces), je suis riche.

Melrose, que cette invitation ne tentait pas le moins du monde, gratifia néanmoins la petite vieille de son plus beau sourire tout en dégageant vivement son bras.

Sans doute habitué aux caprices de Miss Livingston, Moe Bletchley l'ignora.

— Tom était mon chauffeur à Londres, déclara-t-il. C'est un as du volant ; combien de fois j'ai rêvé de braquer une banque ou une bijouterie, juste pour le plaisir de m'enfuir avec lui dans une course trépidante !

Il y avait tellement d'affection dans sa voix que Melrose comprit comment un malade du sida avait pu atterrir à Bletchley Hall.

— Depuis combien de temps êtes-vous ici, monsieur ? demanda Wiggins à Tom sans — Melrose le remarqua — le moindre mouvement de recul.

— Six mois. Quand j'ai commencé à aller vraiment mal.

Il montra son visage tout en réussissant à sourire. Après tout, il avait eu de la chance d'être admis à Bletchley ; un privilège qui n'était pas donné à tout le monde.

— Combien de patients avez-vous ? demanda Wiggins en se tournant vers Moe.

— Douze. C'est la capacité de la maison. Il y a douze chambres, à part les quatre pour la surveillante, une infirmière à plein temps, Jaynes, et moi. Le reste du personnel n'habite pas sur place. Il y a des médecins, bien sûr. L'un d'eux vit à St Buryan, un autre à Penzance.

Moe proposa à Wiggins de faire le tour du propriétaire, ce que l'inspecteur accepta avec empressement.

Melrose s'excusa, écrasa sa cigarette et retourna à l'intérieur.

33

Melrose traversa la voluptueuse salle à manger verte. Oh, ces cristaux ! Oh, cette argenterie ! L'idée que la table était mise au cas où un hôte réussirait à descendre pour dîner lui plut. Une table bien dressée offrait peut-être davantage d'espoir de rémission que l'administration d'un nouveau médicament.

Il s'arrêta devant une des tables pour examiner la disposition des orchidées et des cyclamens mauves, effleura le fin cristal d'un verre, si délicat que le souffleur l'avait sans doute façonné d'un simple soupir. Il soupesa un couteau aussi lourd qu'un coffre, aussi pesant que la mémoire.

C'était exactement ce qu'il ressentait : la mémoire est pesante. C'était peut-être ce qui avait détraqué celle des frères Hooper : ils avaient tellement à se rappeler qu'ils avaient décidé qu'il valait mieux tout oublier. Melrose poursuivit sa visite.

Il y avait un autre salon en face du salon bleu, encore occupé par les deux vieilles dames qui n'avaient pas bougé d'un pouce. Melrose devait-il appeler à l'aide ? Non, car le souffle de l'une souleva son jabot de dentelle. Elle respirait ! Ce qui signifiait que l'autre était tout aussi vivante.

Le salon dans lequel il pénétra était quelque peu plus étroit que la pièce bleue, plus long aussi, et tapissé de rouge vieux bordeaux. Sombre et profond — si l'on pouvait dire —, comme s'il avait macéré dans le vin. A Bletchley Hall, remarqua Melrose, les couleurs étaient exceptionnellement soutenues — rien à voir avec les blancs fades, les écrus ou les pastels, c'étaient des couleurs qui semblaient exiger que l'on s'accroche.

Orientée au nord, la pièce rouge ne recevait pas de lumière naturelle ; elle avait besoin de l'éclairage des lampes et de la lueur des bûches qui brûlaient dans la cheminée. A cause de ce jeu d'ombres et de lumière, Melrose n'avait pas repéré Tom, assis près du feu. Les yeux clos, ou mi-clos, ce dernier n'avait pas vu Melrose arriver.

Ne voulant pas le réveiller, Melrose battit en retraite. Il allait sortir lorsque Tom le rappela :

— Entrez donc !

Il était toujours dans le fauteuil roulant de Moe Bletchley. Melrose alla s'asseoir dans la bergère en face de lui.

Tom tenait un verre de porto à la main.

— Vous en voulez ? demanda-t-il en le levant.

— Volontiers. Montrez-moi juste où c'est.

— Là-bas.

Tom indiqua une table à côté d'une fenêtre tapissée d'une mer de rideaux rouges. Melrose trouva le porto au milieu d'un assortiment de carafes — du cristal taillé, sans doute des Waterford, mélange unique de bleu et de gris. La table regorgeait de whisky, de gin, de vodka, les meilleurs et les plus chers.

— Stupéfiant ! fit-il en revenant s'asseoir avec son verre de porto.

Un Lalique, songea-t-il en se rappelant les leçons de Marshall Trueblood.

Le verre avait la forme d'une tulipe en train d'éclore.

— Ce qui est encore plus stupéfiant, c'est que nous n'en abusons pas. Peut-être qu'en étant à portée de main, l'alcool perd de son pouvoir d'attraction. On pourrait croire qu'on serait portés à boire, non ?

— Sans doute, concéda Melrose. Dites-moi, pourquoi aimez-vous tant ce fauteuil roulant ?

Tom sourit.

— Ça m'amuse, c'est le pied, et ça fait enrager Moe. Vous habitez à Seabourne, il me semble ?

— En effet. Du moins pour un certain temps.

— Le manoir est hanté.

Melrose éclata de rire.

— Vous n'êtes pas le premier à me le dire.

— Je vous assure.

— Allons, Tom ! A vrai dire, l'endroit me fait penser à... euh, un décor de film. On s'attend à tout moment à voir des fantômes se matérialiser en haut de l'escalier. J'en déduis que vous l'avez visité ?

— J'y ai dormi.

— Vous connaissez Morris Bletchley depuis longtemps ?

— Il l'a dit, j'étais son chauffeur. A Londres, surtout. Il avait une maison à Putney, il l'a peut-être toujours, même s'il reste le plus souvent ici. (Il se retourna pour regarder par la fenêtre et sourit comme si ce souvenir le rendait heureux.) C'est tout lui, habiter à Putney plutôt qu'à Belgravia ou dans une riche villa du centre-ville. C'était pas bien grand, sa maison de Putney. Il n'y avait que moi, une cuisinière qui venait tous les jours, et une fille au pair pour les enfants. Ils nous rendaient souvent visite. Ils adoraient leur grand-père.

— Noah et Esmé ?

— Oui, de braves gosses. Je les promenais, je les conduisais au zoo, au cinéma, et bien sûr, ajouta-t-il avec un large sourire, au Chick'n King.

— On m'a dit qu'ils s'étaient noyés ; étrange accident, n'est-ce pas ?

— Ah, pour être étrange, c'est étrange. (Un silence, puis il proposa :) Encore un peu de porto ?

— Avec joie.

Ce n'était peut-être pas uniquement par plaisir que Tom aimait le fauteuil roulant. Il se leva lentement et avec difficulté. La douleur n'avait pas paru le gêner dans le solarium, à moins que Melrose n'ait rien remarqué.

— Mr Bletchley était à Londres, dans sa maison de Putney, dit-il après avoir rempli les deux verres et rebouché la carafe. Quand il a reçu le coup de fil, il est entré dans ma chambre pour me demander de faire chauffer le moteur car il voulait que je le conduise à l'aéroport. (Tom revint près de la cheminée et tendit le verre de porto à Melrose.) Je peux vous le dire, je n'avais jamais vu Mr Bletchley dans un état pareil ; il était anéanti, on aurait dit que c'était lui qui s'était noyé. Je l'ai conduit à l'aéroport où il avait un Jet Lear qu'il n'utilisait presque jamais, sauf quand il voulait aller en Ecosse, à Paris, ou je ne sais où. C'était surtout ses cadres et ses employés qui s'en servaient. Un jour, le père d'une fille qui travaillait à la branche de Watney a eu une crise cardiaque ; Mr Bletchley l'a conduite à l'aéroport et elle était à Edimbourg en moins d'une heure. Il n'aime pas l'avion ; il n'aime pas l'ostentation ; c'est un homme simple.

— Là, dit Melrose, hilare, je ne suis pas d'accord. Il est bien trop compliqué pour être simple. J'admets pourtant qu'il s'efforce de l'être.

Tom fit tourner le verre tulipe entre ses doigts.

— Bon, peut-être pas simple, mais généreux. Après plusieurs années de ça (Tom promena sa main sur son corps), quand je suis devenu trop malade pour faire quoi que ce soit, il m'a amené ici. La plupart de ceux qui vivent au Hall sont des gens qu'il connaissait avant. Les Hooper tenaient une librairie, dans South Kensington, où il allait souvent. Miss Livingston a été l'institutrice de son fils.

Craignant d'avoir éloigné Tom du sujet, Melrose le remit sur la voie :

— Et la nuit où vous l'avez conduit à l'aéroport, que s'est-il passé ensuite ?

— Evidemment, quand il est arrivé au manoir, tout était terminé ; la police était arrivée, l'ambulance avait emporté les corps. L'inspecteur chargé de l'affaire l'a longuement interrogé. Après, ils sont tous partis.

« Mr Bletchley m'a dit qu'il avait l'impression d'être sur un champ de bataille dévasté. Sa bru était arrivée la première — enfin, après Mrs Hayter, la cuisinière, bien sûr. Daniel, son fils, les a rejoints plus tard ; on avait eu du mal à le contacter, il est donc arrivé longtemps après sa femme. Mr Bletchley a été obligé de s'en remettre à sa belle-fille pour avoir des informations. Elle s'appelle Karen. Et ça, ça l'a réellement fait enrager.

— Pourquoi ?

— Pourquoi ? Parce qu'il ne l'aime pas. Il dit qu'elle a épousé Daniel pour l'argent. Un grand classique. Il était en colère après les parents parce qu'ils n'étaient pas là lorsque les enfants sont sortis. J'imagine que Mrs Hayter a eu droit à une bonne engueulade, elle aussi. (Tom soupira.) Après la mort de Noah et d'Esmé, c'était trop dur pour lui de rester à Seabourne. En même temps, il ne supportait pas de quitter le village. C'est pour ça qu'il a acheté ce château. Il ne savait pas encore quoi en faire, et puis il a eu l'idée de l'hospice — en acceptant uniquement les malades catalogués comme incurables. C'est bizarre d'avoir fait ça, non ?

— Pas si on veut avoir l'illusion de maîtriser la mort.

Melrose avait déjà fait une réflexion analogue à Karen Bletchley.

Tom approcha son fauteuil roulant de la bergère de Melrose. Il se pencha vers lui comme pour lui dire des choses importantes qu'il ne voulait pas que des oreilles indiscrètes entendent.

— C'est marrant que vous disiez ça parce que tous les malades ne partent pas les pieds devant. Certains voient leur état s'améliorer. Ça n'est pas arrivé si souvent, mais plusieurs fois quand même. Un cancer de l'œsophage, on ne s'en remet pas, en général. Mais une femme qui en était atteinte a eu une rémission et nous donne encore de ses nouvelles. Il y a aussi Linus Vetch, qui aurait dû être mort depuis un an. Il est toujours ici. Il y en a eu d'autres — on est tous incurables, faut dire... quel mot atroce. Alors quand des choses comme ça arrivent, ça ressemble à un putain de miracle. Oh, je ne parle pas de faux espoir. Dans mon cas, ça serait réellement un miracle.

« Je ne crois pas que le réconfort qu'on trouve ici vienne du fait qu'on n'y meurt pas dans la solitude. C'est plutôt que si on doit mourir, autant le faire dans un endroit comme ici ou sur un champ de bataille, où la mort est une réalité et non un fantasme. A part des endroits comme celui-là, et hors des guerres et des champs de bataille, la mort reste un fantasme. Les gens n'y croient pas réellement ; ils passent leur temps à la dénier.

— *La Mort d'Ivan Ilitch*, dit Melrose.

— Je ne vous suis pas.

— C'est un roman de Tolstoï. Ivan Ilitch est malade depuis longtemps ; il sait qu'il va mourir. Mais les médecins, sa femme et ses enfants s'efforcent de le nier.

— Comme dans la vie, approuva Tom. C'est l'expérience la plus terrible qu'on puisse faire, on veut partager ce qu'on ressent, on veut que les autres comprennent. Mais ils refusent. « Oh, ne dis pas de bêtises, ne sois pas morbide ! » Ou bien : « Tu verras, tu seras sur pied avant de t'en rendre compte... » (Tom fit une courte pause.) Ici, beaucoup de malades ont fini leurs jours d'une manière qu'ils n'auraient jamais osé rêver. De temps en temps, des enfants ou des parents viennent leur rendre visite. Pas souvent. Pas les miens.

Ils burent leur porto en silence. Melrose se taisait, de peur de dire des banalités.

— Sauf ma sœur, reprit Tom. Elle s'appelle Honey, elle n'a que seize ans et elle a eu son permis de conduire il y a trois mois — son permis de tuer, comme elle dit. La première fois qu'elle a pris la voiture, c'était pour venir me voir. Ça fait un sacré bout de chemin. J'avais cru que Papa lui aurait interdit de venir, mais je me suis trompé. En fait, je pense que Papa et Maman sont secrètement contents qu'elle ait le cran de venir. Et elle me permet de ne pas les détester tout à fait. Elle m'apprend à les accepter comme ils sont. Ils ne connaissent pas d'autre façon d'être. Honey n'a que seize ans, mais elle a déjà compris ça. Nous faisons ce que nous faisons parce que nous ne savons pas faire autrement.

« Elle m'emmène en promenade. Mr Bletchley nous accompagne parfois. Et de temps en temps, nous allons à Seabourne. Vous savez ce qu'on fait ? On cherche des explications. (Tom sourit.) Mr Bletchley dit qu'on finira par trouver et que si on ne trouve pas, un autre s'en chargera. (En regardant Melrose, il conclut :) Vous êtes peut-être celui-là.

34

Adepte de l'induction, mais incapable de mettre deux morceaux de ficelle bout à bout, l'inspecteur Wiggins ne souscrivait pas à la maxime de T.S. Eliot à propos de la rose et de la machine à écrire : si on pense aux deux en même temps, c'est qu'on a peut-être l'âme d'un poète. Les contraires ne le troublaient pas, ni les opposés, les inverses ou les contre-pieds. Chez Eliot, la rose et la machine à écrire donnaient naissance à un troisième emblème, qui les incluait. Mais l'esprit de Wiggins était stérile ; la rose et la machine à écrire restaient des éléments, distincts de surcroît. Ils ne produisaient une corrélation que si un Jury ou un Macalvie ou (Melrose s'en accorda le crédit) un Plant en décidaient ainsi. Jury contemplait la rose et la machine à écrire et s'émerveillait. Macalvie et Jury étaient des intuitifs.

Mais Macalvie (qu'ils devaient rejoindre à Lamorna, où les menait une étroite route côtière sur laquelle ils fonçaient pour l'heure à tombeau ouvert) voulait aussi tout connaître, chaque pétale, chaque brin d'herbe piétiné, la longueur exacte du moindre bout de ficelle ; il était connu pour son souci du détail. Ce n'était pas facile de travailler avec Macalvie si on croyait (un travers largement répandu) que les détails sont d'autant moins importants qu'ils sont ténus, et qu'ils s'oublient d'autant plus vite.

Wiggins ne croyait pas à l'oubli. Pour lui, tout était mémorable. Son esprit fonctionnait par accumulations, comme un report sur quatre courses ; on laisse sa mise sur le tapis et, pendant les trois courses suivantes, les gains s'accumulent. Ou non.

Pour l'instant, Wiggins informait Melrose (qui tenait le volant) que le sarcome de Kaposi n'était pas une forme de cancer, comme on l'avait supposé.

— C'est provoqué par un virus de l'herpès, le HHV8. Bien sûr, ajouta-t-il, compatissant, ça ne change rien pour le pauvre Tom Letts.

Melrose s'émerveillait : Wiggins, qui se disait en danger chaque fois qu'il traversait un champ de pissenlits, pouvait néanmoins serrer la main de Tom, s'asseoir à côté de lui, respirer le même air, sans la moindre émotion.

Wiggins continua son rapport en décrivant en détail l'état de santé de chaque patient de Bletchley Hall. Il les avait tous rencontrés, leur avait parlé, les avait écoutés ; l'écoute, c'était son plus grand talent, même s'il ne savait pas ce qu'il devait retenir (ça, c'était le travail de Jury, ou celui de Macalvie).

Il y avait Mr Clancy, avec une forme de cancer inopérable ; Mrs Noonan, admise à Bletchley après l'échec d'une transplantation de moelle épinière (« Supporter ça ! Il n'y a pas d'opération plus douloureuse ! ») ; Miss Timons-Browne, qui était professeur de piano avant que son arthrite déformante ne la flanque au chômage ; Mr Bleaney...

— On dirait un poème de Philip Larkin [1], intervint

1. (1922-1985) Poète, romancier, essayiste. Auteur, notamment, de *The Whitsun Weddings* et *High Windows*. Critique de jazz pour le *Daily Telegraph* de 1961 à 1971. *(N.d.T.)*

Melrose, pour montrer qu'il s'intéressait aux malheurs de ces pauvres patients. « C'était la chambre de Mr Bleaney ; il l'occupa tout le temps qu'il resta au Bodies, jusqu'à ce qu'on le change de chambre », récita-t-il.

— Ça se peut, Mr Plant, mais je ne crois pas que votre Mr Bleaney souffrait d'un cancer du pancréas...

— C'est le Mr Bleaney de Philip Larkin, pas le mien, et il a souffert autant qu'un autre... enfin, continuez.

Melrose essaya de se concentrer sur les vagues (au loin) qui se fracassaient sur les rochers (en contrebas), et se dit que le voyage aurait été agréable sans les nids-de-poule qui parsemaient la route, et sans la réincarnation d'Hippocrate qui le bassinait avec les moindres détails de chaque maladie et, pour faire bonne mesure, avec un tableau complet des parents ingrats.

— La pauvre Mrs Atkins, celle qui a subi trois attaques et qui continue à s'accrocher comme c'est pas permis ; croyez-vous que sa belle-fille viendrait la voir avec ses petits-enfants...

Et cætera, songea Melrose. Wiggins avait-il terminé ? Avait-il bouclé la liste des douze patients ? En retirant les trois qu'ils avaient rencontrés dans le solarium — non, quatre, avec Tom — il en restait huit ; en retirant Bleaney, Timons-Browne, Clancy, Noonan, Atkins et Fry, il en restait encore deux.

La longue lutte des Hooper contre l'Alzheimer les conduisit jusqu'à Lamorna ; Melrose se gara devant le Pirate dans un nuage de poussière.

— Plutôt décati, non ? fit Wiggins en claquant sa portière.

Il avait dit cela avec toute l'arrogance qu'on attendait d'un Londonien — lui qui, d'habitude, n'avait pas une once de snobisme. Mais d'habitude, il était avec Richard Jury, l'homme le moins arrogant qu'il ait été donné à Melrose de rencontrer. Ah, si Jury était là !

Bien que complètement différent de son pub de Long Piddleton dans sa forme et son installation, le Pirate rappela à Melrose le Jack and Hammer. A cause des habitués assis à une table ronde, trois hommes et deux femmes, les mêmes qu'il avait vus trois soirs plus tôt, il caressa l'idée qu'ils étaient des doublures, style Dorian Gray, des habitués — Melrose étant l'habitué numéro un — du Jack and Hammer. Le vieux avec sa cigarette et son visage impassible était la réplique parfaite de Marshall Trueblood ; la femme avec le long visage triste et le pull rouille, Vivian Rivington tout craché ; l'autre femme, boulotte et trapue, des mèches de cheveux gris retombant en désordre sur son front — non, ce n'était pas le moi profond d'Agatha, plutôt son incarnation physique.

Tandis qu'il attendait au bar avec Wiggins, il s'amusa à évoquer les fantômes du Jack and Hammer ; il n'ignorait pas que les clients présents se réjouissaient d'avoir des nouvelles croustillantes à se mettre sous la dent. Un meurtre ! Ils n'auraient plus besoin de prétendre que Lamorna était un village qui faisait l'admiration des touristes. C'en était un pour de bon, désormais ! La pipe en terre, le bandeau noir sur l'œil, la jambe de bois, l'œil chassieux, la lanterne à pétrole — c'était maintenant des caractéristiques avec lesquelles il fallait compter.

— Je ne sais pas quoi prendre, avoua Wiggins d'un ton plat qui arracha Melrose à sa rêverie sur les pirates et l'auberge de la Jamaïque.

— Comment ça ? C'est un pub, bon Dieu. Prenez

votre consommation habituelle : corne de crapaud, œil de grenouille, je ne sais pas. Tenez, prenez une bière.

Wiggins le regarda d'un œil noir. *La bière* n'était pas la position de repli de Wiggins en cas d'urgence.

— Une limonade, peut-être, soupira-t-il.

Et il sortit un petit flacon tubulaire.

Du bromure ! Un des remèdes de base de Wiggins. Melrose se demanda combien il en avait consommé depuis son séjour à Baltimore. Pour Wiggins, Baltimore était la ville où on fabriquait le Bromo Seltzer. Il y avait pris des photos de la firme avec son logo.

— Enfin ! lança une voix derrière leur dos.

C'était, bien sûr, Brian Macalvie, pour qui personne n'arrivait jamais trop tôt. Il était toujours pressé, raison pour laquelle il ne quittait jamais son manteau. Il donna une bourrade enthousiaste à Wiggins qu'il avait rencontré une fois au commissariat de Camborne.

Le « Enfin ! » avait été adressé, apparemment, à Melrose Plant qui — Melrose aurait aimé oser le lui rappeler — n'était pas un salarié de la police du Devon et de Cornouailles ni de Scotland Yard.

Macalvie regarda les robinets à bière et déclara :

— Je ne sais pas quoi prendre.

— C'est la décision la plus grave que vous ayez à prendre, tous les deux ? railla Melrose. Prenez la même chose que moi. (Il jeta des pièces sur le comptoir.) Ou la même chose que lui. Un je-ne-sais-quoi, avec du Bromo Seltzer.

Macalvie commanda une Guinness et, lorsqu'il fut servi, les trois hommes allèrent s'asseoir à la table que Melrose et le commissaire avaient occupée quelques jours plus tôt.

— Avec mes gars et ceux de la police locale, nous avons interrogé tous les clients de ce pub, dit Macalvie en désignant l'assemblée, et nous n'avons trouvé que dalle, à part quelques types qui se souvenaient de Sadie May mais n'ont rien pu nous dire sur elle. (Il hocha la tête avec tristesse.) Je ne crois pas aux coïncidences. Deux gamins meurent dans des circonstances étranges, une femme disparaît, une autre est assassinée ; la mère des deux gamins revient au bout de quatre ans... (Il hocha de nouveau la tête, alluma une cigarette et reprit :) Daniel Bletchley...

Sa voix se perdit dans la fumée de sa cigarette.

— Il ne vous a jamais dit le nom de la femme ? demanda Wiggins.

— *Niet*, fit Macalvie.

Wiggins parut réfléchir.

— Daniel Bletchley aurait pu partir et revenir, mais la cuisinière ? Ne craignait-il pas qu'elle le voie ?

— Non, il n'avait aucune raison d'avoir peur, dit Melrose. Il était chez lui, après tout. Mais je ne sais pas, l'idée me paraît tellement répugnante. Je n'arrive pas à croire que des parents puissent faire ça à leurs propres enfants.

— Vous oubliez Médée, dit Macalvie.

Melrose observa le pub, la fumée qui flottait au plafond comme des flocons de cirrus.

— Morris Bletchley prétend que vous n'avez pas cru la version de Karen et son histoire d'étrangers dans le bois.

Macalvie fit apparaître un paquet de cigarettes froissé.

— Il a raison, je ne l'ai pas crue.

— Moi non plus. Seabourne a une excellente cave à vins et une bonne bibliothèque, tous les Henry James, par exemple. L'histoire de Karen Bletchley semble copiée sur *Le Tour d'écrou* : deux enfants, Miles et

Flora, la gouvernante de l'autre côté de l'étang, Peter Quint, l'inconnu qui leur adresse la parole ; il y a même la gardienne, cette femme dépourvue d'imagination, Mrs Crose. Mrs Hayter en est l'exacte réplique.

Macalvie semblait songeur.

— Intéressant, concéda-t-il. (Il but une gorgée de bière.) De toute façon, elle a pu concocter l'histoire pour se dédouaner.

— Ou pour détourner les soupçons qui pèseraient sur son mari.

— A condition qu'elle ait pensé que Daniel Bletchley était pour quelque chose dans la mort des enfants, suggéra Wiggins.

— C'est l'argent qu'elle voulait, remarqua Melrose. Si les enfants mouraient avant Daniel, c'est lui qui héritait de la fortune des Chick'n King. Mais s'il était reconnu coupable du meurtre, sa femme ne verrait pas la couleur de l'argent. Karen ne pouvait pas espérer que Morris Bletchley fasse d'elle son héritière. Il ne l'aime pas ; il n'a pas confiance en elle. C'est pour ça qu'il léguait tout à ses petits-enfants — avec, j'en suis sûr, une somme adéquate pour une fondation quelconque —, il voulait être sûr que Karen ne ferait pas main basse sur l'héritage.

Ils restèrent un instant silencieux.

— Et Chris Wells ? demanda Melrose. Vous pensez qu'elle est morte, n'est-ce pas ? La règle veut que chaque heure qui passe renforce cette hypothèse, non ?

— Chaque heure qui passe renforce la thèse de la disparition.

— Ah, très drôle.

— Je ne cherche pas à être drôle, dit Macalvie. Je me base sur le fait qu'il n'y a pas de règles.

Quelqu'un avait mis des pièces dans le juke-box, qui

se mit à jouer « Quand nous étions jeunes, Maggie ». Aux premières mesures de cette vieille rengaine, Melrose regarda Macalvie avec inquiétude ; le commissaire, les yeux dans le vide, s'était figé, sa pinte de bière brandie comme s'il portait un toast. Il reposa sa chope, se leva, alla au juke-box et, au moment où le chanteur entonnait : « Le soleil a disparu de l'horizon, Maggie », il débrancha l'appareil. Malgré les protestations des rares clients qui écoutaient la chanson, et même des autres, il marcha vers la table de l'homme qui avait choisi le disque et lui claqua un billet d'une livre sous le nez. Ceux qui étaient assis alentour le regardaient, éberlués.

Un an auparavant, dans un pub du Dartmoor, Macalvie avait défoncé un juke-box à coups de pied.

Il y avait du mieux, indéniablement.

35

Dans la cuisine du Woodbine, assis au petit bureau où Brenda avait l'habitude de faire ses comptes, Johnny battait ses cartes, les étalait en éventail, les rassemblait et les rebattait. La seule chose qui lui évitait de penser à Chris, c'était ses tours.

Brenda sortait une plaque de cookies du four. Elle faisait, comme Chris, sa pâtisserie le soir.

— Je sais que c'est dur, chou, et on a de plus en plus de mal à croire qu'elle va revenir, mais elle reviendra, j'en suis sûre. Je sais qu'elle reviendra.

Johnny n'avait pas réussi à chasser l'inquiétude qu'on lisait toujours sur son visage. Il ne savait pas cacher ses émotions.

— C'est pas vrai. Tu dis ça pour me rassurer. (Voyant qu'elle allait protester, il l'arrêta d'une main en souriant.) D'accord, Brenda, d'accord.

Il étala de nouveau ses cartes et Brenda retourna au bonhomme en pain d'épice qu'elle truffait de groseilles.

— Choisis-en une, dit Johnny en présentant ses cartes en éventail.

Brenda passa une main blanche de farine sur sa

tempe pour rejeter une mèche de cheveux qui l'aveuglait.

— Encore ton vieux tour ? Tu me l'as déjà fait mille fois.

— Au moins.

Elle prit une carte, puis la glissa au milieu des autres. Il les battit et tira la carte du paquet.

— Oh, génial ! railla-t-elle en enfonçant une groseille dans la pâte.

— C'est pas la peine de te moquer, dit-il. D'autant que tu n'as toujours pas compris comment je faisais.

Il mit les cartes de côté et parcourut des yeux les objets qui couvraient le bureau, le carnet de chèques, les enveloppes et, sur la plaquette surélevée, les photos de la fille décédée de Brenda. Il baissa les yeux ; Ramona lui faisait penser à Chris. Comment avait-elle pu disparaître aussi vite, sans même avoir eu le temps d'organiser son départ ? Il posa la question à Brenda, qui cessa son travail et prit sa chope de café.

— On ne voit pas la forêt à cause de l'arbre qui la cache, chou. (Elle l'observa.) Il y a peut-être une explication toute simple.

— Je t'en prie, Brenda, la police n'est pas stupide. Le flic qui est chargé de l'enquête est un commissaire divisionnaire. C'est le plus haut gradé de toute la police du Devon et de Cornouailles.

Brenda poussa un long soupir contenu.

— Oui, tu dois avoir raison.

Johnny s'absorba de nouveau dans la contemplation des photos de Ramona qui la montraient à plusieurs époques de sa vie, comme si elle était passée par magie du berceau à l'école, puis à l'adolescence. Chris lui avait dit que Brenda parlait rarement de Ramona : c'était trop douloureux.

Il se souvenait encore de Ramona, dont la beauté s'était affadie les derniers mois avant sa mort ; on aurait dit qu'elle s'évanouissait à la vue des autres, comme une jolie femme qu'un magicien faisait disparaître dans une malle. *Elle est là, hop, elle n'y est plus*. Il appuya son menton sur ses bras croisés, les yeux rivés sur les photos.

— Ramona était vraiment jolie, dit-il.

Il avait parlé tout haut, sans s'en rendre compte. Pourtant, il n'avait surtout pas voulu raviver des souvenirs pénibles pour Brenda.

Comme si — espèce de tarte — la pauvre risquait de l'oublier ! Il sentit le poids de son silence. Puis elle s'approcha derrière lui et lui posa une main sur l'épaule.

— Oui, elle était jolie, hein ? fit-elle.

Johnny perçut une telle tristesse dans sa voix qu'il faillit pleurer. Mais il se contenta de lui étreindre la main. Il avait l'impression de deviner ce qu'elle ressentait. On ne pouvait sans doute pas comprendre tout à fait si on n'avait pas perdu un enfant soi-même. Du coup, il repensa aux deux petits Bletchley. Seigneur ! C'était à peine supportable d'y penser.

— Tu te souviens qu'elle te gardait quand tu avais huit ou neuf ans ? dit Brenda.

— J'étais trop grand pour qu'on me garde, c'est sûr.

— Allez ! Tu aurais pensé la même chose à deux ans.

— C'est vrai. J'étais trop grand.

Johnny se rappelait surtout qu'à ses yeux Ramona était la plus jolie fille du village, des cheveux de lin, des yeux d'un éclat merveilleux. Elle avait des yeux dorés comme de l'ambre et des lèvres roses. Des couleurs naturelles qui n'avaient pas besoin de maquillage. Elle était partie au collège, puis à Londres. A son retour, qu'elle était pâle ! Avec le temps, ses yeux étaient devenus aussi fades que de l'eau, ses lèvres blanches comme de l'argent. Elle avait une sorte de leucémie qui mangeait les couleurs. La porte battante, en s'ouvrant, découvrait un espace qu'elle avait foulé ; la chaussée, dehors, résonnait encore de ses pas ; la fenêtre renvoyait toujours son reflet.

La main de Brenda était encore posée sur son épaule, mais il avait retiré la sienne car il pensait qu'elle était d'un piètre réconfort pour elle. Il essaya d'imaginer ce qu'était la vie de Brenda sans Ramona. Cette pièce, Ramona l'avait remplie ; elle était vide, désormais. Comment Brenda supportait-elle ce manque ? L'espace vide, la chaussée silencieuse, la fenêtre sans reflet ? Il se prit la tête à deux mains et pensa au manque de Brenda ; l'air de Gilbert et Sullivan lui revint en mémoire :

Si tu manques de quoi que ce soit,
Tu trouveras ce qu'il te faut à la pelle...

Johnny se leva ; il devait partir ; il dit à Brenda qu'il la verrait le lendemain et évita son regard.

Elle lui lança quelque chose, sans doute « Bonne nuit, trésor ».

En passant devant le marronnier, Johnny trébucha sur la grosse racine qu'il avait toujours réussi à éviter et s'affala, sans mal, mais bêtement, sur le ventre. Heureusement qu'on ne l'avait pas vu, il aurait été rouge de honte. Il resta un moment allongé sur le sol.

Finalement, il se releva, se frotta le visage pour essuyer la terre collée à ses joues et regarda la lune blanche qui projetait sa lumière dérisoire sur la chaussée.

Puis il épousseta son jean et rentra chez lui en traînant les pieds.

36

Après avoir reçu l'appel chez lui à minuit, l'agent Evans se dit que la présence des huiles de la police du Devon et de Cornouailles avait du bon. Une de ses premières pensées avait été : A eux de se débrouiller. Sa toute première, une totale incrédulité.

Il était en train d'enfiler son pantalon lorsque Mrs Evans s'était à demi réveillée et avait bredouillé une interrogation. Il avait répondu que c'était un chat dans l'arbre. Dieu savait qu'il ne voulait pas parler de meurtre... pour qu'elle se lève en sursaut et l'abreuve de questions ! Il avait mis sa veste bleue, fourré des bonbons dans sa poche — des bonbons acidulés, ses préférés —, était sorti, avait enfourché sa moto et foncé à vive allure au Noyé.

Tirer du lit ce vieux casse-pieds de Pfinn en tambourinant à la porte du pub avait été un vrai plaisir. Lui faire grimper l'escalier sombre pour réveiller l'inspecteur de Scotland Yard, un bonus. C'était dans de tels moments que l'agent Evans se sentait flic.

S'imaginant le messager des dieux, l'agent Evans, un bonbon dans la bouche, abattit sa main sur la sonnette pour que tout le monde sache qu'il s'impatientait alors que le cadavre refroidissait de minute en minute. Ayant surmonté son angoisse initiale à l'idée de prendre la responsabilité du cadavre de Bletchley Hall, l'agent Evans se réjouissait de pouvoir frapper aux portes, tirer les sonnettes et bousculer les responsables en titre.

Il fut donc déçu de découvrir, en arrivant enfin au Hall, que six véhicules de police étaient déjà sur place, gyrophares allumés. Encore plus de voir, éparpillés çà et là, au moins une douzaine de policiers du commissariat de Camborne balayer le parc du faisceau de leurs torches électriques. Comment avaient-ils fait pour arriver si vite ?

La balle avait percé un trou de la taille d'un citron dans le dossier du fauteuil roulant et était ressortie sous la cage thoracique en laissant une blessure aussi grosse qu'un des bonbons acidulés d'Evans, avant de s'incruster dans le mur au papier peint rouge foncé, près de la porte sur le seuil de laquelle se tenait la surveillante, légèrement vacillante.

Macalvie était sans voix, non parce que la scène du crime accaparait son attention, mais parce que l'incrédulité le laissait pantois. Ce n'était pas qu'on ait assassiné un homme qui le choquait, mais qu'on ait justement assassiné celui-là.

L'inspecteur Wiggins était blême, la bouche grande ouverte. Néanmoins, ce fut le premier à prendre la parole :

— *Pourquoi ?* Le pauvre diable — je l'ai vu pas plus tard que cet après-midi. Mr Plant aussi. Faut-il que je l'appelle ?

Macalvie acquiesça. Il aperçut la grosse femme en robe de chambre de flanelle qui avait téléphoné à l'agent Evans. Elle se tenait recroquevillée, une longue tresse pendant sur son épaule.

L'agent Evans regarda le photographe de la police prendre flash sur flash ; on se serait cru sur un plateau de cinéma. Fier de faire son travail de policier si cela signifiait uniquement dire au commissaire divisionnaire Macalvie qui était qui, Evans, désignant le vieil homme dont le visage était aussi rouge et pincé qu'une plaie, déclara :

— Voici l'homme que vous devez interroger, chef. Mr Morris Bletchley.

Macalvie opina.

— Nous nous sommes déjà rencontrés. Merci.

Pour l'heure, il s'accroupit à côté du fauteuil roulant.

Son territoire déjà fort diminué ayant été encore rogné, l'agent Evans mâchonna dans sa barbe un « Salaud et arrogant, en plus ! » qui ne fit pas plus de bruit qu'un pet d'araignée pendant une charge d'éléphants.

Macalvie leva les yeux vers le visage effondré ; l'homme avait la tête baissée, comme s'il dormait. Le commissaire se releva et fit le tour du fauteuil roulant dont il examina le morceau de bois arraché.

Après être allé téléphoner à Seabourne, Wiggins annonça que Mr Plant n'allait pas tarder. Dix minutes, maximum.

— Qui était-ce, Mr Bletchley ? demanda Macalvie.

— Tom Letts.

— Venez ici, Wiggins.

Pourquoi appelle-t-il ce drôle de maigrichon de Scotland Yard ? se demanda l'agent Evans. Alors que c'est moi qui représente la loi dans ce village. Ah, aucune déférence ! Bande de fumiers ! Evans se redressa, juste pour montrer qu'il se fichait pas mal qu'on l'ignore.

Une voiture s'arrêta dehors, une portière claqua et le médecin légiste de Penzance entra.

— Qu'est-ce que nous avons ? lança-t-il.

Sans un regard à droite ni à gauche, il se dirigea vers le mort et commença son examen préliminaire.

On entendit de nouveau des pneus crisser sur le gravier, puis des bruits de pas pressés, et Melrose Plant parut sur le seuil du salon bordeaux, un manteau par-dessus sa robe de chambre, des pantoufles en cuir aux pieds.

— Oh non ! s'exclama-t-il.

Elle n'avait encore rien dit mais pour une raison inconnue, peut-être parce que l'exclamation de Melrose avait ouvert des vannes invisibles, la surveillante éclata en sanglots. Une autre femme, plus petite et plus vieille, lui tapota l'épaule et se mit à pleurer à son tour. Morris Bletchley dit quelque chose à la petite vieille au sujet d'un café à apporter à ces messieurs.

Melrose Plant promena son regard sur la pièce où il avait bavardé avec Tom sept ou huit heures plus tôt. Le pauvre gosse, se rappela-t-il, lui avait parlé des miracles qui avaient lieu à Bletchley Hall. Melrose avait été surpris de lui trouver un air réellement heureux.

Melrose observa Macalvie, qui croisa son regard. Melrose hocha la tête.

Le commissaire demanda combien de patients résidaient au Hall. On lui répondit qu'il y en avait douze.

— Nous ne pouvons pas en héberger davantage, précisa la surveillante.

— Sont-ils alités ? Ou plutôt, sont-ils capables de se lever ? De se déplacer ?

— Oui, certains, répondit Morris Bletchley. Nous avons des malades ambulatoires, bien sûr.

— Dans ce cas, je veux que l'inspecteur Wiggins aille dans les chambres. Avec le raffut que fait la police dans le parc, j'imagine que tout le monde est réveillé. Il ne dérangera personne, ne vous inquiétez pas. Voulez-vous lui montrer le chemin, Mr Bletchley ?

Moe opina et sortit avec Wiggins et la chef. Macalvie dépêcha l'agent Evans dans le parc.

— Ce qui est dur à comprendre, dit le docteur Hoskins, qui rangeait ses instruments de vie et de mort et s'écarta pour que les ambulanciers emportent le cadavre sur un brancard, c'est l'intérêt qu'il y a à assassiner un homme au stade terminal du sida. Pauvre gars, il allait mourir, de toute façon ; pourquoi vouloir le tuer ?

— Personne n'a voulu le tuer, avança Melrose d'une voix épaisse. (Hoskins et Macalvie se retournèrent pour le dévisager.) Ce n'était pas lui qui était visé. C'était Morris Bletchley.

Le docteur Hoskins referma sa sacoche d'un coup sec. Il s'occupait des corps *in situ*, le reste n'était pas son affaire.

— Quand pouvez-vous... ? interrogea Macalvie.

— Demain matin. Tôt. Je vous verrai à ce moment-là.

Le légiste s'inclina imperceptiblement devant Melrose et sortit.

Macalvie fixa Melrose d'un regard interrogateur.

— C'est le fauteuil roulant de Morris Bletchley.

— Bletchley ? Il n'en a pas besoin.

— Non, mais il s'en sert, expliqua Melrose, pour ne pas offrir l'image d'une santé trop éclatante aux patients incurables.

— Il a raison, dit une voix derrière eux. (Morris Bletchley s'approcha.) La balle m'était destinée. Les suspects ne manquent pas, ce coup-ci. Ça vous occupera sans doute pour plusieurs années, commissaire Macalvie.

Macalvie le regarda d'un air dur.

— Pas cette fois, Mr Bletchley.

37

Les trois hommes paraissaient contrariés. Macalvie et Melrose étaient assis sur un des canapés en velours rouge foncé, Moe Bletchley sur l'autre. L'agent Evans était encore en train de fouiller le parc avec les gens du labo.

— Tout le monde m'a vu dans ce fauteuil roulant ; on sait que c'est le mien.

— Même les visiteurs ?

— Quels visiteurs avez-vous en tête, commissaire ?

— Et vous, rétorqua Macalvie avec un léger sourire, quels visiteurs avez-vous en tête ?

— Aucun. Nous ne recevons pas beaucoup de visites ; les malades incurables n'attirent pas les foules.

— Les maisons de santé non plus, même lorsque la maladie d'un proche n'est pas incurable.

— C'est juste, concéda Moe Bletchley avec tristesse.

Melrose était encore plus triste. On parlait de l'incapacité des proches à vous remonter le moral quand on était au fond du trou, et Melrose pensa aussitôt à Tom et à ses parents. D'un autre côté, il y avait sa sœur,

Honey, une jeune fille que Melrose aimerait rencontrer. D'ailleurs, il la verrait sans doute, à l'enterrement.

— Mais, Mr Bletchley, pouvait-on s'attendre à vous trouver dans ce fauteuil si tard le soir ?

— Pourquoi pas ? Je ne me couche jamais avant minuit. On sait que je me promène la nuit, on peut me trouver dans n'importe quelle pièce, en train de lire, ou juste de réfléchir. Oui, le soir, on a de fortes chances de me trouver seul.

— Entendu, fit Macalvie. Voyez-vous quelqu'un en particulier qui aurait voulu votre mort ?

Bletchley réfléchit longuement, puis secoua la tête.

— Pourquoi ?

— Pardon ?

— Pourquoi ne voyez-vous personne alors que vous êtes convaincu que la balle vous était destinée ?

Morris Bletchley soutint le regard de Macalvie mais ne répondit pas.

Macalvie avait les yeux bleus, le regard impassible. Ses mains, enfoncées dans les poches de son manteau, semblaient le tirer en avant.

— Enfin, Mr Bletchley, vous êtes milliardaire ! Vous n'allez pas me faire croire que vous ne voyez personne, sur votre testament ou ailleurs, qui aurait envie de faire main basse sur votre fortune !

Moe sourit faiblement.

— Oh, il y en a pas mal. Mais ils ne vont pas me tuer pour ça.

— Qui a le plus à y gagner ?

— Mon fils, Dan, bien sûr. Maintenant que mes petits-enfants sont morts.

— Et votre bru ?

Moe Bletchley ne répondit pas.

— Si j'ai bonne mémoire, vous ne l'aimez pas beaucoup.

— Exact. Et elle me le rend bien. Ça ne veut pas dire qu'on irait jusqu'à se tuer.

— Oh, je n'ai pas dit que vous vouliez la tuer. Pourquoi ne l'aimez-vous pas ?

La grimace de Moe indiquait que c'était évident.

— Je crois vous l'avoir déjà dit le soir de la noyade. Elle a épousé Dan pour son argent. Je le sais.

— Comment en êtes-vous sûr ?

— Commissaire Macalvie, s'il y a une chose que je peux renifler à un kilomètre, c'est la cupidité. A propos, elle est venue.

— Quand ?

— Il y a trois jours. Elle est passée me voir.

— Cela lui arrive-t-il souvent ?

— Non, jamais. Je ne l'ai pas vue depuis plus d'un an, mais c'était à Londres. Elle ne revient plus à Bletchley. Dan est passé plusieurs fois, mais sans Karen. C'est pour ça que j'étais surpris.

— Pourquoi voulait-elle vous voir ?

Moe regarda par la fenêtre, peut-être celle par où la balle avait été tirée, mais Melrose eut l'impression qu'il regardait le vide — le ciel noir, les arbres encore plus noirs.

— Elle m'a dit qu'elle voulait retourner à Seabourne. Elle disait que... (Moe se frotta les yeux comme pour faire émerger une pensée profonde), qu'elle voulait se faire à l'idée de la mort de Noah et d'Esmé. Je n'ai pas à vous rappeler que...

— Non, inutile. Mais pourquoi maintenant ? Surtout quand le manoir est occupé par un étranger. Ignorait-elle que Mr Plant l'avait loué ?

— Non. Elle avait vu l'agent immobilier, Esther Laburnum, qui gère la propriété pour moi.

Macalvie se pencha en avant.

— Mr Bletchley, ne vous paraît-il pas étrange qu'elle débarque, pour la première fois depuis quatre ans, au moment où tous ces événements se produisent ?

Moe détourna les yeux de la fenêtre.

— Si, bien sûr. Vous avez raison.

Après un court silence, pendant lequel on n'entendit que le tic-tac de la pendule, Macalvie demanda :

— Qui d'autre vous souhaiterait du mal ? Vous avez bâti un empire commercial, vous avez forcément marché sur les pieds de certains ; vous avez dû vous faire des ennemis...

— Sans doute. Mais pas des assassins pour autant.

— Qu'avez-vous donc que j'ignore, que d'autres convoitent ou dont ils cherchent à se débarrasser ?

— Que veut dire cette devinette, exactement ?

— Que vous possédez quelque chose que vous semblez ignorer avoir, ou, plus probablement, que vous savez quelque chose, à votre insu, qui représente une menace pour vous. Ou pour un autre. Un secret qu'on vous aurait confié et que vous avez peut-être oublié. C'est juste un exemple. En d'autres termes, quelqu'un semble croire que vous représentez un danger pour lui.

— C'est, heu... trop invraisemblable, commissaire Macalvie.

Le commissaire se cala dans son siège et étudia Morris Bletchley.

Melrose comprit que Macalvie ne voulait pas rappeler à Moe qu'il était encore plus invraisemblable de faire descendre deux enfants par un escalier en pierre dans une eau glacée.

38

— Je ne peux pas manger de fraises, expliquait l'inspecteur Wiggins, qui voulait montrer à Mrs Crudup qu'il compatissait, ça m'est interdit. A peine j'en touche une, disons dans un cake ou un diplomate, et hop, je suis bon comme la romaine !

Wiggins frotta vivement la paume de sa main droite contre celle de sa main gauche pour montrer avec quelle rapidité une fraise pouvait le rendre « bon » comme une salade.

La vieille Mrs Crudup était d'une maigreur transparente, son souffle anémique semblait prouver que l'air était irrespirable ; on aurait dit qu'elle avait toujours vécu à très haute altitude et qu'on venait de la descendre dans la plaine dans une bulle. Elle était légère comme de la gaze, plus légère que les rideaux de tulle.

Mais elle n'était pas éphémère au point de ne pas participer au cahier de doléances et d'y écrire son mot comme tout le monde.

— Je sais, je sais, je connais. (Sa voix flûtée vacilla.) Tout ça, c'est à cause des fraises, c'est un fait. Je suis malade comme un chien, vous savez, comme un chien. Je ne passerai pas la nuit.

— Ne dites pas ça, Mrs Crudup. Je compatis, vous savez, je compatis.

Apparemment, remarqua Melrose, la manie de Mrs Crudup de répéter ses phrases avait déteint sur Wiggins. Il nota aussi que Mrs Crudup était une des patientes qu'on avait conseillé à Wiggins de ne pas interroger. Les tubes et appareils auxquels elle était branchée auraient suffi à équiper le laboratoire du docteur Frankenstein.

A la demande de Macalvie, Melrose était allé voir si Wiggins avait découvert quelque chose. Oui, il avait apparemment découvert qu'il partageait avec la fantomatique Mrs Crudup une allergie aux fraises.

Mais Mrs Crudup, comme Melrose l'apprit en traînant dans le couloir, ne souffrait pas d'une simple allergie, mais d'une véritable conspiration des fraises.

— Ils les déguisent en chocolat. Ils croient que je ne m'en aperçois pas ! Remportez-les, Mr Wiggins ! Remportez-les !

Wiggins tenait l'assiette à la main.

— Tout de suite, Mrs Crudup. Et je vais faire en sorte que Mr Bletchley interdise qu'on vous en serve.

— Inspecteur Wiggins ? intervint Melrose. (Wiggins se retourna.) Le commissaire Macalvie vous réclame.

Wiggins fit ses adieux à Mrs Crudup, qui lui arracha la promesse de revenir sitôt qu'il se serait occupé de ceux qui essayaient de la tuer.

Trois ou quatre patients ambulatoires se tenaient sur le seuil de leur porte lorsque Melrose était passé dans le couloir. C'était Mr Clancy qui lui avait montré la chambre de Mrs Crudup.

Lorsque Melrose repassa devant les chambres, de nouveaux patients s'étaient joints aux premiers. Il y avait le professeur de piano, Miss Timons-Browne,

Mr Bleaney et Miss Livingston, qui tira Wiggins par la manche et l'entreprit sur la mort du pauvre Tom.

Wiggins réussit à se dégager, mais tout le long du couloir on l'appelait, on l'incitait à s'arrêter ici ou là. Mr Bleaney et Mrs Noonan (eux aussi sur la liste à ne pas interroger) étaient parmi les plus bruyants. Comment diable Wiggins avait-il pu visiter, sans parler d'interroger, tous ces gens ? Malgré tout, il les salua au passage, leur fit de petits signes, comme s'il les connaissait depuis toujours.

Tout en marchant, il feuilletait les pages de son calepin.

— Vous vous souvenez des Hooper ?

— Qui pourrait les oublier ? Oh, excusez-moi, ils pourraient s'oublier eux-mêmes.

— Ils ont vu quelque chose.

Melrose s'arrêta net.

— Comment ?

— Quelqu'un ou quelque chose, là, dans les parages.

— Dans les parages ?

— Ils jouaient aux échecs dans le solarium.

— A minuit ! Doux Jésus, les malades ont-ils le droit de se promener à toute heure du jour et de la nuit ?

— Euh, sachant combien Mr Bletchley tient à la liberté de ses patients, ça ne me surprend pas, monsieur.

Melrose dut concéder qu'il avait raison. Il reprit sa marche.

— Quelqu'un ou quelque chose. Ça leur va très bien, vu leur mémoire.

Macalvie était assis dans le même canapé rouge foncé, mais cette fois les Hooper lui faisaient face. Ils étaient tous les trois penchés en avant, comme s'ils s'apprêtaient à entamer une partie de bras de fer.

— Bon, dit Macalvie, qu'avez-vous vu, exactement ?

Les Hooper se penchèrent encore plus vers Macalvie, l'air éberlués.

— Vous êtes... ?

— Macalvie, police du Devon et de Cornouailles.

Ils s'étaient déjà présentés, bien sûr, du moins les Hooper. Mais cela remontait à quinze secondes.

— Policier ? fit l'un des frères en haussant les sourcils.

Melrose crut que Macalvie allait les empoigner par le cou et cogner leurs têtes l'une contre l'autre. De leur côté, les Hooper... eh bien, ils attendaient que Macalvie poursuive.

Ce qu'il fit :

— Vous avez dit à l'inspecteur Wiggins, ici présent, que vous aviez vu quelqu'un ou quelque chose à l'heure où nous estimons que le coup de feu a été tiré.

Les Hooper gardèrent le silence ; le tic-tac de la pendule tombait régulièrement.

Soudain, l'un des frères déclara :

— C'était...

L'autre claqua des doigts.

— Oui, c'était un...

Ils se regardèrent, s'encourageant mutuellement.

— C'était un...

Macalvie ferma les yeux et soupira. Lorsqu'il les rouvrit, il s'adressa à Wiggins :

— Serait-ce trop vous demander de... ?

Wiggins, qui fronçait les sourcils par empathie avec les Hooper, sursauta.

— Ah ! Ah, bien sûr. Excusez-moi.

Il se mit à feuilleter son calepin d'un pouce fiévreux. Melrose se demanda ce qu'il avait bien pu écrire. Combien de malades avait-il interrogés dans leur chambre et pendant combien de temps ?

— Ah, voilà ! Les Hooper : « Nous étions au milieu de la partie. Enfin, on ne sait jamais où est le milieu. Bref, il était aux environs de minuit parce que la pendule a sonné peu après. Nous avons levé les yeux et nous... avons vu cette personne... euh, c'était plutôt une ombre, passer devant la fenêtre... »

— Et ? insista Macalvie.

— C'est tout ce que j'ai écrit, chef, j'en ai peur.

Macalvie dévisagea les Hooper.

— Vous avez vu une ombre. Pouvez-vous être un peu plus précis ?

— C'était un...

— Il était... euh, plutôt petit.

— Ou elle. Elle était peut-être... euh, petite.

Au même moment, du dehors, un policier en uniforme apparut à une des fenêtres par où le coup de feu avait dû être tiré et appela Macalvie pour lui demander s'il avait d'autres instructions.

— Non, c'est OK. Merci.

— Juste au moment où ça commençait à devenir intéressant, fit Melrose, qui alla à la fenêtre.

Finalement, on congédia les Hooper. La petite vieille qu'on avait envoyée faire du café revint avec un plateau chargé de tasses, de soucoupes et de biscuits, suivie par la surveillante qui portait une énorme cafetière. Ayant humé l'atmosphère, Mr Bleaney, Mr Clancy et Miss Livingston rappliquèrent.

Ce que Melrose aimait chez eux, c'était leur jovialité face à l'adversité, et il s'émerveilla de l'énergie vitale qu'il sentait chez ces gens qui côtoyaient la mort tous les jours. Pour reprendre la métaphore de Tom, c'était peut-être comme cela à la guerre, du moins dans la représentation de la guerre. Comme si, au front, Melrose et Wiggins se retrouvaient au milieu de soldats décimés qui puisaient leur force chez leurs camarades de tranchée. Chacun dépendait, songea-t-il, de la volonté des autres pour survivre. Le tout sous la surveillance — le plan de bataille, le déploiement des troupes et, à la fin, la retraite, la démobilisation, tous les clichés du patriotisme fervent — de Morris Bletchley.

39

— J'ai appris ce qui s'était passé ; tout le monde est au courant, j'imagine. C'est affreux. C'est même pire si Tom a été tué... par erreur. Il allait mourir de toute façon, et bientôt ; c'est ce qu'on disait. Comme si ça justifiait tout. Pour ma part, je trouve que c'est pire. C'est dix fois pire. Même le peu qu'il avait à vivre, on le lui a volé.

Johnny, qui se tenait à la porte de Seabourne, avait fait cette tirade, avant même que Melrose le fasse entrer. Il pétrissait sa casquette et des larmes qui refusaient de couler brillaient dans ses yeux.

— Entrez, Johnny. Vous avez raison, c'est pire. Venez donc dans la cuisine, je viens juste de faire du café.

C'était la fin de la matinée, Melrose venait de se lever, n'ayant pas dormi, à proprement parler, de la nuit.

Johnny le suivit tout en parlant de Tom avec un débit précipité, comme si son droit de parole risquait d'être révoqué à tout moment et qu'il valait mieux faire vite.

— Je bavardais toujours avec lui quand j'allais au Hall. Il était tellement... apaisant. Vous n'avez peut-être pas remarqué, mais je suis remonté comme une pendule...

Melrose opina, amusé.

— ... et sa compagnie était relaxante. C'est drôle à dire, vu ses problèmes. Choper le sida alors qu'il n'était même pas homo, on aurait pu penser qu'il serait amer, mais pas du tout...

— Tom n'était pas homo ? Mais...

Johnny secoua la tête.

— Il me l'a dit un jour qu'on parlait des chances d'attraper l'Alzheimer ou le cancer de l'œsophage, vous savez, ces maladies dont souffrent les patients du Hall. On s'est mis à parler du sida et il a dit que les chances de l'attraper avec un seul... euh, rapport... allaient de une sur mille à trois sur cent. La liaison qu'il avait eue s'était passée il y a longtemps et elle n'avait pas duré. Enfin... Une épreuve permet peut-être de montrer de quel bois on est fait.

Il regarda la tasse de café que Melrose venait de lui servir avec l'air de celui qui trouve que son propre bois ne vaut pas grand-chose.

— L'épreuve de Tom remonte à loin, Johnny ; c'était pénible, mais il a vécu longtemps avec. C'était de l'histoire ancienne. La vôtre commence à peine.

Johnny parut réfléchir.

— La police croit que Chris s'est enfuie après avoir tué Sada Colthorp, n'est-ce pas ?

— Non, je n'ai pas eu cette impression. Le commissaire Macalvie n'a pas encore tiré de conclusions de cette affaire.

— Ce qui est sûr, c'est que Chris ne l'aimait pas. Elles s'étaient disputées plusieurs fois, il me semble.

— Il y a loin de la dispute au meurtre, Johnny.

Johnny chassa d'un mouvement vif la mèche qui était tombée sur ses yeux.

— Que se passe-t-il, bon Dieu ? Pourquoi vouloir tuer Mr Bletchley ? Il n'a fait que du bien au village.

— Oui, c'est ce que j'ai cru comprendre.

Johnny repoussa sa tasse, saisit sa casquette, la vissa sur son crâne et déclara :

— J'ai une course. Un client à conduire à Mousehole. Merci pour le café.

— Votre oncle est toujours chez vous ?

— Charlie ? Il est rentré à Penzance hier matin.

— J'ai dîné avec lui avant-hier soir sous l'œil acerbe de Mr Pfinn. Je l'ai trouvé très sympathique.

— Oui, je suis au courant. Il vous a trouvé sympa, lui aussi. *Tchao.*

On sonna de nouveau à la porte. Melrose s'arracha au confort de la cheminée et reposa le livre qu'il était en train de lire. Il hésita, pensant que c'était peut-être déjà Agatha, ou pire encore — car Agatha avait sans doute eu besoin qu'on la conduise —, Agatha et sa copine de cœur, Esther Laburnum.

Il s'avança sur la pointe des pieds. Tu es ridicule ! se dit-il, et il se redressa pour franchir les derniers mètres. Cependant, arrivé à la porte, il ne l'ouvrit pas tout de suite. Il jeta un coup d'œil furtif par les fenêtres à petits carreaux qui encadraient la porte, et vit un homme, un inconnu, en costume de laine. Et une laine de bonne qualité. Du moins, de dos, c'était un étranger. Il était assez grand et paraissait détendu ; il n'avait pas la raideur incertaine de celui qui s'aventure en terre inconnue.

Honteux d'avoir fait attendre le pauvre homme, Melrose ouvrit vivement la porte.

— Mr Plant ? Ou Lord Ardry ? Mrs Laburnum ne savait pas très bien comment vous appeler. (Il sourit.) Je suis Daniel Bletchley.

Les clichés auxquels Melrose s'était fié et qui lui avaient trotté dans la tête concernant les compositeurs —lymphatiques, le regard absent, la tête dans les nuages — n'étaient plus de mise. Par sa seule présence, Daniel Bletchley les avait balayés. Il était grand, mais pas plus que Melrose ; et cependant, il se dégageait de lui une robustesse qui faisait défaut à Melrose. Il n'était pas d'une beauté classique, mais il n'avait pas besoin de l'être. Son sex-appeal rappelait celui de Richard Jury, en plus prononcé. (Bien des femmes auraient été surprises d'apprendre qu'il y avait un sex-appeal « plus prononcé ».) Rien dans l'expression de son visage d'une beauté non conventionnelle n'exprimait la retenue ou le secret.

Ce fut ce qui traversa l'esprit de Melrose au moment où il s'avisa qu'il était grand temps de faire entrer son visiteur.

40

Daniel Bletchley ne se fit pas prier. Il entra dans le vestibule et serra la main de Melrose. En même temps, il parut suivre des yeux la courbe élégante de l'escalier qu'il avait si souvent emprunté pour monter dans les chambres.

— Vous êtes le musicien, dit Melrose.

Daniel détourna les yeux de l'escalier et s'esclaffa.

— Je ne sais pas si je suis LE musicien, mais, oui, j'en suis un, en effet. Lorsque j'ai appris ce qui s'était passé, poursuivit-il plus sérieusement, je me suis dit que Papa aurait peut-être besoin de moi. Tom... (Il hocha la tête.) Tom était avec lui depuis longtemps. Très longtemps.

Il dit cela dans un souffle, comme si le temps s'était montré trop prodigue envers Tom Letts, ou que Tom aurait dû en avoir davantage devant lui.

— J'espère que je ne vous dérange pas ? s'avisa-t-il soudain.

— Pas le moins du monde. Ma tante vient prendre le thé à cinq heures, vous feriez bien d'être parti avant ce désastre. Mais en attendant, allons dans la bibliothèque. Il y a du feu et du bon whisky.

— Génial !

Tandis que Melrose lui ouvrait la route, que Dan Bletchley connaissait par cœur, ce dernier déclara :

— Un désastre ? C'est peut-être un peu exagéré, non ?

— Si vous connaissiez ma tante ! Sachant que je voulais fuir Long Piddleton — mon village, dans le Northamptonshire — et ses habitants, juste pour me changer les idées, elle m'a suivi et est descendue dans le B-and-B du village.

— Ne vous en faites pas, s'amusa Daniel, ça ne durera pas. Personne ne tient plus d'une ou deux nuits dans cette auberge.

— Erreur ! Elle y est déjà depuis une semaine.

Melrose n'aurait peut-être pas reconnu Daniel Bletchley d'après les quelques photos qu'il avait vues. Assis dans la bergère, les photos sous le nez et un verre à la main, il avait encore du mal à faire le rapprochement. Dan Bletchley était plein de vie, une vitalité que l'objectif n'avait pas capturée. Il appartenait à cette catégorie de gens que les photos affadissent ; la pellicule ne lui rendait pas justice. Melrose en était à se demander si c'était le même homme. En tout cas, les photos ne l'attiraient pas ; il semblait, au contraire, tout faire pour les éviter.

Mais c'était bien le même homme. A la façon dont il finit par prendre une photographie des enfants, la regarda, la reposa avec soin, puis s'absorba dans la contemplation de son verre de whisky, il n'y avait pas à se tromper.

— Papa m'a dit que vous lui aviez été d'un grand secours. Il m'a dit que vous étiez au Hall la nuit dernière. Avec l'inspecteur.

— Le commissaire Macalvie.

— Oui. Je l'ai rencontré le soir où... A-t-il une opinion sur ce qui s'est passé ?

— Non, je ne crois pas. Pas encore.

— Papa donne parfois l'impression d'être... euh, exigeant, indifférent aux sentiments d'autrui...

— Je n'ai pas eu cette impression.

Dan esquissa un sourire incertain.

— Il est très dur en affaires. Parfois, c'est un véritable rouleau compresseur... je me suis souvent demandé pourquoi. La police semble croire que c'était lui qu'on voulait tuer, pas Tom. Je sais que Papa peut être têtu, arbitraire, intraitable, mais...

— Si on devait tuer tous ceux qui le sont, j'ai une tante qui serait criblée de balles.

Dan rit de bon cœur.

— Oui, vous avez sans doute raison.

Melrose réfléchit longuement avant de poser la question suivante :

— Pourrait-il s'agir d'une vieille rancune ? De torts qu'aurait causés votre père ?

Dan hésita, tête basse, jouant avec le verre à whisky vide. Melrose se leva et lui prit le verre des mains. Dan le remercia distraitement. Il s'accouda sur ses genoux, appuya sa bouche sur ses doigts joints et se perdit dans la contemplation du feu.

Hormis le crépitement des flammes et le tintement des verres, la pièce était parfaitement silencieuse. Du dehors ne venait aucun bruit. Melrose avait toute latitude de vérifier le récit de Karen Bletchley auprès de son mari.

— Daniel, dit-il sans y penser. (Il n'avait pourtant pas l'habitude d'appeler les gens par leur prénom dès la première rencontre.) Vous permettez que je vous appelle Daniel ?

Bien sûr qu'il permettait. Les longs doigts fins de pianiste chassèrent l'objection et saisirent le verre de whisky que Melrose lui tendait.

— Allez-y.

— J'ai rencontré votre épouse. J'ai rencontré Karen.

Melrose se sentit mal à l'aise, comme s'il brisait un secret. Ou comme il l'aurait brisé, s'il n'avait soupçonné le récit de Karen d'être une fiction romanesque.

— Vraiment ? fit Daniel, surpris. Quand l'avez-vous rencontrée ?

Elle ne lui en avait donc pas parlé. Pourquoi ?

— Elle est passée il y a quelques jours.

Daniel posa son verre sur la table et se pencha de nouveau en avant, le menton calé sur ses mains jointes, attentif.

— Elle voulait — disait-elle — revoir la maison. J'imagine que le drame... euh, l'en avait empêchée. Je suis sincèrement navré pour vos enfants, c'est affreux, ce qui leur est arrivé. C'est... (Il chercha ses mots.) Je n'en ai pas moi-même.

Soudain, Melrose en éprouva le manque et eut honte, comme s'il avait envisagé d'avoir des enfants et n'avait pu y parvenir. C'était ridicule, il le savait, mais c'était plus fort que lui.

Dan ne dit rien, mais ses yeux, que ses longs doigts masquaient en partie, étaient humides. Il faudrait peu de chose, songea Melrose, pour que cet homme étale ses émotions.

— Elle m'a dit...

Il essaya de débrouiller ce que Karen avait dit à Macalvie quatre ans plus tôt et lui avait répété lorsqu'elle s'était confiée à lui. Il poursuivit en citant les propos que Mrs Hayter avait tenus devant lui et, auparavant, devant Macalvie. Et tout le reste.

— Ce qu'il y a, c'est que le commissaire Macalvie n'a jamais clos l'affaire. Et maintenant, il se demande si les faits qui se sont passés récemment n'ont pas un rapport avec ce qui est arrivé à vos enfants il y a quatre ans. C'est pour ça que je vous en parle. (Melrose nageait en pleine confusion.) Je sors peut-être de mon rôle. Macalvie vous parlera de tout ça. Je ne voudrais pas vous rappeler des choses qui vous sont pénibles.

— Non. Je vous en prie. Je ne veux pas ne pas en parler. Ça me rend malade d'être incapable d'en parler. Continuez, je vous en prie.

— Eh bien... (Melrose se pencha à son tour vers son interlocuteur, les deux mains crispées sur son verre.) Votre épouse m'a raconté cette terrible nuit. Elle m'a dit qu'avant, les enfants avaient croisé des inconnus dans les bois, plus d'une fois, un homme et une femme. Au début, votre épouse n'y a pas prêté attention, mais par la suite elle a trouvé cela bizarre. Elle ignorait qui était l'homme, ou la femme. C'est-à-dire, elle ne les avait pas vus elle-même. Mais... qu'est-ce que vous pensez de tout ça ?

— Je ne sais pas quoi en penser. Mr Macalvie m'a posé la même question.

— Croyez-vous qu'elle... que ces personnes existent ?

— Est-ce que les enfants ne les ont pas imaginées, voulez-vous dire ?

— Pas exactement. Je me demandais si...

Qu'était-il en train de faire, bon Dieu ? Il ignorait dans quels termes Daniel Bletchley était avec sa femme. Pourquoi se mettait-il à la place d'un enquêteur, à la place de Macalvie ? Pourquoi posait-il toutes ces questions ?

— Non, excusez-moi.

— Vous n'avez pas à vous excuser. Vous vous trouvez mêlé à nos histoires de famille, ce n'est pas de votre faute. Je ne sais absolument pas ce que Karen vous a dit. Depuis la mort de Noah et d'Esmé, nous ne nous parlons plus beaucoup. (Il tourna son visage vers la fenêtre qui donnait sur la falaise et sur la baie.) Nous ne nous parlions peut-être pas beaucoup non plus avant.

Il appuya sa tête sur le dossier du fauteuil et ferma les yeux, comme s'il était fatigué de vivre.

— Parfois, lorsque j'analyse mes propres pensées, je ne me comprends pas : comment puis-je penser à autre chose qu'à ce qui est arrivé à mes enfants ? Vous est-il déjà arrivé quelque chose qui balaie tout le reste et l'affadit ?

Melrose fut incapable de répondre. Il avait la gorge nouée.

Un silence s'ensuivit, que Daniel brisa soudain :

— Chris Wells a disparu.

Melrose fut surpris par ce manque d'à-propos apparent.

— Vous la connaissiez ? demanda-t-il.

— Oui, assez bien.

Daniel but une longue rasade de whisky.

— Une femme a été assassinée dans la crique de Lamorna. Votre père vous l'a-t-il dit ? (Comme Daniel acquiesçait, Melrose poursuivit :) Elle avait travaillé au Woodbine, autrefois.

— Je crois me souvenir d'elle. (Il fit rouler son verre entre ses doigts.) Mais j'ignorais qu'elle s'était disputée avec Chris.

— Je crois que c'était à propos de Johnny.

— Johnny ? Mais, bon sang, si ça remonte à quatre

ou cinq ans, Johnny ne pouvait pas avoir plus de... quoi ?... treize ans ?

— Il a sans doute toujours fait plus que son âge. Et c'est un garçon très séduisant, il doit plaire aux femmes.

Daniel hocha la tête.

— Et maintenant que cette femme a été assassinée et que Chris a disparu, c'est *post hoc, ergo propter hoc*, n'est-ce pas ? Ridicule. Complètement ridicule.

Il hocha de nouveau la tête, incapable de trouver les mots pour exprimer le mépris qu'une telle idée suscitait en lui.

— Chris n'aurait jamais fait ça, jamais, finit-il par dire.

Apparemment, Dan Bletchley l'avait bien connue.

— Même pas pour protéger Johnny ? le pressa Melrose.

Dan le regarda avec surprise.

— Protéger Johnny ? De quoi ?

— Rien. Je me faisais juste l'avocat du diable. Je n'avais aucune raison de dire ça. Je ne la connais pas, bien sûr ; je ne l'ai jamais rencontrée. Mais j'ai eu la nette impression qu'elle aimait beaucoup Johnny, et de son côté... euh, ses sentiments pour elle n'étaient pas loin de l'adoration.

— C'est vrai, elle l'aime beaucoup. Quand même...

Il passa une main dans ses cheveux châtain clair qui avaient le don de se dresser en crête quand il faisait ce geste, ce qui le rajeunissait ; il ressemblait alors à l'enfant qu'il avait dû être, et cet air juvénile devait lui valoir bien des conquêtes. Il était aussi séduisant que Richard Jury ; il avait certainement un succès fou auprès de la gent féminine. Il dégageait une énergie et une chaleur telles que les femmes devaient avoir l'impression de sentir le sirocco souffler à travers les dunes.

— Un autre ? proposa Melrose.

Il alla remplir leurs verres au bar et, lorsqu'il revint s'asseoir il aborda un sujet moins explosif ; il raconta comment il était tombé amoureux du manoir dès sa première visite.

Daniel s'esclaffa.

— *L'Intrus*. Je croyais être le seul à me souvenir de ce film. Il a dû repasser à la télé. J'ai honte de le dire, j'adore la bande-son.

Melrose fredonna l'air en agitant son verre. Etait-il saoul ?

Dan vida son whisky, se leva et déclara :

— Suivez-moi. Et emportez la carafe.

— Où ?

Dan était déjà sorti de la pièce.

— En haut ! lança-t-il par-dessus son épaule. Le piano est toujours à la même place ?

— J'ai essayé d'en jouer, avoua Melrose en suivant son hôte dans l'escalier.

Dan contempla la pièce presque vide comme si une longue absence en avait irrémédiablement altéré le caractère.

— Ah, comme cette pièce m'a manqué ! soupira-t-il. Je pouvais rester là, où vous êtes, une journée entière à regarder la mer, à m'imprégner du rythme des vagues en pensant à la musique. Dieu, quel cliché !

Il posa son verre sur le piano et s'assit sur le tabouret.

Melrose se rappela la façon dont le regard de Daniel s'était attardé sur la rampe d'escalier en bois de rose. Il n'avait pas menti quand il avait dit qu'il était venu consoler son père, mais Melrose se demanda si ce n'était pas aussi pour revoir le manoir et la pièce du piano. Comme Daniel Bletchley avait dû croiser des quantités de pianos dans sa vie, Melrose s'interrogea sur son attachement particulier pour celui-ci. Ou plutôt, étant donné son attachement, qu'est-ce qui l'avait poussé à quitter Seabourne ?

La musique jaillit avec une telle soudaineté et une telle force que Melrose eut un mouvement de recul. Une cascade de notes, le même air que Melrose avait essayé de pianoter d'un doigt, mais avec une richesse inouïe. Il regarda par la fenêtre comme si la musique allait, en se fracassant contre les rochers, faire déferler les vagues, déchaîner les éléments.

Ce n'était pas une mélodie géniale, ni complexe, en fait un morceau plutôt mièvre, avec des crescendos et des decrescendos prévisibles, mais il le jouait avec un tel cœur ! Si Melrose n'avait pas autant craint le ridicule, il aurait fermé les yeux et laissé les larmes couler entre ses cils. Incapable de se laisser aller, il ne fit ni l'un ni l'autre.

— *Stella by Starlight*, annonça Daniel. Savez-vous ce que j'ai fait ? J'avais onze ou douze ans la première fois que je l'ai entendu ; j'ai écrit au compositeur pour lui dire combien j'avais aimé son morceau. Il m'a envoyé la partition. Je ne m'en suis jamais remis.

Il hocha la tête et reprit les premières mesures.

— Mais, c'est merveilleux ! Vous deviez être un garçon très persuasif. Sans parler du talent. Jouez donc quelque chose de vous.

— De moi ? Je viens juste de le faire.

— Je croyais que vous aviez dit...

Daniel sourit.

— Désolé. Vous devez me trouver bien énigmatique.

Il soupira, réfléchit, puis entama une étude.

Melrose trouva le morceau techniquement parfait, mais il lui manquait la force du *Stella* qu'il venait de jouer. Même si *Stella by Starlight* n'était, malgré sa mélodie séduisante, qu'une bluette sentimentale, ce qui lui manquait en complexité était plus que compensé par l'émotion que l'artiste insufflait à son jeu.

Perdu dans ses réflexions et dans la contemplation de la mer en contrebas, Melrose sursauta en entendant frapper à la porte d'entrée.

Daniel cessa de jouer.

— Votre tante ?

Melrose jeta un coup d'œil à sa montre.

— Ma tante, répondit-il avec regret.

Quand on parle de *L'Intrus*...

41

Avant même d'avoir franchi le seuil, Agatha ratiocinait déjà sur le meurtre du Hall :

— C'est pas difficile à voir, j'ai fait ma petite... Enchantée, dit-elle soudain en apercevant Daniel Bletchley.

Puis elle se dirigea vers le salon sur sa droite tout en continuant de débiter dix mille mots à la minute sans se rendre compte que Melrose ne la suivait pas.

— Merci pour le verre, dit Daniel.

— C'est moi qui vous remercie, pour la musique !

— Il n'y a pas de quoi. (Sur le perron, Daniel se retourna.) Vous viendrez à l'enterrement ?

— Oui, bien sûr.

— Ah, très bien. Vous êtes un peu des nôtres. Vous le connaissiez. Venez, vous serez le bienvenu.

Là-dessus, il traversa l'allée en gravier pour regagner sa voiture.

A la fenêtre, Agatha regardait Daniel Bletchley s'éloigner.

— Qui est-ce ? demanda-t-elle.

— Daniel Bletchley. Tu viens de le rencontrer, tu te rappelles ?

— C'est le nom de l'homme qui dirige cette maison de santé déprimante.

— Dan est le fils de Morris Bletchley.

Agatha frissonna.

— On gèle, ici. Tu aurais au moins pu faire du feu. Tu savais que je venais prendre le thé.

— C'est juste. Mais nous ne le prenons pas là. Viens.

Pestant en chemin contre la température, les dimensions de la maison, les draperies en velours du salon, les courants d'air, la perspective qu'elle entraperçut par la fenêtre qui ouvrait sur la baie, contre la baie elle-même, la côte d'Angleterre, l'Angleterre tout entière, contre le monde... elle vint enfin s'affaler sur le petit canapé près du feu. Après son passage, l'air résonna longtemps de notes de banjo aigrelettes.

— Je suis surpris que tu n'aies pas reconnu Bletchley. C'est un pianiste. Il jouait du piano au Betty's ou au Binkey's, je ne sais plus comment s'appelait ce salon de thé.

— Qu'est-ce que tu racontes ?

C'était un mensonge qui en valait un autre.

— Harrogate, ma chère tante. Tu ne te souviens pas d'être descendue au Vieux Cygne avec ton ami Theodore ?

— Tu veux parler de Teddy.

— Ah, Theodore lui allait pourtant bien.

Soupirant d'aise, Melrose se rappela ces merveilleuses vingt minutes de conversation pendant lesquelles il avait réussi à ne pas dire un mot tout en donnant l'impression d'un homme à la conversation brillante. Etonnant, n'est-ce pas, à quel point les gens sont aveugles à tout ce qui ne concerne pas leur petit ego !

— Tu veux dire que cet homme était le pianiste du Betty's ?

Le Betty's était l'endroit chic d'Harrogate. Agatha parut impressionnée ; elle l'était toujours par des choses qui n'en valaient pas la peine.

— Oui. J'ai essayé de le convaincre de jouer au Woodbine. Ah, excuse-moi un instant, je vais faire bouillir l'eau.

— Comment ? Le thé n'est pas prêt ? (Agatha émit un soupir douloureux.) Ah, les hommes !

Elle semblait oublier que ce représentant de l'espèce mâle lui avait servi sans faillir son thé quotidien à Ardry End. Melrose brancha la bouilloire et retourna dans la bibliothèque aussi vite qu'un tour de passe-passe de Johnny.

— Je te parlais de ma petite enquête, dit Agatha. Nous ne pouvons nous en remettre à des benêts comme l'agent Evans !

— Les policiers qui mènent l'enquête ne sont pas tous aussi benêts que lui. Mr Macalvie, pour commencer.

Agatha rajusta le jabot tarabiscoté de son chemisier à fleurs.

— En tout cas, ils font tous fausse route.

— De quoi parles-tu ?

Agatha se pencha pour murmurer à l'oreille de Melrose — au cas où des oreilles indiscrètes auraient été dissimulées dans les murs.

— Ce qu'il nous faut, c'est l'homophobe du village, et je crois l'avoir trouvé !

La bouilloire siffla.

Il y avait de quoi !

Melrose s'absenta juste le temps de laisser infuser le thé. La remarque de sa tante promettait une suite amusante. A son retour, toutefois, il lui expliqua que son homophobie était déplacée car l'assassin n'avait pas eu l'intention de tuer Tom Letts.

— C'est Morris Bletchley qui était visé.

— C'est absurde. L'ennui avec vous autres les soi-disant intellectuels, c'est que vous ne voyez pas ce qui est juste sous votre nez. Ce que j'ai entendu, c'est... (Elle se pencha de nouveau et souffla :) Il avait le sida... le SIDA ! On ne peut pas tolérer ça dans un village. Et je ne serais pas surprise que ce Pfinn l'ait tué. Si quelqu'un est homophobe, c'est bien lui !

Melrose eut du mal à se retenir de lui verser le thé bouillant sur la tête. Il ne faisait pas de prosélytisme pour les droits des homosexuels ; il n'était ni pour ni contre. Mais pour Tom, il était prêt à les défendre.

— Ta nature bigote...

— Quoi ?

Agatha se décomposa. Que Melrose ose la critiquer en face la stupéfiait.

— ... t'empêche de voir la véritable valeur des gens. En réalité, tu projettes tes propres peurs sur autrui. C'est ça, l'homophobie ! Projeter sa propre peur d'épouser les désirs d'autrui. La phobie en général, c'est ça, la peur d'être l'Autre. De toute façon, tu ne connaissais pas Tom Letts. Moi si, et il m'était très sympathique.

Agatha parcourut la pièce du regard, comme si le virus tant redouté s'était insinué dans Seabourne. Son air terrorisé fit rire Melrose. On aurait dit qu'elle voyait les virus dégouliner le long des murs.

— Je ne vois pas ce qu'il y a de drôle.

Dommage.

— Quant à ton homophobe de service — Mr Pfinn, c'est ça ? —, je ne sais pas comment tu es arrivée à cette remarquable conclusion, étant donné que Mr Pfinn n'ouvre la bouche que pour contredire son interlocuteur. Il est du genre taiseux, pour le moins.

— Eh bien, il ne l'était pas avec moi ni avec Esther. C'est normal, les gens ont tendance à se confier à moi, comme tu l'as sans doute remarqué.

Melrose parut aussi éberlué qu'un personnage de dessin animé. Comme Mr Pfinn, il préféra s'abîmer dans le silence.

Agatha se pencha en avant, faisant valser le biscuit qu'elle avait posé sur ses genoux.

— Le bonhomme exècre les homosexuels !

— Mr Pfinn exècre tout le monde. La haine n'est pas un critère recevable pour juger du cas Pfinn.

42

Ce soir-là, au Noyé, Pfinn resta fidèle au portrait que Melrose avait brossé de lui (atrabilaire, renfrogné et peu accommodant), en refusant à Brian Macalvie de lui servir un autre verre au salon.

— Commandez-en un au restaurant, ordonna Pfinn. Mais vite. Je ne peux pas demander au cuisinier de passer la nuit ici, quand même !

L'heure du dîner étant ainsi fixée, ils étaient passés dans la salle à manger où Melrose était pour l'heure en train d'enlever une énième arête de son turbot. Le poisson lui avait été servi par une femme d'un certain âge sans une once d'humour qu'il n'avait jamais vue auparavant. Johnny était invisible.

— Vous dites que c'est la même arme qui a tué les deux victimes ?

— Oui, mais nous le savions déjà. Un Smith & Wesson .22.

Macalvie, qui avait fini de manger depuis cinq minutes, fumait un cigare, après avoir obligeamment demandé la permission à Melrose.

— Nous ne savions rien. Vous, vous le saviez.

— Avez-vous réellement cru qu'il y avait deux assassins ?

— Je...

— Il y a trop de similitudes entre les deux meurtres.

Macalvie piqua un morceau d'aubergine au bout de sa fourchette et l'examina comme si le petit globe vert avait une signification en soi. Il repoussa son assiette et chercha la serveuse des yeux.

— Bon Dieu, nous sommes les seuls clients, pourquoi le service est-il si long ? J'ai envie d'une autre bière. N'avez-vous pas été frappé, Plant, que tout ce qui est significatif dans ces deux affaires — trois, si on compte les enfants — a eu lieu il y a quatre ans, à quelques mois près ? Regardez : Sada Colthorp est réapparue il y a quatre ans ; les enfants sont morts en septembre, il y a quatre ans ; Ramona Friel est morte en janvier, il y a quatre ans encore !

Melrose but son vin, un meursault d'un prix exorbitant, qu'il estimait avoir bien mérité. Pourquoi, il n'en savait rien.

— Et ça vous ennuie ? demanda-t-il.

Macalvie cessa de chercher la serveuse pour fixer Melrose d'un œil impitoyable.

— Pas vous ? Vous ne croyez tout de même pas qu'il s'agit de coïncidences ?

En réalité, Melrose n'avait même jamais fait le rapprochement. Il regarda la serveuse entrer dans la pièce, le pas traînant et l'air maussade, en pensant davantage à l'absence de Johnny qu'aux trois événements qui troublaient tant Macalvie.

Le commissaire passa sa commande et la serveuse repartit de son même pas nonchalant.

— Le soir où les deux enfants sont morts, la cuisinière s'est réveillée parce qu'elle a cru entendre une voiture, mais s'est aussitôt rendormie. Pourquoi ?

— Je ne vous suis pas.

— Mettez-vous à sa place, vous êtes une femme d'un certain âge, d'un tempérament inquiet, avec deux enfants dans une maison isolée...

— C'est ce que je disais, *Le Tour d'écrou.*

— Aah ! Une voiture se gare ou repart. Ça ne vous empêcherait pas de dormir ? Moi si, et pourtant je suis armé. Je serais aux quatre cents coups... à moins, bien sûr, que je n'aie reconnu le bruit du moteur...

— Vous voulez dire que c'était une des voitures de la famille ?

— Il y en avait trois : la Jaguar de Daniel, la BMW de Karen et la Volvo de Morris Bletchley.

Melrose se rappela sa visite chez Rodney Colthorp.

— Ou celle de Simon Bolt. Si elle a reconnu un moteur familier, ce n'était pas forcément la voiture de Dan Bletchley. Bolt avait la même ; Dennis Colthorp a voulu l'acheter, vous vous en souvenez ? Et la voiture repartait, sinon Mrs Hayter serait allée voir.

— Oui, c'est possible. Dommage que Bolt ne soit plus là pour qu'on l'interroge. Il est mort il y a trois ans. (Macalvie se gratta la joue.) Donc, Daniel et Karen étaient sortis faire la bringue. Ne me regardez pas comme ça. Daniel a craqué assez vite. L'alibi de Karen n'avait pas ce côté inattaquable que nous autres flics détestons. Ses amis ont admis qu'ils n'étaient pas restés avec elle toute la soirée. Ils étaient allés à un concert après le dîner et comme il ne restait plus assez de places, ils avaient été obligés de se séparer. Remarquez, je n'ai eu cette précision que parce que je suis retourné les interroger.

— Donc, ils l'avaient perdue de vue pendant le concert.

— Une heure et vingt minutes. Ils ont été vagues. Je suis allé vérifier l'horaire moi-même.

— Vous êtes en train de me dire que l'un des Bletchley est revenu au manoir ? fit Melrose dont la tête bourdonnait.

— Pas nécessairement. Je n'en sais rien. Et quand bien même, ça ne voudrait pas dire que celui-là est coupable de la mort des enfants.

— Mrs Hayter vient seulement de parler de la voiture ?

Macalvie acquiesça.

— Elle m'a dit : « Ça ne pouvait pas être Mr Bletchley, il était à Penzance pour affaires. »

— Comment a-t-elle pu oublier un détail aussi important ?

— Oh, vous savez, les gens sont bizarres. Si vous demandez à un témoin de décrire un homme, il vous dira peut-être : « Il ressemblait à ce monsieur, là-bas, des yeux verts, des cheveux blond foncé, le genre classique, oui, comme Melrose Plant. Il portait des lunettes cerclées d'or, exactement comme lui. » En supposant que vous ayez été sur les lieux, pourquoi chipoter ? Ce n'était pas un homme qui vous ressemblait, *c'était* vous.

Melrose n'arrivait pas à croire que Macalvie soupçonne réellement Dan Bletchley, un homme parfaitement sympathique. Il repoussa son assiette, sortit son Zippo et ses cigarettes, attendit la suite.

— Ils ont dû se montrer très prudents. J'ai fait suivre Dan Bletchley pendant deux mois. (Il s'amusa de l'air surpris de Melrose.) Résultat : dîner avec sa femme une fois par semaine au club, ensuite concert ou théâtre. Rien d'autre. C'était forcément une femme qui vivait assez près pour qu'il fasse l'aller et retour dans la soirée.

— Pourquoi pas à Bletchley même ? C'est assez près. (Melrose actionna le briquet et alluma sa cigarette.) Chris Wells.

Il avait rarement surpris Macalvie, mais le nom qu'il prononça eut bel et bien cet effet.

— Chris Wells ? Qu'est-ce qui vous fait penser ça ?

— Je le déduis de la façon dont il m'a parlé d'elle. Ce n'était pas une amie de passage. Il savait, par exemple, pourquoi elle s'était disputée avec Sada Colthorp. La bonne femme avait apparemment « des visées sur Johnny », comme on dit. Personne d'autre n'était au courant, même pas Brenda Friel, à moins, bien sûr, qu'elle ne le sache mais le garde pour elle. Mais pourquoi ferait-elle ça ?

Macalvie avait oublié son cigare. La cendre refroidissait.

— Et elle a disparu ! Seigneur ! (Il ôta le cigare de sa bouche.) Encore une femme. Chris Wells. Je savais bien que ça serait simple.

— Parce que vous appelez ça simple ! s'exclama Melrose, ahuri.

43

Johnny n'était pas sorti de chez lui de la journée et il ne sortirait pas de la soirée non plus. Il avait rarement téléphoné à ses divers employeurs pour les prévenir qu'il ne venait pas travailler, mais après la soirée de la veille, sa chute stupide et le malaise qu'il ressentait depuis, il avait décidé de rester à la maison.

Il partageait son temps entre le ménage et les tours de prestidigitation. Jusqu'à ce jour, il n'avait encore rien fait, n'avait touché à rien, comme si, par quelque mystérieuse alchimie, laisser les choses en l'état signifiait que Chris reviendrait, qu'elle reparaîtrait nécessairement.

Cela faisait près de deux semaines. Douze jours, exactement. Il avait l'impression de ne pas avoir vu sa tante depuis des mois, des années. Il essuya une dernière assiette et l'empila avec les autres, puis secoua le torchon et le jeta sur son épaule.

Il ramassa son livre, *Le Sorcier et l'Apprenti*, dans lequel le sorcier enseignait les ficelles du métier à l'apprenti. Il n'aimait pas les illustrations, simplistes, mais le texte n'était pas mal. Accoudé au comptoir de la cuisine, il lut le passage qu'il avait abandonné pour balayer par terre. Avisant la grande table où les pâtisseries de Chris, meringues et cookies au gingembre, attendaient encore dans leurs moules en métal, il songea à ranger les meringues dans des sachets en plastique. Il avait déjà mangé la plupart des cookies. Il n'aimait pas beaucoup les meringues, même si celles de Chris étaient meilleures que celles de Brenda. Brenda mettait toujours trop de sucre.

Il reprit sa lecture, étudiant les instructions pour un tour particulier.

Accessoires : (1) trois cendriers, en verre ou en métal, 8 ou 10 cm de diamètre ; (2) trois petits objets — épingles à nourrice, boutons, pièces de monnaie.

Comme ils ne fumaient pas, ils n'avaient pas de cendriers. En tout cas, Chris était censée avoir arrêté. Charlie avait peut-être apporté un des siens en fer-blanc ; il en avait toujours sur lui parce que les cendriers étaient devenus des objets rares. Mais Johnny n'en vit aucun.

La visite de Charlie lui avait fait plaisir, même s'il n'était resté que vingt-quatre heures. Il passait rarement les voir.

Johnny loucha sur les assiettes à dessert qu'il venait de laver. Trop grandes pour remplacer les cendriers. Il reprit le livre pour voir ce que l'apprenti (c'est-à-dire lui-même) était censé faire avec les cendriers. Déposer un petit objet dans chacun d'entre eux. Il parcourut la cuisine des yeux et vit le couvercle d'un pot vide... oui, ça irait, mais il en fallait trois. Son regard tomba sur les meringues. Il alla à la table. Huit à dix centimètres. Parfait. Le centre était légèrement creux, il pourrait donc y déposer les « petits objets ». Il choisit cinq meringues — deux de rechange au cas où elles se briseraient trop facilement — et sortit une serviette du tiroir de la table où il vit aussi une pince à dessin qui servirait de « petit objet ».

Il emporta le tout dans le salon et le disposa sur la table de bridge dont le tapis vert ferait une excellente surface. Ensuite, emportant une meringue, il alla au petit buffet et ouvrit le tiroir où Chris rangeait les objets dont elle ne savait que faire — « le fourre-tout », comme elle l'appelait.

Il y trouva plusieurs épingles à nourrice et choisit les plus petites. Un tube en plastique ambré contenant des comprimés blancs roula à l'avant du tiroir. Les comprimés avaient la taille de boutons. Qu'est-ce que c'était ? Des médicaments pour quoi ? Le nom ne lui dit rien. Il mordit dans la meringue et laissa le morceau fondre dans sa bouche, puis tourna le tube entre ses doigts pour lire la date. Ça ne lui apprit rien de plus. Chris n'avait pas l'habitude de se bourrer de médicaments ; il pria pour qu'elle ne soit pas malade.

Il prit un comprimé pour remplacer un bouton puis retourna à la table de bridge. Il termina la meringue en regrettant de ne pas avoir de fraises et un peu de cette délicieuse crème, ce sabayon. Chris en faisait parfois en dessert, elle remplissait les meringues de fraises et les noyait sous la crème. On aurait pu se saouler tellement il y avait de madère dans la crème.

Il s'adjura de cesser de penser à Chris, de se concentrer sur le livre et sur le tour ; il aligna les meringues-cendriers en suivant les instructions, puis déplia la serviette et lut :

Empilez les cendriers les uns sur les autres, recouvrez avec le mouchoir.

Johnny empila les trois meringues et laissa tomber la serviette dessus. Un tour pour débutants, se dit-il. Il ramassa la dernière meringue, dont il n'avait plus besoin, et mordit dedans tout en lisant :

Il faut que le spectateur s'imagine que le bouton, ou la pièce, ou l'épingle, reparaîtra s'il croit que c'est effectivement ce qui se passera.

Johnny sursauta. Une minute, se dit-il. Il réfléchit. Une minute ! Il eut l'impression que la suite du tour déclenchait en lui une avalanche qui l'entraînait vers une solution à laquelle il n'arrivait pas à croire.

Des fragments de conversation oubliés lui revinrent à l'esprit. Elle ne partirait jamais sans me prévenir... Cette fois, elle l'a fait.

Une montée d'adrénaline le submergea, il crut suffoquer.

Cette fois, elle l'a fait.

Non, impossible !

Il sortit de chez lui comme une fusée et, sa pseudo-grippe oubliée, fonça au Woodbine. Il pila net devant les racines qui empiétaient sur la chaussée et se dit : Non, pas comme ça.

Il traversa la rue en courant et déboula dans la salle du Noyé sans se soucier de la grippe qui l'avait empêché d'assurer le service.

Mais Mr Pfinn n'avait pas oublié, lui. Sortant de la salle à manger, il entra dans le bar les bras chargés de linge sale.

— Tiens, Johnny ! T'arrives après la bagarre, quand Ursula a fait le travail à ta place...

Johnny ne perdit pas de temps en excuses.

— Mr Plant mange ici ?

— Il a mangé. Il est parti avec l'autre type.

— Lequel ? L'inspecteur ? Mr Macalvie ?

Trop heureux d'accroître l'inquiétude de Johnny, Mr Pfinn se contenta de répondre :

— P't-être bien. Qui sait ?

Johnny regarda intensément la salle, comme si, par sa seule volonté, il avait le don de faire apparaître les deux hommes. Mais il n'y avait que Mr Pfinn et les chiens, assis sur le seuil de la porte.

— Où sont-ils allés ? Vous le savez ?

Les cils blancs de Mr Pfinn battirent plusieurs fois.

— Non, j'en sais rien. Tu mériterais que je te renvoie, mon garçon. J'sais pas ce que j'attends pour le faire.

— Taisez-vous, Mr Pfinn. Et vous savez où vous pouvez vous le fourrer, votre job ?

Il fit volte-face, au bord des larmes, enjamba les chiens, sortit en boulet de canon et tomba sur Megs qui faisait le service avec lui au Woodbine.

Tant pis, mais Brenda saurait elle aussi qu'il lui avait donné une excuse bidon pour s'absenter. Décidant qu'il valait mieux empoigner le taureau par les cornes, il courut jusqu'au bureau des Taxis de Cornouailles.

— Ça va mieux, trésor ? demanda Shirley qui, sans attendre de réponse, poursuivit : Tu m'as l'air un peu pâlot. Tu ne crois pas que tu serais mieux au lit ?

Pour la première fois de la soirée, Johnny réussit à sourire.

— Je vais mieux. Mais j'ai un grand service à te demander. Est-ce que je peux emprunter un véhicule, une heure ou deux ?

— Oh, bien sûr, trésor, sauf que j'en ai un au garage et que les deux autres sont en course. Qu'est-ce qui ne va pas ?

— Rien. J'ai juste un truc urgent à faire.

— Désolée. Une voiture est partie à Mousehole et

l'autre à St Buryan. Ça fait une trotte. Mais tu peux attendre, si tu veux.

Johnny se mordilla les ongles.

— Bon, est-ce que je peux passer un coup de fil ?

— Bien sûr, trésor.

Shirley lui fourra l'appareil dans les mains.

Il composa le numéro et entendit la sonnerie résonner à l'autre bout du fil, à Seabourne. Il laissa sonner une dizaine de fois avant de raccrocher et de rendre le téléphone à Shirley.

— Pas de chance non plus ?

— Non, pas de chance.

— Les taxis ne devraient plus tarder — tiens, quand on parle du loup, voilà Trev. Tu peux prendre sa voiture.

Johnny la remercia et fila sans attendre son reste.

44

Assis dans son fauteuil préféré, Melrose contemplait le feu tout en s'imaginant qu'il participait à une séance de spiritisme. Il y avait forcément une séance de spiritisme dans *L'Intrus* ; comme toujours dans ce genre de films. Il se demanda si les séances réelles ressemblaient à celles qu'on voit au cinéma : la voix du médium, grave et rauque, débite des mots sibyllins venus du fond des âges ; la flamme de la bougie vacille et meurt ; la main moite qui étreint la vôtre, et qui, découvre-t-on plus tard, portait un gant.

Melrose frissonna. Il se creusait la cervelle, ou plutôt la vidait, la débarrassait des pensées encombrantes : le meurtre de Tom Letts et la visite de Daniel Bletchley.

On sonna à la porte.

Encore ? Qui diable... ?

Il soupira, se leva, alla à la porte en emportant son verre, soulagé que cela ne fût pas Agatha — elle était déjà venue —, et ouvrit.

Richard Jury.

Melrose resta pantois. Il ouvrit la bouche, la referma, la rouvrit de nouveau. Il aurait aimé accueillir son ami, un verre à la main, avec le calme imperturbable de Jury.

Au lieu de quoi, il avait l'air d'un poisson sorti de son élément.

— Il n'y a plus d'Irlande ? demanda-t-il quand il eut recouvré sa voix.

— Oh, elle est toujours là. Mais elle ne voulait plus de moi. Oh, je ne suis pas vexé pour autant. Je le serais encore moins si tu ne m'obligeais pas à rester planté devant ta porte alors qu'on serait mieux à l'intérieur en train de boire ce que tu as dans ton verre.

Jury sourit. C'était un de ces sourires qui débordent et irradient, comme s'il émanait de son être tout entier.

— Oh, excuse-moi.

Melrose ouvrit la porte en grand.

Jury s'extirpa de son pardessus et chercha des yeux un portemanteau. Melrose le débarrassa et jeta le pardessus sur la rampe de l'escalier.

— Viens dans la bibliothèque, il y a du feu.

Jury s'installa dans le fauteuil qu'avait occupé Daniel Bletchley. Avec une forte impression de déjà-vu, Melrose lui tendit un verre. C'était vrai, Dan Bletchley avait quelque chose qui lui rappelait Richard Jury. Pas étonnant qu'il se soit si bien entendu avec Daniel.

— Ce type qui a été tué la nuit dernière, Tom Letts, à la maison de santé de Bletchley...

Melrose sentit que Jury n'avait pas changé d'un iota depuis la dernière fois qu'ils s'étaient vus. C'était comme s'ils avaient réussi à s'entretenir de l'affaire tout du long malgré son absence.

— Comment es-tu au courant ?

— Parce que j'ai passé trois heures à Exeter avec Brian Macalvie. Qu'est-ce que je faisais à Exeter ? Le ferry d'Irlande assure la liaison Cork-Pays de Galles. Pourquoi Cork au lieu de Belfast ? Parce que j'ai dû aller à Dublin au dernier moment. Qu'est-ce que je faisais à... ?

— Laisse tomber. Si la conversation peut se dérouler sans moi...

Jury éclata de rire.

— Désolé. Je voulais juste t'éviter de me poser des questions ineptes.

— Ineptes ? Merci. Donc, Brian t'a mis au courant.

— De long en large. J'ai l'impression qu'il prend cette affaire très à cœur. Remarque, je ne devrais pas être surpris. Il prend *toutes* ses affaires à cœur.

— Tu te souviens du Dartmoor ? Le pub qui s'appelait Help the Poor Struggler ? Il a défoncé le juke-box à coups de pied quand un type a mis le morceau... comment s'appelait la chanson ?

— Molly quelque chose. (Jury fredonna :) « Oh, les gars, avez-vous jamais entendu la belle Molly, da, da, da... »

— Brannigan ! s'exclama Melrose. C'est ça ! (Il chanta à son tour :) « Elle est partie et... et... » C'est quoi la suite ?

— « Elle m'a quitté, et... »

Ils se mirent à chanter ensemble, ou plutôt, chacun de son côté.

— « Elle m'a quitté et je ne serai plus jamais le même homme ! »

Ils s'esclaffèrent.

— Bon sang, pourquoi l'amour est-il toujours aussi triste ? demanda Jury. (Il fit rouler son verre contre son front.) J'ai la tête qui tourne. Ça fait deux jours que je ne dors pas.

— Tu peux coucher ici, bien sûr.

— Merci. Le pub du village ne me dit rien.

— Le Noyé. L'inspecteur Wiggins y est descendu.

— Quand l'affaire sera terminée, et même si elle ne l'est pas, pourrai-je le récupérer ?

— Je n'y suis pour rien. C'est ce casseur de juke-box de Macalvie qui a insisté pour le faire venir de Londres.

— Il aime travailler avec Wiggins. C'est marrant. (Jury promena son regard à travers la pièce à la lumière tamisée.) C'est une pièce agréable. Le manoir aussi est agréable.

— Je l'ai loué pour trois mois. Tiens, maintenant que tu es là, aide-moi à réfléchir. La seule chose que j'ai en commun avec Hamlet, c'est que « je pense trop au problème ».

— Non, tu ne penses pas trop ; c'est juste un symptôme. Ce qui compte, c'est pourquoi tu y penses. Pour Macalvie, je connais la réponse : c'est le meurtre des deux enfants. Ça l'obsède depuis quatre ans. En fait, ça me rappelle l'histoire de Molly Brannigan. Molly Singer, plutôt.

Mais Melrose se souvint que Macalvie n'avait pas été le seul à s'intéresser à Molly.

Jury, qui était en train de regarder les photos, en prit une et demanda :

— Ce sont les enfants ? Quel drame ! Et quelle énigme ! Si Macalvie ne l'a pas résolue, qui le pourra ? C'est le genre d'homme à éliminer le superflu pour aller droit à l'essentiel. C'est un laser. (Jury vida son whisky.) J'en suis incapable. Je m'embourbe dans les détails. Ah, il t'envoie un message...

Melrose s'abstint de lui dire que Macalvie pouvait s'embourber lui aussi et qu'il s'investissait trop.

Jury glissa une main sous son pull en grosse laine et sortit de la poche de sa chemise un morceau de papier plié en quatre. Il le déplia, l'étala sur la table basse et le lissa.

— C'est au sujet de Morris Bletchley et de Tom Letts. (C'était un croquis du salon rouge.) Ça te semble fidèle ?

Melrose chaussa ses lunettes.

— Oui, au détail près.

— Macalvie affirme que s'il avait voulu mieux voir la cible, il aurait choisi la fenêtre n° 2 ou n° 3 (Jury les désigna du doigt) plutôt que la fenêtre n° 1 (il pointa la fenêtre par laquelle la balle avait été tirée). Il y a d'épais fourrés autour des fenêtres 2 et 3 ; en plus, le sol y est plus bas. N'importe qui peut voir la pièce depuis ces deux fenêtres, mais il faudrait être plus grand que nous pour viser juste.

Melrose réfléchit longuement.

— Donc, l'assassin a choisi cette fenêtre, dit-il en indiquant celle que Jury lui avait montrée. La n° 1.

— Exact. Mais ce que veut dire Macalvie, c'est : « Comment le savoir si tu n'as pas reconnu la scène avant ? » Tu ne peux pas savoir que le sol est trop bas avant d'avoir essayé, et si tu regardes par les autres fenêtres, n'importe laquelle...

Melrose termina à sa place :

— ... tu vois qui est dans le fauteuil roulant. (Il examina le croquis d'un air ahuri.) C'était bien Tom Letts qui était visé.

— Ça m'en a tout l'air, acquiesça Jury.

45

Sur la lourde table Empire trônait un cendrier Murano vert et bleu dont les couleurs changeaient à la lueur du feu. Il contenait des cailloux polis que Jury prenait et disposait en demi-cercle pour marquer les événements tragiques de Bletchley et de Lamorna : la mort des deux enfants Bletchley, celle de Ramona Friel, les meurtres de Sada Colthorp et Tom Letts.

— Sada Colthorp... commença Jury.

Il s'arrêta pour chercher quelque chose dans sa poche.

— Ah, Sadie May, fit Melrose. Ex-Mrs Rodney Colthorp et ex-vicomtesse Mead, redoutable star du porno. Drôle de monde. Ce type, Bolt, le producteur de films X, s'était pointé au manoir quand elle était encore mariée à Colthorp. Dennis, le fils du vicomte, l'avait foutu dehors, non sans avoir convoité sa Jaguar.

— Oui, Macalvie m'a parlé de Simon Bolt.

— Dans sa jeunesse, elle avait travaillé au Woodbine, le salon de thé du village tenu par Chris Wells et Brenda Friel. Elles sont associées. Sada Colthorp est revenue en visite à Bletchley il y a quatre ans.

Jury trouva ce qu'il cherchait, une enveloppe marron avec laquelle il se tapota le pouce d'un air songeur.

Melrose avait hâte qu'il cesse de réfléchir et lui montre ce qu'il y avait dans l'enveloppe.

— Ça recommence, dit Jury en se penchant sur le demi-cercle de cailloux.

— Qu'est-ce qui recommence ? Et qu'est-ce qu'il y a dans ton enveloppe ? Le billet gagnant de la loterie ?

— Il y a quatre ans. Quand, il y a quatre ans ?

— Je ne sais pas exactement. Brenda Friel pourrait te le dire. C'est elle qui a identifié le corps. Personne à Lamorna n'a reconnu la photo de la police.

— Avoir mené si longtemps la vie d'une vicomtesse, ça l'avait peut-être changée.

Jury déposa un nouveau caillou près de celui qui représentait la mort des enfants.

— Pas si longtemps. Elle est restée vicomtesse Mead moins de deux ans. Rodney Colthorp était réellement embarrassé de l'avoir épousée. Le démon de midi, j'imagine.

Jury avait ouvert l'enveloppe marron dont il avait tiré une photo — deux, en réalité, l'autre étant celle de la scène du crime. Il les tendit à Melrose.

— Ah, je vois, fit ce dernier.

La première photo montrait Sada, ou Sadie, pendant sa jeunesse à Bletchley et à Lamorna. Ses cheveux blonds étaient plus clairs que ceux de la morte de la scène du crime. Les yeux aussi étaient différents, mais c'était peut-être dû à l'excès de maquillage : eye-liner, ombre, mascara. Mais la principale différence résidait dans le visage plutôt potelé par opposition à celui de la morte, émacié et anguleux, même s'il ne manquait pas de charme. Ces changements ne semblaient pas seulement dus à l'âge.

— Elles sont différentes, hein ? Si on sait que c'est la même personne, on discerne une ressemblance, même malgré le changement de coiffure, la couleur de la peau, le ramollissement du visage causé par la drogue. Les Mœurs l'ont ramassée plusieurs fois à Shepherd Market pour racolage. Elle a aussi été arrêtée à Soho pour trafic de drogue, mais les charges ont été abandonnées.

Ce qui choquait le plus Melrose, ce n'étaient pas les vices de Sada, mais le fait que Jury les connaisse. Il était sur l'affaire depuis moins de huit heures et il en savait déjà plus que Melrose lui-même. Et en outre il lisait dans ses pensées car il déclara :

— Macalvie vient juste d'avoir le rapport, c'est pour ça que tu n'étais pas au courant.

Melrose choisit de se venger sur la police :

— Ça leur a pris tout ce temps ? Il leur a fallu une semaine pour avoir ce rapport ?

— Ça arrive. Lenteur bureaucratique ; ou peut-être qu'ils ont eu du mal à réunir un dossier sur elle. Qui sait ? Le fait est, Sada était tellement accro qu'elle ne pouvait se payer sa drogue avec son maigre salaire d'hôtesse dans un club de Shepherd Bush, elle avait besoin d'un supplément ; la prostitution et le trafic sont les moyens les plus rentables. La drogue devait lui coûter une fortune. Je parie que c'est pour ça qu'elle était revenue. Remarque, c'est juste une intuition.

— Chantage ?

— Oui, ou parce qu'elle avait quelque chose à vendre.

— C'est la même chose, non ? (Melrose débarrassa les verres et alla les ranger dans l'évier.) La seule personne que je connaisse dans le coin qui a ce que tu appelles une fortune, c'est Morris Bletchley.

— Et son fils, Daniel ? Ou sa belle-fille ? Elle devait y avoir accès, même si elle n'avait pas de fortune personnelle.

Karen. Melrose médita la question.

— Elle était dans le coin le jour du meurtre. Elle est passée me voir. Ou revoir le manoir.

— Elle revient souvent à Bletchley ? Ça doit être pénible.

— Souvent ? Oh, non. C'était la première fois depuis...

— Quatre ans, termina Jury en souriant.

— Exact.

Melrose jeta un regard au cercle de cailloux. Il avait raté quelque chose.

— Pourquoi Lamorna ? fit Jury.

— Quoi ? demanda Melrose, distrait.

— Pourquoi l'a-t-on retrouvée à Lamorna ?

— Là, je sèche, avoua Melrose.

Il avait dit cela d'un ton hésitant, sans doute parce que Jury ne séchait pas, lui.

— Il y a un pub à Lamorna ?

— Oui, le Pirate.

— Allons-y, dit Jury en se levant aussitôt.

— Ah non ! Qu'est-ce que vous avez tous à vouloir aller quelque part ? (Mais son irritation était feinte.) A Lamorna ? A cette heure ?

— Il n'est que dix heures moins le quart. Allez, viens.

— On ne peut pas résoudre l'énigme ici ? On est vraiment obligés de bouger ?

— Je n'ai pas tes petites cellules grises ; je dois labourer de mon pas pesant, patapouf, patapouf, patapouf.

Jury prit Melrose par la main et le hissa sur ses pieds.

— Tu parles comme le roi Lear, protesta Melrose. Je me demande comment le public réagirait si, lorsqu'il étreint le cadavre de Cordelia, il disait : « Et elle reviendra, patapouf, patapouf, patapouf » au lieu de : « Elle ne reviendra jamais, jamais, jamais. »

Johnny arrêta son taxi, vit plusieurs fenêtres éclairées au rez-de-chaussée et la voiture de Melrose Plant. Il avala les marches au pas de course, martela le heurtoir de bronze de toutes ses forces et attendit. Au bout de trente secondes, il recommença et attendit de nouveau. Si sa voiture est là...

Il trouva le paquet de cigarettes de Trevor dans la boîte à gants, en prit une et l'alluma. Il fumait rarement, mais ça le calmait et lui éclaircissait les idées. Il comprenait pourquoi les fumeurs avaient tant de mal à arrêter.

Vers dix heures passées, il avait déjà fumé trois cigarettes. Il se laissa glisser sur le siège et s'efforça de comprendre le pourquoi du comment. Mais c'était comme se heurter à un mur.

L'ennui, c'est qu'il avait peur. Il avait peur de tenter sa chance tout seul. Il lui fallait des renforts. Il pensa à Charlie, mais Charlie était à Penzance.

Il patienta encore quelques instants avant de décider que Plant ne rentrerait pas. Il était sans doute quelque part avec le commissaire Macalvie.

Une dernière cigarette, puis il démarra, recula et, oubliant sa peur et sa frustration, accéléra à fond ; le taxi chassa sur le gravier et faillit emboutir un arbre.

Pourquoi les flics n'étaient-ils jamais là quand on avait besoin d'eux ?

46

— Tu verras, dit Melrose en s'extirpant de la Honda de location de Jury. C'est pas exactement des causants. Enfin, si t'as l'intention de les interroger...

La brume marine qui diaprait le sentier mangeait si bien leurs tibias qu'ils avaient l'air de flotter en se dirigeant vers le Pirate.

— Macalvie dit que c'est comme essayer d'extraire du sang d'une pierre, poursuivit Melrose. (Il soupira.) Dommage qu'il n'y ait pas de guichet pour les ventes à emporter.

Une fois entré, il eut l'impression de voir les mêmes têtes que lorsqu'il était venu avec Macalvie. Pourquoi pas, d'ailleurs ? Il n'y avait pas d'autre pub dans les environs. Ils allèrent au bar et s'assirent entre un vieil homme noueux en ciré et une grosse femme qui sirotait une bière. La lie qui se déposait dans son verre suggérait qu'il s'agissait d'un breuvage local.

Ce n'était peut-être pas sa graisse qui débordait sur la place allouée à Melrose ; peut-être tout simplement une des multiples couches de vêtements. Sous son pardessus à la teinte ambiguë, elle portait un chandail moutarde qui recouvrait une chemise en laine écossaise dont les manches roulées dévoilaient une flanelle beige sale qui aurait pu être un sous-vêtement, mais Melrose en doutait car les bourrelets qu'il vit dépasser du coude prouvaient qu'elle portait encore au moins une épaisseur en dessous.

Hésitant sur le meilleur moyen d'entamer la conversation — la femme ne lui avait pas adressé l'ombre d'un regard —, Melrose se surprit à écouter le vieil homme qui, semblant répondre en détail à une question du commissaire, assis à sa droite, traçait l'itinéraire de Mounts Bays à l'Atlantique qu'il suivait du temps où il était pêcheur.

Ou contrebandier, songea Melrose, même si c'était un rôle qui avait dû plutôt échoir à son grand-père. Avisant le verre vide de la grosse femme, Melrose demanda à la serveuse de le remplir et de lui apporter une Old Peculiar. Une fois servi, il s'adressa à sa compagne de beuverie :

— Vous habitez Lamorna ou vous êtes ici en touriste ?

Il eut conscience de ne pas avoir fait preuve d'une grande originalité.

La femme, que le patron avait appelée d'un nom qui ressemblait à « Patte de Porc », parut trouver elle aussi que sa question manquait d'à-propos.

— Moi ? Non, je crèche sur un yacht qu'est ancré là-bas.

Elle avait tourné vers lui un visage dont l'expression montrait manifestement qu'elle ne se laisserait pas acheter avec une simple pinte.

Melrose ne renonça pas pour autant.

— Melrose Plant, dit-il en tendant une main qu'elle ignora. Enchanté.

— Ma pomme, c'est Pat Daport.

— Vous habitez ici depuis longtemps ?

Encore une question originale.

— Ouais.

Elle tira une cigarette défraîchie du paquet qui traînait sur le comptoir. C'était une marque que Melrose n'avait jamais vue et qui avait tout pour inciter un fumeur invétéré à arrêter le tabac.

Melrose s'empressa de la lui allumer.

Pat Daport haussa les épaules, inspecta le bout incandescent pour vérifier qu'il savait s'y prendre. Satisfaite, elle se vissa de nouveau la cigarette dans le bec.

— Vous devez être aux cent coups après ce qui s'est passé. Je parle du meurtre.

— Ouais.

Apparemment, la pomme susmentionnée n'avait pas la parole facile. Il n'avait rien pu lui tirer, hormis son nom. Et sa bière, qu'elle avait vidée. Elle prit sa chope et l'examina comme pour admirer le travail du souffleur de verre qui l'avait fabriquée.

Melrose fit signe à la serveuse de remettre ça. Cette dernière s'exécuta. Ayant ainsi reconnu son incapacité momentanée à percer les défenses ennemies, Melrose se tourna vers le vieil homme en ciré qui était toujours en train de répondre à la même question de Jury. Et dire que Jury n'avait pas encore payé une seule bière !

— La ferme, Jimmy ! lança quelqu'un.

L'injonction se perdit dans le brouhaha des conversations.

Tandis que Melrose élaborait une nouvelle tactique pour prendre Pat Daport à revers, il sentit une main sur son épaule, coula un œil dans la glace et vit un dénommé Mark Weist. L'un des nombreux peintres du village. Il se flattait d'avoir de la classe, ce qui ne sautait pourtant pas aux yeux.

— Votre enquête avance ? demanda-t-il, hilare, trouvant sans doute sa question désopilante.

— La mienne non, mais la sienne, oui, rétorqua Melrose en désignant Jury qui se retourna et fut présenté à l'artiste.

— Scotland Yard ! croassa Weist. On a été chercher les grands manitous, à ce que je vois !

Jury sourit d'un air patient.

— Vous avez déjà rencontré le grand manitou. Le commissaire Macalvie.

— Ah, oui. Une sacrée pointure. (C'était dit avec une telle condescendance !) Comme je le lui disais — au commissaire Macalvie —, nous ne connaissons pas cette femme.

Melrose s'émerveilla du don pour les banalités du dénommé Weist, qui s'était en outre, semblait-il, autoproclamé porte-parole de Lamorna.

— Y en a qui la connaissaient, intervint Pat Daport. Une sale gamine, une sale bonne femme. Ah, ça ne m'étonne pas.

— C'est-à-dire ? fit Jury.

— Gamine, elle s'exhibait en public.

Tous les enfants font ça, songea Melrose.

— Tu comprends ce que je veux dire ? Eh, toi, Tim ! Elle s'était penchée par-dessus Melrose pour se faire entendre du petit vieux noueux à côté de Jury.

— Obsédée qu'elle était, dit Tim.

— Bref, elle fouinait partout. Elle se mêlait de ce qui la regardait pas, et elle se servait de ce qu'elle découvrait.

— Du chantage ? questionna Jury.

— Appelez ça comme vous voulez. Y avait un

pauvre couillon, McPhee qu'y s'appelait — il est mort à présent —, elle a appris qu'il avait fait quinze ans de centrale dans le Dartmoor ; on l'avait mis là parce qu'il avait poignardé sa femme avec un couteau à pain. Sadie a été le raconter partout. J'sais pas si elle a voulu le faire chanter. En tout cas, il a pas eu envie de payer ; il s'est pendu.

Sa tirade terminée, elle se tut et tendit son verre vide.

Si quelques verres suffisaient à la faire parler, Melrose était prêt à lui payer un tonneau entier. La serveuse s'était rapprochée, toute ouïe. En fait, attirée par cette histoire qui menaçait d'être croustillante, une petite troupe d'une dizaine de personnes se serrait près du bar. Celles qui étaient à portée de voix ouvraient grand leurs oreilles. Intéressé, un jeune couple, très branché londonien, qui se tenait à l'autre bout du comptoir, s'était aussi avancé. La femme était d'une beauté cristalline, elle avait une peau délicate au point d'être transparente, des yeux gris acier, clairs comme de l'eau, des cheveux aussi limpides que de l'or blanc. Elle était vêtue de soie blanche. L'homme, tout aussi séduisant, portait du tweed et un pull à col roulé en soie noire.

On avait du mal à distinguer les habitants de Lamorna des touristes. Melrose conclut que le village devait attirer la faune à la mode, dont Mark Weist s'imaginait faire partie.

Pat Daport reprit son récit :

— Sadie avait à peine dix ans qu'elle faisait déjà des avances aux hommes, elle leur fourrait la main dans la poche et les pelotait — vous devez connaître ça, vous autres les flics. Le soir, elle escaladait les fenêtres pour mater. Elle traînait toujours dehors, la Sadie. Sale gosse. Sa mère valait pas mieux. Elle avait foutu le camp, personne savait où, et Sadie vivait avec son vieux. Il avait beau rouspéter, ça changeait rien.

Bien qu'elle s'adressât au patelin Jury (même si c'était l'horrible Plant qui réglait les consommations), la troupe rassemblée autour d'eux acquiesçait sagement.

Pat vida sa bière jaune pisse et s'essuya la bouche d'un revers de manche.

— C'est vers quatorze, quinze ans que les ennuis ont vraiment commencé...

Sentant qu'on lui volait la vedette, Weist intervint :

— La Lolita de Lamorna ! (Comme personne ne mouftait, il précisa :) *Lolita*, vous savez, Nabokov...

Pat le fusilla du regard.

— On sait très bien qui est Lolita ! (Elle attendit que Melrose lui allume sa nouvelle cigarette avant de poursuivre :) Un type de Londres a débarqué à Lamorna, Simon Bolt qu'y s'appelait. Si notre Sadie valait pas grand-chose, ce Bolt, c'était pire. Pas étonnant qu'y se soient si vite trouvés, ces deux-là. Il se disait producteur de films...

Elle dessina des gribouillis dans l'air pour montrer ce qu'elle pensait de Bolt.

La femme en soie blanche dressa un sourcil satiné.

— Des pornos ?

— Pire que ça, assura Pat Daport, qui paraissait agacée qu'une bêcheuse de la ville empiète sur son territoire. Y en a qui disent qu'y z'ont vu le diable dans la lande.

Il y en a toujours pour voir le diable dans ce genre d'endroit, songea Melrose.

— Pas étonnant, intervint Mark, toujours prêt à se rendre intéressant, on est en Cornouailles, le pays des fantômes.

Il bourra de tabac sa pipe de bruyère, abandonnant le crachoir à Pat, qui le saisit au vol :

— Tim, ici présent... (Tim hocha vigoureusement la tête, bien qu'ignorant le rôle qu'il allait jouer dans le récit), Tim dit qu'il a vu des engoulevents dans les bois de jacinthes, et Lydi Ruche, là-bas (elle pointa une table où étaient assis trois hommes et une brune revêche), dit qu'elle roulait du côté des Merry Maidens et qu'elle a vu un spectre... un spectre !

Pat répéta le mot avec gourmandise.

— Les Merry Maidens, c'est un cercle de pierres, glissa Mark, offrant une explication que personne ne lui demandait.

Pat Daport éleva la voix d'un décibel pour couvrir celle de Mark Weist.

— De toute façon, c'est pas là que je voulais en venir. Ce Bolt, y tournait des films, comme je disais. Y vivait dans la baraque du vieux Leary, en haut de la falaise, là-bas. La femme qui faisait des ménages chez lui nous a dit qu'il y avait une pièce équipée exprès pour ses films. Oh, elle jouait pas dedans ; elle avait juste réussi à glisser un œil dans la pièce. Elle a dit qu'elle avait vu un projecteur et un tas de bobines empilées à côté.

« Simon Bolt et Sadie May, ah, y z'étaient faits pour s'entendre. Simon les aimait jeunes, à ce qu'on disait, plus elles étaient jeunes, mieux c'était. Un jour, Sadie m'a dit : « Je vais faire du cinéma. Je vais devenir une star. »

— Il tournait des films porno, c'est ça ?

— Pire que ça. Les gosses. C'est Sadie qui l'a aidé pour les gosses. Vous vous rendez compte ? Qui a envie de voir mourir des gosses ? conclut Pat en hochant la tête, incrédule.

— Mourir ? s'étonna Melrose.

— Oui, c'est ce que j'ai entendu dire.

Dans le silence pesant qui suivit, tout le monde regarda Pat Daport, bouche bée.

— Des snuff films[1], expliqua l'homme en col roulé noir.

1. Snuff : buter, zigouiller. Films dans lesquels les « acteurs » sont tués pour de vrai, souvent après tortures. *(N.d.T.)*

47

L'idée était tellement répugnante que plusieurs personnes détournèrent la tête. Toutefois, le sujet étant trop attirant pour que ces âmes sensibles quittent le cercle, elles reprirent leur poste.

— Comment se fait-il que la police du Devon et de Cornouailles n'était pas au courant ? demanda Jury.

— Elle savait p'être, mais elle a pas réussi à le coincer, risqua Pat. (Elle laissa Melrose lui allumer une énième cigarette.) Il allait des tas de fois à Londres quand y vivait là-haut.

— Où, là-haut, Pat ? questionna Jury.

De son verre, elle pointa vers le nord puis en haut, vers la lune.

— Je peux vous montrer la route, proposa-t-elle.

— Nous vous en serions très reconnaissants, affirma Jury, qui jeta quelques pièces sur le comptoir et se leva.

Ils firent ce que Pat Daport leur avait conseillé — ils laissèrent la voiture sur le parking pavé et continuèrent à pied, deux cents mètres, environ, sur le sentier communal.

La maison était extrêmement bien située, la vue y

était plus grandiose encore qu'à Seabourne. C'était une construction austère, que n'égayait aucun ornement architectural. En tout cas, Jury et Plant n'en virent pas à la lumière de leurs torches. Jury en conservait une de rechange dans son coffre, celle qu'il avait prêtée à Melrose. Le coffre contenait aussi une boîte à outils.

— Rappelle-moi de demander un mandat la prochaine fois que je vais à Exeter, dit Jury en s'attaquant à la porte.

La vieille serrure céda facilement.

— J'aurais pu l'ouvrir d'un doigt, remarqua Jury.

Il poussa la porte ; l'intérieur était plus lugubre que l'extérieur. Dans la pièce face à la mer, il y avait un canapé, deux fauteuils rembourrés et d'affreuses chaises. Et une petite cheminée entourée de carrelage et d'horribles appliques murales Art Déco.

Ils visitèrent les pièces du bas et du haut, puis descendirent à la cave qui semblait servir de cellier à vin.

— Bonnes bouteilles, remarqua Melrose en soufflant la poussière d'un meursault, un premier cru. Bon Dieu, quel gâchis ! Personne ne va venir récupérer ce délicieux vin ?

Jury ajoutait une touche de lumière sur les murs en balayant la cave de sa torche. Mais il ne vit rien qui aurait servi de cachette aux vidéos qu'il était pourtant sûr de trouver, ce qu'il ne se priva pas de dire.

— Qu'est-ce qui te fait croire qu'elles sont ici et pas à Londres ? demanda Melrose. D'après Pat Daport, il y allait tout le temps.

— Il y en a ici ET à Londres. Il gardait forcément au moins une petite collection ici.

Melrose examinait une bouteille de puligny, simple appellation, lorsque Jury, qui remontait l'escalier, lui lança :

— Tu comptes rester pour une dégustation ou tu viens ?

Au rez-de-chaussée, Jury balaya une nouvelle fois la pièce de sa torche.

— On est déjà passés ici, dit Melrose. Qu'est-ce que tu t'attends à trouver ?

Il éteignit sa lampe, s'assit sur une chaise et alluma une cigarette.

— Je n'en sais rien. Je me base sur l'idée que cette maison était le lieu de rendez-vous choisi.

— Quel rendez-vous ?

— Elle avait forcément rendez-vous. Je doute fort qu'elle soit tombée par hasard sur son assassin sur le sentier communal.

— Ils auraient pu décider de se rencontrer à l'endroit où on a découvert son corps.

— Oui, ils auraient pu. Sauf qu'il est difficile de connaître un endroit à l'avance, à moins d'y avoir laissé une marque. Sada Colthorp a peut-être choisi cette maison parce qu'elle la connaissait et qu'elle est située à l'écart. Elle était sûre qu'on ne les verrait pas.

Jury éteignit sa torche et s'assit à son tour sur le canapé en face de la chaise.

Melrose ne s'était jamais retrouvé dans un noir aussi dense. Il distinguait à peine la silhouette de Jury.

— J'imagine qu'ils ont quitté la maison pour emprunter le sentier. Qui en a eu l'idée ? L'assassin, probablement. Il — ou elle — ne voulait pas qu'on retrouve le cadavre trop près de la maison, il a donc mis une certaine distance entre la maison et l'endroit où il l'a tuée.

— Pourquoi ?

— Pourquoi quoi ?

— Pourquoi ne pas vouloir qu'on découvre le corps dans la maison ?

— Parce que ça risquait d'établir un lien entre Bolt et la mort des enfants Bletchley.

— Tu crois que c'est ça qui s'est passé ?

— Absolument. Attirés par Dieu sait quelle récompense ou poussés par Dieu sait quelle raison, ils ont descendu les marches pendant que Bolt les filmait. Il les a regardés se noyer.

— Comment peut-on faire ça ?

— Parce qu'il y a un marché pour ce genre de films. Un marché juteux.

Melrose éteignit et ralluma sa torche.

— Il y a une chose qui m'échappe : pourquoi, sachant ce qu'il allait faire, un homme se fierait à une jeune fille comme Sadie ?

— Tu n'as jamais lu *Lolita* ?

— Si. Pat Daport et moi, on connaît Lolita.

— De toute façon, ce n'est pas une question de confiance. Les gens qui travaillent dans la branche de Bolt ne font confiance à personne. (Jury fit clignoter sa lampe.) Tu as déjà construit une cabane dans les arbres quand tu étais petit ? Tu n'y as jamais emporté un livre la nuit, une lampe électrique et des vivres ?

Le bout incandescent de la cigarette de Melrose rougeoya dans le noir.

— Non. Je ne me souviens pas d'avoir eu une cabane dans un arbre. Et toi ?

— Non, mais je sais que ça se fait. On entend parler d'une enfance pareille. L'enfance idéale.

Il braqua sa torche sur Melrose qui se baissa, mais pas assez vite.

— Oh, ça n'existe pas. L'enfance idéale est une illusion.

Il visa le canapé, mais Jury évita de justesse le faisceau lumineux.

— T'as peut-être raison, dit Melrose. C'est pas facile d'être fils unique. Quelque chose vous manque, comme s'il y avait un trou dans l'univers où l'autre serait tombé. Oh, j'étais moins malheureux que toi, c'est sûr. On ressent de la compassion pour une enfance comme la tienne. Pas pour la mienne.

— Tu veux dire que la tienne n'était meilleure que superficiellement ? Pourtant, tu avais ton père et ta mère.

Melrose observa un moment de silence ; il éclaira le sol, éteignit sa lampe, l'alluma de nouveau.

— Ma mère, oui ; mon père... (Il changea de sujet :) Il y a une question que je me pose depuis longtemps. (Sa lampe éteinte, son mégot écrasé, ils étaient de nouveau plongés dans le noir.) Vivian et toi.

Un silence immobile régnait. Aucun d'eux ne bougeait. Puis Melrose éclaira soudain Jury en pleine face.

— Tu triches ! Tu savais que ta question allait me distraire !

— Allez, sois sport ! ricana Melrose. Alors, il y a quelque chose, hein ? Entre Vivian et toi ?

— Le réveillon de Noël, il y a des années. Tu t'en souviens ?

— Oui.

Melrose avait envie d'une autre cigarette, mais cela aurait signalé sa position.

— J'ai raccompagné Vivian chez elle, nous avons pris un verre et bavardé. Tu vois, ce que je ne comprenais pas, c'était pourquoi épouser Simon Matchett. Il n'était pas du tout son genre. A son absence de passion quand elle parlait de lui, on voyait bien qu'elle n'était pas amoureuse. Tu connais Vivian. Elle peut être très directe, mais dès qu'il s'agit de ses sentiments, elle... louvoie. Bref, pendant la discussion, j'ai insinué qu'elle était amoureuse, mais de qui ?

Le faisceau de la torche de Jury frappa Melrose en plein visage.

— Hé ! Pas au milieu d'un aveu capital !

— C'est ce que tu viens juste de me faire.

Ils se retrouvèrent de nouveau dans le noir.

— Tu veux une cigarette ? proposa Melrose.

— Non. Tu sais très bien que j'ai arrêté depuis plus d'un an.

— D'accord, alors on dit pouce pendant que j'en fume une. Sinon, tu verrais l'allumette.

— Je verrai aussi le bout incandescent quand tu tireras sur ta clope, alors pourquoi en faire un plat ? Je t'aurais à chaque bouffée. (Jury renversa la tête en arrière sur le dos du canapé.) Simon Bolt, articula-t-il, comme pour évaluer le nom.

— Oui. Simon Bolt prenait de sacrés risques... se montrer à Seabourne, même s'il faisait nuit. On aurait pu le voir.

— Si les Bletchley avaient été là, mais ils étaient sortis. Le seul témoin éventuel, c'était la vieille cuisinière. Tu ne m'as pas dit que sa chambre était de l'autre côté du manoir ?

— Oui, mais comment Bolt l'aurait-il su ? demanda Melrose.

— Grâce à la personne qui l'avait mis sur la piste des gosses.

— Sada Colthorp ?

— Non. D'après moi, Sada était sans doute une intermédiaire. Je parle de la personne qui voulait que les enfants disparaissent et avait pensé à cette solution. C'étaient peut-être Bolt et Colthorp qu'on avait vus dans les bois. En tout cas, les enfants avaient vu quelqu'un.

— Correction : leur mère prétend qu'ils avaient vu quelqu'un.

— Tu crois qu'elle a inventé l'histoire ?

— Non, plutôt Henry James.

Long silence.

— Tu es sûr que tu ne veux pas une cigarette ?

— Hein ? Mince, tu parles d'un ami ! M'encourager à repiquer à mon vice !

— Oh, garde ta morale à deux sous pour tes suspects ! Je me disais juste que si on fumait tous les deux, les chances seraient égales.

— Tiens donc ! Il faudrait que je fume juste pour que tu puisses me braquer ta sale lampe sur la figure ?

— Dis-moi plutôt ce que tu allais me dire sur Vivian... Bon Dieu ! (Melrose laissa tomber sa torche, la récupéra aussitôt.) Vivian ! J'ai oublié de te dire. Vivian est rentrée, et elle a ramené Giopinno avec elle !

— Tu mens !

— Non, ma parole.

— Tu essaies de me prendre par surprise.

— Oh, ne sois pas ridicule. J'avais complètement oublié la torche.

Jury changea de place. Il se pencha en avant.

— Ne me dis pas qu'elle va réellement épouser ce ringard !

— Qui sait ? fit Melrose. Vu leur drôle de relation, tout peut arriver. Vivian va peut-être le plaquer.

— Le plaquer ? On ne plaque pas quelqu'un après tant d'années. Le tuer, à la rigueur, mais le plaquer, jamais.

— Enfin, de toute façon...

Melrose alluma brusquement sa torche. Jury l'imita dans la seconde.

— Oh, bon Dieu ! s'exclama-t-il. Tu ne peux pas diriger cette lampe ailleurs ? Quel gamin !

Melrose ricana.

— *Que se passe-t-il, ici ?*

Dans un beau mouvement d'ensemble, les deux torches se braquèrent vers la porte du salon, prenant Brian Macalvie dans leurs faisceaux.

— C'est comme ça que vous remplissez votre mission ?

— Vous ne m'en avez pas donné, rétorqua Jury.

— Comment saviez-vous que nous étions là ? demanda Melrose.

— J'étais au Pirate à la fermeture. Une vieille bonne femme m'a dit que vous monteriez là-haut. Elle ne voulait pas me dire comment vous trouver.

— Vous l'avez donc tabassée ?

— En tout cas, j'ai eu le tuyau, mais vous n'avez pas besoin de connaître mes méthodes. De même que je ne veux pas connaître les vôtres. Otez cette foutue lampe de mes yeux. Allez, venez, retournons aux voitures.

Ils s'arrêtèrent entre la Ford verte de Macalvie et la Honda bleue de Jury pour parler de Simon Bolt. Dans le noir d'encre, rien ne distinguait les deux véhicules.

— Simon Bolt ? Nous avons essayé de le serrer pour détention et trafic d'articles à caractère pornographique. Quand je dis « nous », je parle des Mœurs. Je ne me suis pas occupé de l'affaire moi-même. On m'a dit qu'il avait pris des photos, des films aussi. C'était il y a vingt-cinq ans. Mais des snuff films avec des gosses ? Jésus, non, je n'ai rien entendu de pareil ; si les Mœurs avaient été au courant, je l'aurais su. (Macalvie poussa plusieurs jurons inaudibles.) Bolt figure dans cette affaire et je suis passé à côté ? Seigneur !

Ce n'était pas tant sa fierté mise à mal qui le chagrinait que le sentiment d'avoir failli à son devoir.

— Vous n'étiez pas sur l'affaire, à l'époque. Comment auriez-vous fait le lien avec ce qui nous occupe aujourd'hui ?

— Vous tenez votre information d'un témoin, Jury. J'aurais dû faire pareil.

— C'était un pur hasard, Macalvie. Il se trouve que j'ai posé une question qui a poussé Pat Daport à lâcher le morceau.

— Retournons au manoir, proposa Melrose. Il y a du feu et à boire. Je peux même vous faire un petit déjeuner.

— Pas d'œufs à la coque avec des mouillettes, dit Jury en se glissant au volant de la Honda. Je refuse de manger des toasts découpés en mouillettes.

Melrose s'installa sur le siège avant.

— Les mouillettes, dit-il, nostalgique. C'était mon seul rayon de soleil dans une enfance misérable.

— Ça vous fend le cœur, railla Jury.

Il démarra et la Honda dévala l'étroite route défoncée dans la poussière de la Ford de Macalvie, aussi vite que le permettait l'état de la chaussée.

48

En garant le taxi devant chez lui, Johnny se demanda s'il ne laissait pas son imagination, déjà prompte à s'enflammer en temps ordinaire, lui jouer des tours. Il y avait peut-être une autre explication.

Peut-être, mais il en doutait, parce que ce qui s'était passé, selon lui, expliquait trop de choses pour qu'il se trompe. Mais cela n'expliquait pas tout. Cela n'expliquait pas *pourquoi*.

Il descendit de voiture sans prendre la peine de verrouiller la portière — ce qui faisait partie de l'explication, n'est-ce pas ? Qui fermait jamais sa portière ou sa maison au village ? — et se rendit à pied au Woodbine. Brenda ne se couchait jamais, elle faisait sa pâtisserie jusque tard dans la nuit, ce qui avait toujours été d'un grand réconfort pour Johnny, lorsqu'il ne pouvait pas dormir et qu'il avait envie de causer.

La clochette émit son habituel petit son discordant lorsqu'il poussa la porte du salon de thé, un endroit qui lui donnait toujours une impression de chaleur, même en plein milieu de la nuit lorsque le chauffage était éteint.

De la cuisine lui parvenaient les bruits et les odeurs

de cuisson. Le cliquetis des casseroles, le sifflement du batteur, le ronronnement du mixer — on aurait dit que Brenda commandait une armée de marmitons. Il huma un parfum de gingembre.

Il comprenait pourquoi les clients venaient matin et soir, même si c'était loin de chez eux, à la recherche de cette agréable sensation de bien-être, cette illusion de calme et de paix. Grâce à la lueur de la lune, ou à ses souvenirs, Johnny distingua les motifs de fougère sur les rideaux de coton, les roses délavées sur les coussins, le bois brûlé et les petits carreaux des bay-windows que l'astre nocturne faisait briller d'un éclat argenté. Tout dans la pièce — les roses fanées, l'odeur de gingembre — se mélangeait comme les épices, le lait et le miel dans un beignet au velouté délicieux. C'était troublant de sensualité.

Comme le sexe, songea Johnny.

Il s'arrêta sur le seuil de la cuisine.

Brenda, qui sortait du four une plaque de cookies au pain d'épice, se retourna et sourit.

— Trésor ! Tu n'arrives pas à dormir ?

— Non. Où est-elle, Brenda ?

49

Au Noyé, l'accueil de Wiggins fut à peine plus chaleureux que celui de Mr Pfinn. Mais au moins Wiggins était-il conscient qu'une enquête de police n'attendait pas. Mr Pfinn, de son côté, se fichait pas mal que les trois hommes viennent lui voler un client. Il avait besoin de sommeil et l'avait fait savoir.

Mais l'humeur de Wiggins changea du tout au tout lorsqu'il reconnut Richard Jury. Planté sur le seuil de sa chambre, en pyjama, il était prêt à se lancer dans une longue conversation sur les pérégrinations de son patron.

— Irlande, zéro ; Scotland Yard, un, fit Macalvie, coupant court à la discussion. Habillez-vous.

En arrivant à Seabourne, Melrose et Wiggins allèrent à la cuisine préparer quelque chose à manger tandis que Jury et Macalvie s'installaient dans la bibliothèque.

— Qu'est-ce que c'est ? interrogea Macalvie en inspectant le demi-cercle de cailloux de Jury. Avebury ? Stonehenge ? Les Merry Maidens ?

— Très drôle. J'essayais de mettre de l'ordre dans ce qui est arrivé à chacun au cours des quatre dernières années. Dans la plupart des cas, la mort a frappé. Je voulais tirer au clair ce qui s'est passé il y a quatre ans, puis aujourd'hui... récemment, en tout cas. (Jury prit un autre caillou.) Nous pouvons ajouter Simon Bolt dans la section ancienne, à côté de Sada Colthorp, qui est revenue à Bletchley il y a quatre ans et qui était en contact avec Bolt — forcément, puisqu'elle jouait dans ses films.

— Et, d'après Rodney Colthorp, Bolt avait visité le manoir. Oui, ils étaient en contact.

Jury plaça les deux cailloux côte à côte.

— Bien, qu'est-ce que vous avez là ?

— Ça commence avec les enfants Bletchley, Simon Bolt et probablement Sada Colthorp étant mêlés à leur mort, ensuite le décès de Ramona, la fille de Brenda Friel ; c'est la partie vieille de quatre ans. Plus récemment, la disparition de Chris Wells, la mort de Sada Colthorp, et celle de Tom Letts.

Macalvie fourra une plaquette de chewing-gum dans sa bouche et étudia le schéma des cailloux. Il ne s'était pas assis et n'avait pas quitté son manteau.

— Pourquoi n'ôtez-vous pas votre manteau ?

Jury ne s'attendait pas à ce qu'il le fît, mais il n'avait pu résister à l'envie de lui poser la question.

Plutôt que de se débarrasser du manteau, Macalvie en rejeta les pans en arrière et plongea les mains dans les poches de son pantalon. Il mastiquait son chewing-gum d'un air pensif.

— Le fumier faisait des snuff films.

— La cassette est quelque part dans cette bicoque, ou dans ses environs.

— Elle est chez l'assassin de Sada Colthorp, dit Macalvie, qui examinait toujours le demi-cercle. J'en ai retrouvé une partie.

Jury lui lança un regard inquisiteur.

— Où ?

— Oh, juste un fragment, à côté du cadavre de Sada. En tout cas, j'espère ne pas me tromper. C'était un morceau de cassette vidéo, c'est sûr. Evidemment, ce n'est pas la seule copie. Il y a quatre ans, celui ou celle qui avait payé Bolt pour le film avait gardé l'original. Ensuite, Bolt avait dû conserver une copie, tout en prétendant qu'il n'y en avait pas. A mon avis, il existe au moins trois exemplaires. Nous avons retourné sa maison de fond en comble. Sada Colthorp possédait une copie. D'ailleurs, c'était peut-être celle que Bolt avait planquée ; elle connaissait peut-être la cachette. Sinon, comment aurait-elle fait chanter la personne qui avait voulu la mort des enfants ?

— Le film ne prouvait pas qui était cette personne.

— Non, en effet, admit Macalvie. Mais il montrait comment le meurtre avait été perpétré. (Il alla à la cheminée et s'accouda au manteau en marbre vert.) C'est déjà moche que les gosses soient morts, mais *comme ça* !

Macalvie travaillait toujours avec passion, mais Jury ne l'avait jamais vu s'investir autant dans une affaire. Pas depuis les meurtres en série d'enfants dans le Dartmoor et à Lyme Regis. Il attendit que le divisionnaire poursuive.

Macalvie ne se fit pas prier.

— Je dirais que Colthorp connaissait le mobile, mais même dans le cas contraire, celui ou celle qui avait voulu qu'on tourne un film n'aurait pas aimé qu'on rouvre l'enquête sur l'affaire Bletchley. De toute façon, le film est notre meilleur postulat. C'est une hypothèse de travail qui explique pas mal de choses.

Plant et Wiggins parurent avec du café, du pain frais, du fromage et du jambon.

— Comme je n'ai pas trouvé d'œufs, je n'ai pas fait de toasts, expliqua Melrose en posant son plateau pendant que Wiggins se débarrassait de la cafetière.

— J'ai faim, déclara Macalvie. J'ai sauté le dîner.

Et sans doute le petit déjeuner et le déjeuner, songea Jury, qui se confectionna un sandwich.

— Tu n'aurais pas des cornichons, par hasard ?

— Non.

Wiggins retourna le manteau qu'il avait étalé sur le dossier d'une chaise et tira d'une poche intérieure ce qui ressemblait fort à un étui à bijoux. Il dénoua le ruban et ouvrit l'étui en cuir, dévoilant plusieurs compartiments tous munis de fermetures Eclair. Il sortit de l'un d'eux un cachet couleur de crottin et d'un autre deux gros comprimés blancs. Il jeta les comprimés dans un verre d'eau et les regarda avec une application quasi religieuse se dissoudre en pétillant.

Tout en mâchant leurs sandwiches, les trois hommes regardèrent eux aussi l'eau pétiller jusqu'au moment où une pellicule blanche se déposa, signalant la fin de la réaction chimique.

Wiggins but la mixture, laissant au fond du verre assez de liquide pour avaler le cachet brun. Jury s'interrogea au sujet du cachet, manifestement un nouveau remède dans la pharmacopée de Wiggins. Mais il se garda de lui demander ce que c'était. Il ne voulait rien savoir des derniers maux ou allergies de son inspecteur.

— Chris Wells, dit Macalvie, qui tenait sa chope de café à deux mains pour se réchauffer. Relisez vos notes, Wiggins, et dites-moi ce que vous avez sur Chris Wells.

Wiggins feuilleta son calepin qui semblait noirci de notes (raison pour laquelle Macalvie avait voulu s'arrêter au Noyé pour tirer l'inspecteur du lit). Il dit quelques mots dans sa barbe, puis lut à haute voix :

— D'après le jeune Johnny, sa tante Chris s'occupe de lui depuis qu'il a sept ans. Il pense que sa mère est partie aux Etats-Unis, mais il n'en est pas sûr. Son nom de jeune fille était Wells, le père s'appelait Esterhazey, mais Johnny a pris le nom de sa mère[1], qui est le même que celui de sa tante. La mère est partie un beau jour et il n'a plus jamais entendu parler d'elle...

Macalvie proféra des jurons inaudibles.

— Patron ? interrogea Wiggins.

— Rien. Continuez.

— Chris est la seule parente de Johnny, hormis un oncle qui vit à Penzance, Charles Esterhazey. Célibataire, tient un magasin de farces et attrapes. Vous savez, dit-il à l'adresse de Jury, le genre d'endroits où on vend des cartes biseautées et des bagues en métal dont les anneaux ne devraient pas tenir ensemble mais tiennent tout de même...

Wiggins abandonna la lecture pour se plonger dans un abîme de perplexité.

— Ne vous en faites pas, Wiggins. Nous sommes des flics. Nous lui ferons cracher le truc.

Wiggins lança un regard bovin à Jury et poursuivit :

— Passons à la nuit en question, quand le jeune Johnny a alerté la police. Chris Wells a disparu entre onze heures du matin, heure à laquelle elle a quitté le Woodbine et n'a pas été revue depuis, et neuf heures du soir, quand Johnny s'est mis à sa recherche.

— Peut-être plus tard, remarqua Jury. Elle pouvait être à Bletchley sans que Johnny le sache.

— Une minute, fit Wiggins. Les cookies qu'elle préparait ont pu être faits plus tôt. Mais les meringues... ah, ça, c'est une autre histoire. Elles étaient encore dans le

1. Les sujets de Sa Majesté peuvent changer de nom à loisir. *(N.d.T.)*

four. C'est comme ça qu'on fait, vous savez. On les laisse refroidir. Elles doivent refroidir lentement. Le four était encore tiède. Comme il faut une heure pour les cuire dans un four à cent degrés, ça veut dire qu'on les a mises vers dix-neuf heures trente. Le Woodbine sert deux sortes de meringues, toutes deux délicieuses...

— Merci, Wiggins, dit Jury. Lorsque nous aurons résolu l'affaire — si nous la résolvons un jour —, nous demanderons la recette, c'est promis.

— Sada Colthorp, Wiggins, dit Macalvie.

— Assassinée le soir du 12 septembre, lut Wiggins. Le médecin légiste situe la mort entre sept et onze heures.

— En d'autres termes, intervint Melrose, au moment où Chris Wells disparaissait.

Macalvie, qui s'était éloigné de la cheminée, vint s'asseoir sur une chaise d'aspect inconfortable.

— Le lien entre Chris Wells et Sada Colthorp ? demanda-t-il.

Wiggins feuilleta quelques pages. Puis :

— La personne qui est au courant, c'est Brenda Friel. Elle affirme que Sada avait des vues sur le jeune Johnny, qui n'avait pas plus de treize ans à l'époque. Apparemment, Sada et Chris s'étaient étripées là-dessus.

— Johnny fait plus que son âge, confia Melrose, c'était sans doute déjà vrai quand il avait treize ans.

— Comment Brenda sait-elle ça ? demanda Macalvie.

— Chris Wells le lui avait dit, répondit Melrose.

Wiggins confirma.

— Quand même, fit Jury, on ne tue pas une femme parce qu'elle tente de séduire un ado !

— Les gens ne se conduisent pas toujours comme on est en droit de l'attendre, dit Wiggins, sentencieux.

(Consultant ses notes, il ajouta :) Brenda Friel m'a dit que Chris Wells avait menacé Sada Colthorp : « Si jamais elle se repointe au village, elle le regrettera. » Mais Brenda ignorait ses raisons profondes.

— Chris Wells semble être le principal suspect, vous ne croyez pas ? proposa Jury. A cause de sa disparition au moment où on assassinait Sada Colthorp.

— Une minute, Richard ! intervint Melrose. C'est pas le genre de femme à s'enfuir. Elle est bien trop responsable. (Il cita son bénévolat au Hall, l'éducation de son neveu.) Non seulement ça, mais vous avez besoin de deux assassins, pas d'un seul. Je ne vois rien qui vous permette de dire qu'elle aurait planifié la mort des enfants Bletchley ni qu'elle a assassiné Tom Letts.

— Mais tu ne la connais pas, observa Jury. Tu ne l'as jamais rencontrée.

— C'est juste. Je ne l'ai jamais rencontrée.

Un silence suivit que Macalvie brisa :

— Il y a une autre façon de considérer la disparition soudaine de cette femme. (Il regarda par la fenêtre.) Ce n'est pas forcément une coïncidence. Ça a peut-être été organisé exprès.

Wiggins lança un regard interrogateur à Macalvie.

— Pour faire croire que Chris a assassiné Sada Colthorp.

— Alors... ? commença Melrose.

Il ne termina pas sa question. Cela devenait insupportable. Et encore n'avait-il pas eu à endurer le reste : les enfants, Tom Letts, la tristesse de Daniel Bletchley et de son père, et maintenant Chris Wells. Il était étranger à tout ça ; il n'avait aucune raison d'être accablé ; il n'avait rien à voir avec les acteurs de ce drame. Ce n'était pas son drame.

— Vous pensez qu'elle est morte, hein ?

Wiggins, qui avait rangé son calepin dans la poche de sa veste, se pencha sur la figure que Jury avait formée avec ses cailloux.

— Vous pouvez m'expliquer de nouveau comment ça marche, patron ?

Jury s'approcha de la table et pointa les cailloux un à un dans le sens des aiguilles d'une montre.

— Les deux premiers, ici : les enfants Bletchley meurent noyés ; ensuite, nous avons Sada Colthorp et Simon Bolt, qui ont sans doute organisé la mort des enfants. Mais, pour respecter l'ordre, Bolt et Colthorp devraient être en tête (il déplaça les deux cailloux). Ensuite, Ramona, la fille de Brenda Friel. On saute quatre ans, et Sada Colthorp est assassinée ; Chris Wells disparaît ; Tom Letts est tué. (Il regarda Wiggins, qui avait repris son calepin.) C'est ça ?

— Non, fit Wiggins, ça ne marche pas.

Il vérifia quelque chose dans ses notes et ajouta un caillou au demi-cercle.

— Qu'est-ce qu'il représente ? demanda Jury.

— Vous oubliez le bébé, Ramona était enceinte. (Wiggins ajouta un caillou à côté de celui de Ramona.) Ça fait deux morts. Et l'ordre est faux. (Il fit glisser les deux cailloux Friel à la première place.) Les enfants Bletchley sont morts après ces deux-là, pas avant.

Macalvie et Melrose rejoignirent Jury à la table, et les trois hommes examinèrent le nouvel ordre que Wiggins avait instauré.

Macalvie détourna les yeux et regarda par la fenêtre comme pour trouver l'inspiration dans la nuit opaque.

— Seigneur ! s'exclama-t-il. (Il reprit son examen des cailloux.) Seigneur, comment ai-je pu laisser passer ça ?

— Comment *avons-nous* pu laisser passer ça, Macalvie ? fit Jury.

Réjoui de ne pas avoir laissé passer ça, Wiggins se montra magnanime :

— C'est facile de se tromper. Ils sont tous morts la même année, mais pour Ramona Friel et son bébé, c'était en janvier. Les enfants Bletchley, bien plus tard, en septembre.

Macalvie parut chercher un objet à fracasser contre un mur. Il ramassa le cendrier bleu de Murano qui contenait les cailloux inutilisés et le fixa d'un œil mauvais. Puis, d'un geste presque délicat, il le reposa sur la table.

— J'ai l'impression que mon cerveau tourne au ralenti, admit Melrose, vexé d'avoir été abandonné, seul, dans les ténèbres de l'ignorance.

50

— Où est qui, trésor ? Je ne comprends pas de quoi tu parles.

Brenda s'essuya la tempe d'un revers de bras, repoussant des mèches échevelées.

— Chris n'est pas partie sur un coup de tête. J'en suis sûr. Elle m'aurait prévenu.

Brenda leva les yeux de la plaque de cookies, ennuyée par ces sottises, et écrasa son mégot d'un geste excédé.

— Bien sûr qu'elle a disparu. Qu'est-ce que tu me chantes ?

— Tu es allée chez nous et tu t'es arrangée pour qu'on croie qu'elle s'était enfuie. Il y a une heure, j'ai mangé des meringues qu'elle était censée avoir abandonnées en pleine cuisson. C'étaient pas les siennes ; c'étaient les tiennes. (Il attira un tabouret et s'assit.) Les meringues. Il y avait une compétition loyale entre vous. Eh bien, elle n'a plus l'air très loyale maintenant. Alors ?

Brenda lui lança un regard étonné, mais ne répondit pas.

— Je me suis demandé : « Pourquoi Brenda a voulu faire croire que Chris s'était enfuie ? »

— C'est ridicule, mon chou, soupira Brenda. Et qu'est-ce que tu t'es répondu ?

— Rien. Je n'ai pas pu. Pas avant que je me sois souvenu que la police interrogeait les gens sur Sada Colthorp. D'après toi, Chris et elle s'étaient disputées il y a quatre ans. Et tu as compliqué les choses en abordant la question avec l'inspecteur, puis en refusant d'approfondir. Du coup, la police est forcée de penser que Chris l'a tuée par vengeance. Elle est allée à Lamorna et elle l'a assassinée. Avec ça ?

Johnny avait sorti de sa poche le petit revolver de Charlie. Il l'exhibait dans le creux de sa main.

Brenda posa un long regard sur le revolver, puis sur Johnny. Elle ouvrit alors le tiroir aux couteaux, derrière elle.

— Non, répondit-elle. (Un revolver parut dans sa main, comme si c'était elle la prestidigitatrice capable de tirer des colombes de sa manche.) Avec ça.

Le revolver était deux fois plus gros, deux fois plus redoutable que celui de Johnny. Il n'avait jamais tiré un seul coup de feu de sa vie, n'avait même jamais manié un revolver. Mais sa dextérité valait bien celle d'un tireur d'élite et en un clin d'œil son revolver était calé entre son pouce et son index.

— Si tu tires, prévint Brenda, tu me toucheras peut-être, mais tu rateras les organes vitaux. Tu n'as pas l'habitude.

— Toi, si.

— Si je tire, Johnny, tu es mort.

La vue du barillet le réveilla d'une sorte de transe dans laquelle il était plongé, comme si tout ce qui avait précédé n'était qu'un rêve. Sa main s'engourdit ; il posa le revolver sur le plan de travail.

— Elle est morte, hein ?

La certitude de sa mort était une réalité qui surpassait de loin la menace du revolver pointé sur lui.

— Chris ? ricana Brenda. Mais non. Elle a foutu le camp. A Newcastle.

Le soulagement que Johnny ressentit lui arracha un rire ironique.

— Newcastle ? Elle ne connaît personne à Newcastle.

— Ah, trésor, comme tu peux être arrogant ! Tu crois que Chris n'avait pas sa vie à elle ? Ah, les enfants ! (Elle paraissait exaspérée, comme s'ils étaient en train de discuter de l'éducation des enfants.) Ils croient tout savoir de leurs parents. Et de leurs tantes. (Son sourire fut presque indulgent.) Elle a une vieille amie là-bas qui avait besoin d'elle parce que son aide-ménagère venait de mourir subitement. Pour deux semaines seulement, jusqu'à ce que cette femme soit admise dans un « foyer pour personnes âgées », comme dit la publicité. Ça m'a toujours amusée, cette expression, pas toi ? Mais tu as raison. J'ai tout organisé pour qu'on croie que Chris s'était enfuie, et je n'avais pas beaucoup de temps pour improviser parce que Sadie May — la vicomtesse, devrais-je dire — était à Lamorna.

Johnny baissa les yeux sur ses mains vides. Les choses ne s'éclaircissaient pas, au contraire. Elles s'obscurcissaient, comme une échelle qui descend dans la mer. Comme l'escalier de pierre que les enfants Bletchley avaient emprunté. Il releva les yeux.

— Tu as tué Sada Colthorp !

Brenda ne répondit pas.

— Pourquoi ?

Toujours pas de réponse.

— Si Chris était partie à ce moment-là, on aurait cru que c'était elle. C'était ça, ton idée, hein ? Mais si tu ne m'as pas menti, elle reviendra. Et alors ?

— La police de Newcastle l'arrêtera. Quand je leur dirai où elle est.

De sa main libre, Brenda saisit son paquet de cigarettes, s'aperçut qu'il était vide et le froissa en boule en pestant.

Fous le camp, se dit Johnny. Fous le camp de cette cuisine. Tu dois tout faire pour avoir ta chance, et la saisir vite. Savoir que Chris était vivante lui avait éclairci les idées, avait chassé sa peur. Il était de nouveau capable de réfléchir.

— Si j'ai deviné pour les meringues, d'autres devineront peut-être.

— Oh, c'était très futé de ta part, trésor. Je savais que tu étais intelligent, mais pas à ce point. Sincèrement, je ne pense pas que quelqu'un trouvera, mais, poursuivit-elle en marchant en crabe jusqu'au portemanteau et en décrochant son pardessus, nous allons aller de ce pas jeter les meringues qui restent. Lève-toi ! (Elle enfila son pardessus.) Viens. Et souviens-toi, si tu essaies de t'enfuir, je tire. Alors, marche à côté de moi quand nous serons dehors.

La chance à saisir se présentait. Peut-être que dans sa propre maison il trouverait le moyen de se tirer de ce mauvais pas. Il se leva lentement, comme à contrecœur, et attendit qu'elle éteigne la lumière. Puis il se dirigea vers les portes battantes, se demandant s'il ne pouvait pas les lui claquer à la figure, sachant en même temps que c'était impossible. Elle le tuerait. C'était de la folie ; comment expliquerait-elle sa mort à la police ? Elle n'y avait pas pensé parce que son esprit était fixé sur une seule chose, et Johnny ignorait toujours ce que c'était. Néanmoins, il savait qu'elle tirerait. Il traversa le salon de thé où la lune inondait encore les carreaux comme si rien ne s'était passé. Johnny trouva presque réconfortant que la pièce ait gardé son identité.

— Si tu as fait du mal à Chris, je te tuerai, Brenda. Je le jure. Je n'ai qu'elle au monde.

Il ouvrit la porte. La sonnette émit son petit son discordant bienvenu.

— Comme Ramona, dit Brenda. Je n'avais qu'elle au monde.

51

Minuit approchait ; Macalvie décida qu'ils ne pouvaient pas faire grand-chose concernant Brenda Friel avant d'avoir des preuves solides. Ils ne voyaient absolument pas ce qu'elle pouvait avoir à reprocher aux Bletchley, ni même comment la relier au meurtre de Sada Colthorp et au film de Simon Bolt.

Tandis que Macalvie et Wiggins sortaient, Melrose tapota l'épaule de l'inspecteur.

— Bravo, inspecteur. Bien joué. Personne n'avait remarqué, à part vous.

Wiggins s'efforça de prendre le compliment avec désinvolture.

— C'est grâce à mes notes, Mr Plant. La mort des enfants Bletchley... c'était tellement affreux qu'on en oubliait la pauvre Ramona Friel. (Généreux, il ajouta, diminuant volontairement son rôle dans la solution :) D'ailleurs, nous ne savons pas tout. Il nous reste encore le meurtre de Tom Letts. A condition, bien sûr, que Mr Macalvie ait vu juste et que ce ne soit pas l'assassin potentiel de Mr Bletchley que nous recherchons. Encore une théorie.

Jury avait écouté en souriant. Wiggins n'en avait

jamais autant dit sur une affaire sans se lancer dans une méditation sur ses maladies ou celles d'autrui. C'était aussi la première fois que l'inspecteur Wiggins osait mettre en doute une théorie de Macalvie.

Ils se souhaitèrent bonne nuit.

De retour dans la bibliothèque, Melrose déclara :

— Noah et Esmé, les pauvres gosses. On n'imagine pas qu'une mère, n'importe quelle mère, puisse participer à une telle horreur...

Jury regarda le feu mourant à travers son verre que le whisky colorait d'un jaune doré, telle une mer d'ambre.

— Daniel Bletchley. Et si ce n'était pas avec Chris Wells mais avec Ramona Friel qu'il avait eu une liaison ?

— C'était avec Chris Wells, assura Melrose. D'ailleurs, le soir où les enfants sont morts, ça ne pouvait pas être Ramona Friel. Elle était déjà morte.

Jury reposa son verre.

— Non, je voulais dire plus tôt. S'il avait eu une liaison avec Ramona Friel et que l'enfant était le sien et qu'elle soit morte des complications de l'accouchement, sa mère aurait eu soif de vengeance.

— Quelles complications ?

Jury parut réfléchir. Melrose insista :

— La leucémie n'est pas une complication d'un accouchement difficile. Je ne vois pas comment une grossesse pourrait causer une telle maladie.

— Ça ne la provoque pas, à ma connaissance. Mais ça ne changeait rien pour Brenda Friel. Sa fille meurt, le bébé avec. Pour Brenda Friel, ça équivaut à un meurtre.

— Dans ce cas, pourquoi ne pas tuer Dan Bletchley si elle croit que c'est lui le père ? Non, tu fais fausse route. Bletchley n'est pas un coureur de jupons. Il faudrait une sacrée femme — une femme, pas une gamine de vingt ans — pour troubler Daniel Bletchley.

— Possible. Tu l'as rencontré, moi pas. J'ai de la peine pour ce jeune homme, Johnny. Quel âge a-t-il ? Seize ans ? Dix-sept ?

— Dix-sept. C'est un prestidigitateur. Un amateur, mais un bon, je crois.

— Sans blague ?

— Je t'assure. Il adore la magie. Remarque, il n'a pas souvent l'occasion d'en faire à Bletchley. Mais tu sais de quoi il rêve ? De Las Vegas. C'est là-bas qu'il veut aller. Pour un garçon comme lui, j'imagine que c'est la terre promise. Il veut aller au Mirage voir Siegfried et Roy.

— Connais pas.

— Non ? Eh bien, tu ne connais pas grand-chose des Etats-Unis.

— Ah, parce que si on ne connaît pas Siegfried et Roy, on ne connaît pas les Etats-Unis ?

— Ils sont célébrissimes. Tu sais, les magiciens avec le tigre blanc ? Ils peuvent faire disparaître un éléphant. Ils peuvent faire disparaître n'importe quoi. Sauf Agatha, soupira Melrose en levant les yeux au plafond.

— Un éléphant ? Mince, comment font-ils ?

— Oh, ils ne le font pas ! Charlie m'a dit qu'on part toujours du principe qu'ils n'y arriveront pas. Si on accepte ce principe — et tu n'imagines pas le nombre de gens à qui l'idée ne vient même pas —, on le garde à l'esprit. C'est un miroir, ou quelque chose comme ça. En fait, je n'ai pas compris ce qu'il...

Melrose s'interrompit brusquement.

— Qu'est-ce qu'il y a ? s'étonna Jury.

— Pourquoi n'avons-nous pas fait ça avec Johnny ?

— Fait quoi ?

— Accepter le principe que sa tante ne partirait pas sans lui laisser un mot ? Et si nous l'acceptons — euh, ça veut dire qu'elle lui en a laissé un ou qu'elle a prévenu quelqu'un...

Jury se redressa.

— Ça conforte la thèse de Macalvie selon laquelle sa disparition a été mise en scène.

Jury ferma les yeux et renversa la tête en arrière.

— Siegfried et Roy. (Il soupira, songeur.) Et si on faisait un peu de magie ?

52

Il regretta de ne pas avoir les cigarettes-pétards de Charlie. Mais avec sa chance, l'une d'elles aurait explosé à la figure de Brenda et elle l'aurait abattu, séance tenante.

Comme elle voulait une cigarette, il trouva le paquet que Chris cachait dans la poche du tablier bleu qu'elle portait pour jardiner. Chris avait soi-disant arrêté de fumer, mais le tablier était une cachette sûre. Johnny ne jardinait jamais. « Je bricole », disait Chris quand elle creusait la terre à quatre pattes.

Son revolver à la main, Brenda l'avait regardé écraser les meringues, jeter les miettes dans l'évier et faire couler l'eau.

Ils étaient ensuite passés au salon. Pour ses tours de cartes, Johnny avait choisi le coffre dans l'alcôve plutôt que la table de bridge, et Brenda s'était assise à l'autre bout de la pièce, dans le fauteuil préféré de Chris. Il désigna le revolver qu'elle avait posé près d'elle sur la table anglaise ; il savait qu'elle s'en saisirait en un clin d'œil s'il lui prenait l'envie d'essayer de le lui dérober.

— Qu'est-ce que tu vas faire ? demanda-t-il.

Elle recracha lentement un filet de fumée par ses lèvres entrouvertes. Johnny trouva qu'elle ressemblait à un ectoplasme.

— Je ne sais pas encore, trésor. Peut-être quitter Bletchley ; ça veut dire que tu m'accompagneras.

Il s'efforça de cacher son angoisse et se félicita des heures passées à se composer un visage inexpressif de joueur de poker et de l'attention qu'il portait au langage corporel, le sien et celui des autres. Il se maîtrisait parfaitement. Et il s'était entraîné à remarquer les infimes détails qui trahissaient les gens. Les gens ne se contrôlent jamais, sauf si leur profession leur apprend à ne rien révéler d'eux-mêmes — les policiers, par exemple. Ce Macalvie aurait fait un remarquable prestidigitateur.

— A quoi penses-tu ? demanda Brenda, méfiante.

Il ne répondit pas tout de suite. Le silence, avait-il découvert, était une arme terriblement efficace.

— A rien, finit-il par assurer.

Elle continua de fumer en l'observant.

— Tu es drôlement cool, mon chou. Tu sais ça, j'en suis sûre. Plutôt rare pour un garçon de ton âge. Stupéfiant, même.

Il s'abstint de tout commentaire. Elle voulait qu'il lui pose des questions. Elle avait besoin qu'il joue le rôle de celui qui ne connaissait pas les réponses pour continuer à croire qu'elle maîtrisait la situation. Donc, s'il devait lui poser une question, il en choisirait une neutre. Il ne lui demanderait plus où était Chris. C'était un joker qu'elle gardait dans sa manche. C'était risqué de la contrecarrer, mais il devait tout tenter pour se sortir de ce bourbier. Il ramassa le jeu de cartes qu'il avait laissé sur la table plusieurs heures auparavant — une éternité.

— Tu permets ? fit-il en montrant le paquet.

— Vas-y.

Elle reprit son revolver.

Il reposa les cartes.

— Pourquoi ?

— Parce que je ne te fais pas confiance, trésor. Tu manigances quelque chose.

Le sourire de Brenda sembla se déchirer sur un mauvais souvenir. Johnny s'esclaffa.

— Un paquet de cartes contre un revolver, tu plaisantes ?

Bizarrement, elle trouva cela drôle et éclata de rire à son tour.

Johnny se demanda ce qu'elle pensait de lui. Il savait qu'elle l'aimait beaucoup, et cela l'attrista. Bien qu'elle pût se servir de son revolver contre lui à tout moment, il était triste à cause de leur amitié. Mais l'heure n'était pas au sentimentalisme. Qu'elle ait de l'affection pour lui jouait en sa faveur, elle n'en était que plus vulnérable.

— Oh, vas-y, fit-elle en soupirant comme si elle s'adressait à un enfant turbulent. Allez, montre-moi un tour.

Il prit le paquet, chercha à tâtons la carte biseautée, battit les cartes, les étala en demi-lune, les ramassa et les rebattit. C'était superflu pour son tour, mais cela lui donnait quelques secondes de réflexion supplémentaires. Or il avait besoin de temps pour réfléchir tout en donnant l'impression qu'il se concentrait sur les cartes. Il était capable de faire tour sur tour sans se préoccuper des cartes. Avisant le paquet de cigarettes qu'elle avait posé sur la table basse, il chercha des yeux un cendrier.

— Je peux fumer ?

— Bouge pas, je te lance le paquet.

— Et ce cendrier, là-bas ?

Sans lâcher son revolver, elle prit le cendrier et le

paquet de cigarettes dans une seule main et les lui apporta. Le revolver resta braqué fermement.

— Depuis quand fumes-tu ?

Il répondit par un sourire.

— Merci.

Elle ne le quitta pas des yeux quand il prit une cigarette.

— Allumettes ? Sinon, il y a un briquet dans le tiroir du bureau. Charlie l'a laissé.

— Pourquoi veux-tu que j'aille te chercher le briquet quand il y a un sachet d'allumettes dans les cigarettes ?

Elle retourna le paquet de cigarettes pour lui montrer le sachet niché sous la Cellophane.

La distraction : défaut humain largement partagé, point d'appui de la prestidigitation. Incitez le public à regarder ce qui n'a aucune importance et il ne verra pas ce qui est juste sous son nez. Ça marche à tous les coups. Brenda se croyait prudente — les cigarettes, le cendrier, le tiroir, les « ne bouge pas » —, en fait, elle ratait l'essentiel.

Johnny alluma sa cigarette et rapprocha le cendrier. Il était lourd, il le savait.

— Pendant que tu es là, choisis une carte.

Il lui tendit le paquet, la carte biseautée au milieu, comme d'habitude. Il ne pensait pas qu'elle prendrait une carte, ce qui n'aurait rien changé, d'ailleurs, mais elle fit le geste. Puis elle retira sa main au dernier moment.

— Non, pas si bête, dit-elle.

Et elle retourna s'asseoir dans le fauteuil.

Il rassembla les cartes, les tapota plusieurs fois et les étala de nouveau en éventail. Ses gestes étaient d'une fluidité fascinante. Fasciner : c'était le but. La carte n'avait pas bougé de place. Tout était affaire de dextérité.

Brenda alluma une autre cigarette avec le mégot de la précédente qu'elle écrasa ensuite.

— Je t'ai vu le faire des dizaines de fois et je n'ai toujours pas compris le truc.

Les cartes à la main, il fit quelques pas vers elle. Elle braqua aussitôt son revolver.

— Stop ! Retourne à ta place ! Je te l'ai dit, je ne te fais pas confiance.

Retourner à sa place, c'était justement ce qu'il voulait, et c'était pour cela qu'il s'était avancé.

— Bon, quelque chose d'un peu plus compliqué. Mais j'ai besoin des accessoires qui sont dans le tiroir de ce bureau.

Il fit mine de s'y diriger.

— Johnny ! Tu me prends pour une imbécile ?

Le revolver lui ordonna de reculer.

Il retourna dans l'alcôve, cette fois un peu plus à droite.

— Un autre tour de cartes, alors. Mais tu es trop loin, tu ne verras rien.

— J'ai de bons yeux.

— Regarde bien, alors !

53

Sachant que le sommeil le fuirait, Melrose s'installa dans la bibliothèque pour lire un roman policier de Polly Praed. Il n'aimait pas le livre, mais se sentait obligé de le lire parce que c'était une amie qui l'avait écrit. L'ennui, c'était que Polly avait écrit tellement de bouquins qu'il aurait pu passer sa vie à essayer de devancer son détective dans ses enquêtes, ce qu'il n'arrivait de toute façon jamais à faire parce qu'il était incapable de démêler le moindre puzzle, et encore moins de trouver la solution. Dans le roman qu'il avait en main, l'action se déroulait quelque part dans la campagne galloise, la *mise en scène*[1] (une des expressions préférées de Polly) s'étant déplacée d'Aruba au pays de Galles. Melrose se dit que la seule chose capable de lui faire quitter Aruba pour le pays de Galles eût été un revolver pointé dans son dos, ce qui était le cas dans le roman. Il souhaita que le héros meure criblé de balles, il était tellement énervant ! Il était censé, après tout, l'aider à rejoindre Morphée. Là, on était loin du compte ! Melrose renonça à sa lecture et prit son verre, espérant

1. En français dans le texte. *(N.d.T.)*

que le cognac aurait plus d'effet que le roman. Nouvel échec.

Melrose abandonna la bibliothèque et monta dans la salle de musique où il pourrait à loisir s'ébattre dans la mélancolie qui s'était abattue sur lui la veille et dont l'origine semblait liée à l'histoire du manoir.

Il n'aurait aucun mal à s'y plonger, à voir le ciel noir et à écouter le rugissement monotone et implacable des vagues. Il repensa à Daniel Bletchley et à la façon dont ses notes merveilleuses avaient empli la pièce. Absorbé par la musique, il s'approcha de la fenêtre.

Il vit quelque chose bouger au-dehors.

A cause de l'angle mort, une partie du sentier était cachée à sa vue. Mais quelqu'un, il l'aurait juré, marchait en contrebas.

Lorsque la silhouette entra partiellement dans son champ de vision, il crut qu'il s'agissait de Karen Bletchley. C'était bien une femme, mais elle n'avait pas les cheveux clairs de Karen ; les siens étaient bruns, couleur d'acajou. Et soudain, elle regarda droit vers lui. C'était la nuit, mais la lune luisait, semblable à un cercle de feu d'un blanc étincelant.

Le verre lui tomba des mains, le cognac se répandit sur la jambe de son pantalon de flanelle immaculé, jusque sur sa chaussure.

Il l'aurait reconnue n'importe où.

Stella.

QUATRIÈME PARTIE

Stella by Starlight

54

Dan !

D'en bas, en regardant la fenêtre mal éclairée, en voyant un grand blond dans la pièce où Daniel avait l'habitude de jouer du piano, où il écrivait sa musique, bien sûr qu'elle avait cru que c'était Dan.

C'était facile de se tromper. Non, pas vraiment, car elle n'entendait pas la musique. Ça aurait dû lui mettre la puce à l'oreille. Les notes du piano auraient dû lui parvenir. Ah, si seulement elle les avait entendues !

C'était ce qui l'avait séduite avant même qu'elle le rencontre, même si elle ne se considérait pas comme une grande mélomane. Elle aimait la musique, certes (elle craignait d'avoir des goûts quelque peu ordinaires), mais jamais auparavant un air ne lui avait fait cet effet, jamais.

Ce fameux jour, elle avait apporté des gâteaux pour l'anniversaire du petit garçon et, pendant qu'elle attendait dans l'immense vestibule en marbre et granit, des notes de piano avaient commencé à descendre du haut du magnifique escalier. Un tonnerre de notes, en réalité, si violentes qu'elle en avait vacillé. Une fanfare de notes, plaquées, arpégées, si cristallines, si magiques qu'elle avait dû garder les yeux sur le sol en marbre pour éviter de faire une bêtise — fondre en larmes, par exemple.

« Mon mari », avait dit Karen Bletchley d'une voix neutre en détachant le chèque qu'elle venait de signer pour régler les gâteaux.

Lorsqu'elle avait pris le chèque, Chris avait la bouche sèche. Elle avait senti que Karen Bletchley la regardait comme si elle était habituée à voir des femmes se pâmer devant sa porte.

Karen était-elle tellement habituée à entendre cette musique qu'un banal « Mon mari » suffisait à la définir ?

Chris n'avait pas trouvé d'excuse pour s'attarder ; elle n'était pas douée pour le genre de conversation qui lui aurait permis de rester, surtout avec une femme aussi froide, aussi lisse. Des cheveux blond cendré, une coiffure impeccable, comme sculptée, à croire qu'elle était née avec. Mais les yeux bleus Wedgwood étaient aussi opaques que la céramique elle-même. Ils n'avaient aucune profondeur.

Chris avait donc pris congé et regagné sa voiture, soigneusement garée hors de vue de l'entrée principale, mais non hors de portée d'oreille. Par la fenêtre ouverte, la musique cascadait avec la même fougue que les vagues déchaînées en contrebas. Comment un homme pouvait-il produire de tels sons ? Comment un simple mortel pouvait-il vous déchirer en deux et bouleverser votre être tout entier, corps et âme ?

Elle s'était écroulée sur son volant, le front sur ses bras croisés. Ainsi (et cette pensée l'avait amusée) elle était mordue avant même de le rencontrer. S'il était le diable, elle le suivrait en enfer. Or Dan Bletchley était tout sauf le diable. Etait-ce de l'avoir tant idéalisé qu'elle l'avait trouvé si beau ? Non, il l'était, tout simplement.

Lorsqu'elle l'avait enfin rencontré — par hasard, Dieu merci, et seul, Dieu merci —, elle avait eu la même émotion que lorsqu'elle l'avait entendu jouer. Elle s'était liquéfiée et son être tout entier s'en était trouvé bouleversé, corps et âme.

Mordue deux fois. Doublement mordue.

Corps et âme.

Il avait disparu de la fenêtre — l'avait-il vue ? —, Chris baissa les yeux et écrasa des graviers du bout du pied, une de ses nombreuses manies qui faisaient rire Dan et lui donnaient envie de l'enlacer. *Chrissie*. Personne ne l'avait jamais appelée Chrissie avant.

« Hé, Chris, avait dit Johnny, hé, t'as l'air bizarre, on dirait que tu es envoûtée. Tu reviens du pays des merveilles ? »

Johnny. Elle aurait dû aller directement au village, mais quelque chose l'avait poussée à s'arrêter au manoir où plus personne n'habitait depuis les décorateurs, un surnom qui l'avait toujours fait sourire. Mr Bletchley n'avait pas besoin de vendre le manoir ; d'ailleurs, soupçonnait-elle, cela lui était impossible. Il ne pouvait se défaire d'un endroit où ses petits-enfants étaient morts. Le conserver revenait à conserver une partie d'eux-mêmes. Jamais Morris Bletchley n'avait traversé une épreuve aussi douloureuse.

C'était ce qui avait mis fin à leur histoire, bien sûr. Dan était avec elle ce soir-là et elle savait — bien qu'il ne l'ait jamais dit pour ne pas avoir l'air de le lui reprocher — qu'il se sentait responsable de la mort de ses enfants.

Avant le drame, ils étaient sur un nuage ; pendant les

douze mois qu'avait duré leur liaison, Chris planait littéralement. Ils étaient tous deux comme des enfants, joyeux et insouciants.

Une porte claqua.

Ah, il l'avait vue.

Une intruse. Elle s'efforça de sourire. Après minuit ; pas étonnant qu'il s'inquiète de la trouver là, sur sa propriété (même s'il n'était que locataire), contemplant la mer, observant la salle de musique.

Qui était-ce ? Il était beau, lui aussi, ce qui justifiait qu'elle l'ait confondu avec Dan. Mais il était légèrement plus grand, plus mince, et il avait l'air fou comme un lapin.

55

Il dévala l'escalier, traversa le manoir, déboula dans la nuit par la porte de derrière.

Elle était toujours là, et son visage, qui regardait vers le large (comme si la mer pouvait lui offrir un réconfort qu'elle ne trouvait pas chez les humains), se tourna vers lui.

Le vent plaquait ses cheveux sur sa figure et Melrose vit combien elle ressemblait à son neveu, même carnation, même nez fin et droit, même menton carré.

Il nageait en pleine confusion. Il était sincèrement heureux — mieux, il jubilait — qu'elle soit vivante, mais depuis qu'il avait mis les pieds dans cette maison, il avait tellement rêvé de Stella, ou de quelque autre femme imaginaire, et c'était comme si son rêve s'était matérialisé en un être de chair et d'os, uniquement pour se moquer de lui.

Sa rage le surprit mais il ne fit rien pour la réfréner. Melrose n'était pas un impulsif, il ne se livrait pas davantage à des jugements irréfléchis, mais il ressentit une colère croissante contre cette femme qui réapparaissait avec désinvolture sans se rendre compte de l'état d'inquiétude où elle avait plongé ses proches.

Comment pouvait-elle débarquer ainsi et contempler la mer comme si de rien n'était ?

Il eut conscience que sa colère était manifeste dans la façon maladroite dont il lui prit le bras. Elle fut manifestement aussi choquée que médusée. Il était d'autre part évident qu'elle n'était pas venue par hasard. Il le savait, comme il avait su, lorsqu'elle l'avait aperçu par la fenêtre, ses cheveux blonds éclairés par la lune, qu'elle l'avait pris pour Daniel Bletchley. Or cela lui était intolérable, mais pourquoi ? Il avait deviné, lorsque Bletchley lui avait parlé d'elle, vers qui penchait son cœur — son cœur, sa musique, son passé, mais pas son avenir (sa musique en avait témoigné). La femme avec qui Daniel avait passé la soirée mais qu'il n'avait jamais nommée (malgré l'alibi qu'elle lui aurait fourni), c'était bien Chris Wells.

Si elle était un tant soit peu aussi charmante que son neveu — et elle était manifestement aussi séduisante —, Melrose comprenait aisément pourquoi Bletchley l'avait désirée, de même qu'il comprenait pourquoi elle l'avait désiré. Ces pensées lui avaient traversé l'esprit avant même qu'il ne l'empoigne par le bras.

— Où diable étiez-vous passée ?

Sa stupéfaction la priva un instant de parole, puis elle rit, incertaine, et demanda :

— Qui êtes-vous ?

Melrose lui lâcha le bras et se sentit rougir comme un adolescent.

— *L'Intrus*, répondit-il avec un sourire mutin.

La première chose qu'il fit fut de la conduire au téléphone afin qu'elle appelle chez elle. Personne ne répondit.

— Il est peut-être dans son taxi. Il doit y avoir un standard. Appelez-le.

— Oui, c'est Shirley qui s'en occupe. Mais il est minuit passé.

— Essayez quand même.

Il resta avec elle après lui avoir montré le téléphone, sans doute de crainte qu'elle ne disparaisse de nouveau. Chris ne savait toujours pas ce qui se passait, mais elle obéit sans poser de questions. Shirley décrocha et promit de tout faire pour joindre Johnny. Il avait emprunté un taxi pour aller à Seabourne, mais cela remontait à trois heures, peut-être plus.

— Mais, où étais-tu, mon petit ? Ça va ? Johnny est fou d'inquiétude.

— Ah bon ? Euh... Je vais bien, Shirley. Il y a eu un malentendu. Essaie de le joindre, tu veux ? (Chris raccrocha et dit à Melrose :) Je vais téléphoner au Woodbine. Brenda...

— Non, surtout pas !

Melrose lui présenta ses excuses pour son accueil un peu abrupt et lui expliqua pourquoi il avait été si surpris de la voir. Ils se rendirent dans la bibliothèque, la seule pièce chauffée du rez-de-chaussée, et il lui demanda enfin :

— Pourquoi avoir disparu comme ça ? Votre neveu se faisait un sang d'encre.

— Disparu ? s'étonna-t-elle. Mais je n'ai pas disparu. Il n'a pas eu mon mot ? Non, apparemment non. J'aurais dû l'appeler de Newcastle.

— Newcastle ? Vous étiez à Newcastle tout ce temps ? Nous craignions que vous ne soyez morte...

Il se retint à temps d'ajouter : « ou coupable d'assassinat ».

Chris paraissait toujours aussi déroutée.

— J'ai une amie qui est très malade... mais peu importe. Que s'est-il passé ?

— Vous n'avez pas lu les journaux ? Il y a eu un meurtre dans la crique de Lamorna. Une femme que vous connaissiez, semble-t-il : Sada Colthorp.

Elle blêmit.

— Sadie ? Assassinée ?

— On a retrouvé son corps sur le sentier entre Lamorna et Mousehole.

Chris sembla avoir du mal à l'accepter.

— Mais... euh... elle était revenue il y a quatre ou cinq ans...

— Ça vous inspire quelque chose ?

— Comment ? Non. Ça devrait ? Je vous en prie, cessez de parler par énigmes...

— Désolé. Mais il s'agit bien d'une énigme. On l'a assassinée et la police vous soupçonne.

Elle renversa le téléphone en se redressant brusquement, bouche bée.

— Et votre mot ? A qui l'aviez-vous remis ?

— A personne. Je l'ai laissé là où j'étais sûre qu'il le verrait, sur la table de bridge. D'ailleurs, ajouta-t-elle avec un geste las, Johnny sait que je ne partirais jamais sans lui dire où je vais. Comment en a-t-il douté un instant ?

— Oh, il n'en a pas douté. Il certifiait que vous en étiez incapable. On aurait dû le croire. Si on l'avait écouté plus attentivement, au lieu de s'imaginer que vous étiez partie sans le prévenir, Dieu seul sait le temps qu'on aurait gagné. Bon, qui a pris le mot ?

— Je n'en sais rien. Je n'arrive pas à comprendre. Brenda était censée lui dire, au cas où...

Elle pâlit soudain. Puis elle se leva vivement, rouge de colère.

— Vous avez trente secondes pour me raconter. Trente secondes, pas plus. Je m'en vais.

Melrose se leva à son tour.

Mais il ne put la retenir. Elle courut, traversa l'immense vestibule, sortit et fonça à sa voiture.

Melrose la suivit au pas de course. Il monta dans sa voiture. Lorsqu'il démarra, elle était déjà hors de vue.

56

Le tour s'appelait « la carte sous le verre » ; c'était Charlie qui le lui avait appris. Il ne le maîtrisait pas tout à fait, mais cela n'avait pas d'importance. A la place du verre, il improviserait avec le revolver, qu'elle venait de reposer. Il lui suffisait de l'inciter à regarder ailleurs l'espace d'un instant, juste assez pour qu'il dénoue le cordon des rideaux, qui n'était pas, pria-t-il, enroulé plus d'une fois autour du crochet.

Il étala les cartes en demi-lune sur le coffre et demanda :

— Tu veux en tirer une ?

— Tu ne crois tout de même pas que je vais m'approcher ?

— Non, t'as raison. Je la tire pour toi, alors. (Il retourna l'éventail du bout de l'index.) Le jeu est entier, comme tu peux voir.

Puis il battit les cartes, les coupa deux fois, les étala de nouveau et, malgré le pétrin dans lequel il se trouvait, s'amusa du comique de la situation : effectuer son tour sur le couvercle d'un coffre. Cela lui fit penser au film d'Hitchcock *La Corde*. Mais, dans son cas, il s'agissait du plaisir de savoir ce qu'on voulait faire dans la vie et d'être capable de le faire. Dans l'action, on oubliait tout le reste.

Il sortit le roi de pique de l'éventail, le montra, le tapa du doigt et le remit dans le paquet. Il ramassa les cartes, les battit, les coupa vivement plusieurs fois et les étala de nouveau.

— Le roi de pique ? Envolé !

— Je te crois, trésor. Où est-il ?

— Regarde sous ton revolver, Brenda.

Elle tressaillit... et vérifia.

Il aurait pu lui dire autre chose, par terre, sur la chaise ou sous la porte. Mais il s'était dit que seul le revolver capterait son attention et la distrairait le temps nécessaire. Elle aurait (comme la majorité des gens) la crainte ou la croyance — c'était là-dessus que jouaient les prestidigitateurs — qu'il était capable de faire disparaître le revolver. Et pendant le court laps de temps où elle vérifia que le revolver était toujours à sa place, il dénoua le cordon qui retenait le rideau et jeta le cendrier par la fenêtre.

La première balle traversa le rideau au moment où il balançait le cendrier et ouvrait la porte-fenêtre. La deuxième suivit lorsqu'il souleva le couvercle du coffre, et la troisième quand il sauta à l'intérieur, d'où il ferma le couvercle et manœuvra le faux fond. Il savait qu'elle regarderait dans le coffre, mais pas avant d'avoir été à la porte-fenêtre par où elle devait croire qu'il était sorti.

L'ahurissement de Brenda fut presque palpable. Le couvercle du coffre s'était ouvert pendant la seconde de silence où elle avait regardé ailleurs. Elle était obligée de supposer qu'il était sorti par la porte-fenêtre.

Elle était sortie, mais elle reviendrait ; elle se rappellerait qu'il était un illusionniste et que le coffre était assez grand pour cacher un corps.

Allongé dans le noir, il écouta en souriant la pluie fouetter la porte. Il avait été trop concentré pour s'apercevoir qu'il pleuvait. Mais il entendait la pluie, maintenant, comme si elle martelait le couvercle du coffre. Il serait volontiers resté dans le coffre — qui lui donnait l'illusion d'être invisible — mais il devait fuir avant son retour ; il savait qu'elle ne tarderait pas.

Mais est-ce que ça marcherait s'il restait là-dedans ? Il repoussa l'idée ; c'était trop aléatoire. Mieux valait être libre de ses mouvements. Elle allait peut-être faire le tour de la maison et, avec de la malchance, il risquait de tomber sur elle. Mieux valait attendre de voir par quel côté elle rentrerait — sans doute par-devant —, auquel cas, il sortirait par-derrière.

En sortant du coffre, il trouva la lumière trop crue ; il ne s'était jamais rendu compte à quel point une simple lampe pouvait éclairer. Afin d'éviter de se faire voir, il s'accroupit et, dans cette position, traversa le salon aussi vite qu'il put. Il alla dans la cuisine, ouvrit la porte métallique du compteur électrique et coupa le courant, plongeant la maison dans l'obscurité.

Puis il tendit l'oreille. La pluie diminuait. Au loin, une portière claqua.

57

Elle laissa sa voiture loin de la maison et descendit la rue à grands pas, se demandant ce qui lui avait soufflé qu'il était dangereux de se garer à sa place habituelle. Elle passa vivement devant le Woodbine, faillit être tentée d'entrer demander des explications à Brenda, arranger les choses. La note qu'elle avait laissée sur la table de bridge, Brenda qui lui avait promis de prévenir Johnny... c'était incompréhensible.

Que Brenda ne lui ait rien dit dépassait son entendement. Et ce que sa prétendue fuite à elle, Chris, était censée permettre était tout aussi mystérieux. Elle n'avait pas le temps de s'occuper de ces mystères ; la seule chose qui comptait, c'était de faire savoir à Johnny qu'elle était rentrée et qu'elle allait bien.

Il y avait de la lumière aux fenêtres de leur maison, puis, soudain, tout s'éteignit. D'un seul coup, tout devint noir, en haut comme en bas. Les lumières ne s'éteignirent pas une à une, la maison fut brusquement plongée dans l'obscurité, ce qui l'effraya. Elle s'arrêta net. Dans la lueur des réverbères, elle entendit une voiture approcher ; c'était peut-être celle de Plant, qui était sorti en courant du manoir quand elle avait démarré.

Elle devrait peut-être attendre... Non, c'était absurde de traîner en route.

Elle enfonça les poings dans ses poches. La peur attisait sa colère. Comment Brenda avait-elle osé ? Chris marcha, mais avec prudence, vers sa maison qui avait perdu son aspect familier, sans même l'ampoule du porche pour éclairer le chemin.

Elle aperçut un homme devant la porte du Noyé, les mains en coupe pour abriter du vent une cigarette qu'il allumait. Encore ! Après des années où elle ne le voyait plus nulle part, elle le voyait désormais partout !

Dan ! Elle se recula dans l'ombre d'un porche. Que faisait-il là ? Puis elle se souvint que Melrose Plant lui avait parlé de la mort de Tom Letts et de son prochain enterrement. Bien sûr, Dan était venu assister Morris Bletchley. Aussi pénibles que fussent les souvenirs que l'endroit ravivait, il était normal que Dan soit là. Il adorait son père.

Une autre silhouette, plus trapue et vêtue de noir, avait rejoint Dan. Sans doute Mr Pfinn. Leurs voix lui parvinrent, altérées par la brume. Elle ne comprit pas ce qu'ils disaient, mais leurs regards se portèrent du côté de sa maison.

Elle vit, fascinée, le visage de Dan, que la cigarette éclaira partiellement juste avant qu'il ne rentre dans le pub, suivi de Pfinn. Elle avait besoin d'aide, de cela elle était sûre. Elle n'aurait jamais dû venir seule, elle aurait dû attendre Plant.

Elle se détourna de l'aide éventuelle de Dan et repartit vers sa maison, éloignée de vingt mètres à peine. Qu'est-ce que Dan et Pfinn avaient vu ? Pourquoi étaient-ils sortis sur le trottoir ?

Sans savoir pourquoi, elle voulait éviter la porte d'entrée de sa propre maison, plongée dans une obscurité et un silence anormaux. Elle se dirigea vers la porte-fenêtre sur l'arrière et sentit bientôt les graviers crisser sous ses pas. Mais il y avait autre chose. Du verre. Malgré la lune en partie masquée par les nuages, elle comprit que des carreaux étaient cassés. Elle franchit la porte-fenêtre et s'enfonça dans un noir encore plus profond que la nuit. En tendant la main, elle sentit la présence du rideau, libéré du cordon qui le retenait d'habitude.

Elle entendit un bruit, loin et en même temps étonnamment proche, sentit comme une lourde main s'abattre sur sa poitrine et la repousser, se prit les pieds dans le rideau et trébucha. Non, elle n'avait pas trébuché. La douleur la saisit doucement, puis avec une violence insoutenable.

Johnny! Chris crut avoir crié, mais ne perçut qu'un faible murmure, plus étouffé que le feulement de la mer contre les rochers qu'elle entendait malgré la distance, plus lointain que la douce voix de Dan de l'autre côté de la rue. *Johnny!* Cette fois, elle sut qu'elle n'avait pas crié son nom. Il avait éclaté dans sa tête, une lumière crue, comme si le soleil de midi venait soudain d'illuminer la maison tout entière.

Et ce fut tout.

58

Melrose vit Wiggins sortir du Noyé juste après avoir entendu un bruit qui ressemblait à un coup de feu. Il courut à sa rencontre.

— Inspecteur ! Qu'est-ce que... ?

Wiggins s'arrêta.

— Ça venait de chez les Wells, dit-il.

La maison s'éclaira avant qu'ils ne soient arrivés devant la porte, qui était grande ouverte.

— Je fais le tour par-derrière, dit Wiggins. Ne restez pas à découvert.

Melrose s'en garda bien. Il attendit quelques instants, puis entra.

Brenda Friel était adossée à l'embrasure de la porte entre la cuisine et le salon, les deux bras tendus, le revolver braqué d'une main ferme sur Johnny.

Melrose s'adjura : Fais quelque chose, fais quelque chose, bon Dieu ! Oui, mais quoi ? Il se figea, paralysé, lorsqu'il vit le corps de Chris Wells allongé dans l'alcôve, au bout de la pièce.

— Je vais te tuer, je le jure devant Dieu, je vais te tuer.

Johnny n'avait pas crié, mais la violence contenue dans ses paroles ne laissait aucun doute sur ses intentions.

Brenda ne dit rien. Son visage ne reflétait aucune émotion.

Melrose vit alors Wiggins sortir sans bruit de la cuisine, tirer Brenda à lui tout en lui arrachant le revolver des mains au moment où un couteau traversait la pièce et venait se ficher dans le chambranle, à l'endroit où Brenda s'était trouvée, un dixième de seconde plus tôt.

Johnny alla dans l'alcôve et s'affaissa plus qu'il ne s'assit à côté du corps de sa tante. Il la prit délicatement par les épaules et la souleva. Puis il fondit en larmes.

Wiggins maintenait fermement Brenda Friel, qui se débattait pour se libérer.

Et, sur le seuil, pétrifié, Dan Bletchley regardait d'un œil hébété Johnny bercer sa tante dans ses bras.

Espérant qu'elle soit seulement évanouie, songea Melrose.

Car Chris paraissait indemne. Le sang qui avait trempé le tapis s'écoulait désormais derrière elle, sous le rideau sombre. Ses vêtements, tout aussi sombres, ne portaient aucune trace de blessure. C'était comme si Johnny, en passant sa main sous le corps de Chris, avait rendu la plaie invisible.

Daniel Bletchley alla s'agenouiller à côté de Johnny et lui posa une main sur l'épaule, sans un mot.

Toute parole de réconfort aurait sonné faux.

59

Le service, conduit par un pasteur du même âge que Tom, eut lieu dans la petite chapelle de Bletchley. Pour Melrose, la jeunesse paraissait triste désormais, une période de la vie que les vieux enviaient tant mais par laquelle il trouvait maintenant qu'il valait mieux ne jamais passer. Il regarda le cercueil descendre dans la fosse et baissa la tête ; au cours des dernières vingt-quatre heures, il avait vu assez de morts pour sa vie entière.

Tous les résidents de Bletchley en état de marcher étaient présents, avec le personnel soignant. Les Hooper, en costume noir, se tenaient à côté de Morris Bletchley, encadré de Daniel et de Karen. La petite Miss Livingston, son visage cireux obscurci par une voilette noire, paraissait plus courbée que d'habitude. Près d'elle se tenait Mrs Atkins ; Mr Bleaney et Mr Clancy étaient de l'autre côté de la tombe.

Melrose était à côté de Johnny, qui avait insisté pour être là malgré l'épreuve à venir de l'enterrement de sa tante. Le corps de Chris reposait à la morgue de Penzance. Il serait rendu à « la famille » après l'autopsie (avait dit le médecin légiste).

La première personne à s'avancer pour jeter une poignée de terre sur le cercueil aurait dû être Honey, la sœur de Tom ; c'était une frêle jeune fille, très blonde et très jolie. Elle resta en retrait et Morris Bletchley sortit du rang pour accomplir le triste rituel. Le pasteur de l'unique église de Bletchley clôtura ensuite la cérémonie.

Ce n'eût sans doute pas été un compliment à faire à Honey Letts que de lui dire combien le noir lui seyait ; on eût pourtant dit qu'elle était faite pour le deuil. Le noir rehaussait sa blondeur fragile et ajoutait une profondeur intense à ses yeux bleus.

Elle n'avait que seize ans, mais déjà la maîtrise d'une femme mûre. Melrose se demanda de qui elle avait hérité son calme, certainement pas de ses parents, vu ce que Tom lui en avait dit.

Le père et la mère n'étaient même pas venus. Melrose avait du mal à croire que des parents soient aussi impitoyables.

— Honey, dit-il, je ne connaissais pas Tom depuis longtemps, mais j'ai quand même l'impression de l'avoir bien connu.

Elle leva sur lui des yeux d'un bleu nuit sans fond.

— Vous n'imaginez pas tout ce que vous avez fait pour lui, ajouta Melrose.

— Non, les gens ne se rendent pas compte. Mais ce n'était pas par sacrifice. Je ne connais pas beaucoup de monde, mais je n'ai jamais rencontré quelqu'un d'aussi intéressant que Tommy.

Elle détourna les yeux et son regard s'attarda sur le fond du jardin où avait été creusée la tombe de Tom. Elle resta longuement en contemplation ; bien que jeune, elle savait garder le silence. Et le supporter.

— Vos parents ne sont pas venus, remarqua Melrose, d'un ton proche de l'accusation.

Leur absence le rendait furieux.

Le regard toujours perdu vers la tombe, Honey hocha la tête.

— Ils n'ont jamais admis que Tom puisse avoir le sida. Ça les dépassait. Certaines personnes réagissent ainsi. Ça les bloque. Le plus absurde, dans tout ça, c'est que Tom n'était pas gay. (Elle se tourna vers Melrose.) Ça vous surprend, je le vois bien. Il ne le disait pas parce qu'il savait qu'on ne l'aurait pas cru ; d'ailleurs, il pensait que ça n'aurait rien changé. Il l'a finalement dit à Papa et à Maman, mais ils ne l'ont pas cru. Après tout, il avait le stigmate, alors quelle différence s'il était gay ou pas ?

Melrose se souvint de ce que Johnny lui avait dit.

— Je l'aurais cru, Honey. Il aurait pu me dire n'importe quoi, je l'aurais cru. Il était comme ça ; on le croyait, c'est tout.

Une larme roula sur la joue de Honey.

— Merci, dit-elle. Merci. Il y avait un type... vous voulez que je vous raconte ?

C'était une question sincère, pas une formule convenue. Apparemment, Honey prenait les choses au sérieux.

— Allez-y, Honey, dit Melrose. Allez-y.

— C'était il y a très longtemps... ça doit faire une quinzaine d'années. Un de ses amis était très malade ; il est mort juste après qu'on a découvert que Tom avait le sida. C'était son ami d'enfance. Ils avaient été en classe ensemble, avaient couru les filles ensemble — Tom a toujours eu du succès auprès des filles —, ils avaient tout fait ensemble. Après que Bobby a chopé le virus, il a vécu des années difficiles, et les symptômes ont éclaté au bout de deux ans seulement. Quand Tom est allé le voir, il était mourant. Il n'a pas tenu quinze jours. Tom me l'a raconté, quand il a été malade à son tour. Il avait voulu réconforter Bobby. C'est tout, juste lui remonter le moral. Ça n'a eu lieu qu'une fois ou deux. (Honey dut détourner les yeux.) C'est terrible que ça soit arrivé à Tom à cause de ça, et pourtant je me demande, vu sa personnalité, si ça ne nous a pas rendus meilleurs...

Le petit panégyrique était si émouvant que Melrose resta sans voix.

Il y eut un nouveau silence, qu'il respecta.

— Vous voyez ce garçon, là-bas ? demanda-t-il alors en montrant Johnny du menton.

— Oui. Il a l'air drôlement triste.

— Il y a de quoi. Sa tante a été assassinée la nuit dernière.

Honey, dont le visage était pâle, pâlit davantage.

— Comment ?

— La police croit qu'il s'agit du même assassin.

— Pauvre garçon, fit-elle. C'est terrible, pour lui. Vous pensez que je devrais aller lui parler ?

Melrose sourit. Si quiconque comprenait assez la souffrance humaine pour répondre à cette question, c'était bien Honey.

— Oui, dit-il, je crois que c'est une bonne idée.

Elle la mit à exécution. Melrose observa la scène. Il vit Johnny la regarder avec étonnement, puis l'écouter. Honey parla longuement, une main posée sur son bras.

L'expression de Johnny changea. C'était comme si on ouvrait le couvercle d'un cercueil et que celui qu'on y avait enfermé, à tort, pouvait de nouveau respirer.

Honey avait ce don.

60

Meurtre ou pas, funérailles ou pas, Melrose ne pouvait éviter indéfiniment Agatha. Comme il devait prendre le thé avec elle dans l'après-midi, il persuada Richard Jury de l'accompagner.

Il fut surpris de trouver le Woodbine ouvert, aussi peuplé que d'habitude à la même heure. C'était en partie grâce à Mrs Hayter, qui avait affirmé, Melrose s'en souvint, qu'elle livrait souvent ses populaires tourtes aux baies au Woodbine et qu'elle venait donner un coup de main lorsque Brenda avait un empêchement.

Brenda avait bel et bien « un empêchement ».

— On a assez glosé sur le sujet, déclara Mrs Hayter.

Melrose vit ses yeux se mouiller de larmes, mais ses lèvres restaient pincées d'une rage contenue. Cependant, on n'avait pas encore assez glosé, à en juger par les confidences qu'on s'échangeait aux tables, une main devant la bouche.

Et Dieu sait qu'on ne gloserait jamais assez pour Agatha. Elle était tellement anxieuse de s'y mettre qu'elle prit à peine le temps de dire bonjour à Richard Jury, avec qui elle était d'ordinaire aux petits soins.

— Dès que j'ai eu affaire à cette Brenda, j'ai vu que quelque chose n'allait pas.

— Quelles affaires, Lady Ardry ? interrogea Jury qui dégustait son thé.

— Aucune affaire, assura Melrose. A moins que tu n'entendes par là ta vaine tentative pour lui soutirer sa recette des Sweet Ladies.

Melrose regarda Johnny surgir par les portes battantes. Il assumait ses responsabilités, qui paraissaient aussi lourdes que le plateau qu'il portait. Ce dernier était surchargé de tasses, de gâteaux et de petits pains.

— Ne sois pas ridicule, rétorqua Agatha. (Ayant ainsi mis un point final à sa réfutation, elle changea de sujet :) Sa tante a été assassinée pas plus tard que la nuit dernière, reprit-elle en abaissant la voix, je suis surprise de voir ce garçon au travail.

Melrose observait Johnny. Il se déplaçait d'un pas pesant et son sourire n'était qu'un pâle reflet de celui auquel il avait habitué Melrose.

— Je ne suis pas surpris, moi. Tu crois qu'il serait mieux au lit à penser à elle et à la façon dont elle est morte ?

— Le travail, décréta Jury, est le meilleur antidote aux tourments, du moins selon mon patron, qui n'a pas d'ailleurs une grande expérience à faire valoir. Je suis sûr que l'inspecteur Wiggins désapprouverait l'antidote, or lui a une grande expérience en la matière.

Johnny vint à leur table. Melrose le présenta à Jury, qui se leva pour lui serrer la main.

— Toutes mes condoléances, Johnny.

Johnny parut sur le point de craquer. Jury faisait souvent cet effet aux gens ; il avait le don de dégager une empathie qui brisait leurs défenses et les laissait souvent au bord des larmes. C'était une des qualités qui faisaient son efficacité avec les témoins.

— Merci, dit Johnny. (Puis, craignant sans doute que ses remerciements ne paraissent de pure forme, il répéta :) Merci. (Il battit des paupières, puis s'adressa à Melrose :) Chris était super, hein ?

Melrose avait parlé à Johnny de la visite de Chris au manoir.

— C'était la meilleure, Johnny, assura-t-il. (Il l'avait à peine connue, mais il avait quand même l'impression d'être sincère.) La meilleure, répéta-t-il.

Même Agatha se força à marmonner quelques mots de consolation :

— Désolée... une grande perte... vous devez être secoué.

— Où est Honey ? demanda Melrose. Elle est retournée à Dartmouth ?

Johnny jeta un coup d'œil par-dessus son épaule.

— Non. Elle est à la cuisine.

A la surprise de Melrose, et comme si elle attendait la réplique pour faire son entrée, Honey ouvrit les portes battantes d'un coup de hanche ; elle portait une théière et une assiette de gâteaux qu'elle vint poser sur la table de Melrose.

— Avec les compliments de la maison, dit-elle, comme si elle travaillait au Woodbine depuis des années.

Son sourire irradiait.

Agatha aussi, quand elle vit le choix de gâteaux et de meringues.

— Doux Jésus, merci infiniment.

— Pour nous avoir aidés, commenta Johnny.

— Nous faisons de notre mieux, susurra Agatha, s'attribuant tout le mérite.

— Quelle aide ? demanda Melrose, sincère. Je n'ai pas l'impression d'avoir été d'une grande aide.

— Oh, si, Mr Plant. Pour commencer, c'est vous qui avez fait venir la police, connaissant Mr Macalvie comme vous le connaissiez.

— Il n'a pas été d'une grande aide, lui non plus, reconnaissons-le.

— Très bien, intervint Jury. Attribuons le mérite à Wiggins et je vais vous donner sa recette de tisane afin qu'elle soit prête dès qu'il arrivera.

Voyant que Johnny était notoirement moins triste quand Honey était dans les parages, Melrose lui demanda combien de temps elle comptait rester.

Honey soupira.

— J'aimerais rester plus longtemps, mais je dois aller à l'école. J'ai eu une excuse pour trois jours, mais ça se termine demain. Donc je partirai demain.

— Je voudrais qu'elle vienne travailler pendant l'été, dit Johnny. (Comme s'il avait besoin de se justifier, il expliqua :) Il n'y a que moi et Mrs Hayter pour faire marcher le salon de thé, et j'aimerais qu'il reste ouvert. C'était toute la vie de Chris, vous savez.

— J'aimerais bien, assura Honey, mais j'ai promis à des gens d'aller dans le midi de la France avec eux, m'occuper de leurs enfants. Vous savez, comme fille au pair. J'essaierai de trouver quelqu'un pour me remplacer. J'espère que je trouverai. J'ai toujours aimé Bletchley, et si je viens, je pourrai peut-être aider Mr Bletchley à se changer les idées.

Melrose n'écoutait plus. Il regardait dans la salle, l'esprit ailleurs. C'était quelque chose que Tom avait dit. Ou Moe Bletchley. Ils avaient bien parlé du midi de la France, n'est-ce pas ? Non, c'était autre chose. Il avait dû regarder Honey avec insistance, car elle lui demanda si ça n'allait pas.

Alors, il se rappela.

La fille au pair !

Il se leva si brusquement que les soucoupes tressautèrent.

— Viens ! lança-t-il à Jury.

— Où ? Je n'ai pas terminé...

— Viens ! Agatha se chargera de l'addition.

Il y a un commencement à tout, songea Jury en emboîtant le pas à Melrose.

61

— Mr Bletchley, je me présente, Richard Jury, New Scotland Yard.

Morris Bletchley serra la main qu'on lui tendait.

— Vous arrivez un peu tard, vous ne trouvez pas ? (Mr Bletchley ne put empêcher son visage de s'assombrir.) Un peu tard.

— Désolé, fit Jury avec toute la gravité de celui qui aurait effectivement dû arriver plus tôt.

— Il était en Irlande du Nord, dit Melrose, comme s'il devait répondre de la négligence de Jury et qu'une mission en Irlande du Nord justifiait tout.

— Naturellement, dit Moe Bletchley. C'était une note d'humour noir, plutôt mal venue, je vous l'accorde. Asseyons-nous.

Ils étaient restés debout dans le grand hall, entre le salon bleu et le rouge. Moe les précéda dans le salon bleu et leur demanda s'ils désiraient quelque chose : thé, whisky ? Les deux hommes déclinèrent l'offre.

— Il y a une question que je voulais vous poser, commença Melrose. Tom m'a parlé de votre maison à Putney. Elle n'était pas très grande, disait-il, trois chambres, dont l'une pour la fille au pair qui s'occupait des enfants quand ils venaient vous voir.

— C'est exact, acquiesça Moe sans comprendre.

— Qui était-ce ?

Une infinie tristesse se lut dans le regard de Moe Bletchley.

— Elle m'avait dit s'appeler Mona Freeman, mais c'était en réalité Ramona Friel. (Il regarda Melrose et Jury, puis haussa les épaules.) Je ne l'aurais jamais su si elle ne me l'avait pas avoué, bien plus tard, juste avant qu'elle retourne à Bletchley. (Un pli soucieux barra son front.) J'étais très étonné. Je ne connaissais pas Ramona de vue, parce qu'elle était en pension et que je descendais rarement au village quand j'étais au manoir. De toute façon, je ne l'aurais pas croisée, elle n'était pas là, comme je viens de le dire. Elle n'avait pas dit à sa mère qu'elle travaillait chez moi... cela semble évident puisqu'elle avait changé de nom pour que ça ne se sache pas. Brenda ne voulait pas qu'elle aille travailler à Londres.

« Tout ce que Ramona demandait, c'était que je l'aide — oh, pas pour un avortement, mais pour assurer sa subsistance jusqu'à la naissance du bébé. Je lui ai dit qu'elle devrait mettre sa mère au courant, mais elle ne voulait pas. Finalement, elle l'a fait. Elle avait besoin du soutien de sa mère, bien sûr. Et je n'ai plus entendu parler d'elle jusqu'à sa mort. J'ai eu beaucoup de peine pour Brenda, je vous assure.

— Vous avait-elle dit qui était le père ?

— Ça n'a pas été nécessaire, assura Moe avec tristesse. Je savais que c'était Tom. Mais ça, je suis sûr qu'elle ne l'a pas dit à sa mère. Elle m'a fait jurer de garder le secret. Elle a refusé de le dire à Tom. Sinon, il aurait fait quelque chose, il l'aurait épousée. Mais elle ne voulait pas se marier. Elle était têtue comme une mule. (Il esquissa un sourire, puis il dévisagea tour à tour Jury et Melrose comme s'il redoutait ce qui allait suivre.) Il paraît qu'elle est morte d'une leucémie.

— C'est ce que Brenda Friel a prétendu. Mais je vous parie tout ce que vous voulez qu'elle est morte de quelque complication du sida. Sinon du sida lui-même. Le virus aura exacerbé la pathologie dont elle souffrait déjà. Brenda ne connaissait pas Tom Letts ? Ce n'était pas lui qui vous servait de chauffeur quand vous veniez ici ?

— Si, il m'a conduit une ou deux fois. C'est un sacré long trajet depuis Londres. Non, Brenda ne connaissait pas Tom ; en tout cas, elle ignorait qu'il travaillait pour moi à Londres.

— Brenda Friel ne savait pas qui était le père, elle n'a appris que récemment qu'il avait travaillé chez vous, à Putney. Elle a alors deviné qu'il était le père du bébé.

Moe Bletchley détourna vivement les yeux avant de les reporter sur ses interlocuteurs.

— C'est Brenda Friel qui l'a tué ? Seigneur !

Il se courba en deux et se prit la tête à deux mains.

— Elle avait un mobile, dit Jury. Elle a découvert le pot aux roses, d'une manière ou d'une autre.

La tête toujours dans les mains, Moe se balançait d'arrière en avant. Puis :

— Il y a quelques jours — j'ai l'impression que ça fait des années de ça —, Tom lui a parlé de Putney. Elle lui avait dit qu'elle avait de la famille — des cousins ou je ne sais quoi — à Fulham. C'est la porte à côté, comme vous le savez. Brenda n'est pas stupide. Ramona avait travaillé à Putney et elle était morte du sida, Brenda a fait le rapprochement.

Melrose et Jury le regardèrent sans un mot. Finalement, Moe demanda :

— Et Chris Wells ? Qu'est-ce qu'elle vient faire là-dedans ?

— Ce n'est qu'une intuition, mais je pense que Chris Wells représentait un danger après l'assassinat de Tom. Elle devait être la seule à savoir que Ramona avait le virus. En apprenant qu'on avait tué Tom Letts, elle aurait tout de suite deviné.

Morris Bletchley se reprit la tête à deux mains.

— Pauvre Ramona. Pauvre fille. Elle était si gentille avec Noah et Esmé. (Il se leva.) C'est trop ! Vous savez qui je soupçonnais ? Ma belle-fille. Je n'ai jamais aimé Karen. Elle faisait un suspect tellement plausible.

Melrose fut obligé de l'approuver. Plausible. Il se rappela l'agréable soirée à Seabourne, gâchée par un bref moment inconfortable quand Karen avait dévoilé son ressentiment à l'égard de Morris Bletchley et à cause d'une tournure d'esprit légèrement banale. Des petits riens, et peut-être avait-il été mesquin, mais il croyait fermement qu'on devait se fier à son intuition, fût-elle basée sur des petits riens.

— J'ai toujours su qu'elle avait épousé Danny pour l'argent. Danny... (il posa un regard teinté de mélancolie sur Jury et Melrose), Danny ne voulait pas partir d'ici. C'est Karen qui a tout fait pour qu'ils retournent à Londres.

— Elle m'a affirmé le contraire, déclara Melrose. Elle m'a raconté une histoire qui mélangeait les faits réels et les fantasmes. Je pense qu'elle voulait s'assurer que la police croie qu'il y avait d'autres personnes sur les lieux parce qu'elle craignait que les soupçons ne se portent sur votre fils.

— Qu'ils se portent sur elle, vous voulez dire ! (Moe

soupira.) Elle voulait convaincre le monde entier qu'elle était une mère inconsolable. C'est Danny qui était inconsolable. (Il parcourut des yeux le magnifique salon comme si le bleu l'avait fui, comme si toute couleur s'en était retirée.) Saurons-nous un jour ce qui s'est passé ?

Jury imagina le petit commissariat de Penzance ; il pensa à Macalvie en train d'interroger Brenda Friel.

— Ne vous inquiétez pas, Mr Bletchley. Nous le saurons.

62

Cela faisait une demi-heure que Macalvie était dans la salle d'interrogatoire du commissariat de Penzance ; il attendait qu'elle dise quelque chose.

Brenda Friel s'était jusque-là contentée de dire bonjour et de réclamer une cigarette.

— Où sont les cassettes vidéo, Brenda ?

Macalvie pensait qu'elle ne répondrait pas. Elle le surprit, même si sa réponse était une question :

— Quelles cassettes ?

— Le film que Simon Bolt a pris, sans doute pour le vendre sur Internet. A mi-chemin entre un snuff film et un porno. Celui que Sada Colthorp avait quand vous l'avez tuée.

Elle se sourit à elle-même. Un sourire rentré, parcimonieux, sans une ombre d'humour, même noir. Dieu sait que son sourire ne s'adressait pas à Macalvie.

Malgré son silence têtu, il sentait qu'elle allait flancher. C'était une étrange alchimie ; il avait déjà connu cela avec des suspects. Ce n'était pas son expérience de policier ni son habileté qui étaient en train d'opérer. C'était autre chose, une certaine qualité que la personne interrogée lui prêtait et qu'elle croyait partager avec lui.

Macalvie détestait cette impression. Oh, il ne compatissait certes pas, il ne comprenait pas davantage. Il parvenait parfois à comprendre certains criminels. Mais Brenda n'était pas de ceux-là. Qu'elle le pense le mettait mal à l'aise.

— Oui, reprit-il, un grand classique, ce film. Je vois d'ici les pédophiles rappliquer en bavant des quatre coins de l'Angleterre.

Les yeux de Brenda jetaient des étincelles. De la colère ? Tant mieux.

— Mais ça n'a pas commencé comme ça, Brenda. (Il se leva et alla à la petite fenêtre, les mains enfoncées dans les poches de son pantalon, son imperméable rejeté en arrière.) Avant la mort de Ramona, vous n'auriez jamais imaginé demander à un psychopathe comme Bolt de filmer les gosses en train de mourir. Je vois la scène, je la vois comme je vous vois. Noah et Esmé...

Il se retourna vers elle. Elle était assise, elle évitait son regard. Le nom des enfants ne lui fit aucun effet — ni sympathie ni remords. En tout cas, son visage ne reflétait rien.

Il poursuivit :

— Vous savez ce que je me suis demandé ? Comment se fait-il que vous n'ayez pas envoyé la cassette à Morris Bletchley ? Ce n'était pas ça, l'idée ? Le faire souffrir autant que vous aviez souffert ?

— Non.

Macalvie se retint de réagir, de manifester la moindre surprise. Il s'étonnait que le film n'ait pas été tourné dans un double but : à la fois instrument de mort et vengeance sadique.

— C'était pire de ne pas savoir. Mais si c'était à refaire, je le lui montrerais. Je lui plongerais le nez dans sa merde jusqu'à ce qu'il en crève. En prenant Ramona chez lui, il l'a tuée aussi sûrement que s'il lui avait tiré une balle dans la tête.

Mélodrame à la con, songea Macalvie.

— J'ai plutôt l'impression que Mr Bletchley avait procuré un havre de sécurité à votre fille. Vous auriez préféré qu'elle traîne dans Londres ? Vous ne vouliez pas qu'elle y aille et elle ne vous donnait pas de ses nouvelles.

Macalvie savait qu'en présentant Bletchley comme un sauveur il alimentait la rage de Brenda.

— Un havre de sécurité ? Jeter Ramona dans le lit d'un chauffeur pédé atteint du sida ?

Elle émit un grognement de dégoût.

— Morris Bletchley, fit Macalvie sans se retourner... (Non, ne le défends plus, même si Dieu sait que l'homme mérite qu'on plaide en sa faveur.) C'est vrai, c'était pas malin de sa part.

Le rire amer qui fusa ressemblait davantage à un grondement.

— Il a payé le prix fort, Brenda. Ses petits-enfants...

— Il ne paiera jamais assez cher.

Elle ne pleurait pas, mais les larmes l'étouffaient. Attends. Patiente encore un peu. Macalvie s'adossa au mur froid, prêt à défaillir. Il ne jouait pas la comédie. Il avait l'impression de se noyer dans un océan de haine.

Sa fille unique. Oui, il pouvait compatir avec cette partie de l'histoire. Puis il comprit, et il fut surpris par la force de sa conviction.

— Vous ne l'avez pas vu ! Le film, vous ne l'avez même pas regardé !

Il s'arc-bouta sur la table, bras tendus. Elle leva les yeux vers lui, toujours impassible.

— Vous n'étiez pas là lorsque Simon Bolt a tourné le film. Vous ne l'avez pas vu !

Il aurait pu la frapper. *Sale garce !*

Il s'aperçut avec un temps de retard qu'elle avait enfin admis sa complicité avec Simon Bolt. Elle s'était suffisamment oubliée pour laisser éclater ses aveux, de même qu'il s'était suffisamment oublié pour avoir eu envie de la tuer.

— Racontez-moi comment il s'y est pris, demanda-t-il.

Elle haussa les épaules, considérant sans doute que, n'ayant pas participé au film, cela ne la concernait pas. Et parla :

— Il devait avoir ce que vous appelleriez une assistante. Il avait toute une ribambelle d'assistants, Sadie May entre autres. Ils avaient rencontré plusieurs fois les enfants Bletchley dans les bois, juste derrière le manoir. Il avait pris des photos, des Polaroïd, qu'il m'avait montrées. Oh, rien de cochon. Sinon, ils auraient cafté à leurs parents. Il les photographiait en train de jouer. Il leur disait qu'il était réalisateur de films et leur en avait montré un. Il avait une espèce de petite télé, vous savez, un écran pas plus gros que la main. Bref, il leur a dit qu'il aimerait faire un film avec eux, s'ils étaient d'accord. Il s'était renseigné sur les Bletchley, sur le canot en bas des marches. J'imagine qu'il avait inventé une histoire pour les pousser à descendre ; lui ou elle. Ou bien, elle les avait conduits en bas au moment où la marée montait. J'en sais rien. J'ai pas demandé de précisions.

Elle parlait d'une voix neutre, dénuée d'émotion. Elle s'était arrangée avec elle-même pour se détacher de la réalité. C'était elle l'instigatrice du projet, mais elle n'avait jamais eu le courage de regarder le résultat en face. Ainsi, dans son esprit, tout s'était passé sans elle.

— Il a bien dû vous donner une copie. Il en avait forcément plusieurs.

— Oh oui. Il disait que c'était une preuve. Mais moi, j'avais pas besoin de preuve, hein ? Ils s'étaient noyés. Ça me suffisait, comme preuve. Les Bletchley ont quitté Seabourne. Pour moi, l'histoire s'arrêtait là.

— Oui, mais Morris Bletchley n'est pas parti. Il a tenu à rester. Il n'aurait jamais abandonné ses petits-enfants, quel qu'en fût le prix. C'est sans doute comme ça qu'il voyait les choses.

Brenda ne réagit pas.

— C'est Sada Colthorp qui vous avait présenté Bolt.

— Elle m'avait parlé de lui, c'est tout. Je ne me suis pas servie d'elle comme intermédiaire. On ne pouvait pas se fier à elle, vous pensez !

— Sada est revenue il y a deux semaines pour vous faire chanter. Elle avait une copie de la vidéo, peut-être celle de Bolt qu'elle avait trouvée dans sa maison. Mais il n'y avait rien sur la vidéo pour vous incriminer. Vous aviez été vraiment prudente. C'était sa parole contre la vôtre. Vous pensiez qu'on la croirait plutôt que vous ?

— Elle comptait me dénoncer à Morris Bletchley. Elle voulait lui parler de moi en lui remettant la vidéo. Ah, s'il avait vu la vidéo ! Il aurait remué ciel et terre pour découvrir les responsables, et si elle lui avait dit que j'étais à l'origine de l'idée, il ne m'aurait plus lâchée. Il aurait mené une enquête approfondie, ce que la police n'a pas eu le temps de faire — vous avez bien trop de meurtres sur les bras. Morris Bletchley n'avait que moi. Et même s'il ne pouvait rien prouver, s'il ne pouvait pas me faire arrêter, il m'aurait traquée jusqu'à la fin de mes jours.

— Mais Chris Wells ?

Macalvie n'avait pas besoin de pousser l'interrogatoire. Brenda était encore plus lasse que lui ; au point où elle en était, elle se dit que cela ne changerait rien de tout avouer. Les suspects réagissaient souvent comme elle. Ils veulent qu'on les écoute, qu'on sache à quel point ils ont été astucieux ou à quel point ils ont souffert. Finalement, Brenda Friel tenait à ce qu'il sache.

— Si Chris quittait soudain le village au moment où une femme était assassinée dans la crique de Lamorna, et si on apprenait que Chris détestait cette femme, la police serait bien obligée de réagir comme vous l'avez fait. A peine Chris aurait-elle remis les pieds à Bletchley, vous l'auriez arrêtée. Ma parole contre la sienne. C'est pas comme ça que ça se serait passé ?

Sa bouche se tordit dans un sourire qui semblait gravé à l'acide. Macalvie se retint de la gifler.

— Oui, mais pourquoi ? Pourquoi chercher à vous débarrasser de Chris ?

— Elle savait, pas vrai ? Pour le sida. C'était la seule à qui je l'avais dit. C'était pas grave avant que je tue Tom Letts. Mais là, il fallait que je la fasse partir, sinon elle aurait fait le rapprochement. Elle n'aurait pas mis des heures à comprendre, pas elle. Elle avait l'esprit aussi vif que son neveu.

— Pourquoi avoir attendu si longtemps pour tuer Tom Letts ? Quatre ans !

— Pourquoi ? Parce que je ne savais pas que c'était lui, pardi ! Je ne l'ai découvert qu'il y a quelques jours. Ramona ne m'avait pas dit qui était le père.

— Les Bletchley avaient deux enfants, dit Macalvie après un long silence, Chris avait Johnny. Non seulement elle avait Johnny, mais il était toujours là, sous vos yeux ; c'est le genre de gosse que tous les parents rêvent d'avoir.

Elle ne répondit pas, fixa le mur comme si elle pouvait voir au travers.

Ils restèrent immobiles ; Macalvie la regardait d'un œil perçant, elle regardait le vide.

— Où est cette bon Dieu de vidéo, Brenda ?

CINQUIÈME PARTIE

L'Intrus

63

Jury et Plant discutaient sur le trottoir devant le Noyé lorsqu'une Rolls blanche déboucha à l'horizon et descendit la grand-rue de Bletchley. Le soleil couchant qui frappait son capot aveuglait les passants qui s'étaient arrêtés pour la regarder passer en silence.

— Qu'est-ce que c'est ? fit Jury.

— Moby Dick. Qu'est-ce qu'ils fichent là ?

Jury plissa les yeux lorsque la voiture approcha.

— Ça n'a pas l'air d'une baleine. Je crois reconnaître Marshall Trueblood au volant.

— C'est ce que je voulais dire. Grands dieux !

Lorsque la Rolls arriva à leur hauteur, la vitre du passager s'abaissa sans bruit. Un bras ganté de soie en sortit et une main s'agita. La voiture s'arrêta dans un souffle.

— Richard Jury ! lança Diane Demorney. Quel plaisir !

Melrose n'eut droit qu'à un banal « Salut ! ».

Tel un bouchon de champagne, Marshall Trueblood jaillit de la voiture. Le champagne, c'était la couleur de son costume Armani ; sa chemise, sa pochette et sa cravate, dans des pastels Monet — rose, bleu, citron —, évoquaient davantage une boîte de caramels au sel marin que les jardins de Giverny. Néanmoins, Trueblood était, comme d'habitude, d'une perfection vestimentaire absolue.

Il avait du mal à se contenir. Après avoir ouvert la portière du passager, il tendit la main à Diane, qui mit autant de temps à descendre du véhicule que Cléopâtre de son navire.

La toilette de Diane était assortie à la Rolls : blanche, lisse et luxueuse. Mais elle bondit lorsqu'elle s'aperçut que Trueblood allait lui voler la vedette en racontant l'histoire à sa place.

— Attendez que je vous dise pour Viv ! avait-il commencé.

— Marshall !

Diane savait manier le fouet quand il le fallait. Elle était au mieux de sa forme, capable de parler sans son verre de Martini dry, dont le manque n'allait pas tarder à être comblé.

— Il y a un joli petit salon de thé de l'autre côté de la rue, annonça Jury.

Si un regard pouvait hausser les épaules, c'était celui de Diane.

— Il y a un joli petit pub juste en face de moi, dit-elle.

Dès qu'il était question de pubs, Diane avait des antennes ; elle les repérait plus vite qu'un radar accroche un véhicule en excès de vitesse.

Tandis qu'ils s'engouffraient dans le Noyé, Jury demanda :

— Et Vivian ? Qu'est-ce qui lui arrive ?

— Viv-Viv va se...

Le talon pointu de Diane s'enfonça dans la chaussure Hugo Boss de Trueblood.

— Ils ont des chambres, ici ? demanda Diane. A moins qu'il n'y ait une auberge quelque part ?

— Vous pourrez vous joindre à Agatha à son auberge, c'est un B-and-B.

Diane esquissa une moue de dégoût.

— Dites-moi, dit Melrose, perturbé. Est-ce que ça a un rapport avec ces salades que vous m'avez serinées quand vous m'avez réveillé en pleine nuit il y a deux jours ?

— Peu importe, lâcha Diane, qui se dirigea vers une table.

Lorsqu'ils se furent installés et que Mr Pfinn les eut servis avec son manque d'enthousiasme habituel, Melrose remarqua :

— Vous auriez dû prendre le train au lieu de faire toute cette route.

Diane, qui portait son verre de Martini à ses lèvres rouge sang, arrêta son geste.

— Prendre quoi ?

Elle n'était pas du genre à tenter l'aventure des transports en commun.

— Vous avez fait vite si vous avez quitté Long Piddleton ce matin.

— Nous sommes partis mardi.

— Mardi ? Mais ça fait trois jours !

Trueblood décocha un sourire de reproche à Diane.

— Nous étions pourtant pressés, mais Diane a insisté pour qu'on s'arrête au manoir des Quatre-Saisons, vous savez, ce restaurant tenu par Raymond Blanc, le célèbre chef.

— Mais, s'étonna Jury, c'est près d'Oxford, il me semble. Je me souviens d'avoir travaillé sur une affaire, tout à côté.

Trueblood martela son verre sur la table.

— Ah, un flic de Scotland Yard qui s'y connaît en gastronomie ! Oui, c'est près d'Oxford.

— Oxford est au nord, Diane, dit Melrose. Les Cornouailles sont au sud.

— Naturellement, fit Trueblood. Nous y sommes restés deux jours. La cuisine est à se damner, faut être juste.

Cette fois, ce fut Jury qui tapa sa pinte sur la table, un geste qui ne lui ressemblait guère.

— Alors, quelle est cette nouvelle sensationnelle que vous nous cachez ?

— Notre Vivian va épouser le comte, déclara Diane en fichant une cigarette dans son long fume-cigarette en ébène.

— Le comte Dracula, précisa Trueblood, au cas où Jury aurait oublié.

Il n'avait pas oublié, bien sûr.

— Oh, je vous en prie ! C'est ça, la nouvelle ? Ça fait quoi ? huit ans, qu'elle est sur le point de l'épouser.

Rasséréné, il but une gorgée de bière.

— Mais non, vieille canaille, vous n'avez pas compris : Dracula est là. Le bateau a accosté, le cercueil est à terre, et on ne trouve déjà plus ni ail ni croix dans tout le Northamptonshire.

— Oh, fermez-la ! s'exclama Diane, chez qui pointaient parfois des relents d'éducation faubourienne. Il est à Long Pidd, dit-elle à l'adresse de Jury et de Melrose. Le mariage est fixé à dans quinze jours et elle s'apprête à lancer les invitations. Alors, on est venus vous prendre, dit-elle à Melrose. (Elle ajouta, pour Jury :) Vous aussi, sauf que vous n'êtes pas facile à prendre. Vous devez gagner votre vie, soupira-t-elle d'un ton où perçaient incrédulité et incompréhension. Naturellement, j'ai fait tout ce que j'ai pu, j'ai glissé des avertissements dans son horoscope. « Ne vous lancez pas dans des aventures qui nécessitent de nouvelles toilettes », par exemple.

— C'est Oscar Wilde qui a dit ça, remarqua Melrose.

— Ah bon ? Je croyais que c'était moi. « Vous êtes sur le point d'entreprendre le voyage le plus périlleux de votre vie » et « Vous allez gravir le sommet de la sottise, la chute sera fatale »...

— Pas mal, dit Melrose. Qu'est-ce que ça veut dire ?

— Peu importe du moment que c'est pas mal. De toute façon, c'est resté sans effet, pour autant que je puisse en juger.

Diane appela du doigt Pfinn qui se désintéressait de leur table avec une morgue que Dick Scroggs lui aurait enviée. Melrose se leva et alla au comptoir, non sans avoir expressément demandé à Diane d'attendre son retour pour continuer. Il ne voulait pas perdre un seul mot de l'histoire.

Comme pour le prendre au pied de la lettre, personne ne pipa mot avant que Trueblood ne pointe un menton vers la porte faiblement éclairée.

— A qui sont ces chiens ? s'enquit-il.

Ils étaient tous les cinq alignés, solidement plantés sur leur arrière-train, et ils dévisageaient les nouveaux arrivants.

— A Pfinn, dit Jury. Ils restent toujours comme ça.

— Bon, allez-y, dit Melrose en posant les consommations et un paquet de chips au vinaigre sur la table.

— Je disais que notre Vivian ne semblait pas faire attention à mes horoscopes.

— Nous avons imaginé une sorte de sabotage, dit Trueblood en déchirant le paquet de chips.

— Un sabotage ?

Melrose délaissa sa pinte de Old Peculiar et se pencha en avant, tout ouïe.

Trueblood fouilla dans ses poches et finit par trouver ce qu'il cherchait dans la poche intérieure de son manteau. Il déplia un carton blanc et l'étala devant Jury et Plant.

— Bien sûr, il lui suffit d'envoyer un autre carton. Mais tout de même, ça retardera les choses. Il faut lui donner le temps de se reprendre.

Jury et Plant lurent le carton :

Votre aimable présence est requise
au mariage de Miss Vivian Rivington
et du comte Dracula
qui aura lieu dans l'église de St Rules
le 15 octobre à quatorze heures

Melrose ricana.

— Elle l'a reçu ?

— Bien sûr. L'imprimeur les a expédiés.

Melrose ricana de plus belle.

Jury dévisagea les conspirateurs.

— Naturellement, elle ne devinera pas d'où ça vient, bande de nigauds !

Trueblood brandit son Campari citron.

— Oh, elle finira par comprendre. Je l'évite depuis quelque temps.

— Pas bête, glissa Jury.

— Comme dit Marshall, fit Diane d'une voix languide, ça ne retarde les choses que de quelques jours, le temps qu'elle fasse imprimer de nouvelles invitations. Je me suis creusé la tête...

Ce qui n'a pas dû réclamer beaucoup d'efforts, songea Melrose.

— ... pour trouver une solution, mais je ne vois rien, à part le tuer. Cela reste une possibilité, mais il serait préférable que Vivian mette un terme à la chose de son plein gré, ce qu'elle désire du fond du cœur, j'en suis sûre.

— Qu'est-ce qui vous en rend si sûre ? demanda Melrose.

— Melrose ! Réfléchissez cinq minutes, voulez-vous ? Parce qu'elle se marie ici, naturellement... à Long Pidd et pas à Venise. Elle compte sur nous pour l'en empêcher.

— Oh, Diane, intervint Jury, Vivian n'est pas quelqu'un de lâche.

— D'accord, convint Trueblood. Mais la pauvre est paniquée parce qu'elle a laissé les fiançailles traîner pendant des lustres.

— Comment est-il, ce Dracula ? demanda Melrose. (Comme Trueblood ouvrait la bouche, il le coupa :) Non, réellement. Je l'ai vu une fois, alors n'essaie pas de me dire qu'il ressemble à un crapaud. Tu te souviens de lui, Richard, non ? Au Vilain Petit Canard, à Stradford-upon-Avon ?

— Vaguement, admit Jury.

— Eh bien, outre le fait qu'il est assez grand, assez brun et assez séduisant, il est d'une politesse surannée et donne souvent l'impression d'être perdu dans la contemplation du monde, quelque part au-delà du Jack and Hammer, tenta Trueblood.

— Il y a donc un monde au-delà ? fit Diane en tapotant sa cigarette pour faire tomber la cendre. En fais-je partie ?

Elle parcourut la salle d'un œil rêveur.

— Je crois qu'il est intelligent, reprit Trueblood,

mais comme il ne parle pas beaucoup, c'est difficile à dire. Il est tellement... inhabituel.

— Qu'est-ce que ça veut dire ? demanda Jury.

— Vivian ne devrait pas épouser un étranger. Elle devrait se marier avec quelqu'un que nous connaissons. Il ne se moulera pas dans... euh, nos petites habitudes.

— On ne le saura jamais, Marshall, il ne sera pas à Long Pidd. Ils iront vivre à Venise, j'imagine.

— Grands dieux ! s'exclama Jury. Préférer Venise à Long Piddleton ? Quel philistin !

Trueblood crut qu'il parlait sérieusement.

— C'est la vérité, dit-il. Oh, cela ne nous plaît pas du tout.

— Qui est ce « nous » ?

— Qui ? Mais les habitants de Long Piddleton. Ada Crisp est farouchement contre, Miss Twinney aussi. Jurvis le boucher n'en dort plus. Dick Scroggs considère qu'un étranger n'a pas à venir nous enlever Vivian. Trevor Sly est hors de lui...

— Non, dit Jury. Richard Jury est hors de lui quand il entend ces âneries. Trevor Sly ? Depuis quand vous préoccupez-vous de ce qu'il pense ? Et d'où tenez-vous ces informations ? Un sondage au porte-à-porte ?

— Euh, pas tout à fait...

— Pas tout à fait. Je vois ça d'ici, vous avez alpagué tous ceux que vous pouviez et vous leur avez raconté pis que pendre de Giopinno. Ce qui compte, déclara Jury, irrité, c'est : comment savez-vous qu'elle n'est pas amoureuse de lui ?

Trois paires d'yeux le dévisagèrent comme s'il avait perdu l'esprit.

L'amour ?

L'amour fut aussitôt écarté.

— J'espère que tu as l'intention de rentrer avec

nous, vieille canaille, dit Trueblood à Plant. Il faut qu'on trouve quelque chose... tu sais... un moyen de tirer Vivian de là.

— J'espère que ça sera aussi efficace que votre voyage à Venise pour annoncer mon mariage imminent, fit Jury avec une pointe de sarcasme inhabituelle chez lui.

Ils n'aimaient pas qu'on leur rappelle ce peu glorieux épisode.

— Ça avait marché, commissaire, vous vous en souvenez ? Elle était rentrée au pays, non ? Allez, Melrose, réfléchis, aide-nous !

Il se passa une main sur le front comme si sa puissance cérébrale était sur le point d'en faire exploser les parois.

— Pas la peine, soupira Melrose en faisant un signe en direction de la porte. Regardez qui est là pour réfléchir à notre place.

Lady Ardry, suivie de son double, Esther Laburnum, se trouvait sur le seuil, que les cinq chiens venaient de déserter avec un bel ensemble. Melrose ne trouva pas le changement avantageux. Bras dessus, bras dessous, elles se dirigèrent vers la table avec la grâce d'un couple primé dans un concours de danse.

— Tiens, tiens ! fit Agatha. La moitié de Long Piddleton est venue ici comme la montagne à Mahomet. Permettez-moi de vous présenter ma chère amie Esther Laburnum. Et voici mon grand ami le commissaire Richard Jury, qui a résolu plus d'affaires que toute la police réunie, mais, comme la cavalerie légendaire, n'est jamais là quand on a besoin de lui. (Agatha rit gaiement de son trait d'esprit.) Merci, dit-elle à Jury qui s'était poliment levé pour approcher deux chaises.

Capable de parler à jet continu en toute autre

circonstance, Esther Laburnum observait un silence timide ; mais bien sûr, Agatha parlait comme toujours pour quatre. Elles s'assirent et commandèrent un grand porto chacune.

— C'est affreux, commissaire, il paraît que c'est cette Friel...

— Je croyais que tu la soupçonnais depuis le début, coupa Melrose.

— Plus ou moins. Oui, mon cœur est avec ce garçon... quand on pense que sa tante a été tuée de cette façon !

Melrose se demanda si elle n'était pas en train de délivrer un message à cet autre garçon, *Melrose* ?

— Que va-t-il devenir ?

Esther Laburnum vida son porto d'un trait et, s'étant ainsi lubrifié les cordes vocales, jugea qu'il était largement temps de montrer de quoi elle était capable :

— Le Woodbine est lourdement endetté. Naturellement, il appartient désormais au jeune John, du moins détient-il la majorité de blocage. Les parts de Brenda Friel... nous ignorons à qui elles reviendront. (Elle regarda autour d'elle comme si elle mettait quiconque au défi de la contredire.) Elle n'a pas de famille, à ma connaissance, à part de lointains parents à Londres ; sa vie se résumait à sa fille, Ramona. Ah, quel drame, quel drame ! John devra certainement vendre pour payer les dettes, mais il n'y a pas de demande pour ce genre de commerce.

Tandis qu'elle débitait sa litanie de malheurs, Agatha souriait comme si Esther n'était qu'une poupée mécanique vouée à exposer les opinions de sa maîtresse.

— Le cher petit ne veut pas écouter mon conseil, poursuivit Esther, mais j'imagine qu'il est encore trop bouleversé pour penser à l'aspect pratique. Je lui ai dit qu'il réussirait sans doute à persuader Mrs Hayter de l'aider à tenir le salon de thé, par compassion, mais cela ne durera qu'un temps...

Même Marshall Trueblood paraissait abasourdi par un tel cynisme.

— ... elle se chargera de la pâtisserie et des choses comme ça, mais je ne la vois pas tout faire. Je lui ai donc conseillé, fermement, de vendre.

— Qui est l'acheteur ? demanda Diane Demorney, qui épiait Esther à travers la fumée de sa cigarette.

Esther se redressa, porta les mains à son cœur... ses perles, son collier.

— Comment ? Vous insinuez...

— Je n'insinue rien du tout. Je dis simplement que vous devez avoir un acheteur sous la main. Vous semblez tellement pressée de conseiller à ce garçon de vendre. Vous profitez de son chagrin pour lui imposer vos idées, à croire qu'il n'y a pas une minute à perdre.

Il y eut un silence de plomb, comme souvent lorsqu'une vérité embarrassante est dite. Diane regarda Melrose, puis détourna les yeux avec un petit sourire acide. Une sortie pareille de la part de Diane était aussi rare qu'un chant de Noël interprété par un chœur de poissons rouges.

Esther Laburnum implora Agatha du regard, comme pour quêter son soutien. Quand les poules auront des dents, songea Melrose. Esther choisit alors la seule retraite possible, elle changea de sujet :

— Lord Ardry, minauda-t-elle, j'imagine que vous ne vous attendiez pas à tout ça quand vous avez loué Seabourne House...

Melrose ne trouva rien d'autre à répondre qu'un banal « Non, en effet ».

— Les pauvres enfants Bletchley, quelle horreur, n'est-ce pas ? C'est inimaginable.

— Ce n'est pas, hélas, inimaginable. Quelqu'un a été fort capable de l'imaginer.

— Certes, mais ça reste un mystère. A-t-elle — vous savez qui — quelque chose à voir là-dedans ?

Elle-vous-savez-qui, c'est-à-dire Brenda Friel. Son nom ne devait plus être prononcé, comme s'il portait en lui quelque maléfice qui risquait d'entraîner d'autres enfants à la noyade.

— Non, pas à ma connaissance, répondit Melrose.

— Et ce pauvre jeune homme, à Bletchley House. J'ai entendu dire que c'était elle qui l'avait tué. Seigneur ! Elle devait avoir l'esprit sérieusement dérangé, vous ne croyez pas ?

— Il y a eu beaucoup de dérangement, déclara Jury. Je vais chercher mes affaires, dit-il en se levant. Je dois rentrer à Londres.

— Maintenant ? Oh, sûrement pas ! s'exclama Esther Laburnum, comme si elle était au courant des exigences du métier de Jury.

— Si, j'en ai peur. Dès que j'aurai mis la main sur l'inspecteur Wiggins.

— Mais... commença Diane. Vous pouvez au moins vous arrêter à Long Piddleton. C'est sur votre route.

— Pour quelqu'un qui pense qu'Oxford est sur la route de la Cornouailles, oui, vous avez raison.

— Mais nous comptions absolument sur vous !

Jury s'esclaffa.

— J'en doute, Miss Demorney. Il y a une heure, vous ne saviez même pas que j'étais là.

Diane n'était pas disposée à abandonner pour autant :

— Vous oubliez l'effet que vous avez sur les gens. Dès qu'on vous voit, on commence à compter sur vous.

On se met à envisager toutes sortes de projets impossibles uniquement parce que vous êtes capable de les réaliser tous...

Jury rit de plus belle.

— Vous savez faire des compliments, pas de doute là-dessus !

— Je vais raccourcir ma visite, Miss Laburnum, déclara Melrose. Je rentre au Northamptonshire avec mes amis.

— Pour ma part, dit Agatha, je reste encore quelque temps à Bletchley.

Melrose aurait juré avoir entendu un soupir de soulagement général.

— Esther me donne un cours intensif de vente de biens immobiliers. Elle pense que j'ai un don naturel.

Melrose faillit plonger la tête dans le paquet de chips. Agatha aurait été incapable de vendre un billet de loterie gagnant. Alors, une maison ! Il eut un mal fou à se retenir de rire.

— Je ne vois pas ce qu'il y a de drôle ! Je n'ai plus rien à te dire, Melrose, plus rien du tout.

Jury était au premier, en train d'emballer ses maigres affaires ; Trueblood évaluait le mobilier (« Un bureau George Ier, Seigneur ! Tu crois que ton Bletchley s'en débarrasserait ? ») ; Melrose était dans le vestibule avec Diane, qui parcourait l'immense pièce du regard et finit par tomber en arrêt devant l'escalier.

— Melrose, avez-vous vu ce vieux film... comment s'appelle-t-il déjà ? C'était avant mon époque, bien sûr — comme la plupart des choses —, mais on le trouve en vidéo. Il s'agit d'une vieille demeure...

Diane raconta l'histoire de *L'Intrus* que Melrose écouta, bouche bée, cloué au sol, littéralement abasourdi que Diane et lui puissent avoir des souvenirs communs.

— Ça me laisse toujours un sentiment...

Diane, *des sentiments* ?

— ... plutôt bizarre, voire malsain.

Même si lesdits sentiments n'allaient jamais au-delà des profondeurs glauques du « bizarre » et du « malsain ».

— Figurez-vous, Diane, que moi aussi, je l'ai vu. Il s'appelle *L'Intrus*. J'y ai pensé la première fois que j'ai vu ce manoir.

Melrose était prêt à explorer cette étrange coïncidence : Diane et lui, les deux seuls êtres au monde, à part Dan Bletchley, à avoir vu *L'Intrus*. Et à s'en souvenir.

— La musique, si vous vous souvenez...

— Et la fille, Melrose ! Avec cette horrible robe blanche !

Exploration terminée ; ils étaient de retour, sains et saufs, dans l'univers de Demorney, ses tigres en papier, ses alligators en carton, ses toilettes de grands couturiers. Elle ficha une cigarette dans son long fume-cigarette, et Melrose s'empressa de lui donner du feu.

— Qu'allez-vous faire pour Vivian, Melrose ?

— Faire ?

— Oui, faire.

— Oh... Trueblood et moi, nous trouverons bien quelque chose.

Diane laissa échapper un profond soupir.

— Je ne parle pas de vos plans débiles ! Grands dieux, quand je repense à cette histoire du carnet noir !

Melrose préférait l'oublier. Pour se venger, il demanda en ricanant :

— Vous ne seriez pas intéressée par le comte Dracula, par hasard ?

Diane prit un air peiné.

— Ne soyez pas ridicule. Vous me voyez vivre à Venise ? Toute cette eau...

— A vous entendre, on dirait une expérience religieuse.

Jetant un regard autour d'elle, comme si elle s'attendait à ce que les portes d'un bar s'ouvrent devant elle, elle demanda :

— Vous n'auriez pas de la vodka, Melrose ?

— Oh, je suis sûr que nous allons en trouver.

Son Martini [1] à la main — vodka seule, plutôt, le vermouth ayant échappé à leur fouille, « comme si c'était important » —, Diane suivait Trueblood en faisant des commentaires — qui témoignaient de sa profonde inculture — sur les tapis, l'argenterie, les buffets — dont elle ne fermait jamais les portes, quand bien même Trueblood lui enjoignait sans cesse de le faire.

Jury était descendu avec son sac de voyage.

— Trois semaines en Irlande, et c'est tout ce que vous aviez emporté ?

— Etant donné qu'on risque de ne pas y survivre plus de trois jours, je ne voyais pas l'intérêt d'emporter de quoi tenir une vie entière...

— Avez-vous téléphoné à Macalvie ? Vous disiez que vous alliez le faire.

— Non. J'ai pensé qu'on s'arrêterait à Exeter. Contrairement à Oxford, c'est sur la route.

Melrose le tira à part pour lui glisser :

1. Apparemment, le « martini » façon Diane Demorney ne saurait se concevoir sans au minimum un trait de vodka. *(N.d.T)*

— Tu sais, tu devrais vraiment t'arrêter à Long Piddleton.

— Comme Oxford, ce n'est pas sur la route.

— Allez ! Vivian t'écoutera, toi.

Jury s'esclaffa.

— Non, sûrement pas. Et pour qui vous prenez-vous pour lui dicter ce qu'elle doit faire ? C'est sa vie.

— Oh, je t'en prie. Ne me ressors pas ce vieux cliché, laisse-le à ceux qui rejettent leurs responsabilités.

— Vivian ? Ma responsabilité ?

— Naturellement. Et ce n'est pas sa vie.

— Ah, non ? Celle de qui, alors ?

— La nôtre. Il faut que tu interviennes, Richard. Elle t'écoutera.

Jury le regarda fixement.

— Et ne me regarde pas comme ça. On croirait que tu me prends pour un crétin.

— On aurait raison.

64

Macalvie alla lui-même chercher la cassette.

Il avait obtenu un mandat de perquisition « limité » pour rechercher la cassette vidéo, et la cassette uniquement. Tout ce qu'il trouverait en plus serait inutilisable. Ah, les droits de la défense ! se dit Macalvie.

La cassette était bien dans le placard de la cuisine, où Brenda rangeait les trois douzaines de paquets de biscuits joliment emballés qui attendaient d'être livrés, la moitié à Bletchley Hall, l'autre à un foyer de Truro pour mères et enfants maltraités.

Parlez d'une foutue charité ! songea Macalvie.

Le paquet avait la même taille que les autres, il était emballé dans le même papier coloré, la seule différence étant qu'il ne portait pas l'étiquette argentée *Salon de thé Woodbine*, afin que Brenda sache dans lequel se trouvait la cassette. C'eût été hilarant que quelqu'un ouvre un paquet de biscuits et tombe sur le film.

Oui, positivement hilarant, songea Macalvie.

Brenda était restée trois heures sur sa chaise en bois bancale. Elle n'était pas disposée à dévoiler sa cachette.

Elle le regardait en soufflant la fumée de sa dernière cigarette dans la pièce déjà enfumée.

— Quelle différence ? dit-elle. Vous savez que Bolt a filmé la scène, ça ne vous suffit pas ? Je vous ai déjà tout dit. Je ne crois pas que la façon dont ils sont morts soit agréable à regarder.

— Sans doute, concéda Macalvie.

Il se leva et arpenta la pièce obscure. Le seul éclairage provenait de l'ampoule qui pendait au-dessus de la table et jetait une lumière blanche sur les mains de Brenda. Des ombres jouaient sur son visage.

Macalvie s'arrêta de marcher.

— L'ennui, Brenda, c'est que ce n'est pas du passé. Ça ne sera jamais du passé pour les Bletchley. Ça ne sera jamais du passé pour Morris Bletchley.

— Puis-je avoir une tasse de thé ?

Macalvie ignora sa requête comme toutes les précédentes, hormis celle d'aller aux toilettes. Une femme agent l'avait accompagnée. On lui avait aussi donné de l'eau. Le code de police exigeait qu'on accorde une certaine considération aux suspects, mais Macalvie s'en moquait éperdument.

— Morris Bletchley a vécu un calvaire — comme vous l'aviez prévu —, en ne sachant pas exactement ce qui s'était passé : ni comment ils sont descendus, ni ce qui les a obligés à rester. Ne pas savoir, c'est l'enfer. Vous avez dû vivre le même calvaire, à un degré moindre, avec votre fille.

Il s'arrêta et attendit la réaction de Brenda.

— Vous n'allez pas montrer cette cassette à Morris Bletchley, tout de même !

Ce fut la seule fois où elle montra un semblant d'émotion. Ce qu'elle ressentait semblait être un mélange d'horreur et de satisfaction. Et une faim, une faim de se nourrir des souffrances du vieil homme. Cela se voyait sur son visage, qui avait perdu son aspect lisse pour prendre une sinistre tournure osseuse, comme si une tête de mort apparaissait sous la peau. Les jeux d'ombres.

— Vous ne croyez pas que Morris Bletchley mérite de savoir ce qui s'est passé ? Qu'est-ce que ça change pour vous, maintenant ?

Elle renversa sa tête de mort en arrière et éclata de rire, un rire qui résonna comme le vestige d'une époque révolue, d'une époque d'insouciance, même, quand sa fille vivait encore. Mais ce n'était que cela : un vestige, vite dissipé. Il n'y avait plus de quoi rire, désormais, sauf...

— Morris Bletchley, soupira-t-elle. Ah, comme j'ai voulu lui envoyer la cassette ! Mais ce n'était pas le but du film ; ç'aurait juste été la cerise sur le gâteau.

La cerise sur le gâteau. Macalvie détourna les yeux.

— J'étais pas assez forte pour déjouer les recherches de l'armée d'enquêteurs qu'il aurait engagée.

— Vous me l'avez déjà dit, coupa Macalvie. (Il étendit ses bras sur la table et se pencha sur Brenda.) Ça sera votre dernière volonté, si vous voulez. Le pauvre vieux Bletchley regardant la vidéo, anéanti.

Brenda l'avait gratifié de son sourire de tête de mort. Et elle lui avait dit où était la cassette.

Dans le petit salon de Brenda Friel, Macalvie regardait sur l'écran la sombre falaise et les marches luisantes d'eau qui descendaient à la mer, derrière Seabourne. Un petit morceau de plastique manquait sur la cassette, mais cela ne gênait pas la lecture.

L'éclairage de fortune installé en haut des marches aurait été repéré par la première personne passant par là. Mais il n'y avait que Mrs Hayter, dont la chambre donnait sur l'autre côté du manoir. « Elle ronfle », avait dit Esmé en riant.

La lune diffusait une lumière qui rendait l'éclairage artificiel presque superflu. La caméra suivait une jolie jeune fille — une adolescente, sans doute — vêtue d'une robe, rendue diaphane par la lune, et Macalvie s'étonna de la nécessité d'une telle beauté. N'importe quelle femme aurait fait l'affaire ; il s'agissait juste de descendre l'escalier avec eux pour qu'ils se sentent en sécurité. Macalvie ne pouvait qu'imaginer ce que les enfants ressentaient ; il se dit que le goût de l'aventure devait l'emporter sur l'évidence du danger.

Après tout, l'escalier leur était familier. Ce n'était certainement pas la première fois qu'ils l'empruntaient. Naturellement, on avait dû leur recommander de ne jamais descendre sans un adulte. Eh bien, une adulte les accompagnait et ils se sentaient en sécurité.

L'adolescente, qui tenait les enfants par la main, s'arrêta en haut de l'escalier, posant pour la caméra. Le gloussement aigu d'Esmé surprit Macalvie. Il s'était attendu à entendre les vagues, mais pas les enfants.

Ils descendirent en file indienne, la jeune fille au milieu, en se tenant toujours par la main. Esmé, l'aînée, en tête, Noah en arrière.

La caméra les suivait de près. Le vent soufflait à peine, la mer était calme, les vagues se glissaient sous le canot et lavaient doucement le bas des marches. Le canot, qui dansait sur les vagues, était amarré par un long bout à un anneau scellé dans la falaise.

Macalvie eut l'impression que la mer montait d'un cran, une seconde marche venait d'être engloutie sous l'eau, comme si le flux obéissait obligeamment à la caméra de Bolt. On aurait dit une mise en scène, une mer d'opérette, une falaise en carton. Mais on ne pouvait se méprendre sur le pouvoir terrifiant du film. Tandis que les enfants poursuivaient leur descente, la caméra remonta, comme si l'opérateur ne voulait pas risquer sa peau sur les marches glissantes.

La suite se déroula en plan large. Les enfants étaient désormais en bas des marches, les pieds dans l'eau, mais le jeu les amusait toujours, et ils cherchaient à voir ce que la jeune fille avait sorti de son sac en bandoulière et qu'elle cachait derrière son dos.

Macalvie plissa les yeux lorsqu'elle se retourna, dévoilant l'objet. Un bracelet que le projecteur fit scintiller. Non. Une chaîne, semblable à celle qu'on utilise pour dresser un chien indiscipliné. Macalvie sentit sa gorge se serrer. Comment avait-il omis ce détail, bon Dieu ? Il y avait deux chaînes, une pour Noah, une pour Esmé, que la jeune fille assujettit à leur poignet, puis accrocha à l'anneau auquel le canot était amarré. Le poignet droit d'Esmé, le gauche de Noah, leur autre main restant libre.

L'eau montait. Les enfants ne riaient plus. Bolt osa s'aventurer dans l'escalier glissant (le trouillard, avait-il peur de se mouiller ?) et la caméra filma les enfants en gros plan. Ils se décomposaient ; ils voulaient arrêter le jeu et remonter en haut de la falaise.

Mais ce fut la jeune fille qui remonta et, naturellement, ils comprirent. Ils étaient piégés en bas, de l'eau jusqu'à la taille, et ils pouvaient à peine bouger. Ils se mirent à pleurer, à hurler de peur. La fille continuait de grimper.

Esmé prit conscience de la présence du canot que les vagues avaient rapproché. Elle empoigna la main de Noah et tendit le bras pour atteindre le canot. Si elle réussissait, il leur servirait de bouée.

Macalvie s'était levé. Il regarda les enfants s'approcher du canot (et le canot, comme par consentement tacite, flotter vers eux) ; il se prit à espérer, comme si le film allait connaître une fin heureuse. Comme si les deux enfants étaient les acteurs d'une pièce de théâtre normale.

Esmé allait réussir. Elle était assez près pour se hisser à bord du canot et attirer Noah à elle...

Mais la jeune fille redescendit aussi vite que les marches périlleuses le lui permettaient. Elle s'enfonça dans l'eau jusqu'à la taille, agrippa Esmé et Noah et repoussa le canot, qui s'éloigna vivement.

Les enfants hurlèrent. Macalvie faillit fermer les yeux pour ne pas voir la suite. Ils avaient été si près de se sauver. Il scruta leur visage ; ce fut sa dernière vision d'eux avant que la mer ne les recouvre. Leurs deux mains libres, qui se tenaient toujours, émergèrent un instant au-dessus de l'eau...

Et ce fut tout.

C'était la fin.

Macalvie s'affala sur la table, enfouit la tête dans ses bras croisés et pleura.

65

On aurait pu dire que le comte Franco Giopinno répondait à toutes les attentes, sauf que les glaces renvoyaient son reflet et qu'il se montrait sans difficulté apparente en plein jour et en public au Jack and Hammer.

C'est là que Melrose le vit pour la première fois ; le soleil découpait sa silhouette dans l'embrasure de la porte que Vivian Rivington venait juste de franchir.

Franco Giopinno s'arrêta pour allumer une cigarette qu'il avait sortie d'un étui en or. Si c'était une pose, c'était réussi. On aurait dit que son visage était sculpté, ciselé, il n'avait rien d'humain.

— Au moins, il fume, remarqua Diane.

Ils étaient assis à leur table habituelle, près de la fenêtre.

— Oui, mais que boit-il ? demanda Joanna Lewes, l'auteur local de romans roses.

Trueblood sortit aussitôt son rouleau de billets et en tira un qu'il plaqua sur la table.

— Cinq livres qu'il commande un Campari citron.

Melrose l'imita avec un billet de dix livres.

— Un xérès extra dry. Un verre de poussière.

Joanna posa un billet de vingt livres.

— Un gin tonic.

Diane les recouvrit d'un billet de dix livres.

— Martini dry, dit-elle, puis, après réflexion : Avec une olive et des glaçons. Qui voudrait noyer de la vodka dans de l'eau ?

Même Theo Wrenn Browne, qui s'asseyait rarement à leur table et qui ne pariait jamais (on risque de perdre de l'argent), piocha deux pièces de une livre dans son porte-monnaie et les posa sur les billets.

— Du vin rouge, sans doute un bourgogne.

— Theo ! s'offusqua Diane. Ça ne fait que deux livres !

— Ce n'est que du vin rouge, rétorqua-t-il.

— Ce n'est pas pour acheter, dit Joanna, c'est pour parier.

— Il sait s'habiller, nota Diane à voix basse, c'est sûr.

Le comte avait donc rempli deux des critères Demorney pour être « divertissant ». Elle avait raison, il savait s'habiller. Son costume était d'un tissu si fin qu'il éveillait les sens tactiles : on avait envie de le toucher. Il était d'un gris délicat, de la même couleur que les cendres qui menaçaient de tomber de la cigarette de Diane.

— Hmmm, hmmm, bourdonna Diane.

— Armani, murmura Trueblood.

— Il arrive, prévint Browne. Ne regardez pas !

Theo regarda partout sauf dans la direction de l'Armani en chair et en os, un ange cendré dont Vivian ne semblait pas avoir remarqué la présence car elle marcha droit vers la table.

Elle n'omit pourtant pas de le présenter, avec une certaine grâce, de surcroît. On ne pouvait reprocher à

Vivian sa nervosité et sa réticence ; elle en avait tellement entendu sur le comte, ces dernières années.

Il manquait une chaise, le comte pivota et en attrapa une qu'il attira à côté de celle de Vivian. Des banalités sur l'Italie et sur Venise les occupèrent le temps que Dick Scroggs rapplique sans se presser pour prendre la commande.

— Un xérès, dit Vivian.

Et le comte ?

— Une San Pellegrino.

— Ce machin pétillant ? fit Scroggs. Cette espèce d'eau minérale ?

Giopinno acquiesça.

Scroggs allait s'éloigner quand Diane intervint :

— Avec quoi ? demanda-t-elle.

— Je vous demande pardon ? fit le comte, un rien dédaigneux.

— Une San Pellegrino avec quoi ?

— Rien. Je bois toujours de l'eau minérale. C'est bon pour la santé.

A voir l'expression de Diane Demorney, on pouvait douter de cette dernière affirmation. Melrose pria pour qu'elle ne sombre pas dans le coma. Son expression s'approchait de celle que Keats attribuait à Cortés constatant les richesses du nouveau continent, ou peut-être du regard que l'héroïne de Hardy posait sur le large : « Immobile, elle voyait défiler son avenir... »

Car, bien sûr, pour Diane, « l'eau » n'évoquait que cela — la mer, une rivière, un endroit où nager, faire du bateau, au bord duquel on se prélasse. On peut s'y laver, y tremper ses orteils manucurés, en arroser les fleurs. Cela sert même pour le thé ou le café, mais dans ce cas cela cesse d'être de « l'eau ».

Mais cela ne se boit pas ! Le comte contrevenait à

cette règle. Il versa d'un geste éthéré la chose pétillante dans le grand verre que Scroggs lui avait apporté, et la but.

Ils regardèrent l'argent qu'ils avaient déposé sur la table.

On aurait entendu une mouche voler.

— Où est notre Viv ? demanda Trueblood à Franco Giopinno.

Ils étaient assis à leur table habituelle, au Jack and Hammer, près de la fenêtre. C'était la deuxième rencontre de Melrose avec le prétendant de Vivian.

— A Londres, répondit Giopinno avec un sourire entendu et possessif. (Il souffla un filet de fumée aussi fin que son sourire.) Pour la robe.

— Ah, fit Diane. Elle ne portera donc pas celle de sa mère.

Giopinno dressa un sourcil interrogateur, imité par Melrose et Trueblood.

Diane cracha de la fumée comme un dragon.

— Maud la folle, précisa-t-elle.

Les sourcils se dressèrent davantage.

— Elle vous a parlé de sa mère, bien sûr.

— Non, assura Giopinno. Non, elle ne m'en a pas parlé.

Comme Trueblood et Plant joignaient leur incrédulité à la sienne, Diane leur jeta le regard méprisant de celle qui en sait long.

— Ne me dites pas que vous n'êtes pas au courant pour la mère de Vivian, pas vous !

Elle s'était adressée à eux comme à deux demeurés ; ils ravalèrent promptement leur grimace ahurie et s'exclamèrent en chœur :

— Ah, oui, bien sûr ! Triste histoire, n'est-ce pas ?

— Puis-je connaître cette triste histoire ? demanda Giopinno.

— Oh, rien, fit Diane, la famille, vous savez, une certaine disposition à la folie qui ne touche que les femmes, on ne sait pourquoi. (Elle se hâta aussitôt de dédouaner faussement Vivian de cette calamité familiale :) Oh, pas Vivian, naturellement...

— Non, bien sûr que non, s'empressa Trueblood, pompeux. Pas notre Viv-Viv. Je ne dirais pas que ce petit incident de l'année dernière avait quelque rapport que ce soit avec sa mère.

— Un incident ?

— Oh, peu importe, calma Diane. Ce n'était rien.

— Trois fois rien. Ça ne vaut pas la peine d'en parler. Je m'étonne que vous y fassiez allusion, Diane. Après tout, ça ne regarde que Vivian...

— N'en parlons plus, approuva Melrose. C'était sans conséquence, de toute façon.

Franco Giopinno les regarda tour à tour avec froideur.

— Il y a sans aucun doute un grain de folie dans chaque famille, dit-il. Dans la mienne, en tout cas.

Il s'excusa et alla au comptoir, où Scroggs lui indiqua apparemment la direction des toilettes.

— Bien joué ! s'exclama Trueblood. « *Dans-la-mienne-en-tout-cas !* ». Quelle condescendance ! Quel fat !

— Ils pourront jouer à qui est le plus fou des deux, dit Melrose. C'est tordant !

Il regarda la silhouette élégante de Giopinno disparaître dans l'arrière-salle.

— Vivian n'est pas folle, dit Diane. Vous deux, je vous jure !

— Une idée géniale, Diane, vraiment.

Trueblood avait sorti de sa poche un bout de crayon et une vieille enveloppe.

— Il faut dresser une liste. (Trueblood adorait les listes.) Une liste de tout ce qui est susceptible de provoquer l'inquiétude de notre cher Dracula. Bon, voyons... (Il se coucha à demi sur l'enveloppe en tirant la langue.) L'argent, à tous les coups. Je note. Bon, quoi d'autre ?

— Les biens, dit Melrose.

Trueblood parut réfléchir.

— N'est-ce pas déjà couvert par l'argent ? Après tout, ça fait partie du patrimoine.

— Oui, mais ce n'est pas du liquide. Sa maison, par exemple, qui doit valoir un million de livres à l'heure actuelle, ce n'est pas du liquide.

Trueblood grogna un acquiescement.

— Bon, j'ai noté *Les biens* sous *L'argent*, comme une sorte de sous-titre.

Diane vissa une autre cigarette dans son fume-cigarette en ivoire.

— Notez autre chose, dit-elle. « Les amis »...

— Mais c'est nous, ça ! s'étonna Trueblood.

— Ne soyez pas ridicule, Marshall. Je parle de ceux qu'on considère comme peu recommandables. Ce soir, vous l'emmènerez dîner. Dans un endroit horrible ; ça ne devrait pas être difficile à trouver par ici.

— Vous voulez dire nous trois. Vous venez aussi, bien sûr.

— Melrose ! Je n'ai nullement l'intention de manger dans un endroit horrible. Non, c'est à vous d'agir. A trois, nous lui ferions peur. D'ailleurs...

Elle tapota des ongles sur son verre. D'habitude, c'était un geste qu'elle ne faisait que pour commander une nouvelle tournée, ce qui signifiait qu'elle réfléchissait sans doute intensément.

— Partageons les tâches : vous prenez « les amis », je m'occupe de « l'argent » et des « biens ». (Elle se redressa.) Chut, il revient. N'oubliez pas, souffla-t-elle, ce soir, dans un endroit horrible.

« Horrible » était sans doute le premier mot qui venait à l'esprit pour qualifier le Perroquet Bleu, l'arpent de Sahara, ou de Mohave, qui était la propriété de Trevor Sly. Dans la rue principale, une enseigne tapageuse représentant une pièce enfumée, une danseuse du ventre et des hommes en turban, dans une scène censée évoquer Tanger ou un endroit analogue, dirigeait le voyageur assoiffé vers une ruelle défoncée au fond de laquelle se trouvait ce qui pouvait passer pour un mirage : un bâtiment d'un bleu éclatant planté sur une étendue de sable parsemée de foin.

Laissant derrière lui le soleil brûlant de l'Arabie (c'était l'impression que le comte était censé avoir) et pénétrant dans la fraîcheur du pub, Franco Giopinno tomba en arrêt devant le chameau.

Trueblood lui donna une bourrade dans les côtes.

— Astucieux, hein ? Sly a une telle imagination !

— Sly ? Mais encore, mon cher ?

— Trevor Sly, le patron.

— Et ce patron est un étranger ?

— Seulement si vous considérez que Triffouilly-les-Oies est à l'étranger.

— D'aucuns le croient, j'en suis sûr, intervint Melrose.

Il parcourait le menu écrit à la craie sur un tableau noir cloué sur le ventre d'un chameau en papier mâché. C'était toujours le même menu. Une demi-douzaine de plats imprononçables du Moyen-Orient ou de Lituanie. Melrose n'en connaissait qu'un, ce qui lui suffisait amplement.

— Le Perroquet Bleu est en dehors des sentiers battus, expliqua Trueblood.

Le comte émit un petit rire moqueur.

— Oui, je veux bien le croire.

— Mais c'est le restaurant préféré de Vivian.

— Ça, j'ai du mal à le croire.

Melrose, qui avait abandonné le chameau pour continuer seul, était déjà au bar.

— Hé, vous deux ! lança-t-il. Il faut commander avant que ça ferme.

Le comte rejoignit Melrose, consulta sa montre d'un air étonné et souligna qu'il n'était que six heures trente.

— Sly est un excentrique ; il ferme sa cuisine à sept heures.

L'étonnement se lut de nouveau sur le visage du comte.

— C'est très tôt pour dîner, remarqua-t-il. Votre Sly doit-il nourrir ses chameaux ?

Melrose et Trueblood s'étranglèrent de rire. On ne pouvait pas décrire autrement les braiments qui sortaient de leur gosier. Leur rire était tellement surfait que Melrose fut surpris que le comte s'y laissât prendre.

Trevor Sly fit une entrée anguleuse, ses épaules pointues séparant le rideau de perles qui tintèrent derrière lui ; il frottait ses maigres mains noueuses dans la supplique affectée qui horripilait tant Melrose. Sa tendance à la déférence huilait chacune de ses articulations. Il personnifiait la soumission craintive.

— Ah, messieurs, messieurs, quel honneur ! (Il continuait de se savonner les mains.) Mr Trueblood, Mr Plant et... ?

Il dévisagea le comte en levant un sourcil primesautier ; ce dernier s'inclina et se présenta.

Comme si les dieux les observaient, prêts à se divertir, Sly demanda :

— Et comment va Miss Rivington ? C'est toujours un plaisir de la voir.

Pour une fois, Melrose apprécia la manie de Trevor Sly d'essayer de convaincre ses clients que tout le gratin du monde anglo-arabe se bousculait au Perroquet Bleu (« Tony Blair a raté le croisement ; il faudra que je songe à changer la signalisation... »). Ils avaient traîné Vivian une seule fois au Perroquet Bleu, manifestement une fois de trop pour elle. Melrose ne comprenait pas comment Trevor Sly réussissait à faire tourner son pub car, chaque fois qu'il y mettait les pieds, il n'y avait jamais plus d'un ou deux clients dans la salle.

— Il vous reste du Kibbi Bi-Saniyyi, j'espère ? fit Melrose, qui se tourna vers le comte. Il faut absolument que vous goûtiez ça, dit-il en agrippant l'épaule de Giopinno.

Trueblood et lui s'étaient déjà livrés sur le comte à force bourrades, agrippements et autres caresses de cette nature.

Trevor Sly avait tiré leurs bières — une Cairo Flame pour le comte — malgré la préférence du malheureux pour la San Pellegrino. Trueblood avait insisté : « Grands dieux, vous n'espérez tout de même pas faire avaler de l'eau minérale à Vivian ! »

Sly, qui s'était servi une larme de cognac quand Melrose l'avait invité à boire en leur compagnie, était perché sur son tabouret, les jambes enroulées autour des pieds tel du lierre.

— Tout le monde s'est jeté dessus, aujourd'hui,

Mr Plant. Vous comprenez, ajouta-t-il à l'adresse du comte, c'est la spécialité de la maison...

Le Perroquet Bleu étant un véritable désert, comment une foule avait-elle pu se jeter sur quoi que ce soit ?

— ... mais, pour vous, Mr Giopinno, je pense pouvoir dénicher une part de Kibbi Bi-Saniyyi...

A la façon dont il avait prononcé le nom du comte, on aurait cru qu'il parlait à Geronimo.

Mr Giopinno déclara qu'il céderait volontiers sa part à Mr Plant ou à Mr Trueblood, mais ces derniers déclinèrent son offre généreuse avec moult protestations.

— Non, non, insista Trueblood. C'est le plat préféré de Vivian, il faut absolument que vous le goûtiez ; d'ailleurs, elle a réussi à soutirer la recette à notre cher Trevor, ici présent, et elle le fait elle-même, délicieusement, je dois dire.

Comme Trevor allait l'interrompre, Trueblood s'empressa d'ajouter :

— Miss Rivington va se marier, Mr Sly, et voici l'heureux élu !

Là-dessus, il gratifia le comte d'une violente bourrade complice.

Sly ne cacha pas sa surprise :

— Eh bien, vous m'en direz tant... C'est une excellente nouvelle, n'est-ce pas, messieurs ? Et quand cet heureux événement aura-t-il lieu ?

— Le mois prochain, dit Trueblood. En octobre... le 10, c'est ça ?

Giopinno parut réticent à confirmer.

— Nous pensions au 15. Nous avons eu un problème avec les invitations, précisa-t-il avec un faible sourire.

— Vous résiderez en Italie, j'imagine ? s'enquit Sly. Comme c'est romantique ! (De retour sur son tabouret après s'être servi une autre larme de cognac — à la demande expresse de Plant —, il questionna :) Où se tiendra la réception ?

— Pourquoi pas ici, Mr Sly ? proposa Melrose. Les invités viendront à dos de chameau. (Avant que le comte ait pu clarifier son intention de résider en Italie, il ajouta, péremptoire :) Non, pas en Italie. Ils vivront ici même la plupart du temps !

Et il martela le comptoir comme si « ici même » signifiait réellement « ici même ».

Le comte, qui venait d'avaler une gorgée de Cairo Flame, s'étrangla illico. La bière était déjà imbuvable en elle-même, mais, ajoutée au fait qu'il y aurait droit en permanence en vivant « ici même », il aurait assurément préféré même un bol de sang de chameau.

— Ils habiteront en Italie seulement une partie de l'année, reprit Melrose.

C'était en effet ce que Vivian leur avait dit. La vérité est tellement apaisante, se dit-il. On n'est pas obligé de la suivre aveuglément ; on peut toujours y revenir de temps à autre avec confiance et la conscience claire. Il leva son verre, aussitôt imité par Trueblood.

— Buvons à l'heureux événement ! dit-il. Mr Sly, faites entrer le Kibbi Bi-Saniyyi !

— Et une autre Cairo Flame pour notre ami Franco ! ajouta Trueblood, qui gratifia derechef le comte d'une énième bourrade.

66

Pour son crédit, il est juste de dire que Diane Demorney, une fois n'est pas coutume, était désintéressée. Elle n'avait pas de vues sur Franco Giopinno. Eût-elle été légèrement captivée au début que le charme eût disparu avec la San Pellegrino. Le comte était certes séduisant, mais il était loin d'être divertissant. En réalité, il paraissait un peu trop terne, un peu trop commun et (Diane l'aurait parié) un peu trop pauvre.

C'était un coureur de dot, ça se voyait comme le nez au milieu de la figure — or la sienne était particulièrement bien faite —, ce que Diane ne pouvait lui reprocher, ayant elle-même pendant si longtemps couru après des héritiers et ayant amplement été récompensée de ses efforts par trois ex-maris richissimes.

Elle en connaissait les signes parce qu'elle se connaissait bien : une réserve froide, un désir excessif de plaire, masqué par une certaine hauteur (ne pas laisser croire qu'on est transi d'adoration, tout de même !), et, surtout, une grande ténacité. Et Dieu savait que Giopinno était tenace. Pour supporter l'ambivalence de Vivian Rivington (qui avait bien besoin d'être *prise en main*), il fallait être sûr que cela en valait la peine.

Le lendemain matin, Diane Demorney et Franco Giopinno étaient assis dans le petit café sis dans un angle de la bibliothèque municipale. L'idée de Marshall Trueblood d'installer une cafétéria dans la bibliothèque avait connu un immense succès. Sinon, l'endroit aurait fermé par manque de clients — et la malheureuse qui s'en occupait aurait perdu son emploi —, alors qu'il y régnait maintenant une activité bourdonnante.

A deux tables de là, Plant et Trueblood les observaient ; Diane avait insisté (en douce, bien sûr, pour que le comte n'entende pas) : « Eloignez-vous ! Si nous sommes trop nombreux, il prendra ça pour du harcèlement ! » Dans leur coin, ils faisaient mine d'être absorbés par leur lecture.

Diane avait pris certaines dispositions. L'une d'elles se présenta en la personne de Theo Wrenn Browne, le propriétaire de la librairie du village acharné depuis toujours à obtenir la fermeture de la bibliothèque. Lorsque Diane s'était installée à Long Piddleton, elle avait trouvé Theo Wrenn Browne plutôt divertissant, avec son caractère acerbe et ses attaques incessantes contre les autres Piddletoniens. Mais ses critiques, trop acerbes pour être spirituelles, l'avaient vite lassée.

Sur le seuil, avec l'air important dont il ne se départait jamais, Theo parcourut la salle du regard, comme s'il n'avait pas vu au premier coup d'œil où se trouvaient Diane et Giopinno (pourtant assis à moins de six mètres). Il attendait que Diane lui fasse signe la première ! Cela flattait son narcissisme. Elle capitula et le héla.

Elle avait dit à Theo que le comte recherchait un investissement sûr et que les livres l'intéressaient particulièrement. « Une librairie comme... *Waterstone's* ? Vous savez, ces chaînes de librairies. » Le comte avait bien parlé de *Waterstone's*, mais sans allusion aucune à un quelconque désir d'acquérir une librairie. Ils s'étaient mis à parler littérature. Diane se tenait à l'écart des livres, elle croyait qu'il en était de même pour le comte, car il en parlait trop. Elle avait alors fait allusion à *Portrait de femme*. « Quel horrible choc des cultures, vous vous rappelez ? (Bien sûr qu'il ne se rappelait pas !) La jeune héritière qui tombe dans les griffes d'Européens corrompus ? » Diane s'était réellement emballée. « Et son odieux mari ? Tiens, incidemment, ils vivaient à Venise. »

C'était tout ce que Diane avait retenu du roman de Henry James, de son œuvre, en fait. C'était sa façon d'être cultivée, elle se nourrissait de résumés pour ne pas avoir à consommer un livre en entier.

Oh ! Franco Giopinno avait plus que blêmi ! Du coup, Diane avait envisagé d'approfondir l'œuvre de Henry James ; si un écrivain était capable de provoquer un tel émoi chez Giopinno, il était certainement divertissant.

Theo alla au comptoir se chercher un cappuccino ; Diane l'appela pour qu'il rapporte un espresso au comte Giopinno. Theo se renfrogna, mais passa la commande. L'espresso était la seule chose, croyait Diane, que le comte avait appréciée au cours des dernières vingt-quatre heures.

Theo déposa la tasse devant le comte ; Diane fit les présentations, le comte s'inclina et formula un *Grazie*, et Theo aborda aussitôt le sujet de sa librairie. Il était aussi délicat qu'un putois, songea Diane, et c'était pour cette raison qu'elle avait fait appel à lui.

— Ainsi, Mr Giopinno, excusez-moi, *Signore Giopinno*, les livres vous intéressent ? Figurez-vous que je possède la librairie locale, la Wrenn Nest, elle marche fort, elle a fait une recette brute de... oh, cent cinquante mille livres sterling, l'année dernière, et je compte bien dépasser ce chiffre cette année...

Et ainsi de suite, sous le regard... stupéfait, c'était peu de le dire, de Giopinno, dont les manières doucereuses lui interdisaient de paraître importuné.

Abrutie par le flot de paroles de Theo, Diane décrocha ; elle jeta un coup d'œil à Melrose et Marshall, qui avaient renoncé à faire semblant de lire et se penchaient de leur mieux vers la table du comte pour écouter ce qui se disait. Elle fit vivement le geste de se trancher la gorge. Aussitôt, ils replongèrent le nez dans leurs livres respectifs. Marshall, remarqua-t-elle, lisait le sien à l'envers. Doux Jésus !

— ... la région supporterait facilement une de vos succursales... oh, je n'imagine pas un instant un *Waterstone's*, mon Dieu, non, une grande librairie indépendante, voilà l'idée !

Pendant que Theo ratiocinait, Diane attendait l'arrivée d'Agatha, à qui elle avait dit que le comte envisageait d'investir dans la pierre ; elle lui avait suggéré de lui toucher deux mots de la maison de Vivian.

« Pourquoi ? Vivian y habite.

— Oui, mais il faudra bien qu'elle vende quand elle emménagera à Venise. »

Agatha parut sur le seuil, accompagnée par la femme agent immobilier qu'elle avait rencontrée en Cornouailles. Ce n'en serait que mieux. Diane leur fit signe.

Theo Wrenn Browne s'excusa et alla chercher un autre cappuccino au comptoir. Il détestait Agatha, sauf quand elle était utile à sa cause. Sa plus grande cause étant de se débarrasser de Miss Ada Crisp afin d'agrandir sa petite librairie misérable.

Les deux femmes accoururent comme si les affaires immobilières réclamaient des solutions urgentes et furent aussitôt présentées à Franco Giopinno. Le comte se leva poliment, fit deux rapides baisemains et se rassit, l'air profondément malheureux.

— Voilà, Franco, commença Agatha, qui n'était pas du genre à faire des façons ni à se laisser distraire par quelque chose d'aussi insignifiant que les bonnes manières, l'immobilier est en plein boom par ici, je vous conseille donc fermement d'investir. La maison de Vivian, par exemple, il vaut mieux la vendre que la garder. C'est un gouffre, c'est pas pratique avec tout ce chaume, qui a besoin d'être refait, entre parenthèses ; dans un petit village comme le nôtre... euh, ce genre de propriété est inutile, et si on a besoin d'argent...

L'expression du comte attesta clairement que c'était son cas.

— ... la sagesse est de vendre et de placer son argent dans une autre propriété...

— Seigneur ! s'exclama Theo Wrenn Browne, qui revenait avec son cappuccino. L'immobilier est un investissement désastreux, de nos jours ! C'est pas ça qu'il vous faut, monsieur le comte, il vous faut...

— Je vous demande pardon... Mr Browne, c'est bien ça ? C'est vous qui avez cette charmante petite librairie ?

Theo fulmina. « Petite » et « charmante » n'était pas l'image qu'il cherchait à promouvoir.

— Je m'agrandis, il le faut, un tel achalandage...

— Vous vous agrandissez vers où ? ricana Agatha. La boutique d'Ada Crisp, à côté, vous est passée sous le nez. Vous n'auriez jamais dû intenter ce procès, vous y avez perdu des clients.

Sachant qu'Agatha avait été l'instigatrice du procès, Diane médita sur les vertus de la mémoire courte et sur le manque de loyauté de certains.

Esther Laburnum enchaîna aussitôt :

— Vous avez tort de penser que l'immobilier est un mauvais investissement, dit-elle à Theo. Il faut seulement savoir ce qu'on fait.

Comme pour tout, pensa Diane. En soufflant un rond de fumée, elle vit du coin de l'œil l'horrible mégère Withersby accoudée au comptoir en train de postillonner à la figure d'Alice Broadstairs. Occasionnellement, Mrs Withersby sévissait à la bibliothèque comme femme de ménage. Ah, si Diane pouvait la faire entrer dans la conversation !

Mrs Withersby entrait n'importe où, du moment qu'il y avait à boire et à fumer. Espérant taper le nouvel arrivant d'un ou deux verres, elle s'approcha de la table du comte.

— ... quand elle aura vendu, disait Agatha, Vivian devra acheter une ou deux maisons dans le quartier pauvre, vous savez, celui où habitent les Withersby...

— Quelqu'un m'a appelée ?

Oui, pensa Diane, Dieu en personne. Elle ferma les yeux et remercia sainte Coïncidence. Elle n'avait pas mis les pieds dans une église depuis des lustres, hormis pour une dégustation de vin à la sacristie de St Rules.

— Mrs Withersby !

Elle ne lui avait pas dit plus de deux mots de sa vie, et voilà qu'elle lui tendait son étui à cigarettes !

— Permettez-moi de vous présenter le comte Franco Giopinno.

Après avoir pioché quatre cigarettes, Mrs Withersby toisa le comte.

— J'sais pas si vous aimeriez m'avoir pour voisine, renifla-t-elle.

Giopinno, qui était passé du blanc au blême, se leva et, après s'être incliné devant les trois femmes, déclara :

— Si vous voulez bien m'excuser, j'ai un coup de téléphone urgent à passer... ma mère...

Il marmonna quelque chose sur la maladie de sa mère en mettant son manteau, puis fila comme un pet sur une toile cirée.

Diane s'excusa à son tour et alla s'asseoir à la table de Plant et de Trueblood.

— Où va-t-il ? Il est parti pour de bon ?

— Oh, j'imagine. Il est allé téléphoner à sa mère, je vous demande un peu ! Prélude, je parie, à un départ imminent. (Diane soupira.) Bon, c'est réglé.

Elle ressentit une sorte de tristesse, comme une enfant qui est en train de jouer dehors et que l'on oblige à rentrer pour le dîner.

67

Brian Macalvie se leva lorsque Morris Bletchley — sans son fauteuil roulant — entra dans le salon bleu, que le commissaire avait partagé jusque-là avec une vieille dame vêtue de bleu foncé (comme si elle avait tenu à porter un tailleur assorti à la soie du fauteuil dans lequel elle était assise). Elle ne lui avait adressé la parole qu'une seule fois, pour lui demander de placer ledit fauteuil face à la fenêtre. Il s'était exécuté et, depuis, elle était restée en contemplation devant le panorama. De temps en temps, elle remuait les lèvres en souriant.

— Ah, fit Morris Bletchley, commissaire Macalvie !

Ils se serrèrent la main.

— Je voulais que vous sachiez ce qui s'est passé, déclara Macalvie. La personne qui a tué Sada Colthorp, Tom Letts et Chris Wells a été placée en garde à vue.

— Oui, l'agent Evans me l'a dit. Je ne suis pas friand de surprises, Mr Macalvie, mais là, je dois avouer que je suis baba. Brenda Friel ! (Il hocha la tête puis désigna une bergère dix-huitième recouverte de velours bleu.) Asseyez-vous, je vous en prie.

Macalvie s'assit donc en face de Morris Bletchley et lui raconta les circonstances des trois meurtres.

— Brenda Friel ne se laissait pas étouffer par les scrupules, nota Moe. Mais pourquoi ne pas avoir tué Chris tout de suite ? Pourquoi avoir pris la peine de faire croire qu'elle s'était enfuie ?

— Au début, Brenda croyait que lorsque Chris Wells reviendrait, nous l'arrêterions pour le meurtre de Sada Colthorp. En outre, elle ne voulait pas être obligée de la tuer. Chris Wells était sa meilleure amie. Je sais que cela semble improbable qu'elle puisse encore penser en ces termes, mais c'est comme ça que je vois les choses.

« Malgré tout, Brenda n'était pas sûre que Chris représentait un véritable danger pour elle. Chris savait que Ramona était morte d'une maladie liée au sida. Mais elle ignorait qui était le père jusqu'à ce que Tom Letts parle de Putney. Brenda savait que Ramona avait travaillé à Londres, mais pas qu'elle avait travaillé pour vous. La seule crainte de Brenda, c'était que Chris ne fasse le rapprochement après l'assassinat de Tom Letts.

« Mais selon moi, Chris ne serait pas intervenue. Je pense qu'elle aimait trop Brenda pour faire part de ses soupçons à la police. C'était son genre de garder le secret.

Moe fixa le tapis d'un air malheureux.

— Pauvre Johnny, dit-il. Pauvre gosse.

— Vous pouvez le dire.

Ils observèrent un long silence que Macalvie finit par briser :

— Il y a autre chose que vous devez savoir, Mr Bletchley.

Moe hésita une fraction de seconde, puis son regard croisa celui de Macalvie.

— Vous allez me parler de Noah et d'Esmé. Vous avez découvert quelque chose. (Il se raidit.) Allez-y.

Macalvie, qui n'avait pas une âme de consolateur, chercha pourtant ses mots.

— C'était un vrai mystère. J'ai refusé de clore l'affaire, je n'ai cessé d'y penser. Nous ne saurons jamais l'entière vérité, je le crains, mais tout de même, en parcourant une nouvelle fois le dossier, je me suis demandé si vous aviez bien saisi tout ce que le rapport du médecin légiste impliquait...

Morris Bletchley dressa les sourcils d'un air interrogateur.

— Voilà. Il y avait de profondes lésions sur le crâne de Noah. Ce qui a dû se passer, c'est ceci : Noah a glissé, il s'est cogné la tête et s'est évanoui ; Esmé a voulu le retenir et a été emportée. Ce que j'essaie de vous dire, c'est que Noah ne s'est rendu compte de rien et qu'Esmé a dû se noyer rapidement. Et si on doit mourir, la noyade n'est pas le pire moyen de partir.

Quel foutu mensonge ! songea Macalvie en détournant les yeux de crainte que le vieil homme ne lise dans ses pensées.

Moe était perspicace, mais comme on lui disait ce qu'il avait envie de croire, malgré son esprit aigu, sa perspicacité passa par la fenêtre.

— Vous êtes en train de me dire qu'ils n'ont pas souffert, que tout s'est passé très vite ?

— Oui, monsieur. Je ne sais pas si ça vous aide ; le pire serait d'imaginer la terreur que vos petits-enfants auraient endurée.

Moe s'était enfoui le visage dans les mains et des larmes coulaient entre ses doigts. Incapable de répondre, il se contenta de hocher la tête.

— Votre fils et vous, vous avez dû vous culpabiliser, reprit Macalvie en posant une main sur l'épaule du vieil homme. Vous n'êtes pas responsable, Mr Bletchley. Ni vous ni votre fils. Vous n'y pouviez rien. Vous n'êtes pas responsable, répéta Macalvie.

Macalvie n'avait jamais eu l'intention de montrer la cassette à Morris Bletchley ; il l'avait fait croire à Brenda parce que c'était le seul moyen de lui faire avouer où elle l'avait cachée.

Au bord de la falaise, en haut des marches, il contempla la mer d'encre et le ciel de plomb. Il se dit qu'un visiteur ignorant l'histoire trouverait le panorama impressionnant. La baie, la mer, les falaises déchiquetées eurent sur lui un effet presque apaisant. Quels que fussent les événements dramatiques qui s'étaient déroulés en ce lieu, ils n'avaient laissé aucune empreinte.

Jamais auparavant Macalvie n'avait détruit de preuves. Il s'efforça de rationaliser, se persuada que la cassette n'apporterait pas grand-chose, sinon rien, au procès de Brenda Friel ; elle n'aurait sans doute rien changé au verdict concernant Simon Bolt ou Sada Colthorp s'ils avaient été jugés avant leur mort. La seule personne que le film aurait permis de faire condamner était la jeune fille qu'on voyait conduire les enfants en bas des marches, et Macalvie ne cessait d'être surpris par le mépris pour le danger qu'elle affichait dans le film. Si on l'avait retrouvée et poursuivie, elle aurait sans doute dénoncé ses trois complices pour obtenir la clémence des juges, mais deux d'entre eux étaient morts et les charges contre Brenda Friel étaient tellement solides, avec les meurtres reconnus de Tom Letts et de Chris Wells, qu'une complicité dans une autre affaire de meurtre n'aurait pu aggraver la condamnation à perpétuité qui l'attendait déjà.

Macalvie ne pensait qu'aux Bletchley. Pourquoi devraient-ils souffrir davantage juste pour voir Brenda

Friel obtenir une troisième condamnation à la prison à vie ? Une loi non écrite devrait protéger les innocents comme les Bletchley. Comme Maggie.

Il parut soupeser la cassette, puis la lança le plus loin possible et la regarda planer dans le ciel, défiant la gravité l'espace d'un instant, avant de sombrer dans la mer.

Les minutes passèrent ; il resta là perdu dans sa contemplation. Ciel gris, mer grise, falaises grises. Il trouvait apaisant de rester ainsi, à regarder un paysage indifférent, plus neutre que des visages d'inconnus. C'était un de ces étés indiens, comme on en voit rarement. Il était tard et il aurait dû être rentré au commissariat de Camborne depuis une bonne heure. Mais il restait là, et regardait le cœur du monde battre devant lui.

Il commençait à faire chaud. Il ôta son manteau.

Bière ou mise en bière

Le mauvais sujet
Martha Grimes

Comme chaque année, les habitants du petit village de Long Piddleton, au nord de l'Angleterre, auraient dû passer un hiver paisible. Mais depuis quelques semaines, un tueur élabore un jeu macabre aux alentours de la bourgade : des cadavres sont retrouvés dans des positions insolites – à califourchon sur une poutre ou la tête dans un tonneau. Scotland Yard dépêche alors son plus fin limier, Richard Jury. Il y fera la connaissance de son précieux allié Melrose Plant. Mais cette enquête, inédite, n'est que la première d'une longue série pour ce duo de choc.

(Pocket n° 11954)

Il y a toujours un Pocket à découvrir

Achevé d'imprimer sur les presses de

BUSSIÈRE

GROUPE CPI

à Saint-Amand-Montrond (Cher)
en mai 2005

POCKET - 12, avenue d'Italie - 75627 Paris Cedex 13
Tél. : 01-44-16-05-00

— N° d'imp. : 51195. —
Dépôt légal : septembre 2004.
Suite du premier tirage : mai 2005.

Imprimé en France